天龍八部

金庸

THE SEMI-GODS AND THE SEMI-DEVILS

4

天山童姥

黃易「得自在禪」

黃易（1744-1802），字小松，浙江錢塘人，清乾嘉年間的大金石家，西泠八家之一，對漢魏碑碣的發掘研究為功極大。少林寺為中國禪宗初祖達摩面壁之處，佛家以「得自在」為解脫，為學佛之最高境界。

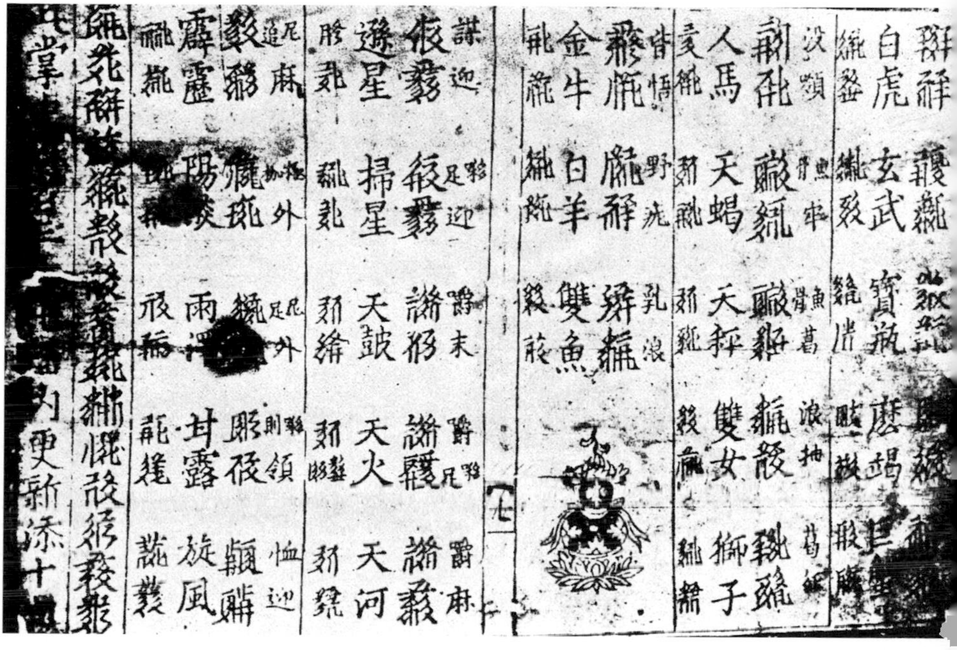

右頁圖／敦煌石窟中的西夏壁畫：圖中所繪王者及隨從的裝束，是西夏當時生活的寫實。西夏文化較低，畫風有粗拙之美。

上圖／西夏文字（番漢合時掌中珠）：這是西夏文與漢字對譯字典中的一頁。中間大字：右為西夏文字，左為對應之漢字，兩旁小字：西夏字之旁以漢字注音，漢字旁以西夏字注音。一九〇七—八年間在俄國黑城出土，這一頁上主要是星座與氣象的名稱。

右頁圖／西夏文字之「陀羅尼經」：錄自六體文字「陀羅尼經」石刻。

上圖／趙孟頫「紅衣天竺僧卷」——趙孟頫，宋末元初大書畫家，在此圖卷之題記中趙氏云：唐時畫家多見西域人，故畫天竺羅漢得其神情，其後畫家所繪者與漢僧無異，他在京師曾與天竺僧侶交遊，故自謂有得。本書中之波羅哲、波羅星形貌或相似，但未成羅漢耳。

上圖／宋人「雲峯遠眺圖」：舊題夏珪作。夏珪，杭州人，北宋大畫家。本書逍遙子、聰辯先生一派人的生活，當與圖中人相似。

左頁圖／蘇六朋「東山報捷圖」：蘇六朋，晚清廣東順德人，善畫人物。圖中弈棋者為東晉人謝安，由此可想見本書蘇星河在松下石上與人拆解棋局珍瓏之情景。

以下六圖／周臣「人物」：周臣所繪長卷中之人物，道士、和尚、中年婦人、少婦、江湖人物等，形象生動，兼具寫意與寫實之所長，是我國繪畫中的珍品。在以前注重文人畫時代，不甚為人所重，近代則評價甚高。

蔣蓮「達摩圖」：蔣蓮，清嘉慶年間廣東香山人，生平仰慕陳老蓮，故名「蓮」。

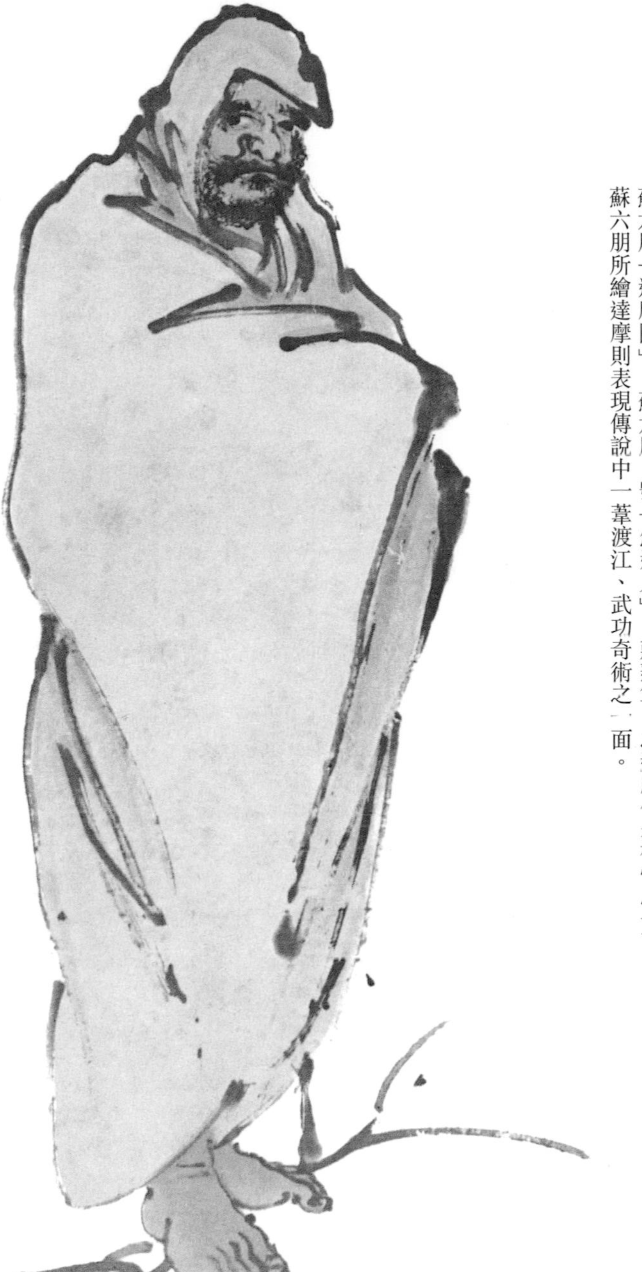

蘇六朋「達摩圖」：蘇六朋，號「怎道人」。蔣蓮筆下之達摩代表禪悟之一面，蘇六朋所繪達摩則表現傳說中一葦渡江、武功奇術之一面。

張擇端「清明上河圖」（部分）：

張擇端，北宋畫家，所繪「清明上河圖」長卷以寫實手法描繪北宋京城開封府各色居民的生活，是中國繪畫的希世珍品，可惜原作已毀失（據說是為宮中太監所竊，藏於溝渠，適是晚大雨而毀），現傳世的都是元明畫家的臨摹本，共有十種。

「清明上河圖」（部分）：圖正中是一家弓店，弓匠正在試弓，左上角是一家三層樓的大酒樓。

「清明上河圖」（部分）：開封城城門，一隊駱駝隊正在出城。

天龍八部

4

天山童姥

金庸 著

目錄

（右回目調寄「洞仙歌」。）

三十一

輸贏成敗　又爭由人算

——

可是數著一下之後，
局面竟起了極大的變化。
這個「珍瓏」的秘奧，
正是要白棋先擠死了自己一大塊，
以後的妙著方能源源而生。

車行轔轔，日夜不停。玄難、鄧百川、康廣陵等均是當世武林大豪，這時武功全失，成為隨人擺布的囚徒。眾人只約莫感到，一行人是向東南方行。

如此走得八日，到第九日上，一早便上了山道。行到午間，地勢越來越高，終於大車再也無法上去。星宿派眾弟子將玄難等叫出車來。步行半個多時辰，來到一地，見竹陰森森，景色清幽，山澗旁用巨竹搭著一個涼亭，構築精雅，極盡巧思，竹即是亭，亭即是竹，一眼看去，竟分不出是竹林還是亭子。馮阿三大為讚佩，左右端相，驚疑不定。

眾人剛在涼亭中坐定，山道上四人快步奔來。當先二人是丁春秋的弟子，當是在車停之前便上去探山或是傳訊的。後面跟著兩個身穿鄉農衣衫的青年漢子，走到丁春秋面前，躬身行禮，呈上一封書信。

丁春秋拆開一看，冷笑道：「很好，很好。你還沒死心，要再決生死，自當奉陪。」

那青年漢子從懷中取出一個炮仗，打火點燃。砰的一聲，炮仗竄上了天空。尋常砲仗都是「砰」的一聲響過，跟著在半空中「拍」的一響，炸得粉碎，這炮仗飛到半空之後，卻拍拍拍連響三下。馮阿三向康廣陵低聲道：「大哥，這是本門的製作。」

不久山道上走下一隊人來，共有三十餘人，都是鄉農打扮，手中各攜長形兵刃。到得近處，才見這些長物並非兵刃，乃是竹槓。每兩根竹槓之間繫有繩網，可供人乘坐。

丁春秋冷笑道：「主人肅客，大家不用客氣，便坐了上去罷。」當下玄難等一一坐上繩網。那些青年漢子兩個抬一個，健步如飛，向山上奔去。

丁春秋大袖飄飄，率先而行。他奔行並不急遽，但在這陡峭的山道上宛如御風飄浮，足不點地，頃刻間便沒入了前面竹林之中。

鄧百川等中了他的化功大法，一直心中憤懣，均覺誤為妖邪所傷，非戰之罪，這時見到他輕功如此精湛，那是取巧不來的真實本領，不由得嘆服，尋思：「他便不使妖邪功夫，我也不是他對手。」風波惡讚道：「這老妖的輕功甚是了得，佩服啊佩服！」

他出口一讚，星宿羣弟子登時競相稱頌，說得丁春秋的武功當世固然無人可比，而且自古以來的武學大師，甚麼達摩老祖等等，也都大為不及，諂諛之烈，眾人聞所未聞。

包不同道：「眾位老兄，星宿派的功夫，確是勝過了任何門派，當真是前無古人，後無來者。」眾弟子大喜。一人問道：「依你之見，我派最厲害的功夫是那一項？」包不同道：「豈止一項，至少也有三項。」眾弟子更加高興，齊問：「是那三項？」

包不同道：「第一項是馬屁功。這一項功夫如不練精，只怕在貴門之中，活不上一天半日。第二項是法螺功，若不將貴門的武功德行大加吹噓，不但師父瞧你不起，在同門之間也必大受排擠，無法立足。這第三項功夫呢，那便是厚顏功了。若不是抹煞良心，厚顏無恥，又如何練得成馬屁與法螺這兩大奇功。」

他說了這番話，料想星宿派羣弟子必定人人大怒，一齊向他拳足交加，只是這幾句話猶似骨鯁在喉，不吐不快，豈知星宿派弟子聽了這番話後，一個個默默點頭。一人道：「老兄聰明得緊，對本派的奇功倒也知之甚深。不過這馬屁、法螺、厚顏三門神功，那也是很難修習的。尋常人於世俗之見沾染甚深，總覺得有些事是好的，有些事是壞的。只要心中存了這種無聊的善惡之念、是非之分，要修習厚顏功便事倍功半，往往在要緊關頭，功虧一簣。」

包不同本是出言譏刺，萬萬料想不到這些人安之若素，居之不疑，不由得大奇，笑道：「貴派神功深奧無比，小子心存仰慕，還要請大仙再加開導。」

那人聽包不同稱他為「大仙」，登時飄飄然起來，說道：「你不是本門中人，這些神功的秘奧，自不能向你傳授。不過有些粗淺道理，跟你說說倒也不妨。最重要的秘訣，自然是將師父奉若神明，他老人家便放一個屁……」

包不同搶著道：「當然也是香的。更須大聲呼吸，衷心讚頌……」那人道：「你這話大處甚是，小處略有缺陷，不是『大聲呼吸』，而是『大聲吸，小聲呼』。」包不同道：「對對，大仙指點得是，倘若大聲呼氣，不免似嫌師父之屁……這個並不太香。」

那人點頭道：「不錯，你天資很好，倘若投入本門，該有相當造詣，只可惜誤入歧途，進了旁門左道的門下。本門的功夫雖然變化萬狀，但基本功訣，也不繁複，只須牢記『抹殺良心』四字，大致上也差不多了。」

包不同連連點頭，道：「聞君一席話，勝讀十年書。在下對貴派心嚮往之，恨不得投入貴派門下，不知大仙能加引薦麼？」那人微微一笑，道：「要投入本門，當真談何容易，那許許多多艱難困苦的考驗，諒你也無法經受得起。」另一名弟子道：「這裏耳目眾多，不宜與他多說。姓包的，你若真有投靠本門之心，當我師父心情大好之時，我可為你在師父面前說幾句好話。本派廣收徒眾，我瞧你根骨倒也不差，若得師父大發慈悲，收你為徒，日後或許能有些造就。」包不同一本正經的道：「多謝，多謝。大仙恩德，包某沒齒難忘。」

鄧百川、公冶乾等聽得包不同逗引星宿派弟子，不禁又是好氣，又是好笑，心想：「世上竟有如此卑鄙無恥之人，以吹牛拍馬為榮，實是罕見罕聞。」

說話之間，一行人已進了一個山谷。谷中都是松樹，山風過去，松聲若濤。在林間行了里許，來到三間木屋之前。只見屋前的一株大樹之下，有二人相對而坐。左首一人身後站著三人。丁春秋遠遠站在一旁，仰頭向天，神情甚是傲慢。

一行人漸漸行近，包不同忽聽得身後竹槓上的李傀儡喉間「咕」的一聲，似要說話，卻又強行忍住。包不同回頭望去，見他臉色雪白，神情極是惶怖。包不同道：「你這扮的是甚麼？是扮見了鬼的子都嗎？嚇成這個樣子！」李傀儡不答，似乎全沒聽到他的說話。

走到近處，見坐著的兩人之間有塊大石，上有棋盤，兩人正在對弈。右首是個矮瘦的乾癟老頭兒，左首則是個青年公子。包不同認得那公子便是段譽，心下老大沒味，尋思：「我對這小子向來甚是無禮，今日老子的倒霉樣兒卻給他瞧了去，這小子定要出言譏嘲。」

但見那棋盤彫在一塊大青石上，黑子、白子全是晶瑩發光，雙方各已下了百餘子。丁春秋慢慢走近觀弈。那矮小老頭拈黑子下了一著，忽然雙眉一軒，似是看到了棋局中奇妙緊迫的變化。段譽手中拈著一枚白子，沉吟未下，包不同叫道：「喂，姓段的小子，你已輸了，這就跟姓包的難兄難弟，一塊兒認輸罷。」段譽身後三人回過頭來，怒目而視，正是朱丹臣等三名護衛。

突然之間，康廣陵、范百齡等函谷八友，一個個從繩網中掙扎起來，走到離那青石棋盤丈許之處，一齊跪下。

包不同吃了一驚，說道：「搗甚麼鬼？」四字一說出口，立即省悟，這個瘦小乾枯的老頭兒，便是聾啞老人「聰辯先生」，也即是康廣陵等函谷八友的師父。但他是星宿老怪丁春秋的死對頭，強仇到來，怎麼仍好整以暇的與人下棋？而且對手又不是甚麼重要腳色，不過是個不會武功的書獃子而已？

康廣陵道：「你老人家清健勝昔，咱們八人歡喜無限。」函谷八友被聰辯先生蘇星河逐出了師門，不敢再以師徒相稱。范百齡道：「少林派玄難大師瞧你老人家來啦。」

蘇星河站起身來，向著眾人深深一揖，說道：「玄難大師駕到，老朽蘇星河有失迎迓，罪甚，罪甚！」眼光向眾人一瞥，便又轉頭去瞧棋局。

眾人曾聽薛慕華說過他師父被迫裝聾作啞的緣由，此刻他居然開口說話，自是決意與丁春秋一拚死活了。康廣陵、薛慕華等等都不自禁的向丁春秋瞧了瞧，既感興奮，亦復擔心。

玄難說道：「好說，好說！」見蘇星河如此重視這一盤棋，心想：「此人雜務過多，書畫琴棋，無所不好，難怪武功要不及師弟。」

萬籟無聲之中，段譽忽道：「好，便如此下！」說著將一枚白子下在棋盤之上。蘇星河臉有喜色，點了點頭，意似嘉許，下了一著黑子。段譽將十餘路棋子都已想通，跟著便下白子，蘇星河又下了一枚黑子，兩人下了十餘著，段譽吁了口長氣，搖頭道：「老先生所擺的珍瓏深奧巧妙之極，晚生破解不來。」

眼見蘇星河是贏了，可是他臉上反現慘然之色，說道：「公子棋思精密，這十幾路棋已臻極高的境界，只是未能再想深一步，可惜，可惜。唉，可惜，可惜！」他連說了四聲「可惜」，惋惜之情，確是十分深摯。段譽將自己所下的十餘枚白子從棋盤上撿起，放入木盒。蘇星河也撿起了十餘枚黑子。棋局上仍然留著原來的陣勢。

段譽退在一旁，望著棋局怔怔出神：「這個珍瓏，便是當日我在無量山石洞中所見的。這位聰辯先生，必與洞中的神仙姊姊有甚淵源，待會得便，須當悄悄向他請問，可決計不能讓別人聽見了。否則的話，大家都擁去瞧神仙姊姊，豈不褻瀆了她？」

函谷八友中的二弟子范百齡是個棋迷，遠遠望著那棋局，已知不是「師父」與這位青年公子對弈，而是「師父」布了個「珍瓏」，這青年公子試行破解，卻破解不來。他跪在地下看不清楚，膝蓋便即抬了起來，伸長了脖子，想看個明白。

蘇星河道：「你們大夥都起來！百齡，這個『珍瓏』，牽涉異常重大，你過來好好的瞧上一瞧，倘能破解得開，那是一件大大的妙事。」

范百齡大喜，應道：「是！」站起身來，走到棋盤之旁，凝神瞧去。

鄧百川低聲問道：「二弟，甚麼叫『珍瓏』？」公冶乾也低聲道：「『珍瓏』即是圍棋的難題。那是一個人故意擺出來難人的，並不是兩人對弈出來的陣勢，因此或生、或劫，往往極難推算。」尋常「珍瓏」少則十餘子，多者也不過四五十子，但這一個卻有二百餘子，一盤棋已下得接近完局。公冶乾於此道所知有限，看了一會不懂，也就不看了。

范百齡精研圍棋數十年，實是此道高手，見這一局棋劫中有劫，既有共活，又有長生，或反撲，或收氣，花五聚六，複雜無比。他登時精神一振，再看片時，忽覺頭暈腦脹，只計算了右下角一塊小小白棋的死活，已覺胸口氣血翻湧。他定了定神，第二次再算，發覺原先以為這塊白棋是死的，其實卻有可活之道，但要殺卻旁邊一塊黑棋，牽涉卻又極多，再算得幾下，突然間眼前一團漆黑，喉頭一甜，噴出一大口鮮血。

蘇星河冷冷的看著他，說道：「這局棋原是極難，你天資有限，雖然棋力不弱，卻也多半解不開，何況又有丁春秋這惡賊在旁施展邪術，迷人心魄，實在大是凶險，你到底要想下去呢，還是不想了？」范百齡道：「生死有命，弟……我……我……決意盡心盡力。」蘇星河點點頭，道：「那你慢慢想罷。」范百齡凝視棋局，身子搖搖晃晃，又噴了一大口鮮血。

丁春秋冷笑道：「枉自送命，卻又何苦來？這老賊布下的機關，原是用來折磨、殺傷人的，范百齡，你這叫做自投羅網。」

蘇星河斜眼向他睨了一眼，道：「你稱師父做甚麼？」丁春秋道：「他是老賊，我便叫他老賊！」蘇星河道：「聾啞老人今日不聾不啞了，你想必知道其中緣由。」丁春秋道：「妙極！你自毀誓言，是自己要尋死，須怪我不得。」

蘇星河隨手提起身旁的一塊大石，放在玄難身畔，說道：「大師請坐。」

玄難見這塊大石無慮二百來斤，蘇星河這樣乾枯矮小的一個老頭兒，全身未必有八十斤重，但他舉重若輕，毫不費力的將這塊巨石提了起來，功力實是了得，自己武功未失之時，要提這塊巨石當然也是易事，但未必能如他這般輕描淡寫，行若無事，當下合什說道：「多謝！」坐在石上。

蘇星河又道：「這個珍瓏棋局，乃先師所製。先師當年窮三年心血，這才布成，深盼當世棋道中的知心之士，予以破解。在下三十年來苦加鑽研，未能參解得透。」說到這裏，眼光向玄難、段譽、范百齡等人一掃，說道：「玄難大師精通禪理，自知禪宗要旨，在於『頓悟』。窮年累月的苦功，未必能及具有宿根慧心之人的一見即悟。棋道也是一般，才氣橫溢的八九歲小兒，棋枰上往往能勝一流高手。雖然在下參研不透，但天下才士甚眾，未必都破解不得。先師當年留下了這個心願，倘若有人破解開了，完了先師這個心願，先師雖已不在人世，泉下有知，也必定大感欣慰。」

玄難心想：「這位聰辯先生的師父徒弟，倒均是一脈相傳，於琴棋書畫這些玩意兒，個個都是入了魔，將畢生的聰明才智，浸注於這些不相干的事上，以致讓丁春秋在本門中橫行無忌，無人能加禁制，實乃可嘆。」

只聽蘇星河道：「我這個師弟，」說著向丁春秋一指，說道：「當年背叛師門，害得先師飲恨謝世，將我打得無法還手。在下本當一死殉師，但想起師父有個心願未了，倘若不覓人破解，死後也難見師父之面，是以忍辱偷生，苟活至今。這些年來，在下遵守師弟之約，不言不語，不但自己做了聾啞老人，連門下新收的弟子，也都強著他們做了聾子啞子。唉，三十年來，一無所成，這個棋局，仍是無人能夠破解。這位段公子固然英俊瀟灑……」

包不同插口道：「這位段公子未必英俊，瀟灑更是大大不見得，何況人品英俊瀟灑，跟下棋有甚麼干係，欠通啊欠通！」蘇星河道：「這中間大有干係，大有干係。」包不同道：「你老先生的人品，嘿嘿，也不見得如何英俊瀟灑啊。」蘇星河向他凝視片刻，微微一笑。包不同道：「你定是說我包不同比你老先生更加的醜陋古怪……」

蘇星河不再理他，續道：「段公子所下的十餘著，也已極盡精妙，在下本來寄以極大期望，豈不知棋差一著。最後數子終於還是輸了。」

段譽臉有慚色，道：「在下資質愚魯，有負老丈雅愛，極是慚愧……」

一言未畢，猛聽得范百齡大叫一聲，口中鮮血狂噴，向後便倒。蘇星河左手微抬，嗤嗤嗤三聲，三枚棋子彈出，打中了他胸中穴道，這才止了他噴血。

眾人正錯愕間，忽聽得拍的一聲，半空中飛下白白的一粒東西，打在棋盤之上。

蘇星河一看，見是一小粒松樹的樹肉，剛剛新從樹中挖出來的，正好落在「去」位的七九路上，那是破解這「珍瓏」的關鍵所在。他一抬頭，只見左首五丈外的一棵松樹之後，露出淡黃色長袍一角，顯是隱得有人。

蘇星河又驚又喜，說道：「又到了一位高人，老朽不勝之喜。」正要以黑子相應，耳邊突然間一聲輕響過去，一粒黑色小物從背後飛來，落在「去」位的八八路，正是蘇星河所要落子之處。

眾人「咦」的一聲，轉過頭去，竟一個人影也無。右首的松樹均不高大，樹上如藏得有人，一眼便見，實不知這人躲在何處。蘇星河見這粒黑物是一小塊松樹皮，所落方位極準，心下暗自駭異。那黑物剛下，左首松樹後又射出一粒白色樹肉，落在「去」位五六路上。

只聽得嗤的一聲響，一粒黑物盤旋上天，跟著直線落下，不偏不倚的跌在「去」位四五路上。這黑子成螺旋形上升，發自何處，便難以探尋，這黑子彎彎曲曲的升上半空，落下來仍有如此準頭，這份暗器功夫，實足驚人。旁觀眾人心下欽佩，齊聲喝采。

采聲未歇，只聽得松樹枝葉間傳出一個清朗的聲音：「慕容公子，你來破解珍瓏，小僧代應兩著，勿怪冒昧。」枝葉微動，清風颯然，棋局旁已多了一名僧人。這和尚身穿灰布僧袍，神光瑩然，寶相莊嚴，臉上微微含笑。

段譽吃了一驚，心道：「鳩摩智這魔頭又來了！」又想：「難道剛才那白子是慕容公子所發？這位慕容公子，今日我終於要見到了？」

只見鳩摩智雙手合什，向蘇星河、丁春秋和玄難各行一禮，說道：「小僧途中得見聰辯先生棋會邀帖，不自量力，前來會見天下高人。」又道：「慕容公子，這也就現身罷！」

但聽得笑聲清朗，一株松樹後轉了兩個人出來。段譽登時眼前一黑，耳中作響，嘴裏發苦，全身生熱。這人娉娉婷婷，緩步而來，正是他朝思暮想、無時或忘的王語嫣。

她滿臉傾慕愛戀之情，痴痴的瞧著她身旁一個青年公子。段譽順著她目光看去，但見那人二十七八歲年紀，身穿淡黃輕衫，腰懸長劍，飄然而來，面目俊美，瀟灑閒雅。

段譽一見之下，身上冷了半截，眼圈一紅，險些便要流下淚來，心道：「人道慕容公子是人中龍鳳，果然名不虛傳。王姑娘對他如此傾慕，也真難怪。唉，我一生一世，命中是注定要受苦受難了。」他心下自怨自艾，自嘆自傷，不願抬頭去看王語嫣的神色，但終於忍不住又偷偷瞧了她一眼。只見她容光煥發，似乎全身都要笑了出來，自相識以來，從未見過她如此歡喜。兩人已走近身來，但王語嫣對段譽視而不見，竟沒向他招呼。段譽又道：「她心中從來就沒我這個人在，從前就算跟我在一起，心中也只有她表哥。」

鄧百川、公冶乾、包不同、風波惡四人早搶著迎上。公冶乾向慕容復低聲稟告蘇星河、丁春秋、玄難等三方人眾的來歷。包不同道：「這姓段的是個書獃子，不會武功，剛才已下過棋，敗下了陣來。」

慕容復和眾人一一行禮廝見，言語謙和，著意結納。「姑蘇慕容」名震天下，眾人都想不到竟是這麼一個俊雅清貴的公子哥兒，當下互道仰慕，連丁春秋也說了幾句客氣話。

慕容復最後才和段譽相見，說道：「段兄，你好。」段譽神色慘然，搖頭道：「你才好了，我……我一點兒也不好。」王語嫣「啊」的一聲，道：「段公子，你也在這裏。」段譽道：「是，我……我……」

慕容復向他瞪了幾眼，不再理睬，走到棋局之旁，拈起白子，下在棋局之中。鳩摩智微微一笑，說道：「慕容公子，你武功雖強，這弈道只怕也是平常。」說著下了一枚黑子。慕容復道：「未必便輸於你。」說著下了一枚白子。鳩摩智應了一著。

慕容復對這局棋凝思已久，自信已想出了解法，可是鳩摩智這一著卻大出他意料之外，本來籌劃好的全盤計謀盡數落空，須得從頭想起，過了良久，才又下一子。

鳩摩智運思極快，跟著便下。兩人一快一慢，下了二十餘子，鳩摩智突然哈哈大笑，說道：「慕容公子，咱們一拍兩散！」慕容復怒道：「你這麼瞎搗亂！那麼你來解解看。」鳩摩智笑道：「這個棋局，原本世上無人能解，乃是用來作弄人的。小僧有自知之明，不想多耗心血於無益之事。慕容公子，你連我在邊角上的糾纏也擺脫不了，還想逐鹿中原麼？」

慕容復心頭一震，一時之間百感交集，反來覆去只是想著他那兩句話：「你連我在邊角上的糾纏也擺脫不了，還想逐鹿中原麼？」

眼前漸漸模糊，棋局上的白子黑子似乎都化作了將官士卒，東一團人馬，西一塊陣營，你圍住我，我圍住你，互相糾纏不清的廝殺。慕容復眼睜睜見到，己方白旗白甲的兵馬被黑旗黑甲的敵人圍住了，左衝右突，始終殺不出重圍，心中越來越是焦急：「我慕容氏天命已盡，一切枉費心機。我一生盡心竭力，終究化作一場春夢！時也命也，夫復何言？」突然間大叫一聲，拔劍便往頸中刎去。

當慕容復呆立不語、神色不定之際，王語嫣和段譽、鄧百川、公冶乾等都目不轉睛的凝視著他。慕容復居然會忽地拔劍自刎，這一著誰都料想不到，鄧百川等一齊搶上解救，但功力已失，終是慢了一步。

段譽食指點出，叫道：「不可如此！」只聽得「嗤」的一聲，慕容復手中長劍一晃，噹的一聲，掉在地下。

鳩摩智笑道：「段公子，好一招六脈神劍！」

慕容復長劍脫手，一驚之下，才從幻境中醒了過來。王語嫣拉著他手，連連搖晃，叫道：「表哥！解不開棋局，又打甚麼緊？你何苦自尋短見？」說著淚珠從面頰上滾了下來。

慕容復茫然道：「我怎麼了？」王語嫣道：「幸虧段公子打落了你手中長劍，否則……否則……」公冶乾勸道：「公子，這棋局迷人心魄，看來其中含有幻術，公子不必再耗費心思。」慕容復轉頭向著段譽，道：「閣下適才這一招，當真是六脈神劍的劍招麼？可惜我沒瞧見，閣下能否再試一招，俾在下得以一開眼界。」

段譽向鳩摩智瞧了瞧，生怕他見到自己使了一招「六脈神劍」之後，又來捉拿自己，這路劍法時靈時不靈，惡和尚倘若出手，那可難以抵擋，心中害怕，向左跨了三步，與鳩摩智離得遠遠地，中間有朱丹臣等三人相隔，這才答道：「我……我心急之下，一時碰巧，要再試一招，這就難了。你剛才當真沒瞧見？」

慕容復臉有慚色，道：「在下一時之間心神迷糊，竟似著魔中邪一般。」包不同大叫一聲，道：「是了，定是星宿老怪在旁施展邪法，公子，千萬小心！」

慕容復向丁春秋橫了一眼，向段譽道：「在下誤中邪術，多蒙救援，感激不盡。段兄身負『六脈神劍』絕技，可是大理段家的嗎？」

忽聽得遠處一個聲音悠悠忽忽的飄來：「那一個大理段家的人在此？是段正淳嗎？」正是「惡貫滿盈」段延慶的聲音。

朱丹臣等立時變色。只聽得一個金屬相擦般的聲音叫道：「我們老大，才是正牌大理段氏，其餘都是冒牌貨。」段譽微微一笑，心道：「我徒兒也來啦。」

南海鱷神的叫聲甫歇，山下快步上來一人，身法奇快，正是雲中鶴，叫道：「天下四大惡人拜訪聰辯先生，謹赴棋會之約。」蘇星河道：「歡迎之至。」這四字剛出口，雲中鶴已飄行到了眾人身前。

過了一會，段延慶、葉二娘、南海鱷神三人並肩而至。南海鱷神大聲道：「我們老大見到請帖，很是歡喜，別的事情都擱下了，趕著來下棋，他武功天下無敵，比我岳老二還要厲害。那一個不服，這就上來跟他下三招棋。你們要單打獨鬥呢，還是大夥兒齊上？怎地還不亮兵刃？」葉二娘道：「老三，別胡說八道！下棋又不是動武打架，亮甚麼兵刃？」南海鱷神道：「你才胡說八道，不動武打架，老大巴巴的趕來幹甚麼？」

段延慶目不轉睛的瞧著棋局，凝神思索，過了良久良久，左手鐵杖伸到棋盒中一點，杖頭便如有吸力一般，吸住一枚白子，放在棋局之上。

玄難讚道：「大理段氏武功獨步天南，真乃名下無虛。」

段譽見過段延慶當日與黃眉僧弈棋的情景，知他不但內力深厚，棋力也是甚高，只怕這個「珍瓏」給他破解了開來，也未可知。朱丹臣在他耳畔悄聲道：「公子，咱們走罷！可別失了良機。」但段譽一來想看段延慶如何解此難局，二來好容易見到王語嫣，便是天塌下來也不肯捨她而去，當下只「唔，唔」數聲，反而向棋局走近了幾步。

蘇星河對這局棋的千變萬化，每一著都早已了然於胸，當即應了一著黑棋。段延慶想了一想，下了一子。蘇星河道：「閣下這一著極是高明，且看能否破關，打開一條出路。」下了一子黑棋，封住去路。段延慶又下了一子。

那少林僧虛竹忽道：「這一著只怕不行！」他適才見慕容復下過這一著，此後接續下去，終至拔劍自刎。他生怕段延慶重蹈覆轍，心下不忍，於是出言提醒。

南海鱷神大怒，叫道：「憑你這小和尚，也配來說我老大行不行！」一把抓住他的背心，提了過去。段譽道：「好徒兒，別傷了這位小師父！」南海鱷神到來之時，早就見到段譽，心中一直尷尬，最好是段譽不言不語，那知他還是叫了出來，氣憤憤的道：「不傷便不傷，打甚麼緊！」將虛竹放在地下。

眾人見這個如此橫蠻兇狠的南海鱷神居然聽段譽的話，對他以「徒兒」相稱也不反口，都感奇怪。只有朱丹臣等人明白其中原由，心下暗暗好笑。

虛竹坐在地下，心下轉念：「我師父常說，佛祖傳下的修證法門是戒、定、慧三學。『楞嚴經』云：『攝心為戒，因戒生定，因定發慧。』我等鈍根之人，難以攝心為戒，因此達摩祖師傳下了方便法門，教我們由學武而攝心，也可由弈棋而攝心。學武講究勝敗，下棋也講究勝敗，恰和禪定之理相反，因此不論學武下棋，均須無勝敗心。唸經、吃飯、行路之時，無勝敗心極易，比武、下棋之時無勝敗心極難。倘若在比武、下棋之時能無勝敗心，那便近道了。『法句經』有云：『勝則生怨，負則自鄙。去勝負心，無諍自安。』我武功不佳，棋術低劣，和師兄弟們比武、下棋之時，一向勝少敗多，師父反而讚我能不嗔不怨，勝敗心甚輕。怎地今日我見這位段施主下了一著錯棋，便擔心他落敗，出言指點？何況以我的棋術，又怎能指點旁人？他這著棋雖與慕容公子的相同，此後便多半不同了，我自己不解，反而說『只怕不行』，豈不是大有貢高自慢之心？」

段延慶下一子，想一會，一子一子，越想越久，下到二十餘子時，日已偏西，玄難忽道：「段施主，你起初十著走的是正著，第十一著起，走入了旁門，越走越偏，再也難以挽救了。」段延慶臉上肌肉僵硬，木無表情，喉頭的聲音說道：「你少林派是名門正宗，依你正道，卻又如何解法？」玄難嘆了口氣，道：「這棋局似正非正，似邪非邪，用正道是解不開的，但若純走偏鋒，卻也不行！」

段延慶左手鐵杖停在半空，微微發顫，始終點不下去，過了良久，說道：「前無去路，後有追兵，正也不是，邪也不是，那可難也！」他家傳武功本來是大理段氏正宗，但後來入了邪道，玄難這幾句話，觸動了他心境，竟如慕容公子一般，漸漸入了魔道。

這個珍瓏變幻百端，因人而施，愛財者因貪失誤，易怒者由憤壞事。段譽之敗，在於愛心太重，不肯棄子；慕容復之失，由於執著權勢，勇於棄子，卻說甚麼也不肯失勢。段延慶生平第一恨事，乃是殘廢之後，不得不拋開本門正宗武功，改習旁門左道的邪術，一到全神貫注之時，外魔入侵，竟爾心神盪漾，難以自制。

丁春秋笑咪咪的道：「是啊！一個人由正入邪易，改邪歸正難，你這一生啊，注定是毀了，毀了，毀了！唉，可惜，一失足成千古恨，再想回首，那也是不能了！」說話之中，充滿了憐惜之情。玄難等高手卻都知道這星宿老怪不懷好意，乘火打劫，要引得段延慶走火入魔，除去一個厲害的對頭。

果然段延慶呆呆不動，淒然說道：「我以大理國皇子之尊，今日落魄江湖，淪落到這步田地，實在愧對列祖列宗。」

丁春秋道：「你死在九泉之下，也是無顏去見段氏的先人，倘若自知羞愧，不如圖個自盡，也算是英雄好漢的行徑，唉，唉！不如自盡了罷，不如自盡了罷！」話聲柔和動聽，一旁功力較淺之人，已自聽得迷迷糊糊的昏昏欲睡。

段延慶跟著自言自語：「唉，不如自盡了罷！」提起鐵杖，慢慢向自己胸口點去。但他究竟修為甚深，隱隱知道不對，內心深處似有個聲音在說：「不對，不對，這一點下去，那就糟糕了！」但左手鐵杖仍是一寸寸的向自己胸口點了下去。他當年失國流亡、身受重傷之餘，也曾生過自盡的念頭，只因一個特異機緣，方得重行振作，此刻自制之力減弱，隱伏在心底的自盡念頭又冒了上來。

周圍的諸大高手之中，玄難慈悲為懷，有心出言驚醒，但這聲「當頭棒喝」，須得功力與段延慶相當，方起振聾發聵之效，否則非但無益，反生禍害，心下暗暗焦急，卻是束手無策。蘇星河格於師父當年立下的規矩，不能相救。慕容復知道段延慶不是好人，他如走火而死，除去天下一害，那是最好不過。鳩摩智幸災樂禍，笑吟吟的袖手旁觀。段譽和游坦之功力均甚深厚，卻全不明白段延慶此舉是甚麼意思。王語嫣於各門各派的武學雖所知極多，但丁春秋以心力誘引的邪派功夫並非武學，她是一竅不通了。葉二娘以段延慶一直壓在她的頭上，平時頤指氣使，甚為無禮，積忿已久，心想他要自盡，卻也不必相救。鄧百川、康廣陵等不但功力全失，且也不願混入星宿老怪與「第一惡人」的比拚。

這中間只有南海鱷神一人最是焦急，眼見段延慶的杖頭離他胸口已不過數寸，再延擱片刻，立時便點了自己死穴，當下順手抓起虛竹，叫道：「老大，接住了這和尚！」說著便向段延慶擲了過去。

丁春秋拍出一掌，道：「去罷！別來攪局！」南海鱷神這一擲之力極是雄渾，虛竹身帶勁風，向前疾飛，但被丁春秋軟軟的一掌拍著，虛竹的身子又飛了回去，直撞向南海鱷神。

南海鱷神雙手接住，想再向段延慶擲去，不料丁春秋的掌力之中，蘊蓄著三股後勁，南海鱷神突然雙目圓睜，騰騰騰退出三步，正待立定，第二股後勁又到。他雙膝一軟，坐倒在地，只道再也沒事了，那知還有第三股後勁襲來。他身不由主的倒翻了一個觔斗，雙手兀自抓著虛竹，將他在身下一壓，又翻了過來。他料想丁老怪這一掌更有第四股後勁，忙將虛竹的身子往前一推，以便擋架。

但第四股後勁卻沒有了，南海鱷神睜眼罵道：「你奶奶個雄！」將虛竹放在地下。

丁春秋發了這一掌，心力稍弛，段延慶的鐵杖停在半空，不再移動。丁春秋道：「來不及了，來不及了，段延慶，我勸你還是自盡了罷，還是自盡了罷！」段延慶嘆道：「是啊，活在世上，還有甚麼意思？還是自盡了罷！」說話之間，杖頭離著胸口衣衫又近了兩寸。

虛竹慈悲之心大動，心知要解段延慶的魔障，須從棋局入手，只是棋藝低淺，要說解開這局複雜無比的棋中難題，當真是想也不敢想，眼見段延慶雙目呆呆的凝視棋局，危機生於頃刻，突然間靈機一動：「我解不開棋局，但搗亂一番，卻是容易，只須他心神一分，便有救了。既無棋局，何來勝敗？」便道：「我來解這棋局。」快步走上前去，從棋盒中取過一枚白子，閉了眼睛，隨手放在棋局之上。

他雙眼還沒睜開，只聽得蘇星河怒聲斥道：「胡鬧，胡鬧，你自填一氣，自己殺死一塊白棋，那有這等下棋的法子？」虛竹睜眼一看，不禁滿臉通紅。

原來自己閉著眼睛瞎放一子，竟放在一塊已被黑棋圍得密不通風的白棋之中。這大塊白棋本來尚有一氣，雖然黑棋隨時可將之吃淨，但只要對方一時無暇去吃，總還有一線生機，苦苦掙扎，全憑於此。現下他自己將自己的白棋吃了，棋道之中，從無這等自殺的行徑。這白棋一死，白方眼看是全軍覆沒了。

鳩摩智、慕容復、段譽等人見了，都不禁哈哈大笑。玄難搖頭莞爾。范百齡雖在衰疲之餘，也忍不住道：「那不是開玩笑嗎？」

蘇星河道：「先師遺命，此局不論何人，均可入局。小師父這一著雖然異想天開，總也是入局的一著。」將虛竹自己擠死了的大塊白棋從棋盤上取了下來，跟著下了一枚黑子。

段延慶大叫一聲，從幻境中醒覺，眼望丁春秋，心道：「星宿老怪，你乘人之危，暗施毒手，咱們可不能善罷干休。」

丁春秋向虛竹瞧了一眼，目中滿含怨毒之意，罵道：「小賊禿！」

段延慶看了棋局中的變化，已知適才死裏逃生，乃是出於虛竹的救援，心下好生感激，情知丁春秋挾嫌報復，立即便要向虛竹下手，尋思：「少林高僧玄難在此，諒星宿老怪也不能為難他的徒子徒孫，但若玄難老朽昏庸，迴護不周，我自不能讓小和尚為我而死。」

蘇星河向虛竹道：「小師父，你殺了自己一塊棋子，黑棋再逼緊一步，你如何應法？」

虛竹陪笑道：「小僧棋藝低劣，胡亂下子，志在救人。這盤棋小僧是不會下的，請老前輩原諒。」

蘇星河臉色一沉，厲聲道：「先師布下此局，恭請天下高手破解。倘若破解不得，那是無妨，若有後殃，也是咎由自取。但如有人前來搗亂棋局，瀆褻了先師畢生的心血，縱然人多勢眾，嘿嘿，老夫雖然又聾又啞，卻也要誓死周旋到底。」他叫做「聾啞老人」，其實既不聾，又不啞，此刻早已張耳聽聲，開口說話，竟然仍自稱「又聾又啞」，只是他說話時鬚髯戟張，神情極是兇猛，誰也不敢笑話於他。

虛竹合什深深行禮，說道：「老前輩……」

蘇星河大聲喝道：「下棋便下棋，多說更有何用？我師父是給你胡亂消遣的麼？」說著右手一揮，拍出一掌，砰的一聲巨響，眼前塵土飛揚，虛竹身前立時現出一個大坑。這一掌之力猛惡無比，倘若掌力推前尺許，虛竹早已筋折骨斷，死於非命了。

虛竹嚇得心中怦怦亂跳，舉眼向玄難瞧去，盼望師伯祖出頭，救他脫此困境。玄難棋藝不高，武功又已全失，更有甚麼法子好想？當此情勢，只有硬起頭皮，正要向蘇星河求情，忽見虛竹伸手入盒，取過一枚白子，下在棋盤之上。所下之處，卻是提去白子後現出的空位。

這一步棋，竟然大有道理。這三十年來，蘇星河於這局棋的千百種變化，均已拆解得爛熟於胸，對方不論如何下子，都不能逾越他已拆解過的範圍。但虛竹一上來便閉了眼亂下一子，以致自己殺了一大塊白子，大違根本棋理，任何稍懂弈理之人，都決不會去下這一著。那等如是提劍自刎、橫刀自殺。豈知他閉目落子而殺了自己一大塊白棋後，局面頓呈開朗，黑棋雖然大佔優勢，白棋卻已有迴旋的餘地，不再像以前這般縛手縛腳，顧此失彼。這個新局面，蘇星河是做夢也沒想到過的，他一怔之下，思索良久，方應了一著黑棋。

原來虛竹適才見蘇星河擊掌威嚇，師伯祖又不出言替自己解圍，正自徬徨失措之際，忽然一個細細的聲音鑽入耳中：「下『平』位三九路！」虛竹也不理會此言是何人指教，更不想此著是對是錯，拿起白子，依言便下在「平」位三九路上。待蘇星河應了黑棋後，那聲音又鑽入虛竹耳中：「『平』位二八路。」虛竹再將一枚白棋下在「平」位二八路上。

他此子一落，只聽得鳩摩智、慕容復、段譽等人都「咦」的一聲叫了出來。虛竹抬頭起來，只見許多人臉上都有欽佩訝異之色，顯然自己這一著大是精妙，又見蘇星河臉上神色又是歡喜讚嘆，又是焦躁憂慮，兩條長長的眉毛不住上下掀動。

虛竹心下起疑：「他為甚麼忽然高興？難道我這一著下錯了麼？」但隨即轉念：「管他下對下錯，只要我和他應對到十著以上，顯得我下棋也有若干分寸，不是胡亂攪局，侮辱他的先師，他就不會見怪了。」待蘇星河應了黑子後，依著暗中相助之人的指示，又下一著白子。他一面下棋，一面留神察看，是否師伯祖在暗加指示，但看玄難神情焦急，卻是不像，何況他始終沒有開口。

鑽入他耳中的聲音，顯然是「傳音入密」的上乘內功，說話者以深厚內力，將說話送入他一人的耳中，旁人即是靠在他的身邊，亦無法聽聞，但不管話聲如何輕，話總是要說的。虛竹偷眼察看各人口唇，竟沒一個在動，可是那「下『去』位五六路，食黑棋三子！」的聲音，卻清清楚楚的傳入了他耳中。虛竹依言而下，尋思：「教我的除了師伯祖外，再沒第二人。其餘那些人和我非親非故，如何肯來教我？這些高手之中，也只有師伯祖沒下過棋，其餘的都試過而失敗了。師伯祖神功非凡，居然能不動口唇而傳音入密，我不知幾時才能修得到這個地步。」

他那知教他下棋的，卻是那個天下第一大惡人「惡貫滿盈」段延慶。適才段延慶沉迷棋局之際，被丁春秋乘火打劫，險些兒走火入魔，自殺身亡，幸得虛竹搗亂棋局，才救了他一命。他見蘇星河對虛竹厲聲相責，大有殺害之意，當即出言指點，意在替虛竹解圍，令他能敷衍數著而退。他善於腹語之術，說話可以不動口唇，再以深厚內功傳音入密，身旁雖有好幾位一等一的高手，竟然誰也沒瞧出其中機關。

可是數著一下之後，局面竟起了大大變化，段延慶才知這個「珍瓏」的秘奧，正是要白棋先擠死了自己一大塊，以後的妙著方能源源而生。棋中固有「反撲」、「倒脫靴」之法，自己故意送死，讓對方吃去數子，然後取得勝勢，但送死者最多也不過八九子，決無一口氣奉送數十子之理，這等「擠死自己」的著法，實乃圍棋中千古未有之奇變，任你是如何超妙入神的高手，也決不會想到這一條路上去。任何人所想的，總是如何脫困求生，從來沒人故意往死路上去想。若不是虛竹閉上眼睛、隨手瞎擺而下出這著大笨棋來，只怕再過一千年，這個「珍瓏」也沒人能解得開。

段延慶的棋術本來極為高明，當日在大理與黃眉僧對弈，殺得黃眉僧無法招架，這時棋局中取出一大塊白棋後再下，天地一寬，既不必顧念這大塊白棋的死活，更不再有自己白棋處處掣肘，反而騰挪自如，不如以前這般進退維谷了。

鳩摩智、慕容復等不知段延慶在暗中指點，但見虛竹妙著紛呈，接連吃了兩小塊黑子，忍不住喝采。

玄難喃喃自語：「這局棋本來糾纏於得失勝敗之中，以致無可破解，虛竹這一著不著意於生死，更不著意於勝敗，反而勘破了生死，得到解脫……」他隱隱似有所悟，卻又捉摸不定，自知一生耽於武學，於禪定功夫大有欠缺，忽想：「聾啞先生與函谷八友專鶩雜學，以致武功不如丁春秋，我先前還笑他們走入了歧路。可是我畢生專練武功，不勤參禪，不急了生死，豈不是更加走上了歧路？」想到此節，霎時之間全身大汗淋漓。

段譽初時還關注棋局，到得後來，一雙眼睛又只放在王語嫣身上，他越看越是神傷，但見王語嫣的眼光，始終沒須臾離開過慕容復。段譽心中只說：「我走了罷，我走了罷！再耽下去，只有多歷苦楚，說不定當場便要吐血。」但要他自行離開王語嫣，卻又如何能夠？他尋思：「等王姑娘回過頭來，我便跟她說：『王姑娘，恭喜你已和表哥相會，我今日得多見你一面，實是有緣。我這可要走了！』她如果說：『好，你走罷！』那我只好走了。但如果她說：『不用忙，我還有話跟你說。』那麼我便等著，瞧她有甚麼話吩咐。」

其實，段譽明知王語嫣不會回頭來瞧他一眼，更不會說「不用忙，我還有話跟你說。」突然之間，王語嫣後腦的柔髮微微一動。段譽一顆心怦怦而跳：「她回過頭來了！」卻聽得她輕輕嘆了口氣，低聲叫道：「表哥！」

慕容復凝視棋局，見白棋已佔上風，正在著著進迫，心想：「這幾步棋我也想得出來。萬事起頭難，便是第一著怪棋，無論如何想不出。」王語嫣低聲叫喚，他竟沒聽見。

王語嫣又是輕輕嘆息，慢慢的轉過頭來。

段譽心中大跳：「她轉過頭來了！她轉過頭來了！」

王語嫣一張俏麗的臉龐果然轉了過來。段譽看到她臉上帶著一絲淡淡的憂鬱，眼神中更有幽怨之色，尋思：「自從她與慕容復公子並肩而來，神色間始終歡喜無限，怎地忽然不高興起來？難道……難道為了心中對我也有一點兒牽掛嗎？」只見她眼光更向右轉，和他的眼光相接，段譽向前踏了一步，想說：「王姑娘，你有甚麼話說？」但王語嫣的眼光緩緩移了開去，向著遠處凝望了一會，又轉向慕容復。

段譽一顆心更向下低沉，說不盡的苦澀：「她不是不瞧我，可比不瞧我更差上十倍。她眼光對住了我，然而是視而不見。她眼中見到了我，我的影子卻沒進入她的心中。她只是在凝思她表哥的事，那裏有半分將我段譽放在心上。唉，不如走了罷，不如走了罷！」

那邊虛竹聽從段延慶的指點落子，眼見黑棋不論如何應法，都要被白棋吃去一塊，但如黑棋放開一條生路，那麼白棋就此衝出重圍，那時別有天地，再也奈何它不得了。

蘇星河凝思半晌，笑吟吟的應了一著黑棋。段延慶傳音道：「下『上』位七八路！」虛竹依言下子，他對弈道雖所知甚少，但也知此著一下，使解破了這個珍瓏棋局，拍手笑道：「好像是成了罷？」

蘇星河滿臉笑容，拱手道：「小神僧天賦英才，可喜可賀。」

虛竹忙還禮道：「不敢，不敢，這個不是我……」他止要說出這是受了師伯祖的指點，那「傳音入密」聲音道：「此中秘密，千萬不可揭穿。險境未脫，更須加倍的小心在意。」虛竹只道是玄難再加指示，便垂首道：「是，是！」

蘇星河站起身來，說道：「先師布下此局，數十年來無人能解，小神僧解開這個珍瓏，在下感激不盡。」虛竹不明其中緣由，只得謙虛道：「我這是誤打誤撞，全憑長輩見愛，老先生過獎，實在愧不敢當。」

蘇星河走到那三間木屋之前，伸手肅客，道：「小神僧，請進！」

虛竹見這三間木屋建構得好生奇怪，竟沒門戶，不知如何進去，更不知進去作甚，一時呆在當地，沒了主意。只聽得那聲音又道：「棋局上衝開一條出路，乃是硬戰苦鬥而致。木屋無門，你也用少林派武功硬劈好了。」虛竹道：「如此得罪了！」擺個馬步，右手提起，發掌向板門上劈了過去。

他武功有限，當日被丁春秋大袖一拂，便即倒地，給星宿派門人按住擒獲，幸而如此，內力得保不失。然在場上這許多高手眼中，他這一掌之力畢竟不值一哂，幸好那門板並不堅牢，喀喇一聲，門板裂開了一縫。虛竹又劈兩掌，這才將門板劈開，但手掌已然隱隱生疼。

南海鱷神哈哈大笑，說道：「少林派的硬功，實在稀鬆平常！」虛竹回頭道：「小僧是少林派中最不成器的徒兒，功夫淺薄，但不是少林派武功不成。」只聽那聲音道：「快快進去，不可回頭，不要理會旁人！」虛竹道：「是！」舉步便踏了進去。

只聽得丁春秋的聲音叫道：「這是本門的門戶，你這小和尚豈可擅入？」跟著砰砰兩聲巨響，虛竹只覺一股勁風倒捲上來，要將他身子拉將出去，可是跟著兩股大力在他背心和臀部猛力一撞，身不由主，便是一個觔斗，向裏直翻了進去。

他不知這一下已是死裏逃生，適才丁春秋發掌暗襲，要制他死命，鳩摩智則運起「控鶴功」，要拉他出來。但段延慶以杖上暗勁消去了丁春秋的一掌，蘇星河處身在他和鳩摩智之間，以左掌消解了「控鶴功」，右掌連拍兩下，將他打了進去。

這兩掌力道剛猛，虛竹撞破一重板壁後，額頭砰的一下，又撞在一重板壁之上，只撞得昏天黑地，險些暈去，過了半晌，這才站起身來，摸摸額角，已自腫起了一大塊。但見自己處身在一間空空蕩蕩、一無所有的房中。他想找尋門戶，但這房竟然無門無窗，只有自己撞破板壁而跌進來的一個空洞。他呆了呆，便想從那破洞中爬出去。

只聽得隔著板壁一個蒼老低沉的聲音傳了過來：「既然來了，怎麼還要出去？」

虛竹轉過身子，說道：「請老前輩指點途徑。」

那聲音道：「途徑是你自己打出來的，誰也不能教你。我這棋局布下後，數十年來無人能解，今日終於給你拆開，你還不過來！」

虛竹聽到「我這棋局」四字，不由得毛髮悚然，顫聲道：「你……你……你……」他聽得蘇星河口口聲聲說這棋局是他「先師」所製，這聲音是人是鬼？只聽那聲音又道：「時機稍縱即逝，我等了三十年，沒多少時候能再等你了，乖孩兒，快快進來罷！」

虛竹聽那聲音甚是和藹慈祥，顯然全無惡意，當下更不多想，左肩在那板壁上一撞，喀喇喇一聲響，那板壁已日久腐朽，當即破了一洞。

虛竹一眼望將進去，不由得大吃一驚，只見裏面又是一間空空蕩蕩的房間，卻有一個人坐在半空。他第一個念頭便是：「有鬼！」嚇得只想轉身而逃，卻聽得那人說道：「唉，原來是個小和尚！唉，還是個相貌好生醜陋的小和尚，難，難，難！唉，難，難，難！」

虛竹聽他三聲長嘆，連說了六個「難」字，再向他凝神瞧去，這才看清，原來這人身上有一條黑色繩子縛著，那繩子另一端連在橫樑之上，將他身子懸空吊起。只因他身後板壁顏色漆黑，繩子也是黑色，二黑相疊，繩子便看不出來，一眼瞧去，宛然是凌空而坐。

虛竹的相貌本來頗為醜陋，濃眉大眼，鼻孔上翻，雙耳招風，嘴唇甚厚，加上此刻撞破板壁時臉上又受了些傷，更加的難看。他自幼父母雙亡，少林寺中的和尚心生慈悲，將他收養在寺中，寺中僧眾不是虔誠清修，便是專心學武，誰也沒來留神他的相貌是俊是醜。佛家言道，人的身子乃是個「臭皮囊」，對這個臭皮囊長得好不好看，若是多加關懷，於證道大有妨礙。因此那人說他是個「好生醜陋的小和尚」，虛竹生平還是第一次聽見。

他微微抬頭，向那人瞧去。只見他長鬚三尺，沒一根斑白，臉如冠玉，更無半絲皺紋，年紀顯然已經不小，卻仍神采飛揚，風度閒雅。虛竹微感慚愧：「說到相貌，我當真和他是天差地遠了。」這時心中已無懼意，躬身行禮，說道：「小僧虛竹，拜見前輩。」

那人點了點頭，道：「你姓甚麼？」虛竹一怔，道：「出家之人，早無俗家姓氏。」那人道：「你出家之前姓甚麼？」虛竹道：「小僧自幼出家，向來便無姓氏。」

那人向他端相半晌，嘆了口氣，道：「你能解破我的棋局，聰明才智，自是非同小可，但相貌如此，卻終究不行，唉，難得很。我瞧終究是白費心思，反而枉送了你的性命。小師父，我送一份禮物給你，你便去罷！」

虛竹聽那老人語氣，顯是有一件重大難事，深以無人相助為憂，大乘佛法第一講究「度眾生一切苦厄」，當即說道：「小僧於棋藝一道，實在淺薄得緊，老前輩這個棋局，也不是小僧自己拆解的。但若老前輩有甚麼難事要辦，小僧雖然本領低微，卻也願勉力而為，至於禮物，可不敢受賜。」

那老人道：「你有這番俠義心腸，倒是不錯。你棋藝不高，武功淺薄，都不相干，你既能來到這裏，那便是有緣。只不過……只不過……你相貌太也難看。」說著不住搖頭。

虛竹微微一笑，說道：「相貌美醜，乃無始以來業報所聚，不但自己作不得主，連父母也作不得主。小僧貌醜，令前輩不快，這就告辭了。」說著退了兩步。

虛竹正待轉身，那老人道：「且慢！」衣袖揚起，搭在虛竹右肩之上。虛竹身子略略向下一沉，只覺這衣袖有如手臂，挽住了他身子。那老人笑道：「年輕人有這等傲氣，那也很好。」虛竹道：「小僧不敢狂妄驕傲，只是怕讓老前輩生氣，還是及早告退的好。」

那老人點了點頭，問道：「今日來解棋局的，有那些人？」虛竹一一說了。那老人沉吟半晌，道：「天下高手，十之六七都已到了。大理天龍寺的枯榮大師沒來麼？」虛竹答道：「除了敝寺僧眾之外，出家人就只一位鳩摩智大師。」那老人又問：「近年來武林中聽說有個人名叫喬峯，甚是了得，他沒來嗎？」虛竹道：「沒有。」

那老人嘆了口氣，自言自語的道：「我已等了這麼多年，再等下去，也未必能遇到內外俱美的全材。天下不如意事十常七八，也只好將就如此了。」沉吟片刻，似乎心意已決，說道：「你適才言道，這棋局不是你拆解的，那麼星河如何又送你進來？」

虛竹道：「第一子是小僧大膽無知，閉了眼睛瞎下的，以後各著，卻是敝師伯祖法諱上玄下難，以『傳音入密』之法暗中指點。」當下將拆解棋局的經過情形，說了一遍。

那老人嘆道：「天意如此，天意如此！」突然間愁眉開展，笑道：「既是天意如此，你閉了眼睛，竟誤打誤撞的將我這棋局解開，足見福緣深厚，或能辦我大事，亦未可知。好，好，好，乖孩子，你跪下磕頭罷！」

虛竹自幼在少林寺中長大，每日裏見到的不是師父、師叔伯，便是師伯祖、師叔祖等等長輩，即在同輩之中，年紀比他大、武功比他強的師兄也是不計其數，向來是服從慣了的。佛門弟子，講究謙下，他聽那老人叫他磕頭，雖然不明白其中道理，但想這人是武林前輩，向他磕幾個頭是理所當然，當下恭恭敬敬的跪了下來，咚咚咚咚的磕了四個頭，待要站起，那人笑道：「再磕五個，這是本門規矩。」虛竹應道：「是！」又磕了五個頭。

那老人道：「好孩子，好孩子！你過來！」虛竹站起身，走到他的身前。

那老人抓住他手腕，向他上上下下的細細打量。突然虛竹只覺脈門上一熱，一股內力自手臂上升，迅速無比的衝向他的心口，不由自主的便以少林心法相抗。那老人的內力一觸即退，登時安然無事。虛竹知他是試探自己內力的深淺，不由得面紅過耳，苦笑道：「小僧平時多讀佛經，小時又性愛嬉戲，沒好好修練師父所授的內功，倒教前輩見笑了。」

不料那老人反而十分歡喜，笑道：「很好，很好，你於少林派的內功所習甚淺，省了我好些麻煩。」他說話之間，虛竹只覺全身軟洋洋地，便如泡在一大缸溫水之中一般，周身毛孔之中，似乎都有熱氣冒出，說不出的舒暢。

過得片刻，那老人放開他手腕，笑道：「行啦，我已用本門『北冥神功』，將你的少林內力都化去啦！」

虛竹大吃一驚，叫道：「甚……甚麼？」跳了起來，雙腳落地時膝蓋中突然一軟，一屁股坐在地下，只覺四肢百骸盡皆酸軟，腦中昏昏沉沉，望出來猶如天旋地轉一般，情知這老人所說不假，霎時間悲從中來，眼淚奪眶而出，哭道：「我……我……和你無怨無仇，又沒得罪你，為甚麼要這般害我？」

那人微笑道：「你怎地說話如此無禮？不稱『師父』，卻『你呀，我呀』的，沒半點規矩？」虛竹驚道：「甚麼？你怎麼會是我師父？」那人道：「你剛才磕了我九個頭，那便是拜師之禮了。」虛竹道：「不，不，不！我是少林子弟，怎能再拜你為師？你這些害人的邪術，我也決計不學。」說著掙扎站起。

那人笑道：「你當真不學？」雙手一揮，兩袖飛出，搭上虛竹肩頭。虛竹只覺肩上沉重無比，再也無法站直，雙膝一軟，便即坐倒，不住的道：「你便打死我，我也不學。」

那人哈哈一笑，突然身形拔起，在半空中一個觔斗，頭上所戴方巾飛入屋角，左足在屋樑上一撐，頭下腳上的倒落下來，腦袋頂在虛竹的頭頂，兩人天靈蓋和天靈蓋相接。

虛竹驚道：「你……你幹甚麼？」用力搖頭，想要將那人搖落。但這人的頭頂便如用釘子釘住了虛竹的腦門一般，不論如何搖晃，始終擺他不脫。虛竹腦袋搖向東，那人身體飄向東，虛竹搖向西，那人跟著飄向西，兩人連體，搖晃不已。

虛竹更是惶恐，伸出雙手，左手急推，右手狠拉，要將他推拉下來。但一推之下，便覺自己手臂上軟綿綿的沒半點力道，心中大急：「中了他的邪法之後，別說武功全失，看來連穿衣吃飯也沒半分力氣了，從此成了個全身癱瘓的廢人，那便如何是好？」驚佈失措，縱聲大呼，突覺頂門上「百會穴」中有細細一縷熱氣衝入腦來，嘴裏再也叫不出聲，心道：「不好，我命休矣！」只覺腦海中愈來愈熱，霎時間頭昏腦脹，腦殼如要炸將開來一般，這熱氣一路向下流去，過不片時，再也忍耐不住，昏暈了過去。

只覺得全身輕飄飄地，便如騰雲駕霧，上天遨遊；忽然間身上冰涼，似乎潛入了碧海深處，與羣魚嬉戲；一時在寺中讀經；一時又在苦練武功，但練來練去始終不成。正焦急間，忽覺天下大雨，點點滴滴的落在身上，雨點卻是熱的。

這時頭腦卻也漸漸清醒了，他睜開眼來，只見那老者滿身滿臉大汗淋漓，不住滴向他的身上，而他面頰、頭頸、髮根各處，仍是有汗水源源滲出。虛竹發覺自己橫臥於地，那老者坐在身旁，兩人相連的頭頂早已分開。

虛竹一骨碌坐起，道：「你……」只說了一個「你」字，不由得猛吃一驚，見那老者已然變了一人，本來潔白俊美的臉上，竟布滿了一條條縱橫交叉的深深皺紋，滿頭濃密頭髮已盡數脫落，而一叢光亮烏黑的長髯，也都變成了白鬚。虛竹第一個念頭是：「我昏暈了多少年？三十年嗎？五十年嗎？怎麼這人突然間老了數十年。」眼前這老者龍鍾不堪，沒有一百二十歲，總也有一百歲。

那老人瞇著雙眼，有氣沒力的一笑，說道：「大功告成了！乖孩兒，你福澤深厚，遠過我的期望，你向這板壁空拍一掌試試！」

虛竹不明所以，依言虛擊一掌，只聽得喀喇喇一聲響，好好一堵板壁登時垮了半邊，比他出全力撞上十下，塌得還要厲害。虛竹驚得呆了，道：「那……那是甚麼緣故？」

那老人滿臉笑容，十分歡喜，也道：「那……那是甚麼緣故？」虛竹道：「我怎麼……怎麼忽然有了這樣大的力道？」那老者微笑道：「你還沒學過本門掌法，這時所能使出來的內力，一成也還不到。你師父七十餘年的勤修苦練，豈同尋常？」

虛竹一躍而起，內心知道大事不妙，叫道：「你……你……甚麼七十餘年勤修苦練？」那老人微笑道：「難道你此刻還不明白？真的還沒想到嗎？」

虛竹心中隱隱已感到了那老人此舉的真義，但這件事委實太過突兀，太也不可思議，實在令人難以相信，囁囁嚅嚅的道：「老前輩是傳了一門神功……一門神功給了小僧麼？」

那老人微笑道：「你還不肯稱我師父？」虛竹低頭道：「小僧是少林派的弟子，不能欺祖滅宗，改入別派。」那老人道：「你身上已沒半分少林派的功夫，還說是甚麼少林弟子？你體內蓄積有『逍遙派』七十餘年神功，怎麼還不是本派的弟子？」虛竹從來沒聽見過「逍遙派」的名字，神不守舍的道：「逍遙派？」那老人微笑道：「乘天地之正，御六氣之辯，以遊於無窮，是為逍遙。你向上一跳試試！」

虛竹好奇心起，雙膝略彎，腳上用力，向上輕輕一跳。突然砰的一聲，頭頂一陣劇痛，眼前一亮，半個身子已穿破了屋頂，還在不住上昇，忙伸手抓住屋頂，落下地來，接連跳了幾下，方始站住，如此輕功，實是匪夷所思，一時間並不歡喜，反而甚感害怕。

那老人道：「怎麼樣？」虛竹道：「我……我是入了魔道麼？」那老人道：「你安安靜靜的坐著，聽我述說原因。時刻已經不多，只能擇要而言。你既不肯稱我為師，不願改宗，我也不來勉強於你。小師父，我求你幫個大忙，替我做一件事，你能答應麼？」

虛竹素來樂於助人，佛家修六度，首重布施，世人有難，自當盡力相助，便道：「前輩有命，自當竭力以赴。」這兩句話一出口，忽地想到此人的功夫似是左道妖邪一流，當即又道：「但若前輩命小僧為非作歹，那可不便從命了。」

那老人臉現苦笑，問道：「甚麼叫做『為非作歹』？」虛竹一怔，道：「小僧是佛門弟子，損人害人之事，是決計不做的。」那老人道：「倘若世間有人，專做損人害人之事，為非作歹，殺人無算，我命你去除滅了他，你答不答應？」虛竹道：「小僧要苦口婆心，勸他改過遷善。」那老人道：「倘若他執迷不悟呢？」虛竹挺直身子，說道：「伏魔除害，原是我輩當為之事。只是小僧能為淺薄，恐怕不能當此重任。」

那老人道：「那麼你答應了？」虛竹點頭道：「我答應了！」那老人神情歡悅，道：「很好，很好！我要你去殺一個人，一個大大的惡人，那便是我的弟子丁春秋，今日武林中稱為星宿老怪便是。」

虛竹噓了口氣，如釋重負，他親眼見到星宿老怪只一句話便殺了十名車夫，實是罪大惡極，師伯祖玄難大師又被他以邪術化去全身內力，便道：「除卻星宿老怪，乃是莫大功德，但小僧這點點功夫，如何能夠……」說到這裏，和那老人四目相對，見到他目光中嘲弄的神色，登時想起，「這點點功夫」五字，似乎已經不對，當即住口。

那人道：「此刻你身上這點點功夫，早已不在星宿老怪之下，只是要將他除滅，確實還是不夠，但你不用擔心，老夫自有安排。」

虛竹道：「小僧曾聽薛慕華施主說過星宿海丁……丁施主的惡行，只道老前輩已給他害死了，原來老前輩尚在人世，那……那可好得很，好得很。」

那老人嘆了口氣，說道：「當年這逆徒突然發難，將我打入深谷之中，老夫險些喪命彼手。幸得我大徒兒蘇星河裝聾作啞，瞞過了逆徒耳目，老夫才得苟延殘喘，多活了三十年。星河的資質本來也是挺不錯的，只可惜他給我引上了岔道，分心旁鶩，去學琴棋書畫等等玩物喪志之事，我的上乘武功他是說甚麼也學不會的了。這三十年來，我只盼覓得一個聰明而專心的徒兒，將我畢生武學都傳授於他，派他去誅滅丁春秋。可是機緣難逢，聰明的本性不好，保不定重蹈養虎貽患的覆轍；性格好的卻又悟性不足。眼看我天年將盡，再也等不了，這才將當年所擺下的這個珍瓏公布於世，以便尋覓才俊。我大限即到，已無時候傳授武功，因此所收的這個關門弟子，必須是個聰明俊秀的少年。」

虛竹聽他又說到「聰明俊秀」，心想自己資質並不聰明，「俊秀」二字，更無論如何談不上，低頭道：「世間俊雅的人物，著實不少，外面便有兩個人，一是慕容公子，另一位是姓段的公子。小僧將他們請來會見前輩如何？」

那老人澀然一笑，說道：「我逆運『北冥神功』，已將七十餘年的修為，盡數注入了你的體中，那裏還能再傳授第二個人？」

虛竹驚道：「前輩……前輩真的將畢生修為，都傳給了小僧？那……那教……」

那老人道：「此事對你到底是禍是福，此刻尚所難言。武功高強也未必是福。世間不會半分武功之人，無憂無慮，少卻多少爭競，少卻多少煩惱？當年我倘若只是學琴學棋，學書學畫，不窺武學門徑，這一生我就快活得多了。」說著嘆了口長氣，抬起頭來，從虛竹撞破的屋頂洞孔中望出去，似乎想起了不少往事，過了半晌，才道：「好孩子，丁春秋只道我早已命喪於他手下，是以行事肆無忌憚。這裏有一幅圖，上面繪的是我昔年大享清福之處，那是在大理國無量山中，你尋到我所藏武學典籍的所在，依法修習，武功便能與這丁春秋並駕齊驅。但你資質似乎也不甚佳，修習本門武功，只怕多有窒滯，說不定還有不少凶險危難。那你就須求無量山石洞中那個女子指點。她見你相貌不佳，多半不肯教你，你求她瞧在我的份上……咳，咳……」說到這裏，連連咳嗽，已是上氣不接下氣，說著從懷中取出一個小小卷軸，塞在虛竹手中。

虛竹頗感為難，說道：「小僧學藝未成，這次是奉師命下山送信，即當回山覆命，今後行止，均須秉承師命而行。倘若本寺方丈和業師不准，便無法遵依前輩的囑咐了。」

那老人苦笑道：「倘若天意如此，要任由惡人橫行，那也無法可想，你……你……」說了兩個「你」字，突然間全身發抖，慢慢俯下身來，雙手撐在地下，似乎便要虛脫。

虛竹吃了一驚，忙伸手扶住，道：「老……老前輩，你怎麼了？」那老人道：「我七十餘年的修練已盡數傳付於你，今日天年已盡，孩子，你終究不肯叫我一聲『師父』麼？」說這幾句時，已是上氣不接下氣。

虛竹看到他目光中祈求哀憐的神氣，心腸一軟，「師父」二字，脫口而出。

那老人大喜，用力從左手指上脫下一枚寶石指環，要給虛竹套在手指上，只是他力氣耗竭，連虛竹的手腕也抓不住。虛竹又叫了聲：「師父！」將戒指套上了自己手指。

那老人道：「好……好孩子！你是我的第三個弟子，見到蘇星河，你……你就叫他大師哥。你姓甚麼？」虛竹道：「我實在不知道。」那老人道：「可惜你相貌不好看，中間實有不少為難之處，然而你是逍遙派掌門人，照理這女子不該違抗你的命令，很好，很好……」

越說聲音越輕，說到第二個「很好」兩字時，已是聲若遊絲，幾不可聞，突然間哈哈哈幾聲大笑，身子向前一衝，砰的一聲，額頭撞在地下，就此不動了。

虛竹忙伸手扶起，一探他鼻息，已然氣絕，急忙合什唸佛：「南無阿彌陀佛，南無阿彌陀佛，求阿彌陀佛、觀世音菩薩、大勢至菩薩，接引老先生往生西方極樂世界。」

他和這老人相處不到一個時辰，原說不上有甚麼情誼，但體內受了他修練七十餘年的功力，隱隱之間，似乎這老人對自己比甚麼人都更為親近，也可以說，這老人的一部分已變作了自己，突然間悲從中來，放聲大哭。

哭了一陣，跪倒在地，向那老人的遺體拜了幾拜，默默禱祝：「老前輩，我叫你師父，那是假的，你可不要當真。你神識不昧，可不要怪我。」禱祝已畢，轉身從板壁破洞中鑽了出去，只輕輕一躍，便竄過兩道板壁，到了屋外。

三十二

且自逍遙沒誰管

蘇星河大吃一驚，跳起身來，放聲大哭，跪在虛竹面前，磕頭如搗蒜。虛竹忙即跪下對拜。

虛竹一出木屋，不禁一怔，只見曠地上燒著一個大火柱，遍地都是橫七豎八倒伏著的松樹。他進木屋似乎並無多時，但外面已然鬧得天翻地覆，想來這些松樹都是在自己昏暈之時給人打倒的，因此在屋裏竟然全未聽到。

又見屋外諸人夾著火柱分成兩列。聾啞老人蘇星河站於右首，玄難等少林僧、康廣陵、薛慕華等一干人都站在他身後。星宿老怪站於左首，鐵頭人游坦之和星宿派羣弟子站在他身後。慕容復、王語嫣、段譽、鳩摩智、段延慶、南海鱷神等則疏疏落落的站於遠處。

蘇星河和丁春秋二人正在催運掌力，推動火柱向對方燒去。眼見火柱斜偏向右，顯然丁春秋已大佔上風。

各人個個目不斜視的瞧著火柱，對虛竹從屋中出來，誰也沒加留神。當然王語嫣關心的只是表哥慕容復，而段譽關心的只是王語嫣，這兩人所看的雖都不是火柱，但也決計不會來看虛竹一眼。

虛竹遠遠從眾人身後繞到右首，站在師叔慧鏡之側，只見火柱越來越偏向右方，蘇星河衣服中都鼓足了氣，直如順風疾駛的風帆一般，雙掌不住向前猛推。

丁春秋卻是談笑自若，衣袖輕揮，似乎漫不經心。他門下弟子頌揚之聲早已響成一片：「星宿老仙舉重若輕，神功蓋世，今日教你們大開眼界。」「我師父意在教訓旁人，這才慢慢催運神功，否則早已一舉將這姓蘇的老兒誅滅了。」「有誰不服，待會不妨一個個來嘗嘗星宿老仙神功的滋味。」「你們膽怯，就算聯手而上，那也不妨！」「古往今來，無人能及星宿老仙！有誰膽敢螳臂擋車，不過自取滅亡而已。」

鳩摩智、慕容復、段延慶等心中均想，倘若我們幾人這時聯手而上，向丁春秋圍攻，星宿老怪雖然厲害，也抵不住幾位高手的合力。但各人一來自重身分，決不願聯手合攻一人；二來聾啞老人和星宿老怪同門自殘，旁人不必參與；三則相互間各有所忌，生怕旁人乘虛下手，是以星宿派羣弟子雖將師父捧上了天，鳩摩智等均只微微而笑，不加理會。

突然間火柱向前急吐，捲到了蘇星河身上，一陣焦臭過去，把他的長鬚燒得乾乾淨淨。蘇星河出力抗拒，才將火柱推開，但火燄離他身子已不過兩尺，不住伸縮顫動，便如一條大蟒張口吐舌，要向他咬去一般。虛竹心下暗驚：「蘇施主只怕轉眼便要被丁施主燒死，那如何是好？」

猛聽得鏜鏜兩響，跟著咚咚兩聲，鑼鼓之聲敲起，原來星宿派弟子懷中藏了鑼鼓鐃鈸、嗩吶喇叭，這時取了出來吹吹打打，宣揚師父威風，更有人搖起青旗、黃旗、紅旗、紫旗，大聲吶喊。武林中兩人比拚內功，居然有人在旁以鑼鼓助威，實是開天闢地以來從所未有之奇。鳩摩智哈哈大笑，說道：「星宿老怪臉皮之厚，當真是前無古人！」

鑼鼓聲中，一名星宿弟子取出一張紙來，高聲誦讀，駢四儷六，卻是一篇「恭頌星宿老仙揚威中原讚」。不知此人請了那一個腐儒撰此歌功頌德之辭，但聽得高帽與馬屁齊飛，法螺共鑼鼓同響。

別小看了這些無恥歌頌之聲，於星宿老怪的內力，確然也大有推波助瀾之功。鑼鼓和頌揚聲中，火柱更旺，又向前推進了半尺。

突然間腳步聲響，二十餘名漢子從屋後奔將出來，擋在蘇星河身前，便是適才抬玄難等人上山的聾啞漢子，都是蘇星河的門人。丁春秋掌力催逼，火柱燒向這二十餘人身上，登時嗤嗤聲響，將這一干人燒得皮焦肉爛。蘇星河想揮掌將他們推開，但隔得遠了，掌力不及。這二十餘人筆直的站著，全身著火，卻絕不稍動，只因口不能言，更顯悲壯。

這一來，旁觀眾人都聳然動容，連王語嫣和段譽的目光也都轉了過來。大火柱的熊熊火燄，將二十餘名聾啞漢子裹住。

段譽叫道：「不得如此殘忍！」右手伸出，要以「六脈神劍」向丁春秋刺去，可是他運劍不得其法，全身充沛的內力只在體內轉來轉去，卻不能從手指中射出。他滿頭大汗，叫道：「慕容公子，你快出手制止。」

慕容復道：「段兄方家在此，小弟何敢班門弄斧？段兄的六脈神劍，再試一招罷！」

段延慶來得晚了，沒見到段譽的六脈神劍，聽了慕容復這話，不禁心頭大震，斜眼相睨段譽，要看他是否真的會此神功，但見他右手手指點點劃劃，出手大有道理，但內力卻半點也無，心道：「甚麼六脈神劍，倒嚇了我一跳。原來這小子虛張聲勢，招搖撞騙。雖然故老相傳，我段家有六脈神劍奇功，可那裏有人練成過？」

慕容復見段譽並不出手，只道他有意如此，當下站在一旁，靜觀其變。

又過得一陣，二十餘個聾啞漢子在火柱燒炙之下已死了大半，其餘小半也已重傷，紛紛摔倒。鑼鼓聲中，丁春秋袍袖揮了兩揮，火柱又向蘇星河撲了過來。

薛慕華叫道：「休得傷我師父！」縱身要擋到火柱之前。蘇星河揮掌將他推開，說道：「徒死無益！」左手凝聚殘餘的功力，向火柱擊去。這時他內力幾將耗竭，這一掌只將火柱暫且阻得一阻，只覺全身熾熱，滿眼望出去通紅一片，盡是火燄。此時體內真氣即將油盡燈枯，想到丁春秋殺了自己後必定闖關直入，師父裝死三十年，終究仍然難逃毒手。他身上受火柱煎迫，內心更是難過。

虛竹見蘇星河的處境危殆萬分，可是一直站在當地，不肯後退半步。他再也看不過去，搶上前去，抓住他後心，叫道：「徒死無益，快快讓開罷！」便在此時，蘇星河正好揮掌向外推出。他這一掌的力道已是衰微之極，原不想有何功效，只是死戰到底，不肯束手待斃而已，那知道背心後突然間傳來一片渾厚無比的內力，而且家數和他一模一樣，這一掌推出，力道登時不知強了多少倍。只聽得呼的一聲響，火柱倒捲過去，直燒到了丁春秋身上，餘勢未盡，連星宿羣弟子也都捲入火柱之中。

霎時間鑼鼓聲嗆咚叮噹，嘈成一團，鐃鈸喇叭，隨地亂滾，「星宿派威震中原，我恩師當世無敵」的頌聲之中，夾雜著「哎唷，我的媽啊！」「乖乖不得了，星宿派逃命要緊！」「星宿派能屈能伸，下次再來揚威中原罷！」的呼叫聲。

丁春秋大吃一驚，其實虛竹的內力加上蘇星河的掌風，也未必便勝過了他，只是他已操必勝之時，正自心曠神怡，洋洋自得，於全無提防之際，突然間遭到反擊，不禁倉皇失措。同時他察覺到對方這一掌中所含內力圓熟老辣，遠在師兄蘇星河之上，而顯然又是本派的功夫，莫非給自己害死了的師父突然間顯靈？是師父的鬼魂來找自己算帳了？他一想到此處，心神慌亂，內力凝聚不起，火柱捲到了他身上，竟然無力推回，衣衫鬚髮盡皆著火。

羣弟子「星宿老仙大勢不妙」呼叫聲中，丁春秋惶急大叫：「鐵頭徒兒，快快出手！」

游坦之當即揮掌向火柱推去。只聽得嗤嗤嗤聲響，火柱遇到他掌風中的奇寒之氣，霎時間火燄熄滅，連青煙也消失得極快，地下僅餘幾段燒成焦炭的大松木。

丁春秋鬚眉俱焦，衣服也燒得破破爛爛，狼狽之極，他心中還在害怕師父陰魂顯靈，說甚麼也不敢再在這裏逞兇，叫道：「走罷！」一晃身間，身子已在七八丈外。

星宿派弟子沒命的跟著逃走，鑼鼓喇叭，丟了一地，那篇「恭頌星宿老仙揚威中原讚」並沒讀完，卻已給大火燒去了一大截，隨風飛舞，似在嘲笑星宿老怪如此「揚威中原」。只聽得遠處傳來「啊」的一聲慘叫，一名星宿派弟子飛在半空，摔將下來，就此不動。眾人面面相覷，料想星宿老怪大敗之餘，老羞成怒，不知那一個徒弟出言相慰，拍馬屁拍到了馬腳上，給他一掌擊斃。

玄難、段延慶、鳩摩智等都以為聾啞老人蘇星河施了誘敵的苦肉之計，讓丁春秋耗費功力來燒一羣聾啞漢子，然後石破天驚的施以一擊，叫他招架不及，鎩羽而去。聾啞老人的智計武功，江湖上向來赫赫有名，適才他與星宿老怪開頭一場惡鬥，只打得徑尺粗細的大松樹一株株翻倒，人人看得心驚動魄，他最後施展神功，將星宿老怪逐走，誰都不以為怪。

玄難道：「蘇先生神功淵深，將這老怪逐走，料想他這一場惡鬥之後喪魂落魄，再也不敢涉足中原。先生造福武林，大是不淺。」

蘇星河一瞥間見到虛竹手指上戴著師父的寶石戒指，方明其中究竟，心中又悲又喜，眼見羣弟子死了十之八九，餘下的一二成也已重傷難愈，甚是哀痛，更記掛著師父安危，向玄難、慕容復等敷衍了幾句，便拉著虛竹的手，道：「小師父，請你跟我進來。」

虛竹眼望玄難，等他示下。玄難道：「蘇前輩是武林高人，如有甚麼吩咐，你一概遵命便是。」虛竹應道：「是！」跟著蘇星河從破洞中走進木屋。蘇星河隨手移過一塊木板，擋住了破洞。

諸人都是江湖上見多識廣之士，都知他此舉是不欲旁人進去窺探，自是誰也不會多管閒事。唯一不是「見多識廣」的，只有一個段譽。但他這時早又已全神貫注於王語嫣身上，連蘇星河和虛竹進屋也不知道，那有心情去理會別事？

蘇星河與虛竹攜手進屋，穿過兩處板壁，只見那老人伏在地下，伸手一探，已然逝世。此事他早已料到八九成，但仍是忍不住悲從中來，跪下磕了幾個頭，泣道：「師父，師父，你終於捨弟子而去了！」

虛竹心想：「這老人果然是蘇老前輩的師父。」

蘇星河收淚站起，扶起師父的屍身，倚在板壁上端端正正的坐好，跟著扶住虛竹，讓他也是倚壁而坐，和那老人的屍體並肩。

虛竹心下嘀咕：「他叫我和老先生的屍體排排坐，卻作甚麼？難道……難道……要我陪他師父一塊兒死嗎？」身上不禁感到一陣涼意，要想站起，卻又不敢。

蘇星河整一整身上燒爛了的衣衫，突然向虛竹跪倒，磕下頭去，說道：「逍遙派不肖弟子蘇星河，拜見本派新任掌門。」這一下只嚇得虛竹手足無措，心中只說：「這人可真瘋了！這人可真瘋了！」忙跪下磕頭還禮，說道：「老前輩行此大禮，可折殺小僧了。」

蘇星河正色道：「師弟，你是我師父的關門弟子，又是本派掌門。我雖是師兄，卻也要向你磕頭！」

虛竹道：「這個……這個……」這時才知蘇星河並非發瘋，但唯其不是發瘋，自己的處境更加尷尬，肚裏只連珠價叫苦。

蘇星河道：「師弟，我這條命是你救的，師父的心願是你完成的，受我磕這幾個頭，也是該的。師父叫你拜他為師，叫你磕九個頭，你磕了沒有？」虛竹道：「頭是磕過的，不過當時我不知道是拜師。我是少林派弟子，不能改入別派。」蘇星河道：「師父當然已想到了這一著，他老人家定是化去了你原來的武功，再傳你本派功夫。師父已將畢生功力都傳了給你，是不是？」虛竹只得點頭道：「是。」蘇星河道：「本派掌門人標記的這枚寶石指環，是師父從自己手上除下來，給你戴在手上的，是不是？」虛竹道：「是！不過……不過我實在不知道這是甚麼掌門人的標記。」

蘇星河盤膝坐在地下，說道：「師弟，你福澤深厚之極。我和丁春秋想這隻寶石指環，想了幾十年，始終不能到手，你卻在一個時辰之內，便受到師父的垂青。」

虛竹忙除下指環遞過，說道：「前輩拿去便是，這隻指環，小僧半點用處也沒有。」

蘇星河不接，臉色一沉，道：「師弟，你受師父臨死時的重託，豈能推卸責任？師父將指環交給你，是叫你去除滅丁春秋這廝，是不是？」

虛竹道：「正是。但小僧功行淺薄，怎能當此重任？」

蘇星河嘆了口氣，將寶石指環套回在虛竹指上，說道：「師弟，這中間原委，你多有未知，我簡略跟你一說。本派叫做逍遙派，向來的規矩，掌門人不一定由大弟子出任，門下弟子之中誰的武功最強，便由誰做掌門。」

虛竹道：「是，是，不過小僧武功差勁之極。」

蘇星河不理他打岔，說道：「咱們師父共有同門三人，師父排行第二，但他武功強過咱們的師伯，因此便由他做掌門人。後來師父收了我和丁春秋兩個弟子，師父定下規矩，他所學甚雜，誰要做掌門，各種本事都要比試，不但比武，還得比琴棋書畫。丁春秋於各種雜學一竅不通，眼見掌門人無望，竟爾忽施暗算，將師父打下深谷，又將我打得重傷。」

虛竹在薛慕華的地窖中曾聽他說過一些其中情由，那料到這件事竟會套到了自己頭上，心下只暗暗叫苦，順口道：「丁施主那時居然並不殺你。」

蘇星河道：「你別以為他尚有一念之仁，留下了我的性命。一來他一時攻不破我所布下的五行八卦、奇門遁甲的陣勢；二來我跟他說：『丁春秋，你暗算了師父，武功又勝過我，但逍遙派最深奧的功夫，你卻摸不到個邊兒。「北冥神功」這部書，你要不要看？「凌波微步」的輕功，你要不要學？「天山六陽掌」呢？「逍遙折梅手」呢？「小無相功」呢？』

「那都是本派最上乘的武功，連我們師父也因多務雜學，有許多功夫並沒學會。丁春秋一聽之下，喜歡得全身發顫，說道：『你將這些武功秘笈交了出來，今日便饒你性命。』我道：『我怎會有此等秘笈？只是師父保藏秘笈的所在，我倒知道。你要殺我，儘管下手。』丁春秋道：『秘笈當然是在星宿海旁，我豈有不知？』我道：『不錯，確是在星宿海旁，你有本事，儘管自己去找。』他沉吟半晌，知道星宿海周遭數百里，小小幾部秘笈不知藏在何處，實是難找，便道：『好，我不殺你。只是從今而後，你須當裝聾作啞，不能將本派的秘密洩漏出去。』

「他為甚麼不殺我？他只是要留下我這個活口，以便逼供。否則殺了我之後，這些秘笈的所在，天下再也無人知道了。其實這些武功秘笈，根本就不在星宿海，一向分散在師伯、師父、師叔三人手中。丁春秋定居在星宿海畔，幾乎將每一塊石子都翻了過來，自然沒找到神功秘笈。幾次來找我麻煩，都給我以土木機關、奇門遁甲等方術避開。這一次他又想來問我，眼見無望，而我又破了誓言，他便想殺我洩憤。」

虛竹道：「幸虧前輩……」蘇星河道：「你是本派掌門，怎麼叫我前輩，該當叫我師哥才是。」虛竹心想：「這件事傷腦筋之極，不知幾時才說得明白。」便道：「你是不是我師兄，暫且不說，就算真是師兄，那也是『前輩』。」蘇星河點頭道：「這倒有理。幸虧我怎麼？」虛竹道：「幸虧前輩苦苦忍耐，養精蓄銳，直到最後關頭，才突施奇襲，使這星宿老怪大敗虧輸而去。」

蘇星河連連搖手，說道：「師弟，這就是你的不是了，明明是你用師尊所傳的神功轉而助我，才救了我的性命，怎麼你又謙遜不認？你我是同門師兄弟，掌門之位已定，我的命又是你救的，我無論如何不會來覬覦你這掌門之位。你今後可再也不能見外了。」

虛竹大奇，說道：「我幾時助過你了？救命之事，更是無從談起。」蘇星河想了一想，道：「或許你是出於無心，也未可知。總而言之，你手掌在我背心上一搭，本門的神功傳了過來，方能使我反敗為勝。」虛竹道：「唔，原來如此。那是你師父救了你性命，不是我救的。」蘇星河道：「我說這是師尊假你之手救我，你總得認了罷？」虛竹無可再推，只得點頭道：「這個順水人情，既然你叫我非認不可，我就認了。」

蘇星河又道：「剛才你神功斗發，打了丁春秋一個出其不意，才將他驚走。倘若當真相鬥，你我二人合力，仍然不是他敵手。否則的話，師父只須將神功注入我身，便能收拾這叛徒了，又何必花費偌大心力，另覓傳人？這三十年來，我多方設法，始終找不到人來承襲師父的武功。眼見師父日漸衰老，這傳人便更加難找了，非但要悟心奇高，尚須是個英俊瀟灑的美少年……」

虛竹聽他說到「美少年」三字，眉頭微皺，心想：「修練武功，跟相貌美醜又有甚麼干係？他師徒二人一再提到傳人的形貌，不知是甚麼緣故？」蘇星河向他掠了一眼，輕輕嘆了口氣。虛竹道：「小僧相貌醜陋，決計沒做尊師傳人的資格。老前輩，你去找一位英俊瀟灑的美少年來，我將尊師的神功交了給他，也就是了。」

蘇星河一怔，道：「本派神功和心脈氣血相連，功在人在，功消人亡。師父傳了你神功後便即仙去，難道你沒見到麼？」

虛竹連連頓足，道：「這便如何是好？教我誤了尊師和前輩的大事。」

蘇星河道：「師弟，這便是你肩頭上的擔子了。師父設下這個棋局，旨在考查來人的悟性。這珍瓏實在太難，我苦思了數十年，便始終解不開，只有師弟能解開，『悟心奇高』這四個字，那是合式了。」

虛竹苦笑道：「一樣的不合式。這個珍瓏，壓根兒不是我自己解的。」於是將師伯祖玄難如何傳音入密、暗中指點之情說了。

蘇星河將信將疑，道：「瞧玄難大師的神情，他已遭了丁春秋的毒手，一身神功，早已消解，不見得會再使『傳音入密』的功夫。」他頓了一頓，又道：「但少林派乃天下武學正宗，玄難大師或者故弄玄虛，亦未可知，那就不是我井底之蛙所能見得到了。師弟，我遣人到處傳書，邀請天下圍棋高手來解這珍瓏，凡是喜棋之人，得知有這麼一個棋會，那是說甚麼都要來的。只不過年紀太老，相貌……這個……這個不太俊美的，又不是武林中人，我吩咐便不用請了。姑蘇慕容公子面如冠玉，天下武技無所不能，原是最佳的人選，偏偏他沒能解開。」

虛竹道：「是啊，慕容公子是強過我百倍了。還有那位大理段家的段公子，那也是風度翩翩的佳公子啊。」

蘇星河道：「唉，此事不必提起。我素聞大理鎮南王段正淳精擅一陽指神技，最難得的是風流倜儻，江湖上不論黃花閨女，半老徐娘，一見他便神魂顛倒，情不自禁。我派了好幾名弟子去大理邀請，那知他卻不在大理，不知到了何處，結果卻來了他一個獃頭獃腦的寶貝兒子。」

虛竹微微一笑，道：「這位段公子兩眼發直，目不轉睛的只是定在那個王姑娘身上。」

蘇星河搖了搖頭，道：「可嘆，可嘆！段正淳拈花惹草，號稱武林中第一風流浪子，生的兒子可一點也不像他，不肖之極，丟老子的臉。他拚命想討好那位王姑娘，王姑娘對他卻全不理睬，真氣死人了。」

虛竹道：「段公子一往情深，該是勝於風流浪子，前輩怎麼反說『可嘆』？」蘇星河道：「他聰明臉孔笨肚腸，對付女人一點手段也沒有，咱們用他不著。」虛竹道：「是！」心下暗暗喜歡：「原來你們要找一個美少年去對付女人，這就好了，無論如何，總不會找到我這醜八怪和尚的頭上來。」

蘇星河問道：「師弟，師父有沒有指點你去找一個人？或者給了你甚麼地圖之類？」虛竹一怔，覺得事情有些不對，要想抵賴，但他自幼在少林寺中受眾高僧教誨，不可說謊，何況早受了比丘戒，「妄語」乃是大戒，期期艾艾的道：「這個……這個……」

蘇星河道：「你是掌門人，你若問我甚麼，我不能不答，否則你可立時將我處死。但我問你甚麼事，你愛答便答，不愛答便可叫我不許多嘴亂問。」

蘇星河這麼一說，虛竹更不便隱瞞，連連搖手道：「我怎能向你妄自尊大？前輩，你師父將這個交給了我。」說著從懷中取出那卷軸，他見蘇星河身子一縮，神色極是恭謹，不敢伸手來接，便自行打了開來。

卷軸一展開，兩人同時一呆，不約而同的「咦」的一聲，原來卷軸中所繪的既非地理圖形，亦非山水風景，卻是一個身穿宮裝的美貌少女。

虛竹道：「原來便是外面那個王姑娘。」

但這卷軸絹質黃舊，少說也有三四十年之久，圖中丹青墨色也頗有脫落，顯然是幅陳年古畫，比之王語嫣的年紀無論如何是大得多了，居然有人能在數十年甚或數百年前繪就她的形貌，實令人匪夷所思。圖畫筆致工整，卻又活潑流動，畫中人栩栩如生，活色生香，便如將王語嫣這個人縮小了、壓扁了、放入畫中一般。

虛竹嘖嘖稱奇，看蘇星河時，卻見他伸著右手手指，一筆一劃的摹擬畫中筆法，讚嘆良久，才突然似從夢中驚醒，說道：「師弟，請勿見怪，小兄的臭脾氣發作，一見到師父的丹青妙筆，便又想跟著學了。唉，貪多嚼不爛，我甚麼都想學，到頭來卻一事無成，在丁春秋手中敗得這麼慘。」一面說，一面忙將卷軸捲好，交還給虛竹，生恐再多看一陣，便會給畫中的筆墨所迷。他閉目靜神，又用力搖了搖頭，似乎要將適才看過的丹青筆墨從腦海中驅逐出去，過了一會，才睜眼說道：「師父交這卷軸給你時，卻如何說？」

虛竹道：「他說我此刻的功夫，還不足以誅卻丁春秋，須當憑此卷軸，到大理國無量山去，尋到他當年所藏的大批武學典籍，再學功夫。不過我多半自己學不會，還得請另一個人指點。他說卷軸上繪的是他從前大享清福之處，那麼該是名山大川，或是清幽之處，怎麼卻是王姑娘的肖像？莫非他拿錯了一個卷軸？」

蘇星河道：「師父行事，人所難測，你到時自然明白。你務須遵從師命，設法去學好功夫，將丁春秋除了。」

虛竹囁嚅道：「這個……這個……小僧是少林弟子，即須回寺覆命。到了寺中，從此清修參禪，禮佛誦經，再也不出來了。」

蘇星河大吃一驚，跳起身來，放聲大哭，噗的一聲，跪在虛竹面前，磕頭如搗蒜，說道：「掌門人，你不遵師父遺訓，他老人家可不是白死了麼？」

虛竹也即跪下，和他對拜，說道：「小僧身入空門，戒嗔戒殺，先前答應尊師去除卻丁春秋，此刻想來總是不妥。少林派門規極嚴，小僧無論如何不敢改入別派，胡作非為。」不論蘇星河痛哭哀求也好，設喻開導也好，甚至威嚇強逼也好，虛竹總之不肯答應。

蘇星河無法可施，傷心絕望之餘，向著師父的屍體說道：「師父，掌門人不肯遵從你的遺命，小徒無能為力，決意隨你而去了。」說著躍起身來，頭下腳上，從半空俯衝下來，將天靈蓋往石板地面撞去。

虛竹驚叫：「使不得！」將他一把抱住。他此刻不但內力渾厚，而且手足靈敏，大逾往昔，一把抱住之後，蘇星河登時動彈不得。

蘇星河道：「你為甚麼不許我自盡？」虛竹道：「出家人慈悲為本，我自然不忍見你喪命。」蘇星河道：「你放開我，我是決計不想活了。」虛竹道：「我不放。」蘇星河道：「難道你一輩子捉住我不放？」虛竹心想這話倒也不錯，便將他身子倒了轉來，頭上腳下的放好，說道：「好，放便放你，卻不許你自盡。」

蘇星河靈機一動，說道：「你不許我自盡？是了，該當遵從掌門人的號令。妙極，掌門人，你終於答允做本派掌門人了！」

虛竹搖頭道：「我沒有答允。我那裏答允過了？」

蘇星河哈哈一笑，說道：「掌門人，你再要反悔，也沒有用了。你已向我發施號令，我已遵從你的號令，從此再也不敢自盡。我聰辯先生蘇星河是甚麼人？除了聽從本派掌門人的言語之外，又有誰敢向我發施號令？你不妨去問問少林派的玄難大師，縱是少林寺的玄慈方丈，也不敢命我如何如何。」

聾啞老人在江湖上威名赫赫，虛竹在途中便已聽師伯祖玄難大師說過，蘇星河說無人敢向他發號施令，倒也不是虛語。虛竹道：「我不是膽敢叫你如何如何，只是勸你愛惜生命，那也是一番好意。」

蘇星河道：「我不敢來請問你是好意還是歹意。你叫我死，我立刻就死；你叫我活，我便不敢不活。這生殺之令，乃是天下第一等的大權柄。你若不是我掌門人，又怎能隨便叫我死，叫我活？」

虛竹辯他不過，說道：「既是如此，剛才的話就算我說錯了，我取消就是。」

蘇星河道：「你取消了『不許我自盡』的號令，那便是叫我自盡了。遵命，我即刻自盡便是。」他自盡的法子甚是奇特，又是一躍而起，頭下腳上的向石板俯衝而下。

虛竹忙又一把將他牢牢抱住，說道：「使不得，使不得！我並非叫你自盡！」蘇星河道：「嗯，你又不許我自盡。謹遵掌門人號令。」虛竹將他身子放好，搔搔光頭，無言可說。

蘇星河號稱「聰辯先生」，這外號倒不是白叫的，他本來能言善辯，雖然三十年來不言不語，這時重運唇舌，依然是舌燦蓮花。虛竹年紀既輕，性子質樸，在寺中跟師兄弟們也向來並不爭辯，如何能是蘇星河的對手？虛竹心中隱隱覺得，「取消不許他自盡的號令」，並不等於「叫他自盡」，而「並非叫他自盡」，亦不就是「不許他自盡」。只是蘇星河口齒伶俐，句句搶先，虛竹無從辯白，他呆了半晌，嘆道：「前輩，我辯是辯不過你的。但你要我改入貴派，終究難以從命。」

蘇星河道：「咱們進來之時，玄難大師吩咐過你甚麼話？玄難大師的話，你是否必須遵從？」虛竹一怔，道：「師伯祖叫我……叫我……叫我聽你的話。」

蘇星河十分得意，說道：「是啊，玄難大師叫你聽我的話。我的話是：你該遵從咱們師父遺命，做本派掌門人。但你既是逍遙派掌門人，對少林派高僧的話，也不必理睬了。所以啊，倘若你遵從玄難大師的話，那麼你是逍遙派掌門人；倘若你不遵從玄難大師的話，你也是逍遙派的掌門人。因為只有你做了逍遙派掌門人，才可將玄難大師的話置之腦後，否則的話，你怎可不聽師伯祖的吩咐？」這番論證，虛竹聽來句句有理，一時之間做聲不得。

蘇星河又道：「師弟，玄難大師和少林派的另外幾位和尚，都中了丁春秋的毒手，若不施救，性命旦夕不保，當今之世，只有你一人能夠救得他們。至於救是不救，那自是全憑你的意思了。」

虛竹道：「我師伯祖確是遭了丁春秋的毒手，另外幾位師叔伯也受了傷，可是……可是我本事低微，又怎能救得他們？」

蘇星河微微一笑，道：「師弟，本門向來並非只以武學見長，醫卜星相，琴棋書畫，各家之學，包羅萬有。你有一個師姪薛慕華，醫術只懂得一點兒皮毛，江湖上居然人稱『薛神醫』，得了個外號叫作『閻王敵』，豈不笑歪了人的嘴巴？玄難大師中的是丁春秋的『化功大法』，那個方臉的師父是給那鐵面人以『冰蠶掌』打傷，那高高瘦瘦的師父是給丁春秋一足踢在左脅下三寸之處，傷了經脈……」

蘇星河滔滔不絕，將各人的傷勢和源由都說了出來。虛竹大為驚佩，道：「前輩，我見你專心棋局，並沒向他們多瞧一眼，又沒去診治傷病之人，怎麼知道得如此明白？」

蘇星河道：「武林中因打鬥比拚而受傷，那是一目瞭然，再容易看也沒有了。只有天然的虛弱風邪，傷寒濕熱，那才難以診斷。師弟，你身負師父七十餘年逍遙神功，以之治傷療病，可說無往而不利。要恢復玄難大師被消去了的功力，確然極不容易，要他傷愈保命，卻只不過舉手之勞。」當下將如何推穴運氣、消解寒毒之法教了虛竹；又詳加指點，救治玄難當用何種手法，救治風波惡又須用何種手法，因人所受傷毒不同而分別施治。

虛竹將蘇星河所授的手法牢牢記在心中，但只知其然而不知其所以然。

蘇星河見他試演無誤，臉露微笑，讚道：「掌門人記性極好，一學便會。」

虛竹見他笑得頗為詭秘，似乎有點不懷好意，不禁起疑，問道：「你為甚麼笑？」蘇星河登時肅然，恭恭敬敬的躬身道：「小兄不敢嘻笑，如有失敬，請掌門人恕罪。」虛竹急於要治眾人之傷，也就不再追問，道：「咱們到外邊瞧瞧去罷！」蘇星河道：「是！」跟在虛竹之後，走到屋外。

只見一眾傷者都盤膝坐在地下，閉目養神。慕容復潛運內力，在疏解包不同和風波惡的痛楚。王語嫣在替公冶乾裹傷。薛慕華滿頭大汗，來去奔波，見到那個人危急，便搶過去救治，但這一人稍見平靜，另一邊又有人叫了起來。他見蘇星河出來，心下大慰，奔將過來，說道：「師父，你老人家快給想想法子。」

虛竹走到玄難身前，見他閉著眼在運功，便垂手侍立，不敢開口。玄難緩緩睜開眼來，輕輕嘆息一聲，道：「你師伯祖無能，慘遭丁春秋毒手，折了本派的威名，當真慚愧之極。

你回去向方丈稟報，便說我……說我和你玄痛師叔祖，都無顏回寺了。」

虛竹往昔見到這位師伯祖，總是見他道貌莊嚴，不怒自威，對之不敢逼視，此刻卻見他神色黯然，一副英雄末路的淒涼之態，他如此說，更有自尋了斷之意，忙道：「師伯祖，你老人家不必難過。咱們習武之人，須無嗔怒心，無爭競心，無勝敗心，無得失心……」順口而出，竟將師父平日告誡他的話，轉而向師伯祖說了起來，待得省覺不對，急忙住口，已說了好幾句。

玄難微微一笑，嘆道：「話是不錯，但你師伯祖內力既失，禪定之力也沒有了。」

虛竹道：「是，是。徒孫不知輕重之下，胡說八道。」正想出手替他治傷，驀地裏想起蘇星河詭秘的笑容，心中一驚：「他教我伸掌拍擊師伯祖的天靈蓋要穴，怎知他不是故意害人？萬一我一掌拍下，竟將功力已失的師伯祖打死了，那便如何是好？」

玄難道：「你向方丈稟報，本寺來日大難，務當加意戒備。一路上小心在意，你天性淳厚，持戒與禪定兩道，那是不必擔心的，今後要多在『慧』字上下功夫，四卷『楞伽經』該當用心研讀。唉，只可惜你師伯祖不能好好指點你了。」

虛竹道：「是，是。」聽他對自己甚是關懷，心下感激，又道：「師伯祖，本寺既有大難，更須你老人家保重身子，回寺協助方丈，共禦大敵。」玄難臉現苦笑，說道：「我……我中了丁春秋的『化功大法』，已經成為廢人，那裏還能協助方丈，共禦大敵？」虛竹道：「師伯祖，聰辯先生教了弟子一套療傷之法，弟子不自量力，想替慧方師伯試試，請師伯祖許可。」

玄難微感詫異，心想聾啞老人是薛神醫的師父，所傳的醫療之法定然有些道理，不知何以他自己不出手，也不叫薛慕華施治，便道：「聰辯先生所授，自然是十分高明的了。」說著向蘇星河望了一眼，對虛竹道：「那你就照試罷。」

虛竹走到慧方身前，躬身道：「師伯，弟子奉師伯祖法諭，給師伯療傷，得罪莫怪。」慧方微笑點頭。虛竹依著蘇星河所教方法，在慧方左脅下小心摸準了部位，右手反掌擊出，打在他左脅之下。

慧方「哼」的一聲，身子搖晃，只覺脅下似乎穿了一孔，全身鮮血精氣，源源不絕的從這孔中流出，霎時之間，全身只覺空蕩蕩地，似乎皆無所依，但游坦之寒冰毒掌所引起的麻癢酸痛，頃刻間便已消除。虛竹這療傷之法，並不是以內力助他驅除寒毒，而是以修積七十餘年的「北冥真氣」在他脅下一擊，開了一道宣洩寒毒的口子。便如有人為毒蛇所咬，便割破傷口，擠出毒液一般。只是這門「氣刀割體」之法，部位錯了固然不行，倘若真氣內力不足，一擊之力不能直透經脈，那麼毒氣非但宣洩不出，反而更逼進了臟腑，病人立時斃命。

虛竹一掌擊出，心中驚疑不定，見慧方的身子由搖晃而穩定，臉上閉目蹙眉的痛楚神色漸漸變為舒暢輕鬆，其實只片刻間的事，在他卻如過了好幾個時辰一般。

又過片刻，慧方舒了口氣，微笑道：「好師姪，這一掌的力道可不小啊。」

虛竹大喜，說道：「不敢。」回頭向玄難道：「師伯祖，其餘幾位師伯叔，弟子也去施治一下，好不好？」

玄難這時也是滿臉喜容，但搖頭道：「不！你先治別家前輩，再治自己人。」

虛竹心中一凜，忙道：「是！」尋思：「先人後己，才是我佛大慈大悲、救度眾生的本懷。」眼見包不同身子劇戰，牙齒互擊，格格作響，當即走到他身前，說道：「包三先生，聰辯先生教了小僧一個治療寒毒的法門，小僧今日初學，難以精熟，這就給包三先生施治。失敬之處，還請原諒。」說著摸摸包不同的胸口。

包不同笑道：「你幹甚麼？」虛竹提起右掌，砰的一聲，打在他胸口。包不同大怒，罵道：「臭和……」這「尚」字還沒出口，突覺糾纏著他多日不去的寒毒，竟迅速異常的從胸口受擊處湧了出去，這個「尚」字便嚥在肚裏，再也不罵出去了。

虛竹替諸人洩去游坦之的冰蠶寒毒，再去治中了丁春秋毒手之人。那些人有的是被「化功大法」消去功力，虛竹在其天靈蓋「百會穴」或心口「靈台穴」擊以一掌，固本培元；有的是為內力所傷，虛竹以手指刺穴，化去星宿派的內力。總算他記心甚好，於蘇星河所授的諸般不同醫療法門，居然記得清清楚楚，依人而施，只一頓飯時分，便將各人身上所感的痛楚盡數解除。受治之人固然心下感激，旁觀者也對聾啞老人的神術佩服已極，但想他是薛神醫的師父，倒也不以為奇。

最後虛竹走到玄難身前，躬身道：「師伯祖，弟子斗膽，要在師伯祖『百會穴』上拍擊一掌。」

玄難微笑道：「你得聰辯先生青眼，居然學會了如此巧妙的療傷本事，福緣著實不小，你儘管在我『百會穴』上拍擊便是。」

虛竹躬身道：「如此弟子放肆了！」當他在少林寺之時，每次見到玄難，都是遠遠的望見，偶爾玄難聚集眾僧，講解少林派武功的心法，虛竹也是隨眾侍立，從未和他對答過甚麼話，這次要他出掌拍擊師伯祖的天靈蓋，雖說是為了療傷，究竟心下惴惴，又見他笑得頗為奇特，不知是何用意，定了定神，又說一句：「弟子冒犯，請師伯祖恕罪！」這才走上一步，提掌對準玄難的「百會穴」，不輕不重，不徐不疾，揮掌拍了下去。

虛竹手掌剛碰到玄難的腦門，玄難臉上忽現古怪笑容，跟著「啊」的一聲長呼，突然身子癱軟，扭動了幾下，俯伏在地，一動也不動了。

旁觀眾人齊聲驚呼，虛竹更是嚇得心中怦怦亂跳，急忙搶上前去，扶起玄難。慧方等諸僧也一齊趕到。看玄難時，只見他臉現笑容，但呼吸已停，竟已斃命。虛竹驚叫：「師伯祖，師伯祖！你怎麼了？」

忽聽得蘇星河叫道：「是誰？站住！」從東南角上疾竄而至，說道：「有人在後暗算，但這人身法好快，竟沒能看清楚是誰！」抓起玄難的手脈，皺眉道：「玄難大師功力已失，在旁人暗算之下，全無抵禦之力，竟爾圓寂了。」突然間微微一笑，神色古怪。

虛竹腦中混亂一片，只是哭叫：「師伯祖，師伯祖，你……你怎麼會……」驀地想起蘇星河在木屋中詭秘的笑容，怒道：「聰辯先生，你從實說來，到底我師伯祖如何會死？這不是你有意陷害麼？」

蘇星河雙膝跪地，說道：「啟稟掌門人，蘇星河決不敢陷掌門人於不義。玄難大師突然圓寂，確是有人暗中加害。」虛竹道：「你在那木屋中古裏古怪的好笑，那是甚麼緣故？」

蘇星河驚道：「我笑了麼？我笑了麼？掌門人，你可得千萬小心，有人……」一句話沒說完，突然住口，臉上又現出詭秘之極的笑容。

薛慕華大叫：「師父！」忙從懷中取出一瓶解毒藥丸，急速拔開瓶塞，倒了三粒藥丸在手，塞入蘇星河口中。但蘇星河早已氣絕，解毒藥丸停在他口裏，再難嚥下。薛慕華放聲大哭，說道：「師父給丁春秋下毒害死了，丁春秋這惡賊……」說到這裏，已是泣不成聲。

康廣陵撲向蘇星河身上，薛慕華忙抓住他後心，奮力拉開，哭道：「師父身上有毒。」范百齡、苟讀、吳領軍、馮阿三、李傀儡、石清露一齊圍在蘇星河身旁，無不又悲又怒。

康廣陵跟隨蘇星河日久，深悉本門的規矩，初時見師父向虛竹跪倒，口稱「掌門人」，已猜中了八九成，再凝神向他手指審視，果見戴著一枚寶石指環，便道：「眾位師弟，隨我參見本派新任掌門師叔。」說著在虛竹面前跪倒，磕下頭去。范百齡等一怔，均即省悟，便也一一磕頭。

虛竹心亂如麻，說道：「丁……丁春秋那個奸賊施主，害死了我師伯祖，又害死了你們的師父。」

康廣陵道：「報仇誅奸，全憑掌門師叔主持大計。」

虛竹是個從未見過世面的小和尚，說到武功見識，名位聲望，眼前這些人個個遠在他之上，心中只是轉念：「非為師伯祖復仇不可，非為聰辯先生復仇不可，非為屋中的老人復仇不可！」口中大聲叫了出來：「非殺丁春秋……丁春秋這惡人……惡賊施主不可。」

康廣陵又磕下頭去，說道：「掌門師叔答允誅奸，為我等師父報仇，眾師姪深感掌門師叔的大恩大德。」范百齡、薛慕華等也一起磕頭。虛竹忙跪下還禮，道：「不敢，不敢，眾位請起。」康廣陵道：「師叔，小姪有事稟告，此處人多不便，請到屋中，由小姪面陳。」虛竹道：「好！」站起身來。眾人也都站起。

虛竹跟著康廣陵，正要走入木屋中，范百齡道：「且慢！師父在這屋內中了丁老賊的毒手，掌門師叔和大師兄還是別再進去的好，這老賊詭計多端，防不勝防。」康廣陵點頭道：「此言甚是！掌門師叔萬金之體，不能再冒此險。」薛慕華道：「兩位便在此處說話好了。咱們在四邊察看，以防老賊再使甚麼詭計。」說著首先走了開去，其餘馮阿三、吳領軍等也都走到十餘丈外。其實這些人除了薛慕華外，不是功力消散，便是身受重傷，倘若丁春秋前來襲擊，除了出聲示警之外，實無防禦之力。

慕容復、鄧百川等見他們自己本派的師弟都遠遠避開，也都走向一旁。鳩摩智、段延慶等雖見事情古怪，但事不干己，逕自分別離去。

康廣陵道：「師叔……」虛竹道：「我不是你師叔，也不是你們的甚麼掌門人，我是少林寺的和尚，跟你們『逍遙派』全不相干。」康廣陵道：「師叔，你何必不認？『逍遙派』的名字，若不是本門中人，外人是決計聽不到的。倘若旁人有意或無意的聽了去，本門的規矩是立殺無赦，縱使追到天涯海角，也要殺之滅口。」虛竹打了個寒噤，心道：「這規矩太也邪門。如此一來，倘若我不答應投入他們的門派，他們便要殺我了？」

康廣陵又道：「師叔適才替大夥兒治傷的手法，正是本派的嫡傳內功。師叔如何投入本派，何時得到太師父的心傳，小姪不敢多問。或許因為師叔破解了太師父的珍瓏棋局，我師父依據太師父遺命，代師收徒，代傳掌門人職位，亦未可知。總而言之，本派的『逍遙神仙環』是戴在師叔手指之上，家師臨死之時向你磕頭，又稱你為『掌門人』，師叔不必再行推托。推來推去，托來托去，也是沒用的。」

虛竹向左右瞧了幾眼，見慧方等人正自抬了玄難的屍身，走向一旁，又見蘇星河的屍身仍是直挺挺的跪在地下，臉上露出詭秘的笑容，心中一酸，說道：「這些事情，一時也說不清楚，現下我師伯祖死了，真不知如何是好。老前輩……」

康廣陵急忙跪下，說道：「師叔千萬不可如此稱呼，太也折殺小姪了！」虛竹皺眉道：「好，你快請起。」康廣陵這才站起。虛竹道：「老前輩……」他這三字一出口，康廣陵又是噗的一聲跪倒。

虛竹道：「我忘了，不能如此叫你。快請起來。」取出那老人給他的卷軸，展了開來，說道：「你師父叫我憑此卷軸，去設法學習武功，用來誅卻丁施主。」

康廣陵看了看畫中的宮裝美女，搖頭道：「小姪不明其中道理，師叔還是妥為收藏，別給外人瞧見了。我師父生前既如此說，務請師叔看在我師父的份上，依言而行。小姪要稟告師叔的是，家師所中之毒，叫做『三笑逍遙散』。此毒中於無形，中毒之初，臉上現出古怪的笑容，中毒者自己卻並不知道，笑到第三笑，便即氣絕身亡。」

虛竹低頭道：「說也慚愧，尊師中毒之初，臉上現出古怪笑容，我以小人之心，妄加猜度，還道尊師不懷善意，倘若當時便即坦誠問他，尊師立加救治，便不致到這步田地了。」

康廣陵搖頭道：「這『三笑逍遙散』一中在身上，使難解救。丁老賊所以能橫行無忌，這『三笑逍遙散』也是原因之一。人家都知道『化功大法』的名頭，只因為中了『化功大法』功力雖失，尚能留下一條性命來廣為傳播，一中『三笑逍遙散』，卻是一瞑不視了。」

虛竹點頭道：「這當真歹毒！當時我便站在尊師身旁，沒絲毫察覺丁春秋如何下毒，我武功平庸，見識淺薄，這也罷了，可是丁春秋怎麼沒向我下手，饒過了我一條小命？」

康廣陵道：「想來他嫌你本事低微，不屑下毒。掌門師叔，我瞧你年紀輕輕，能有多大本領？治傷療毒之法雖好，那也是我師父教你的，可算不了甚麼，丁老怪不會將你瞧在眼裏的。」他說到此處，忽然想到，這麼說未免不大客氣，忙又說道：「掌門師叔，我這麼說老實話，或許你會見怪，但就算你要見怪，我還是覺得你武功恐怕不大高明。」

虛竹道：「你說得一點不錯，我武功低微之極，丁老賊……罪過罪過，小僧口出惡言，犯了『惡口戒』，不似佛門弟子……那丁春秋丁施主確是不屑殺我。」

虛竹心地誠樸，康廣陵不通世務，都沒想到，丁春秋潛入木屋，聽到蘇星河正在傳授治傷療毒的法門，豈有對虛竹不加暗算之理？那有甚麼見他武功低微、不屑殺害？那「三笑逍遙散」是以內力送毒，彈在對方身上，丁春秋在木屋之中，分別以內力將「三笑逍遙散」彈向蘇星河與虛竹，後來又以此加害玄難。蘇星河惡戰之餘，筋疲力竭，玄難內力盡失，先後中毒。虛竹卻甫得七十餘載神功，丁春秋的內力尚未及身，已被反激了出來，盡數加在蘇星河身上，虛竹卻半點也沒染著。丁春秋與人正面對戰時不敢擅使「三笑逍遙散」，便是生恐對方內力了得、將劇毒反彈出來之故。

康廣陵道：「師叔，這就是你的不是了。逍遙派非佛非道，獨來獨往，那是何等逍遙自在？你是本派掌門，普天下沒一個能管得你。你乘早脫了袈裟，留起頭髮，娶他十七八個姑娘做老婆。還管他甚麼佛門不佛門？甚麼惡口戒、善口戒？」

他說一句，虛竹唸一句「阿彌陀佛」，待他說完，虛竹道：「在我面前，再也休出這等褻瀆我佛的言語。你有話要跟我說，到底要說甚麼？」

康廣陵道：「啊喲，你瞧我真是老胡塗了，說了半天，還沒說到正題。掌門師叔，將來你年紀大了，可千萬別學上我這毛病才好。糟糕，糟糕，又岔了開去，還是沒說到正題，當真該死。掌門師叔，我要求你一件大事，請你恩准。」

虛竹道：「甚麼事要我准許，那可不敢當了。」

康廣陵道：「唉！本門中的大事，若不求掌門人准許，卻又求誰去？我們師兄弟八人，當年被師父逐出門牆，那也不是我們犯了甚麼過失，而是師父怕丁老賊對我們加害，又不忍將我們八人刺聾耳朵、割斷舌頭，這才出此下策。師父今日是收回成命了，又叫我們重入師門，只是沒稟明掌門人，沒行過大禮，還算不得是本門正式弟子，因此要掌門人金言許諾。否則我們八人到死還是無門無派的孤魂野鬼，在武林中抬不起頭來，這滋味可不好受。」

虛竹心想：「這個『逍遙派』掌門人，我是萬萬不做的，但若不答允他，這老兒纏夾不清，不知要糾纏到幾時，只有先答允了再說。」便道：「尊師既然許你們重列門牆，你們自然是回了師門了，還擔心甚麼？」

康廣陵大喜，回頭大叫：「師弟、師妹，掌門師叔已經允許咱們重回師門了！」

「函谷八友」中其餘七人一聽，盡皆大喜，當下老二棋迷范百齡、老三書獃子苟讀、老四丹青名手吳領軍、老五閻王敵薛慕華、老六巧匠馮阿三、老七蒔花少婦石清露、老八愛唱戲的李傀儡，一齊過來向掌門師叔叩謝，想起師父不能親見八人重歸師門，又痛哭起來。

虛竹極是尷尬，眼見每一件事情，都是教自己這個「掌門師叔」的名位深陷一步，敲釘轉腳，越來越不易擺脫。自己是名門正宗的少林弟子，卻去當甚麼邪門外道的掌門人，那不是荒唐之極麼？眼見范百齡等都喜極而涕，自己若對「掌門人」的名位提出異議，又不免大煞風景，無可奈何之下，只有搖頭苦笑。一轉頭間，只見慕容復、段延慶、段譽、王語嫣、慧字六僧，以及玄難都已不見，這嶺上松林之中，就只剩下他逍遙派的九人，驚道：「咦！他們都到那裏去了？」

吳領軍道：「慕容公子和少林派眾高僧見咱們談論不休，都已各自去了！」

虛竹叫道：「哎唷！」發足便追了下去，他要追上慧方等人，同回少林，稟告方丈和自己的受業師父；同時內心深處，也頗有「溜之大吉」之意，要擺脫逍遙派羣弟子的糾纏。

他疾行了半個時辰，越奔越快，始終沒見到慧字六僧。他已得逍遙老人七十餘年神功，奔行之速，疾逾駿馬，剛一下嶺便已過了慧字六僧的頭。他只道慧字六僧在前，拚命追趕，殊不知倉卒之際，在山坳轉角處沒見到六僧，幾個起落便已遠遠將他們拋在後面。

虛竹直追到傍晚，仍不見六位師叔伯的蹤跡，好生奇怪，猜想是走岔了道，重行回頭奔行二十餘里，向途人打聽，誰都沒見到六個和尚。這般來回疾行，居然絲毫不覺疲累，眼看天黑，肚裏卻餓起來了，走到一處鎮甸的飯店之中，坐下來要了兩碗素麵。

素麵一時未能煮起，虛竹不住向著店外大道東張西望，忽聽得身旁一個清朗的聲音說道：「和尚，你在等甚麼人麼？」虛竹轉過頭來，見西首靠窗的座頭上坐著個青衫少年，秀眉星目，皮色白淨，相貌極美，約莫十七八歲年紀，正自笑吟吟的望著他。

虛竹道：「正是！請問小相公，你可見到有六個和尚麼？」那少年道：「沒見到六個和尚，一個和尚倒看見的。」虛竹道：「嗯，一個和尚，請問相公在何處見他。」那少年道：「便在這家飯店中見到。」

虛竹心想：「一個和尚，那便不是慧方師伯他們一干人了。但既是僧人，說不定也能打聽到一些消息。」問道：「請問相公，那和尚是何等模樣？多大年紀？往何方而去？」

那少年微笑道：「這個和尚高額大耳，闊口厚唇，鼻孔朝天，約莫二十三四歲年紀，他是在這飯店之中等吃兩碗素麵，尚未動身。」

虛竹哈哈一笑，說道：「小相公原來說的是我。」那少年道：「相公便是相公，為甚麼要加個『小』字？我只叫你和尚，可不叫你作小和尚。」這少年說來聲音嬌嫩，清脆動聽。虛竹道：「是，該當稱相公才是。」

說話之間，店伴端上兩碗素麵。虛竹道：「相公，小僧要吃麵了。」那少年道：「青菜磨菇，沒點油水，有甚麼好吃？來來來，你到我這裏來，我請你吃白肉，吃燒鷄。」虛竹道：「罪過，罪過。小僧一生從未碰過葷腥，相公請便。」說著側過身子，自行吃麵，連那少年吃肉吃鷄的情狀也不願多看。

他肚中甚飢，片刻間便吃了大半碗麵，忽聽得那少年叫道：「咦，這是甚麼？」虛竹轉過頭去，只見那少年右手拿著一隻羹匙，舀了一羹匙湯正待送入口中，突然間發見了甚麼奇異物件，羹匙離口約有半尺便停住了，左手在桌上撿起一樣物事。那少年站起身來，右手捏著那件物事，走到虛竹身旁，說道：「和尚，你瞧這蟲奇不奇怪？」

虛竹見他捏住的是一枚黑色小甲蟲，這種黑甲蟲到處都有，決不是甚麼奇怪物事，便問：「不知有何奇處？」那少年道：「你瞧這蟲殼兒是硬的，烏亮光澤，像是塗了一層油一般。」虛竹道：「嗯，一般甲蟲，都是如此。」那少年道：「是麼？」將甲蟲丟在地下，伸腳踏死，回到自己座頭。虛竹嘆道：「罪過，罪過！」重又低頭吃麵。

他整日未曾吃過東西，這碗麵吃來十分香甜，連麵湯也喝了個碗底朝天，他拿過第二碗麵來，舉箸欲食，那少年突然哈哈大笑，說道：「和尚，我還道你是個嚴守清規戒律的好和尚，豈知卻是個口是心非的假正經。」虛竹道：「我怎麼口是心非了？」那少年道：「你說這一生從未碰過葷腥，這一碗雞湯麵，怎麼卻又吃得如此津津有味。」虛竹道：「相公說笑了。這明明是碗青菜磨菇麵，何來雞湯？我關照過店伴，半點葷油也不能落的。」

那少年微笑道：「你嘴裏說不茹葷腥，可是一喝到雞湯，便咂嘴嗒舌的，可不知喝得有多香甜。和尚，我在這碗麵中，也給你加上一匙羹雞湯罷！」說著伸匙羹在面前盛燒雞的碗中，舀上一匙湯，站起身來。

虛竹大吃一驚，道：「你……你……你剛才……已經……」

那少年笑道：「是啊，剛才我在那碗麵中，給你加上了一匙羹雞湯，你難道沒瞧見？啊喲，和尚，你快快閉上眼睛，裝作不知，我在你麵中加上一匙羹雞湯，包你好吃得多，反正不是你自己加的，如來佛祖也不會怪你。」

虛竹又驚又怒，才知他捉個小甲蟲來給自己看，乃是聲東擊西，引開自己目光，卻乘機將一匙羹鷄湯倒入麵中，想起喝那麵湯之時，確是覺到味道異常鮮美，只是一生之中從來沒喝過鷄湯，便不知這是鷄湯的滋味，現下鷄湯已喝入了肚中，那便如何是好？是不是該當嘔了出來？一時之間徬徨無計。

那少年忽道：「和尚，你要找的那六個和尚，這不是來了麼？」說著向門外一指。

虛竹大喜，搶到門首，向道上瞧去，卻一個和尚也沒有。他知又受了這少年欺騙，心頭老大不高興，只是出家人不可嗔怒，強自忍耐，一聲不響，回頭又來吃麵。

虛竹心道：「這位小相公年紀輕輕，偏生愛跟我惡作劇。」當下提起筷子，風捲殘雲般又吃了大半碗麵，突然之間，齒牙間咬到一塊滑膩膩的異物，一驚之下，忙向碗中看時，只見麵條之中夾著一大片肥肉，卻有半片已被咬去，顯然是給自己吃了下去。虛竹將筷子往桌上一拍，叫道：「苦也，苦也！」

那少年笑道：「和尚，這肥肉不好吃麼？怎麼叫苦起來？」

虛竹怒道：「你騙我到門口去看人，卻在我碗底放了塊肥肉。我……我……二十三年之中，從未沾過半點葷腥，我……我……這可毀在你手裏啦！」

那少年微微一笑，說道：「這肥肉的滋味，豈不是勝過青菜豆腐十倍？你從前不吃，可真是傻得緊了。」

虛竹愁眉苦臉的站起，右手扠住了自己喉頭，一時心亂如麻，忽聽得門外人聲喧擾，有許多人走向飯店而來。

他一瞥之間，只見這羣人竟是星宿派羣弟子，暗叫：「啊喲，不好，給星宿老怪捉到，我命休矣！」急忙搶向後進，想要逃出飯店，豈知推開門踏了進去，竟是一間臥房。虛竹想要縮腳出來，只聽得身後有人叫：「店家，店家，快拿酒肉來！」星宿派弟子已進客堂。

虛竹不敢退出，只得輕輕將門掩上了。忽聽得一人的聲音道：「給這胖和尚找個地方睡睡。」正是丁春秋的聲音。一名星宿派弟子道：「是！」腳步沉重，便走向臥房而來。虛竹大驚，無計可施，一矮身，鑽入了床底。他腦袋鑽入床底，和甚麼東西碰了一下，一個聲音低聲驚呼：「啊！」原來床底已先躲了一人。虛竹更是大吃一驚，待要退出，那星宿弟子已抱了慧淨走進臥房，放在床上，又退了出去。

只聽身旁那人在他耳畔低聲道：「和尚，肥肉好吃麼？你怕甚麼？」原來便是那少年相公。虛竹心想：「你身手倒也敏捷，還比我先躲入床底。」低聲道：「外面來的是一批大惡人，相公千萬不可作聲。」那少年道：「你怎知他們是大惡人？」虛竹道：「我認得他們。這些人殺人不眨眼，可不是玩的。」

那少年正要叫他別作聲，突然之間，躺在床上的慧淨大聲叫嚷起來：「床底下有人哪，床底下有人哪！」

虛竹和那少年大驚，同時從床底下竄了出來。只見丁春秋站在門口，微微冷笑，臉上神情又是得意，又是狠毒。

那少年已嚇得臉上全無血色，跪了下去，顫聲叫道：「師父！」丁春秋笑道：「好極，好極！拿來。」那少年道：「不在弟子身邊！」丁春秋道：「在那裏？」那少年道：「在遼國南京城。」丁春秋目露兇光，低沉著嗓子道：「你到此刻還想騙我？我叫你求生不得，求死不能。」那少年道：「弟子不敢欺騙師父。」丁春秋目光掃向虛竹，問那少年：「你怎麼跟他在一起了？」那少年道：「剛才在這店中相遇的。」丁春秋哼了一聲，道：「撒謊，撒謊！」狠狠瞪了二人兩眼，回了出去。四名星宿派弟子搶進房來，圍住二人。

虛竹又驚又怒，道：「原來你也是星宿派的弟子！」

那少年一頓足，恨恨的道：「都是你這臭和尚不好，還說我呢！」

一名星宿弟子道：「大師姊，別來好麼？」語氣甚是輕薄，一副幸災樂禍的神氣。

虛竹奇道：「甚麼？你……你……」

那少年呸了一聲，道：「笨和尚，臭和尚！我當然是女子，難道你一直瞧不出來？」

虛竹心想：「原來這小相公不但是女子，而且是星宿派的弟子，不但是星宿派的弟了，而且還是他們的大師姊。啊喲不好！她害我喝雞湯，吃肥肉，只怕其中下了毒。」

這個少年，自然便是阿紫喬裝改扮的了。她在遼國南京雖有享不盡的榮華富貴，但她生性好動，日久生厭，蕭峯公務忙碌，又不能日日陪她打獵玩耍。有一日心下煩悶，獨自出外玩耍。本擬當晚便即回去，那知遇上了一件好玩事，追蹤一個人，竟然越追越遠，最後終於將那人毒死，但離南京已遠，索性便闖到中原來。她到處遊蕩，也是湊巧，這日竟和虛竹及丁春秋同時遇上了。她引虛竹破戒吃葷，只是一時興起的惡作劇，只要別人狼狽煩惱，她便十分開心，倒也並無他意。

阿紫只道師父只在星宿海畔享福，決不會來到中原，那知道冤家路窄，竟會在這小飯店中遇上了。她早嚇得魂不附體，大聲呵斥虛竹，只不過虛張聲勢，話聲顫抖不已，要想強自鎮定，也是不能了，心中急速籌思脫身之法：「為今之計，只有騙得師父到南京去，假姊夫之手將師父殺了，那是我唯一的生路。除了姊夫，誰也打不過我師父。好在神木王鼎留在南京，師父非尋回這寶貝不可。」

想到這裏，心下稍定，但轉念又想：「但若師父先將我打成殘廢，消了我的武功，再將我押回南京，這等苦頭，只怕比立時死了還要難受得多。」霎時之間，臉上又是全無血色。

便在此時，一名星宿弟子走到門口，笑嘻嘻的道：「大師姊，師父有請。」

阿紫聽師父召喚，早如老鼠聽到貓叫一般，嚇得骨頭也酥了，但明知逃不了，只得跟著那名星宿弟子，來到大堂。

丁春秋獨據一桌，桌上放了酒菜，眾弟子遠遠垂手站立，畢恭畢敬，誰也不敢喘一口大氣。阿紫走上前去，叫了聲：「師父！」跪了下去。

丁春秋道：「到底在甚麼地方？」阿紫道：「不敢欺瞞師父，確是在遼國南京城。」丁春秋道：「在南京城何處？」阿紫道：「遼國南院大王蕭大王的王府之中。」丁春秋皺眉道：「怎麼會落入這契丹番狗的手裏了？」

阿紫道：「沒落入他的手裏。弟子到了北邊之後，唯恐失落了師父這件寶貝，又怕失手損毀，因此偷偷到蕭大王的後花園中，掘地埋藏。這地方隱僻之極，蕭大王的花園佔地六千餘畝，除了弟子之外，誰也找不到這座王鼎，師父儘可放心。」

丁春秋冷笑道：「只有你自己才找得到。哼，小東西，你倒厲害，你想要我投鼠忌器，不敢殺你！你說殺了你之後，便找不到王鼎了？」

阿紫全身發抖，戰戰兢兢的道：「師父倘若不肯饒恕弟子的頑皮胡鬧，如果消去了我的功力，挑斷我的筋脈，如果斷了我一手一足，弟子寧可立時死了，決計不再吐露那王鼎……那王鼎……那王鼎的所在。」說到後來，心中害怕之極，已然語不成聲。

丁春秋微笑道：「你這小東西，居然膽敢和我討價還價。我星宿派門下有你這樣厲害腳色，而我事先沒加防備，那也是星宿老仙走了眼啦！」

一名弟子突然大聲道：「星宿老仙洞察過去未來，明知神木王鼎該有如此一劫，因此假手阿紫，使這件寶貝歷此一番艱險，乃是加工琢磨之意，好令寶鼎更增法力。」另一名弟子說道：「普天下事物，有那一件不在老仙的神算之中？老仙謙抑之辭，眾弟子萬萬不可當真了！」又有一名弟子道：「星宿老仙今日略施小技，便殺了少林派高手玄難，誅滅聾啞老人師徒數十口，古往今來，那有這般勝於大羅金仙的人物？小阿紫，不論你有多少狡獪技倆，又怎能跳得出星宿老仙的手掌？頑抗求哀，兩俱無益。」丁春秋微笑點頭，撚鬚而聽。

虛竹站在臥房之中，聽得清清楚楚，尋思：「師伯祖和聰辯先生，果然是這丁施主害死的。唉，還說甚麼報仇雪恨，我自己這條小命也是不保了。」

星宿派羣弟子你一言，我一語，都在勸阿紫快快順服，從實招供，而恐嚇的言辭之中，倒有一大半在宣揚星宿老仙的德威，每一句說給阿紫聽的話中，總要加上兩三句對丁春秋歌功頌德之言。

丁春秋生平最大的癖好，便是聽旁人的諂諛之言，別人越說得肉麻，他越聽得開心，這般給羣弟子捧了數十年，早已深信羣弟子的歌功頌德句句是真。倘若那一個沒將他吹捧得足尺加三，他便覺這個弟子不夠忠心。眾弟子深知他脾氣，一有機會，無不竭力以赴，大張旗鼓的大拍大捧，均知倘若歌頌稍有不足，失了師父歡心事小，時時刻刻便有性命之憂。這些星宿派弟子倒也不是人人生來厚顏無恥，只是一來形格勢禁，若不如此便不足圖存，二來行之日久，習慣成自然，諂諛之辭順口而出，誰也不以為恥了。

丁春秋撚鬚微笑，雙目似閉非閉，聽著眾弟子的歌頌，飄飄然的極是陶醉。他的長鬚在和師兄蘇星河鬥法之時被燒去一大片，但稀稀落落，還是剩下了一些，後來他暗施劇毒，以「三笑逍遙散」毒死蘇星河，這場鬥法畢竟還是勝了，少了一些鬍子，那也不足介意。

心下又自盤算：「阿紫這小丫頭今日已難逃老仙掌握，倒是後房那小和尚須得好好對付才是。我的『三笑逍遙散』居然毒他不死，待會或使『腐屍毒』，或使『化功大法』，見機行事。本派掌門的『逍遙神仙環』便將落入我手，大喜，大喜！」

足足過了一頓飯時光，眾弟子才頌聲漸稀，頗有人長篇大論的還在說下去，丁春秋左手一揚，頌聲立止，眾弟子齊聲道：「師父功德齊天蓋地，眾弟子愚魯，不足以表達萬一。」丁春秋微笑點頭，向阿紫道：「阿紫，你更有甚麼話說？」

阿紫心念一動：「往昔師父對我偏愛，都是因為我拍他馬屁之時，能別出心裁，說得與眾不同，不似這一羣蠢才，翻來覆去，一百年也儘說些陳腔濫調。」便道：「師父，弟子所以偷偷拿了你的神木王鼎玩耍，是有道理的。」

丁春秋雙目一翻，問道：「有甚麼道理？」

阿紫道：「師父年輕之時，功力未有今日的登峯造極，尚須借助王鼎，以供練功之用。但近幾年來，任何有目之人，都知師父已有通天徹地的神通，這王鼎不過能聚毒物，比之師父的造詣，那真是如螢光之與日月，不可同日而語。如果說師父還不願隨便丟棄這座王鼎，那也不過是念舊而已。眾師弟大驚小怪，以為師父決計少不了這座王鼎，說甚麼這王鼎是本門重寶，失了便牽連重大，那真是愚蠢之極，可把師父的神通太也小覷了。」

丁春秋連連點頭，道：「嗯，嗯，言之成理，言之成理。」

阿紫又道：「弟子又想，我星宿派武功之強，天下任何門派皆所不及，只是師父大人大量，不願與中原武林人物一般見識，不屑親勞玉步，到中原來教訓教訓這些井底之蛙。可是中原武林之中，便有不少人妄自尊大，明知師父不會來向他們計較，便吹起大氣來，大家互相標榜，這個居然說甚麼是當世高人，那個又說是甚麼武學名家。可是嘴頭上儘管說得震天價響，卻誰也不敢到我星宿派來向師父領教幾招。天下武學之士，人人都知師父武功深不可測，可是說來說去，也只是『深不可測』四字，到底如何深法，卻誰也說不出個所以然來。這麼一來，於是姑蘇慕容氏的名頭就大了，河南少林寺自稱是武林泰山北斗了，甚至甚麼聾啞先生，甚麼大理段家，都儼然成了了不起的人物。師父，你說好不好笑？」

她聲音清脆，娓娓道來，句句打入了丁春秋的心坎，實比眾弟子一味大聲稱頌，聽來受用得多。丁春秋臉上的笑容越來越開朗，眼睛瞇成一線，不住點頭，十分得意。

阿紫又道：「弟子有個孩子氣的念頭，心想師父如此神通，若不到中原來露上兩手，終是開不了這些管窺蠡測之徒的眼界，難以叫他們知道天外有天，人上有人。因此便想了一個主意，請師父來到中原，讓這些小子們知道點好歹。只不過平平常常的恭請師父，那就太也尋常，與師父你老人家古往今來第一高人的身分殊不相配。師父身分不同，恭請師父來到中原的法子，當然也得不同才是。弟子借這王鼎，原意是在促請師父的大駕。」

丁春秋呵呵笑道：「如此說來，你取這王鼎，倒是一番孝心了。」阿紫道：「誰說不是呢？不過弟子除了孝心之外，當然也有些私心在內。」丁春秋皺眉道：「那是甚麼私心？」

阿紫微笑道：「師父休怪。想我既是星宿派弟子，自是盼望本門威震天下，弟子行走江湖之上，博得人人敬重，豈不是光采威風？這是弟子的小小私心。」丁春秋哈哈一笑，道：「說得好，說得好。我門下這許許多多弟子，沒一個及得上你心思機靈。原來你盜走我這神木王鼎，還是替我揚威來啦。嘿嘿，憑你這般伶牙利齒，殺了你倒也可惜，師父身邊少了一個說話解悶之人，但就此罷手不究……」阿紫忙搶著道：「雖然不免太便宜了弟子，但本門上下，那一個不感激師父寬洪大量？自此之後，更要為師門盡心竭力、粉身碎骨而後已。」

丁春秋道：「你這等話騙騙旁人，倒還有用，來跟我說這些話，不是當我老胡塗麼？居心大大的不善。嗯，你說我若廢了你的功力，挑斷你的筋脈……」

說到這裏，忽聽得一個清朗的聲音說道：「店家，看座！」

丁春秋斜眼一看，只見一個青年公子身穿黃衫，腰懸長劍，坐在桌邊，竟不知是何時走進店來，正是日間在棋會之中、自己施術加害而未成功的慕容復。丁春秋適才傾聽阿紫的說話，心中受用，有若騰雲駕霧，身登極樂，同時又一直傾聽著後房虛竹的動靜，怕他越窗逃走，以致店堂中忽然多了一人也沒留神到，實是大大的疏忽，倘若慕容復一上來便施暗襲，只怕自己已經吃了大虧。他一驚之下，不由得臉上微微變色，但立時便即寧定。

三十三

奈天昏地暗　斗轉星移

——

阿紫跪在溪邊，

雙手掬起溪水去洗雙眼。

清涼的溪水碰到眼珠，痛楚漸止，

然而，眼前始終沒半點光亮。

慕容復向丁春秋舉手招呼，說道：「請了！當真是人生何處不相逢，適才邂逅相遇，分手片刻，便又重聚。」

丁春秋笑道：「那是與公子有緣了。」尋思：「我曾傷了他手下的幾員大將，今日棋會之中，更險些便送了他的小命，此人怎肯和我干休？素聞姑蘇慕容氏武功淵博之極，『以彼之道，還施彼身』，武林中言之鑿鑿，諒來不會盡是虛言，瞧他投擲棋子的暗器功夫，果然甚是了得。先前他觀棋入魔，正好乘機除去，偏又得人相救。看來這小子武功雖高，別的法術卻是不會。」轉頭向阿紫道：「你說倘若我廢了你的武功，挑斷你的筋脈，斷了你的一手一腳，你寧可立時死了，也不吐露那物事的所在，是也不是？」

阿紫害怕之極，顫聲道：「師父寬洪大量，不必……不必……不必將弟子的胡言亂語，放……放在心上。」

慕容復笑道：「丁先生，你這樣一大把年紀，怎麼還能跟小孩子一般見識？來來來，你我乾上三杯，談文論武，豈不是好？在外人之前清理門戶，那也未免太煞風景了罷？」

丁春秋還未回答，一名星宿弟子已怒聲喝道：「你這廝好生沒上沒下，我師父是武林至尊，豈能同你這等後生小子談文論武？你又有甚麼資格來跟我師父談文論武？」

又有一人喝道：「你如恭恭敬敬的磕頭請教，星宿老仙喜歡提攜後進，說不定還會指點你一二。你卻說要跟星宿老仙談文論武，哈哈，那不是笑歪了人嘴巴麼？哈哈！」他笑了兩聲，臉上的神情卻古怪之極，過得片刻，又「哈哈」一笑，聲音十分乾澀，笑了這聲之後，張大了嘴巴，卻半點聲音也發不出來，臉上仍是顯現著一副又詭秘、又滑稽的笑容。

星宿羣弟子均知他是中了師父「三笑逍遙散」之毒，無不駭然惶悚，向著那三笑氣絕的同門望了一眼之後，大氣也不敢喘一口，都低下頭去，那裏還敢和師父的眼光相接，均道：「他剛才這幾句話，不知如何惹惱了師父，師父竟以這等厲害的手段殺他？對他這幾句話，可得細心琢磨才是，千萬不能再如他這般說錯了。」

丁春秋心中卻又是惱怒，又是戒懼。他適才與阿紫說話之際，大袖微揚，已潛運內力，將「三笑逍遙散」毒粉向慕容復揮去。這毒粉無色無臭，細微之極，其時天色已晚，飯店的客堂中朦朧昏暗，滿擬慕容復武功再高，也決計不會察覺，那料得他不知用甚麼手段，竟將這「三笑逍遙散」轉送到了自己弟子身上。死一個弟子固不足惜，但慕容復談笑之間，沒見他舉手抬足，便將毒粉轉到了旁人身上，這顯然並非以內力反激，以丁春秋見聞之博，一時也想不出那是甚麼功夫。他心中只是想著八個字：「以彼之道，還施彼身！」慕容復所使手法，正與「接暗器，打暗器」相似，接鏢發鏢，接箭還箭，他是接毒粉發毒粉。但毒粉如此細微，他如何能不會沾身，隨即又發了出來？

轉念又想：「說到『以彼之道，還施彼身』，這三笑逍遙散該當送還我才是，哼，想必這小子忌憚老仙，不敢貿然來捋虎鬚。」想到「捋虎鬚」三字，順手一摸長鬚，觸手只摸到七八根燒焦了的短鬚，心下不惱反喜：「以蘇星河、玄難老和尚這等見識和功力，終究還是在老仙手下送了老命，慕容復乳臭未乾，何足道哉？」說道：「慕容公子，你我當真有緣，來來來，我敬你一杯酒。」說著伸指一彈，面前的一隻酒杯平平向慕容復飛去。酒杯橫飛，卻沒半滴酒水濺出。

倘若換了平時，羣弟子早已頌聲雷動，但適才見一個同門死得古怪，都怕拍馬屁拍到了馬腳上，未能揣摩明白師父的用意，誰都不敢貿然開口，但這一聲喝采，總是要的，否則師父見怪，可又吃罪不起。酒杯剛到慕容復面前，羣弟子便暴雷價喝了一聲：「好！」有三個膽子特別小的，連這一聲采也不敢喝，待聽得眾同門叫過，才想起自己沒喝采，太也落後，忙跟著叫好，但那三個「好」字總是遲了片刻，顯然不夠整齊。那三人見到眾同門射來的眼光中充滿責備之意，登時羞慚無地，驚懼不已。

慕容復道：「丁先生這杯酒，還是轉賜了令高徒罷！」說著呼一口氣，吹得那酒杯突然轉向，飛向左首一名星宿弟子身前。

他一吹便將酒杯引開，比之手指彈杯，難易之別，縱然不會武功之人也看得出來，這酒杯一轉向，丁春秋顯是輸了一招。其實慕容復所噴的這口氣，和丁春秋的一彈，力道強弱全然不可同日而語，只不過噴氣的方位勁力拿捏極準，似乎是以一口氣吹開杯子，實則只是借用了對方手指上的一彈之力而已。

那星宿弟子見杯子飛到，不及多想，自然而然的便伸手接住，說道：「這是師父命你喝的！」便想將酒杯擲向慕容復，突然間一聲慘呼，向後便倒，登時一動也不動了。眾弟子這次都心下雪亮，知道師父一彈酒杯，便以指甲中的劇毒敷在杯上，只要慕容復手指一碰酒杯，不必酒水沾唇，便即如這星宿弟子般送了性命。

丁春秋臉上變色，心下怒極，情知這一下已瞞不過眾弟子的眼光，到了這地步，已不能再故示閒雅，雙手捧了一隻酒杯，緩緩站起，說道：「慕容公子，老夫這一杯酒，總是要敬你的。」說著走到慕容復身前。

慕容復一瞥之間，見那杯白酒中隱隱泛起一層碧光，顯然含有厲害無比的毒藥。他這麼親自端來，再也沒迴旋的餘地。眼見丁春秋走到身前，只隔一張板桌，慕容復吸一口氣，丁春秋捧著的那杯中酒水陡然直升而起，成為一條碧綠的水線。

丁春秋暗呼：「好厲害！」知道對方一吸之後，跟著便是一吐，這條水線便會向自己射來，雖然射中後於己無礙，但滿身酒水淋漓，總是狼狽出醜，當即運起內功，波的一聲，向那水線吹去。

卻見那條水線衝到離慕容復鼻尖約莫半尺之處，驀地裏斜向左首，從他腦後兜過，迅捷無倫的飛射而出，噗的一聲，鑽入了一名星宿弟子的口中。

那人正張大了口，要喝采叫好，這「好」字還沒出聲，一杯毒酒所化成的水線已鑽入了他肚中。水線來勢奇速，他居然還是興高采烈的大喝一聲：「好！」直到喝采之後，這才驚覺，大叫：「不好！」登時委頓在地，片刻之間，滿臉便轉成漆黑，立時斃命。

這毒藥如此厲害，慕容復也是心驚不已：「我闖蕩江湖，從未見過這等霸道的毒藥。」

他二人比拚，頃刻間星宿派便接連死了三名弟子，顯然勝敗已分。

丁春秋惱怒異常，將酒杯往桌上一放，揮掌便劈。慕容復久聞他「化功大法」的惡名，斜身閃過。丁春秋連劈三掌，慕容復皆以小巧身法避開，不與他手掌相觸。

兩人越打越快，小飯店中擺滿了桌子凳子，地位狹隘，實無迴旋餘地，但兩人便在桌椅之間穿來插去，竟無半點聲息，拳掌固是不交，連桌椅也沒半點挨到。

星宿派羣弟子個個貼牆而立，誰也不敢走出店門一步，師父正與勁敵劇鬥，有誰膽敢遠避自去，自是犯了不忠師門的大罪。各人明知形勢危險，只要給掃上一點掌風，都有性命之憂，除了盼望身子化為一張薄紙，拚命往牆上貼去之外，更無別法。但見慕容復守多攻少，掌法雖然精奇，但因不敢與丁春秋對掌，動手時不免縛手縛腳，落了下風。

丁春秋數招一過，便知慕容復不願與自己對掌，顯是怕了自己的「化功大法」。對方既怕這功夫，當然便要以這功夫制他，只是慕容復身形飄忽，出掌更難以捉摸，定要逼得他與自己對掌，倒也著實不易。再拆數掌，丁春秋已想到了一個主意，當下右掌縱橫揮舞，著著進逼，左掌卻裝微有不甚靈便之象，同時故意極力掩飾，要慕容復瞧不出來。

慕容復武功精湛，對方弱點稍現，豈有瞧不出來之理？他斜身半轉，陡地拍出兩掌，蓄勢凌厲，直指丁春秋左脅。丁春秋低聲一哼，退了一步，竟不敢伸左掌接招。慕容復心道：「這老怪左胸左脅之間不知受了甚麼內傷。」當下得理不讓人，攻勢中雖然仍以攻敵右側為主，但內力的運用，卻全是攻他左方。

又拆了二十餘招，丁春秋左手縮入袖內，右掌翻掌成抓，向慕容復臉上抓去。慕容復斜身轉過，挺拳直擊他左脅。丁春秋一直在等他這一拳，對方終於打到，不由得心中一喜，立時甩起左袖，捲向敵人右臂。

慕容復心道：「你袖風便再凌厲十倍，焉能傷得了我？」這一拳竟不縮回，運勁於臂，硬接他袖子的一捲，嗤的一聲長響，慕容復的右袖竟被扯下一片。慕容復一驚之下，這一拳打得更狠，驀地裏拳頭外一緊，已被對方手掌握住。

這一招大出慕容復意料之外，立時驚覺：「這老怪假裝左側受傷，原來是誘敵之計，我可著了他的道兒！」心中湧起一絲悔意：「我忒也妄自尊大，將這名聞天下的星宿老怪看得小了，君子報仇，十年未晚，何必以一時之忿，事先沒策劃萬全，便犯險向他挑戰。」此時更無退縮餘地，全身內力，逕從拳中送出。

豈知內勁一迸出，登時便如石沉大海，不知到了何處。慕容復暗叫一聲：「啊喲！」他上來與丁春秋為敵，一直便全神貫注，決不讓對方「化功大法」使到自己身上，不料事到臨頭，仍然難以躲過。其時當真進退兩難，倘若續運內勁與抗，不論多強的內力，都會給他化散，過不多時便會功力全失，成為廢人；但若抱元守一，勁力內縮，丁春秋種種匪夷所思的厲害毒藥，便會順著他真氣內縮的途徑，侵人經脈臟腑。

正當進退維谷、徬徨無計之際，忽聽得身後一人大聲叫道：「師父巧設機關，臭小子已陷絕境。」慕容復急退兩步，左掌伸處，已將那星宿弟子胸口抓住。

他姑蘇慕容家最拿手的絕技，乃是一門借力打力之技，叫做「斗轉星移」。外人不知底細，見到慕容氏「以彼之道，還施彼身」神乎其技，凡在致人死命之時，總是以對方的成名絕技加諸其身，顯然天下各門各派的絕技，姑蘇慕容氏無一不會，無一不精。其實武林中絕技千千萬萬，任他如何聰明淵博，決難將每一項絕技都學會了，何況既是絕技，自非朝夕之功所能練成。但慕容氏有了這一門巧妙無比的「斗轉星移」之術，不論對方施出何種功夫來，都能將之轉移力道，反擊到對方自身。

善於「鎖喉槍」的，挺槍去刺慕容復咽喉，給他「斗轉星移」一轉，這一槍便刺入了自己咽喉，而所用勁力法門，全是出於他本門的秘傳訣竅；善用「斷臂刀」的，揮刀砍出，卻砍上了自己手臂。兵器便是這件兵器，招數便是這記招數。只要不是親眼目睹慕容氏施這「斗轉星移」之術，那就誰也猜想不到這些人所以喪命，其實都是出於「自殺」。出手的人武功越高，死法越是巧妙。慕容氏若非單打獨鬥，若不是有把握定能致敵死命，這「斗轉星移」的功夫便決不使用，是以姑蘇慕容氏名震江湖，真正的功夫所在，卻是誰也不知。

將對手的兵刃拳腳轉換方向，令對手自作自受，其中道理，全在「反彈」兩字。便如有人一拳打在石牆之上，出手越重，拳頭上所受的力道越大，輕重強弱，不差分毫。只不過轉換有形的兵刃拳腳尚易，轉換無形無質的內力氣功，那就極難。慕容復在這門功夫上雖然修練多年，究竟限於年歲，未能達到登峯造極之境，遇到丁春秋這等第一流的高手，他自知無法以「斗轉星移」之術反撥回去傷害對方，是以連使三次「斗轉星移」，受到打擊的倒霉傢伙，卻都是星宿派弟子。他轉是轉了，移也移了，不過是轉移到了第三者身上。丁春秋暗施「三笑逍遙散」，彈杯送毒，逼射毒酒，每一次都給慕容復輕輕易易的找了替死鬼。

待得丁春秋使到「化功大法」，慕容復已然無法將之移轉，恰好那星宿弟子急於獻媚討好，張口一呼，顯示了身形所在。慕容復情急之下，無暇多想，一將那星宿弟子抓到，立時旁撥側挑，推氣換勁，將他換作了自身。他冒險施展，竟然生效，星宿老怪本意在「化」慕容復之「功」，豈知化去的卻是本門弟子的本門功夫。

慕容復一試成功，死裏逃生，當即抓住良機，決不容丁春秋再轉別的念頭，把那星宿弟子一推，將他身子撞到了另一名弟子身上。這第二名弟子的功力，當即也隨著丁春秋「化功大法」到處而迅速消解。

丁春秋眼見慕容復又以借力打力之法反傷自己弟子，自是惱怒之極，但想：「我若為了保全這些不成材的弟子，放脫他的拳頭，一放之後，再要抓到他便千難萬難。這小子定然見好便收，脫身逃走。這一仗我傷了五名弟子，只抓下他半隻袖子，星宿派可算大敗虧輸，星宿老仙還有甚麼臉面來揚威中原？」當下五指加勁，說甚麼也不放開他拳頭。

慕容復退後幾步，又將一名星宿弟子黏上了，讓丁春秋消散他的功力。頃刻之間，三名弟子癱瘓在地，猶如被吸血鬼吸乾了體內精血。其餘各人大駭，眼見慕容復又退將過來，無不失聲驚呼，紛紛奔逃。

慕容復手臂一振，三名黏在一起的星宿弟子身子飛了起來，第三人又撞中了另一人。那人驚呼未畢，身子便已軟癱。

餘下的星宿弟子皆已看出，只要師父不放開慕容復，這小子不斷的借力傷人，羣弟子的功力皆不免被星宿老仙「化」去，說不定下一個便輪到自己，但除了驚懼之外，卻也無人敢奪門而出，只是在店堂內狼竄鼠突，免遭毒手。

那小店能有多大，慕容復手臂揮動間，又撞中了三四名星宿弟子，黏在一起的已達七八名，他手持這麼一件長大「兵刃」，要找替死鬼可就更加容易了。這時他已佔盡了上風，但心下憂慮，星宿子弟雖多，總有用完的時候，到了人人皆被丁春秋「化」去了功力，再有甚麼替死鬼好找？他身形騰挪，連發真力，想震脫丁春秋的掌握。

丁春秋眼看門下弟子一個一個黏住，猶如被柳條穿在一起的魚兒一般，未曾黏上的也都狼狽躲閃，再也無人出聲頌揚自己。他羞怒交加，更加抓緊慕容復的拳頭，心想：「這批不成材的弟子全數死了也罷，只要能將這小子的功力化去，星宿老仙勝了姑蘇慕容，那便是天下震動之事。要收弟子，世上吹牛拍馬之徒還怕少了？」臉上卻絲毫不見怒容，神態顯得甚是悠閒，一副成竹在胸的模樣。

星宿羣弟子本來還在盼師父投鼠忌器，會放開了慕容復，免得他們一個個功力盡失，但見他始終毫不動容，已知自己殊無倖理，一個個驚呼悲號，但在師父積威之下，仍然無人膽敢逃走，或是哀求師父暫且放開這個「已入老仙掌握的小子」。

丁春秋一時無計可施，游目四顧，見眾弟子之中只有兩人並未隨眾躲避。一是游坦之，蹲在屋角，將鐵頭埋在雙臂之間，顯是十分害怕。另一個便是阿紫，面色蒼白，縮在另一個角落中觀鬥。

丁春秋喝道：「阿紫！」阿紫正看得出神，冷不防聽得師父呼叫，呆了一呆，說道：「師父，你老人家大展神威……」只講了半句，便尷尬一笑，再也講不下去。師父他老人家此際確是大展神威，但傷的卻是自己門下，如何稱頌，倒也難以措詞。

丁春秋奈何不了慕容復，本已焦躁之極，眼見阿紫的笑容中含有譏嘲之意，更是大怒欲狂，左手衣袖一揮，拂起桌上兩隻筷子，疾向阿紫兩眼中射去。

阿紫叫聲：「啊喲！」急忙伸手將筷子擊落，但終於慢了一步，筷端已點中了她雙眼，只覺一陣麻癢，忙伸衣袖去揉擦，睜開眼來，眼前盡是白影晃來晃去，片刻間白影隱沒，已是一片漆黑。

她只嚇得六神無主，大叫：「我……我的眼睛……我的眼睛……瞧不見啦！」

突然間一陣寒氣襲體，跟著一條臂膀伸過來攬住了腰間，有人抱著她奔出。阿紫叫道：「我……我的眼睛……」身後砰的一聲響，似是雙掌相交，阿紫只覺猶似騰雲駕霧般飛了起來，迷迷糊糊之中，隱約聽得慕容復叫道：「少陪了。星宿老怪，後會……」

阿紫身上寒冷徹骨，耳旁呼呼風響，一個比冰還冷的人抱著她狂奔。她冷得牙關相擊，呻吟道：「好冷……我的眼睛……冷，好冷。」

那人道：「是，是。咱們逃到那邊樹林裏，星宿老仙就找不到咱們啦。」他嘴裏說話，腳下仍是狂奔。過了一會，阿紫覺到他停了腳步。將她輕輕放下，身子底下沙沙作響，當是放在一堆枯樹葉上。那人道：「姑娘，你……你的眼睛怎樣？」

阿紫只覺雙眼劇痛，拚命睜大眼睛，卻甚麼也瞧不見，天地世界，盡變成黑漆一團，這才知雙眼已給丁春秋的毒藥毒瞎了，突然放聲大哭，叫道：「我……我的眼睛瞎了，我……我瞎了！」

那人柔聲安慰：「說不定治得好的。」阿紫怒道：「丁老怪的毒藥何等厲害，怎麼還治得好？你騙人！我眼睛瞎了，我眼睛瞎了！」說著又是大哭。那人道：「那邊有條小溪，咱們過去洗洗，把眼裏的毒藥洗乾淨了。」說著伸手拉住她右手，將她輕輕拉起。

阿紫只覺他手掌奇冷，不由自主的一縮，那人便鬆開了手。阿紫走了兩步，一個踉蹌，險些摔倒。那人道：「小心！」又握住了她手。這一次阿紫不再縮手，任由他帶到溪邊。那人道：「你別怕，這裏便是溪邊了。」

阿紫跪在溪邊，雙手掬起溪水去洗雙眼。清涼的溪水碰到眼珠，痛楚漸止，然而天昏地黑，眼前始終沒半點光亮。霎時之間，絕望、傷心、憤怒、無助，百感齊至，她坐倒在地，放聲大哭，雙足在溪邊不住擊打，哭叫：「你騙人，你騙人，我眼睛瞎了，我眼睛瞎了！」

那人道：「姑娘，你不用難過。我不會離開你的，你……你放心好啦。」

阿紫心中稍慰，問道：「你……你是誰？」那人道：「我……我……」阿紫道：「對不起！多謝你救了我性命。你高姓大名？」那人道：「我……我……姑娘不認得我的。」阿紫道：「你連姓名也不肯跟我說，還騙我不會離開我呢，我……我眼睛瞎了，我……我還是死了的好。」說著又哭。

那人道：「姑娘千萬死不得。我……我當真永遠不會離開你。只要姑娘許我陪著你，我永遠……永遠會跟在你身邊的。」阿紫道：「我不信！我不信！你騙我的，你騙我不要尋死。我偏要死，眼睛瞎了，還做甚麼人？」那人道：「我決不騙你，倘若我離開了你，叫我不得好死。」語氣焦急，顯得極是真誠。阿紫道：「那你是誰？」

那人道：「我……我是聚賢莊……不，不，我姓莊，名叫聚賢。」

救了阿紫那人，正是聚賢莊的少莊主游坦之。

阿紫道：「原來是莊……莊前輩，多謝你救了我。」游坦之道：「我能救了你逃脫星宿老仙的毒手，心裏歡喜得很，你不用謝我。我不是甚麼前輩，我只比你大幾歲。」阿紫道：「嗯，那麼我叫你莊大哥。」游坦之心中歡喜無限，顫聲道：「這個……是不敢當的。」

阿紫道：「莊大哥，我求你一件事。」游坦之道：「你別說甚麼求不求的，姑娘吩咐甚麼，我就是拚了性命不要，也要盡力給你辦到。」阿紫微微一笑，說道：「你我素不相識，為甚麼你對我這樣好？」游坦之道：「是，是，是素不相識，我從來沒見過你，你也從來沒見過我。這次……今天咱們是第一次見面。」阿紫黯然道：「還說見面呢？我永遠見你不到了。」說著忍不住又流下淚來。

游坦之忙道：「那不打緊。見不到我還更加好些。」阿紫問道：「為甚麼？」游坦之道：「我……我相貌難看得很，姑娘倘若見到了，定要不高興。」阿紫嫣然一笑，說道：「你又來騙人了。天下最希奇古怪的人，我也見得多了。我有一個奴隸，頭上戴了個鐵套子，永遠除不下來的，那才教難看呢。如果你見到了，包你笑上三天三夜。你想不想瞧瞧？」

游坦之顫聲道：「不，不！我不想瞧。」說著情不自禁的退了兩步。

阿紫道：「你武功這樣好，抱著我飛奔時，幾乎有我姊夫那麼快，那知道膽子卻小，連個鐵頭人也不想見。莊大哥，那鐵頭人很好玩的，我叫他翻觔斗給你看，叫他把鐵頭伸進獅子老虎籠裏，讓野獸咬他的鐵頭。我再叫人拿他當鳶子放，飛在天空，那才有趣呢。」

游坦之忍不住打個寒噤，連聲道：「我不要看，我真的不要看。」

阿紫嘆道：「好罷。你剛才還在說，不論我求你做甚麼，你就是性命不要，也要給我辦到，原來都是騙人的。」游坦之道：「不，不！決不騙你。姑娘要我做甚麼事？」

阿紫道：「我要回到姊夫身邊，他在遼國南京。莊大哥，請你送我去。」

霎時之間，游坦之腦中一片混亂，再也說不出話來。

阿紫道：「怎麼？你不肯嗎？」游坦之道：「不是……不肯，不過……不過我不想……不想去遼國南京。」阿紫道：「我叫你去瞧我那個好玩的鐵頭人小丑，你不肯。叫你送我回姊夫那裏，你又不肯。我只好獨自個走了。」說著慢慢站起，雙手伸出，向前探路。

游坦之道：「我陪你去！你一個人怎麼……怎麼成？」

游坦之握著阿紫柔軟滑膩的小手，帶著她走出樹林，心中只是想：「只要我能握著她的手，這樣慢慢走去，便是走到十八層地獄裏，我也是歡喜無限。」

剛走到大路上，迎面過來一羣乞丐。當先一人身材高瘦，相貌清秀，認得是丐幫大智分舵舵主全冠清，游坦之心想：「這人那天給我師父所傷，居然沒死。」不想和他們朝相，忙拉著阿紫離開大路，向荒地中走去。阿紫察覺地下高低不平，問道：「怎麼啦？」

游坦之還未回答，全冠清已見到了兩人，快步搶上攔住，厲聲喝道：「鬼鬼祟祟的，幹甚麼？你……你怪模怪樣的，是甚麼東西？」

游坦之大急，心想：「只要他叫出『鐵頭人』三字，阿紫姑娘立時便知我是誰，再也不會睬我。就算她仍要我送她回南京，也決不會再讓我握住她的手了。」一時徬徨無主，突然跪倒，連拜幾拜，大打手勢，要全冠清不可揭露他的真相。

全冠清看不明白他手勢的用意，奇道：「你幹甚麼？」游坦之指著阿紫，搖搖手，指指自己的口，搖搖手，又拜了幾拜。全冠清瞧出阿紫雙目已瞎，依稀明白這鐵頭人是求自己不可說話，正詫異間，丐幫眾弟子已都奔近身來。

一人指著游坦之的頭，哈哈大笑，叫道：「當真希奇，這鐵……」游坦之縱身上前，一掌拍出。那丐幫弟子急忙舉手擋格，喀喇喇幾聲響，那人臂骨、肋骨齊斷，身子向後飛出丈許，摔在地下，立時斃命。

眾弟子驚怒交集，五人同時向游坦之攻去。游坦之雙掌飛舞，亂擊亂拍。他武功低微，比之這些丐幫弟子大有不如，但手掌到處，只聽得喀喇、喀喇，「啊喲！」「哎唷！」砰砰砰，噗噗，五名丐幫弟子飛摔而出，都是著地便死。餘人驚駭之下，團團將游坦之和阿紫圍住，再也不敢上前攻擊。

游坦之忽然又向全冠清跪倒，拜了幾拜，又是連打手勢，指指阿紫，指指自己的鐵頭，不住搖手。

全冠清見他舉手連斃六丐，功力之深，實是生平罕見，自己倘若上前動手，也必無倖，可是他卻又向自己跪拜，實是匪夷所思，當下也打手勢，指指阿紫，指指他的鐵頭，指指自己嘴巴，又搖搖手。游坦之大喜，連連點頭。全冠清心念一動：「此人武功奇高，卻深怕我洩漏他的機密，似乎可以用這件事來脅制於他，收為我用。」當即向手下羣弟子說道：「大家別說話，誰也不可開口。」游坦之心中更喜，又向他拜了幾拜。

阿紫問道：「莊大哥，是些甚麼人？你打死了幾個人嗎？」游坦之道：「是丐幫的好朋友，大家起了些誤會。這位大智分舵全舵主仁義過人，是位大大的好人，我一向欽佩得很。我……我失手傷了他們幾位兄弟，當真過意不去。」說著向羣丐團團作揖。

阿紫道：「丐幫中也有好人麼？莊大哥，你武功這樣高，不如都將他們殺了，也好給我姊夫出一口胸中惡氣。」

游坦之忙道：「不，不，那是誤會。我跟全舵主是好朋友。你在這裏等我，我跟全舵主過去說明其中的過節。」說著向全冠清招招手。

全冠清聽他認得自己，更加奇怪，但看來全無惡意，當即跟著他走出十餘丈。

游坦之眼見離阿紫已遠，她已決計聽不到自己說話，卻又怕羣丐傷害了她，不敢再走，便即停步，拱手說道：「全舵主，承你隱瞞兄弟的真相，大恩大德，決不敢忘。」

全冠清道：「此中情由，兄弟全然莫名其妙。尊兄高姓大名？」游坦之道：「兄弟姓莊，名叫莊聚賢，只因身遭不幸，頭上套了這個勞什子，可萬萬不能讓這位姑娘知曉。」全冠清見他說話時雙目儘望著阿紫，十分關切，心下已猜到了七八分：「這小姑娘清雅秀麗，這鐵頭人定是愛上了她，生怕她知道他的鐵頭怪相。」問道：「莊兄如何識得在下？」

游坦之道：「貴幫大智分舵聚會，商議推選幫主之事，兄弟恰好在旁，聽得有人稱呼全舵主。兄弟今日失手傷了貴幫幾位兄弟，實在……實在不對，還請全舵主原諒。」

全冠清道：「大家誤會，不必介意。莊兄，你頭上戴了這個東西，兄弟是決計不說的，待會兄弟吩咐手下，誰也不得洩露半點風聲。」游坦之感激得幾欲流淚，不住作揖，說道：「多謝，多謝。」全冠清道：「可是莊兄和這位姑娘攜手在道上行走，難免有人見到，勢必大驚小怪，呼叫出來，莊兄就是將那人殺死，也已經來不及了。」

游坦之道：「是，是。」他自救了阿紫，神魂飄盪，一直沒想到這件事，這時聽全冠清說得不錯，不由得沒了主意，囁嚅道：「我……我只有跟她到深山無人之處去躲了起來。」

全冠清微笑道：「這位姑娘只怕要起疑心，而且，莊兄跟這位姑娘結成了夫婦之後，她遲早會發覺的。」

游坦之胸口一熱，說道：「結成夫……夫婦甚麼，我倒不想，那……那是不成的，我怎麼……怎麼配？不過……不過……那倒真的難了。」

全冠清道：「莊兄，承你不棄，說兄弟是你的好朋友。好朋友有了為難之事，自當給你出個主意。這樣罷，咱們一起到前面市鎮上，僱輛大車，你跟這位姑娘坐在車中，那就誰也見不到你們了。」游坦之大喜，想到能和阿紫同坐一車，真是做神仙也不如，忙道：「對，對！全舵主這主意真高。」

全冠清道：「然後咱們想法子除去莊兄這個鐵帽子，兄弟拍胸膛擔保，這位姑娘永遠不會知道莊兄這件尷尬事。你說如何？」

噗的一聲，游坦之跪倒在地，向全冠清不住磕頭，鐵頭撞上地面，咚咚有聲。

全冠清跪倒還禮，說道：「莊兄行此大禮，兄弟如何敢當？莊兄倘若不棄，咱二人結為金蘭兄弟如何？」游坦之喜道：「妙極，妙極！做兄弟的甚麼事也不懂，有你這樣一位足智多謀的兄長給我指點明路，兄弟當真是求之不得。」全冠清哈哈大笑，說道：「做哥哥的叨長你幾歲，便不客氣稱你一聲『兄弟』了。」

當丁春秋和蘇星河打得天翻地覆之際，段譽的眼光始終沒離開王語嫣身上，而王語嫣的眼光，卻又始終是含情脈脈的瞧著表哥慕容復。因之段王二人的目光，便始終沒有遇上。

待得丁春秋大敗逃走，虛竹與逍遙派門人會晤，慕容復一行離去，段譽自然而然便隨在王語嫣身後。

下得嶺來，慕容復向段譽拱手道：「段兄，今日有幸相會，這便別過了，後會有期。」段譽道：「是，是。今日有幸相會，這便別過了，後會有期。」眼光卻仍是瞧著王語嫣。慕容復心下不快，哼了一聲，轉身便走。段譽戀戀不捨的又跟了去。

包不同雙手一攔，擋在段譽身前，說道：「段公子，你今日出手相助我家公子，包某多謝了。」段譽道：「不必客氣。」包不同道：「此事已經謝過，咱們便兩無虧欠。你這般目不轉睛的瞧著我們王姑娘，忒也無禮，現下還想再跟，更是無禮之尤。你是讀書人，可知道『非禮勿視，非禮勿行』的話麼？包某此刻身上全無力氣，可是罵人的力氣還有。」段譽嘆了口氣，搖搖頭，說道：「既然如此，包兄還是『非禮勿言』，我這就『非禮勿跟』罷。」包不同哈哈大笑，說道：「這就對了！」轉身跟隨慕容復等而去。

段譽目送王語嫣的背影為樹林遮沒，兀自呆呆出神，朱丹臣道：「公子，咱們走罷！」段譽道：「是，是該走了。」可是卻不移步，直到朱丹臣連催三次，這才跨上古篤誠牽來的坐騎。他身在馬背之上，目光卻兀自瞧著王語嫣的去路。

段譽那日將書信交與全冠清後，便即馳去拜見段正淳。父子久別重逢，都是不勝之喜。阮星竹更對這位小王子竭力奉承。阿紫卻已不別而行，兄妹倆未得相見。段正淳和阮星竹以阿朱、阿紫之事說來尷尬，都沒向他提起。

過得十餘日，崔百泉、過彥之二人也尋到相聚。他師叔姪在蘇州琴韻小築和段譽失散，到處尋訪，不得蹤跡，後來從河南伏牛山本門中人處得到訊息，大理鎮南王到了河南，便在伏牛山左近落腳，當即趕來，見到段譽安然無恙，甚感欣慰。

段譽九死一生之餘，在父親身邊得享天倫之樂，自是歡喜，但思念王語嫣之情卻只有與日俱增，待得棋會之期將屆，得了父親允可，帶同古篤誠等赴會。果然不負所望，在棋會中見到了意中人，但這一會徒添愁苦，到底是否還是不見的好，他自己可也說不上來了。

一行人馳出二十餘里，大路上塵頭起處，十餘騎疾奔而來，正是大理國三公范驊、華赫艮、巴天石，以及所率大理羣士。一行人馳到近處，下馬向段譽行禮。原來眾人奉了段正淳之命，前來接應，深恐聾啞先生的棋會之中有何凶險。眾人聽說段延慶也曾與會，幸好沒對段譽下手，都是手心中揑了一把汗。

朱丹臣悄悄向范驊等三人說知，段譽在棋會中如何見到姑蘇慕容家的一位美貌姑娘，如何對她目不轉睛的呆視，如何失魂落魄，又想跟去，幸好給對方斥退。范驊等相視而笑，心中轉的是同樣念頭：「小王子風流成性，家學淵源。他如能由此忘了對自己親妹子木姑娘的相思之情，倒是一件大大的好事。」

傍晚時分，一行人在客店中吃了晚飯。范驊說起江南之行，說道：「公子爺，這慕容氏一家詭秘得很，以後遇上了可得小心在意。」段譽道：「怎麼？」范驊道：「這次我們三人奉了王爺將令，前赴蘇州燕子塢慕容氏家中查察，要瞧瞧有甚麼蛛絲馬跡，少林派玄悲大師到底是不是慕容氏害死的。」崔百泉與過彥之甚是關切，齊聲問道：「三位可查到了甚麼沒有？」范驊道：「我們三人沒明著求見，只暗中查察，慕容氏家裏沒男女主人，只賸下些婢僕。偌大幾座莊院，卻是個小姑娘叫做阿碧的在主持家務。」段譽點頭道：「嗯，這位阿碧姑娘人挺好的。三位沒傷了她罷？」

范驊微笑道：「沒有，我們接連查了幾晚，慕容氏莊上甚麼地方都查到了，半點異狀也沒有。巴兄弟忽然想到，那個番僧鳩摩智將公子爺從大理請到江南來，說是要去祭慕容先生的墓……」

崔百泉插口道：「是啊，慕容莊上那兩個小丫頭，卻說甚麼也不肯帶那番僧去祭墓，幸好這樣，公子爺才得脫卻那番僧的毒手。」

段譽點頭道：「阿朱、阿碧兩位姑娘，可真是好人。不知她們現下怎樣了。」

巴天石微笑道：「我們接連三晚，都在窗外見到那阿碧姑娘在縫一件男子的長袍，不住自言自語：『公子爺，儂在外頭冷哦？儂啥辰光才回來？』公子爺，她是縫給你的罷？」段譽忙道：「不是，不是。她是縫給慕容公子的。」巴天石道：「是啊，我瞧這小丫頭神魂顛倒的，老是想著她的公子爺，我們三個穿房入舍，她全沒察覺。」他說這番話，是要段譽不可學他爹爹，到處留情，阿碧心中想的只是慕容公子，段公子對她多想無益。

段譽嘆了口氣，說道：「慕容公子俊雅無匹，那也難怪，那也難怪！又何況他們是中表之親，自幼兒青梅竹馬……」

范驊、巴天石等面面相覷，均想：「小丫頭和公子爺青梅竹馬倒也猶可，又怎會有中表之親？」那想得到他是扯到了王語嫣身上。

崔百泉問道：「范司馬、巴司空想到那番僧要去祭慕容先生的墓，不知這中間有甚麼道理？可跟我師兄之死有甚麼關連？」范驊道：「我提到這件事，正是要請大夥兒一起參詳參詳。華大哥一聽到這個『墓』字，登時手癢，說道：『說不定這老兒的墓中有甚麼古怪，咱們掘進去瞧瞧。』我和巴兄都不大贊成，姑蘇慕容氏名滿天下，咱們段家去掘他的墓，太也說不過去。華大哥卻道：『咱們悄悄打地道進去，神不知，鬼不覺，有誰知道了？』我們二人拗他不過，也就聽他的。那墓便葬在莊子之後，甚是僻靜隱秘，還真不容易找到。我們三人掘進墓壙，打開棺材，崔兄，你道見到甚麼？」

崔百泉和過彥之同時站起，問道：「甚麼？」

范驊道：「棺材裏是空的，沒有死人。」

崔過二人張大了嘴，半晌合不攏來。過了良久，崔百泉一拍大腿，說道：「那慕容博沒有死。他叫兒子在中原到處露面，自己卻在幾千里外殺人，故弄玄虛。我師哥……我師哥定是慕容博這惡賊殺的！」

范驊搖頭道：「崔兄曾說，這慕容博武功深不可測，他要殺人，儘可使別的手段，為甚麼定要留下『以彼之道，還施彼身』的功夫，好讓人人知道是他姑蘇慕容氏下的手？若想武林中知道他的厲害，卻為甚麼又要裝假死？要不是華大哥有這能耐，又有誰能查知他這個秘密？」

崔百泉頹然坐倒，本來似已見到了光明，霎時間眼前又是一團迷霧。

段譽道：「天下各門各派的絕技成千成萬，要一一明白其中的來龍去脈，當真是難如登天，可偏偏她有這等聰明智慧，甚麼武功都是瞭如指掌……」

崔百泉道：「是啊，好像我師哥這招『天靈千裂』，是我伏牛派的不傳之秘，他又怎麼懂得，竟以這記絕招害了我師哥性命？」

段譽搖頭道：「她當然懂得，不過她手無縛鷄之力，雖然懂得各家各派的武功，自己卻是一招也不會使的，更不會去害人性命。」

眾人面面相覷，過了半晌，一齊緩緩搖頭。

阿紫雙眼被丁春秋毒瞎，游坦之奮不顧身的搶了她逃走。丁春秋心神微分，指上內力稍鬆，慕容復得此良機，立即運起「斗轉星移」絕技，噗的一聲，丁春秋五指抓住了一名弟子的手臂。慕容復拳頭脫出掌握，飛身竄出，哈哈大笑，叫道：「少陪了，星宿老怪，後會有期。」一展開輕功，頭也不回的去了。

這一役他傷了星宿派二十餘名弟子，大獲全勝，終於出了給丁春秋暗害而險些自刎的惡氣，但最後得能全身而退，實是出於僥倖，路上回思適才情景，當真不寒而慄。與王語嫣、鄧百川一行會齊後，在客店中深居簡出，讓鄧百川等人養傷。

過得數日，包不同、風波惡兩人體力盡復，跟著鄧百川與公冶乾也已痊可。六人說起不知阿朱的下落，都是好生記掛，當下商定就近去洛陽打探訊息。

在洛陽不得絲毫消息，於是又向西查去。這一日六人急於趕道，錯過了宿頭，直行到天黑，仍是在山道之中，越走道旁的亂草越長。風波惡道：「咱們只怕走錯了路，前邊這個彎多半轉得不對。」鄧百川道：「且找個山洞或是破廟，露宿一宵。」

風波惡當先奔出去找安身之所，放眼道路崎嶇，亂石嶙峋。他自己甚麼地方都能躺下來呼呼大睡，但要找一個可供王語嫣宿息的所在，卻著實不易。一口氣奔出數里，轉過一個山坡，忽見右首山谷中露出一點燈火，風波惡大喜，回首叫道：「這邊有人家。」

慕容復等聞聲奔到。公冶乾喜道：「看來只是家獵戶山農，但給王姑娘一人安睡的地方總是有的。」六人向著燈火快步走去。那燈火相隔甚遙，走了好一會仍是閃閃爍爍，瞧不清楚屋宇。風波惡喃喃罵道：「他奶奶的，這燈可有點兒邪門。」突然鄧百川低聲喝道：「且住，公子爺，你瞧這是盞綠燈。」慕容復凝目望去，果見那燈火發出綠油油的光芒，迥不同尋常燈火的色作暗紅或是昏黃。六人加快腳步，向綠燈又趨前里許，便看得更加清楚了。

包不同大聲道：「邪魔外道，在此聚會！」

憑這五人的機智武功，對江湖上不論那一個門派幫會，都是絕無忌憚，但各人立時想到：「今日與王姑娘在一起，還是別生事端的為是。」包不同與風波惡久未與人打鬥生事，霎時間心癢難搔，躍躍欲試，但立即自行克制。風波惡道：「今日走了整天路，可有點倦了，這個臭地方不太好，退回去罷！」慕容復微微一笑，心想：「風四哥居然改了性子，當真難得。」說道：「表妹，那邊不乾不淨的，咱們走回頭路罷。」王語嫣不明白其中道理，但表哥既然這麼說，也就欣然樂從。

六人轉過身來，只走出幾步，忽然一個聲音隱隱約約的飛了過來：「既知邪魔外道在此聚會，你們這幾隻不成氣候的妖魔鬼怪，又怎不過來湊湊熱鬧？」這聲音忽高忽低，若斷若續，鑽入耳中令人極不舒服，但每個字都聽得清清楚楚。

慕容復哼了一聲，知道包不同所說「邪魔外道，在此聚會」那句話，已給對方聽了去，從對方這幾句傳音中聽來，說話之人內力修為倒是不淺，但也不見得是真正第一流的功夫。他左手一拂，說道：「沒空跟他糾纏，隨他去罷！」不疾不徐的從來路退回。

那聲音又道：「小畜生，口出狂言，便想這般挾著尾巴逃走嗎？真要逃走，也得向老祖宗磕上三百個響頭再走。」

風波惡忍耐不住，止步不行，低聲道：「公子爺，我去教訓教訓這狂徒。」慕容復搖搖頭，道：「他不知咱們是誰，由他們去罷！」風波惡道：「是！」

六人再走十餘步，那聲音又飄了過來：「雄的要逃走，也就罷了，這雌雛兒可得留下，陪老祖宗解解悶氣。」

五人聽到對方居然出言辱及王語嫣，人人臉上變色，一齊站定，轉過身來。只聽得那聲音又道：「怎麼樣？乖乖的快把雌兒送上來，免得老祖宗……」

他剛說到那個「宗」字，鄧百川氣吐丹田，喝道：「宗！」他這個「宗」字和對方的「宗」字雙音相混，聲震山谷。各人耳中嗡嗡大響，但聽得「啊」的一聲慘呼，從綠燈處傳了過來。靜夜之中，鄧百川那「宗」字餘音未絕，夾著這聲慘叫，令人毛骨悚然。

鄧百川這聲斷喝，乃是以更高內力震傷了對方。從那人這聲慘呼聽來，受傷還真不輕，說不定已然一命嗚呼。那人慘叫之聲將歇，但聽得嗤的一聲響，一枚綠色火箭射上天空，蓬的一下炸了開來，映得半邊天空都成深碧之色。

風波惡道：「一不做，二不休，掃蕩了這批妖魔鬼怪的巢穴再說。」慕容復點了點頭，道：「咱們讓人一步，本來求息事寧人。既然幹了，便幹到底。」六人向那綠火奔去。

慕容復怕王語嫣受驚吃虧，放慢腳步，陪在她身邊，只聽得包不同和風波惡兩聲呼叱，已和人動上了手。跟著綠火微光中三條黑影飛了起來，拍拍拍三響，撞向山壁，顯是給包風二人乾淨利落的料理了。

慕容復奔到綠燈之下，只見鄧百川和公冶乾站在一隻青銅大鼎之旁，臉色凝重。銅鼎旁躺著一個老者，鼎中有一道煙氣上升，細如一線，卻其直如矢。王語嫣道：「是川西碧燐洞桑土公一派。」鄧百川點頭道：「姑娘果然淵博。」包不同回過身來，問道：「你怎知道？這燒狼煙報訊之法，幾千年前就有了，未必就只川西碧燐洞……」他幾句話還沒說完，公冶乾指著銅鼎的一足，示意要他觀看。

包不同彎下腰來，晃火摺一看，只見鼎足上鑄著一個「桑」字，乃是幾條小蛇、蜈蚣之形盤成，銅綠斑斕，宛是一件古物。包不同明知王語嫣說得對了，還要強辭奪理：「就算這隻銅鼎是川西桑土公一派，焉知他們不是去借來偷來的？何況常言道『贋鼎、贋鼎』，十隻鼎倒有九隻是假的。」

慕容復等心下都有些嘀咕：「此處離川西甚遠，難道也算是桑土公一派的地界麼？」他們都知川西碧燐洞桑土公一派都是苗人、傜人，行事與中土武林人士大不相同，擅於下毒，江湖人士對之頗為忌憚，好在他們與世無爭，只要不闖入川西猺山地界，他們也不會輕易侵犯旁人。慕容復、鄧百川等人自也不來怕他甚麼桑土公，只是跟這種邪毒怪誕的化外之人結仇，實在無聊，而糾纏上了身，也甚麻煩。

慕容復微一沉吟，說道：「這是非之地，早早離去的為妙。」眼見銅鼎旁躺著的那老者已是氣息奄奄，卻兀自睜大了眼，氣憤憤的望著各人，自便是適才發話肇禍之人了。慕容復向包不同點了點頭，嘴角向那老人一歪。包不同會意，反手抓起那根懸著綠燈的竹桿，倒過桿頭，連燈帶桿，噗的一聲，插入那老者胸口，綠燈登時熄滅。王語嫣「啊」的一聲驚呼。公冶乾道：「量小非君子，無毒不丈夫！這叫做殺人滅口，以免後患。」飛起右足，踢倒了銅鼎。慕容復拉著王語嫣的手，斜刺向左首竄了出去。

只奔出十餘丈，黑暗中嗤嗤兩聲，金刃劈風，一刀一劍從長草中劈了出來。慕容復袍袖一拂，借力打力，左首那人的一刀砍在右首那人頭上，右首那人一劍刺入了左首之人心窩，剎那間料理了偷襲的二人，腳下卻絲毫不停。公冶乾讚道：「公子爺，好功夫！」

慕容復微微一笑，繼續前行，右掌一揮，迎面衝來一名敵人骨碌碌的滾下山坡，左掌擊出，左前方一名敵人「啊」的一聲大叫，口噴鮮血。黑暗之中，突然聞到一陣腥臭之氣，跟著微有銳風撲面，慕容復急凝掌風，將這兩件不知名的暗器反擊了出去，但聽得「啊」的一下驚呼，敵人已中了他自己所發的歹毒暗器。

黑暗之中，驀地陷入重圍，也不知敵人究有多少，只是隨手殺了數人，殺到第六人時，慕容復暗暗心驚，尋思：「起初三人多半是川西桑土公一派，後來三人的武功卻顯是另屬不同的三派，冤家越結越多，大是不妙。」

只聽得鄧百川叫道：「大夥兒併肩往『聽香水榭』闖啊！」「聽香水榭」是姑蘇燕子塢中的一個莊子，位於西首，是慕容復的侍婢阿朱所居。鄧百川說向聽香水榭闖去，便是往西退卻，以免讓敵人知道。

慕容復一聽，便即會意，但其時四下裏一片漆黑，星月無光，難以分辨方位，不知西首卻在何方。他微一凝神，聽得鄧百川厚重的掌風在身後右側響了兩下，當即拉住王語嫣，斜退三步，向鄧百川身旁靠去，只聽得拍拍兩聲輕響，鄧百川和敵人又對了兩掌。從掌聲之中聽來，敵人著實是個好手。跟著鄧百川吐氣揚聲，「嘿」的一聲呼喝。慕容復知道鄧百川使出一招「石破天驚」的掌力，對方多半抵擋不住。果然那人失聲驚呼，聲音尖銳，但呼聲越響越下，猶如沉入地底，跟著是石塊滾動、樹枝折斷之聲。慕容復微微一驚：「這人失足掉入了深谷。適才綠光之下，沒見到有甚麼山谷啊。幸好鄧大哥將這人先行打入深谷，否則黑暗中一腳踏了個空，可就糟了。」

便在此時，左首高坡上有個聲音飄了過來：「何方高人，到萬仙大會來搗亂？當真將三十六洞洞主、七十二島島主，都不放在眼內嗎？」

慕容復等都輕輕「啊」的一聲。甚麼「三十六洞洞主，七十二島島主」的名頭，他們倒也聽到過的，但所謂「洞主，島主」，只不過是一批既不屬任何門派、又不隸甚麼幫會的旁門左道之士。這些人武功有高有低，人品有善有惡，人人獨來獨往，各行其是，相互不通聲氣，也便成不了甚麼氣候，江湖上向來不予重視。只知他們有的散處東海、黃海中的海島，有的在崑崙、祁連深山中隱居，近年來銷聲匿跡，毫無作為，誰也沒加留神，沒想到竟會在這裏出現。

慕容復朗聲道：「在下朋友六人，乘夜趕路，不知眾位在此相聚，無意中多有冒犯，謹此謝過。黑暗之中，事出誤會，雙方一笑置之便了，請各位借道。」他這幾句話不亢不卑，並不吐露身分來歷，對誤殺對方數人之事，也陪了罪。

突然之間，四下裏哈哈、嘿嘿、呵呵、哼哼笑聲大作，越笑人數越多。初時不過十餘人發笑，到後來四面八方都有人加入大笑，聽聲音不下五六百人，有的便在近處，有的卻似在數里之外。

慕容復聽對方聲勢如此浩大，又想到那人說甚麼「萬仙大會」，心道：「今晚倒足了霉，誤打誤撞的，闖進這些旁門左道之士的大聚會中來啦。我迄今沒吐露姓名，還是一走了之的為是，免得鬧到不可收拾。何況寡不敵眾，咱們六人怎對付得了這數百人？」

眾人鬨笑聲中，高坡上那人道：「你這人說話輕描淡寫，把事情看得忒也易了。你們六人已出手傷了咱們好幾位兄弟，萬仙大會羣仙假如就此放你們走路，三十六洞和七十二島的臉皮，卻往那裏擱去？」

慕容復定下神來，凝目四顧，只見前後左右的山坡、山峯、山坳、山脊各處，影影綽綽的都是人影，黑暗中自瞧不清各人的身形面貌。這些人本來不知是在那裏，突然之間，都如從地底下湧了出來一般。這時鄧百川、公冶乾、包不同、風波惡四人都已聚在慕容復與王語嫣身周衛護，但在這數百人的包圍之下，只不過如大海中的一葉小舟而已。

慕容復和鄧百川等生平經歷過無數大陣大仗，見了這等情勢，卻也不禁心中發毛，尋思：「這些人古裏古怪，十個八個自不足為患，幾百人聚在一起，可著實不易對付。」

慕容復氣凝丹田，朗聲說道：「常言道不知者不罪。三十六洞洞主，七十二島島主的大名，在下也素有所聞，決不敢故意得罪。川西碧燐洞桑土公、藏邊虬龍洞玄黃子、北海玄冥島島主章達夫先生，想來都在這裏了。在下無意冒犯，尚請恕罪則個。」

左首一個粗豪的聲音呵呵笑道：「你提一提咱們的名字，就想這般輕易混了出去嗎？嘿嘿，嘿嘿！」

慕容復心頭有氣，說道：「在下敬重各位是長輩，先禮後兵，將客氣話說在頭裏。難道我慕容復便怕了各位不成？」

只聽得四周許多人都是「啊」的一聲，顯是聽到了「慕容復」三字頗為震動。那粗豪的聲音道：「是『以彼之道，還施彼身』的姑蘇慕容氏麼？」慕容復道：「不敢，正是區區在下。」那人道：「姑蘇慕容氏可不是泛泛之輩。掌燈！大夥兒見上一見！」

他一言出口，突然間東南角上升起了一盞黃燈，跟著西首和西北角上各有紅燈升起。霎時之間，四面八方都有燈火升起，有的是燈籠，有的是火把，有的是孔明燈，有的是松明柴草，各家洞主、島主所攜來的燈火頗不相同，有的粗鄙簡陋，有的卻十分工細，先前都不知藏在那裏。燈火忽明忽暗的映照在各人臉上，奇幻莫名。

這些人有男有女，有俊有醜，既有僧人，亦有道士，有的大袖飄飄，有的窄衣短打，有的是長鬚飛舞的老翁，有的是雲髻高聳的女子，服飾多數奇形怪狀，與中土人士大不相同，一大半人持有兵刃，兵刃也大都形相古怪，說不出名目。慕容復團團作個四方揖，朗聲說道：「各位請了，在下姑蘇慕容復有禮。」四周眾人有的還禮，有的毫不理睬。

西首一人說道：「慕容復，你姑蘇慕容氏愛在中原逞威，那也由得你。但到萬仙大會來肆無忌憚的橫行，卻不把咱們瞧得小了？你號稱『以彼之道，還施彼身』，我來問你，你要以我之道，還施我身，卻是如何施法？」

慕容復循聲瞧去，只見西首巖石上盤膝坐著一個大頭老者，一顆大腦袋光禿禿地，半根頭髮也無，臉上巽血，遠遠望去，便如一個大血球一般。慕容復微一抱拳，說道：「請了！足下尊姓大名？」

那人捧腹而笑，說道：「老夫考一考你，要看姑蘇慕容氏果然是有真才實學呢，還是浪得虛名。我剛才問你：你若要以我之道，還施我身，卻如何施法。只要你答得對了，別人怎樣我管不著，老夫卻不再來跟你為難。你愛去那裏，便去那裏好了！」

慕容復瞧了這般局面，知道今日之事，已決不能空言善罷，勢必要出手露上幾招，便道：「既然如此，在下奉陪幾招，前輩請出手罷！」

那人又呵呵的捧腹而笑，道：「我是在考較你，不是要你來伸量我。你若答不出，那『以彼之道，還施彼身』這八個字，乘早給我收了起來罷！」

慕容復雙眉微蹙，心道：「你一動不動的坐在那裏，我既不知你門派，又不知你姓名，怎知你最擅長的是甚麼絕招？不知你有甚麼『道』，卻如何還施你身？」

他略一沉吟之際，那大頭老者已冷笑道：「我三十六洞、七十二島的朋友們散處天涯海角，不理會中原的閒事。山中無猛虎，猴兒稱大王，似你這等乳臭未乾的小子，居然也說甚麼『北喬峯、南慕容』，呵呵！好笑啊好笑，無恥啊無恥！我跟你說，你今日若要脫身，那也不難，你向三十六洞每一位洞主，七十二島每一位島主，都磕上十個響頭，一共磕上一千零八十個頭，咱們便放你六個娃兒走路。」

包不同憋氣已久，再也忍耐不住，大聲說道：「你要請我家公子爺『以你之道，還施你身』，又叫他向你磕頭。你這門絕技，我家公子爺可學不來了。嘿嘿，好笑啊好笑，無恥啊無恥！」他話聲抑揚頓挫，居然將這大頭老者的語氣學了個十足。

那大頭老者咳嗽一聲，一口濃痰吐出，疾向包不同臉上射了過來。包不同斜身一避，那口濃痰從他左耳畔掠過，突然間在空中轉了個彎，托的一聲，重重打在包不同額角正中。這口濃痰勁力著實不小，包不同只覺一陣頭暈，身子晃了幾晃，原來這一口痰，正好打中在他眉毛之上的「陽白穴」。

慕容復心中一驚：「這老兒痰中含勁，那是絲毫不奇。包三哥中毒後功力未復，避不開也不希奇。奇在他這口痰吐出之後，竟會在半空中轉彎。」

那大頭老者呵呵笑道：「慕容復，老夫也不來要你以我之道，還施我身，只須你說出我這一口痰的來歷，老夫便服了你。」

慕容復腦中念頭飛快的亂轉，卻無論如何想不起來，忽聽得身旁王語嫣清亮柔和的聲音說道：「端木洞主，你練成了這『歸去來兮』的五斗米神功，實在不容易。但殺傷的生靈，卻也不少了罷。我家公子念在你修為不易，不肯揭露此功的來歷，以免你大遭同道之忌。難道我家公子，竟也會用這功夫來對付你嗎？」

慕容復又驚又喜，「五斗米神功」的名目自己從未聽見過，表妹居然知道，卻不知對是不對。

那大頭老者本來一張臉血也似紅，突然之間，變得全無血色，但立即又變成紅色，笑道：「小娃娃胡說八道，你懂得甚麼。『五斗米神功』損人利己，陰險狠毒，難道是我這種人練的麼？但你居然叫得出老爺爺的姓來，總算很不容易的了。」

王語嫣聽他如此說，知道自己猜對了，只不過他不肯承認而已，便道：「海南島五指山赤𩞄洞端木洞主，江湖上誰人不知，那個不曉？端木洞主這功夫原來不是『五斗米神功』，那麼想必是從地火功中化出來的一門神妙功夫了。」

「地火功」是赤𩞄洞一派的基本功夫。赤𩞄洞一派的宗主都是複姓端木，這大頭老者名叫端木元，聽得王語嫣說出了自己的身分來歷，卻偏偏給自己掩飾「五斗米神功」，對她頓生好感，何況赤𩞄洞在江湖上只是籍籍無名的一個小派，在她口中居然成了「誰人不知，那個不曉」，更是高興，當下笑道：「不錯，不錯，這是地火功中的一項雕蟲小技。老夫有言在先，你既道出了寶門，我便不來難為你了。」

突然間一個細細的響音發自對面巖石之下，嗚嗚咽咽、似哭非哭的說道：「端木元，我丈夫和兄弟都是你殺的麼？是你練這天殺的『五斗米神功』，因而害死了他們的麼？」說話之人給巖石的陰影遮住了，瞧不見她的模樣，隱隱約約間可見到是個身穿黑衣的女子，長挑身材，衣衫袖子甚大。

端木元哈哈一笑，道：「這位娘子是誰？我壓根兒不知道『五斗米神功』是甚麼東西，你莫聽這小姑娘信口開河。」

那女子向王語嫣招了招手，道：「小姑娘，你過來，我要問一問你。」突然搶上幾步，揮出一根極長的竹桿，桿頭三隻鐵爪已抓住了王語嫣的腰帶，回手便拉。

王語嫣給她拉得踏上了兩步，登時失聲驚呼。

慕容復袍袖輕揮，搭上了竹槓，使出「斗轉星移」功夫，已將拉扯王語嫣的勁力，轉而為拉扯那女子自身。

那女子「啊」的一聲，立足不定，從巖石陰影下跌跌撞撞的衝了出來，衝到距慕容復身前丈許之處，內勁消失，便不再向前。她大驚失色，生恐慕容復出手加害，脫手放開竹桿，奮力反躍，退了丈許，這才立定。

王語嫣扳開抓住自己腰帶的鐵爪，將長桿遞給慕容復。慕容復左袖拂出，那竹桿緩緩向那女子飛去。那女子伸手待接，竹桿斗然跌落，插在她身前三尺之處。

王語嫣道：「南海椰花島黎夫人，你這門『採燕功』的確神妙，佩服，佩服。」

那女子臉上神色不定，說道：「小姑娘，你……你怎知道我姓氏？又……又怎知道我……我這『採燕功』？」

王語嫣道：「適才黎夫人露了這一手神妙功夫，長桿取物，百發百中，自然是椰花島著名的『採燕功』了。」原來椰花島地處南海，山巖上多產燕窩。燕窩都生於絕高絕險之處，黎家久處島上，數百年來由採集燕窩而練成了以極長竹桿為兵刃的「採燕功」。同時椰花島黎家的輕功步法，也與眾不同。王語嫣看到她向後一躍之勢，宛如為海風所激，更無懷疑，便道出了她的身分來歷。

黎夫人被慕容復一揮袖間反拉過去，心下已自怯了，再聽王語嫣一口道破自己的武功家數，只道自己所有的技倆全在對方算中，當下不敢逞強，轉頭向端木元道：「端木老兒，好漢子一人做事一身當。我丈夫和兄弟，到底是你害的不是？」

端木元呵呵笑道：「失敬，失敬！原來是南海椰花島島主黎夫人，說將起來，咱們同處南海，你還是老夫的芳鄰哪！尊夫我從未見過，怎說得上『加害』兩字？」

黎夫人將信將疑，道：「日久自知，只盼不是你才好。」拔起長桿，又隱身巖後。

黎夫人剛退下，突然間呼的一聲，頭頂松樹上掉下一件重物，鏜的一聲大響，跌在巖石之上，卻是一口青銅巨鼎。

慕容復又是一驚，抬頭先瞧松樹，看樹頂躲的是何等樣人，居然將這件數百斤重的大傢伙搬到樹頂，又摔將下來。看這銅鼎模樣，便與適才公冶乾所踢倒的碧燐洞銅鼎形狀相同，鼎身卻大得多了，難道桑土公竟躲在樹頂？但見松樹枝葉輕晃，卻不見人影。

便在此時，忽聽得幾下細微異常的響聲，混在風聲之中，幾不可辨。慕容復應變奇速，雙袖舞動，揮起一股勁風，反擊了出去，眼見銀光閃動，幾千百根如牛毛的小針從四面八方迸射開去。慕容復暗叫：「不好！」伸手攬住王語嫣腰間，縱身急躍，憑空升起，卻聽得公冶乾、風波惡以及四周人眾紛紛呼喝：「啊喲，不好！」「中了毒針。」「這歹毒暗器，他奶奶的！」「哎喲，怎地射中了老子？」

慕容復身在半空，一瞥眼間，見那青銅大鼎的鼎蓋一動，有甚麼東西要從鼎中鑽出來，他右手一托，將王語嫣的身子向上送起，叫道：「坐在樹上！」跟著身子下落，雙足踏住鼎蓋。只覺鼎蓋不住抖動，當即使出「千斤墜」功夫，硬將鼎蓋壓住。

其時兔起鶻落，只片刻間之事，慕容復剛將那鼎蓋壓住，四周眾人的呼喝之聲已響成一片：「哎喲，快取解藥！」「這是碧燐洞的牛毛針，一個時辰封喉攻心，最是厲害不過。」「桑土公這臭賊呢，在那裏？在那裏？」「快揪他出來取解藥。」「這臭賊亂發牛毛針，連我這老朋友也傷上了。」「桑土公在那裏？」「快取解藥，快取解藥！」

「桑土公在那裏？」「快取解藥！」之聲響成一片。中了毒針之人有的亂蹦亂跳，有的抱樹大叫，顯然牛毛針上的毒性十分厲害，令中針之人奇癢難當。

慕容復一瞥之間，見公冶乾左手撫胸，右手按腹，正自凝神運氣，風波惡卻雙足亂跳，破口大罵。他知二人已中了暗算，心中又是憂急，又是惱怒。這無數毒針，顯然是有人開動銅鼎中的機括，從鼎中發射出來。銅鼎從空而落，引得眾人抬頭觀望，鼎中之人便乘機發針，若不是他見機迅速，內力強勁，這幾千枚毒針都已鑽入他的肉裏了。慕容復內勁反激出去的毒針，有些射在旁人身上，有些射在鼎上，那偷發暗器之人有鼎護身，自也安然無恙。

只聽得一個人陰陽怪氣的道：「慕容復，這就是你的不對了，怎麼『以彼之道，還施我身』？這可與你慕容家的作為不對啊。」此人站得甚遠，半邊身子又是躲在巖石之後，沒中到毒針，便來說幾句風涼話兒。

慕容復不去理他，心想要解此毒，自然須找鼎中發針之人，只覺得腳下鼎蓋不住抖動，顯是那人想要鑽出來。慕容復左手搭在大松樹的樹幹，已如將鼎蓋釘住在大松樹上，那人要想鑽出鼎來，若不是以寶刀寶劍破鼎而出，便須以腰背之力，將那株松樹連根拔起。鼎中人連連運力，卻那裏掀得動已如連在慕容復身上的那株大松樹？

慕容復使出「斗轉星移」功夫，將鼎中人的力道都移到了大松樹上。那松樹左右搖晃，樹根格格直響，但要連根拔起，卻談何容易，樹周小根倒也給他迸斷了不少。慕容復要等他再掀數下，便突然鬆勁，讓他突鼎而出；料想他出鼎之時，必然隨手再發牛毛細針以防護自身，那時揮掌拍落，將這千百枚毒針都釘在他身上，不怕他不取解藥自救，其時奪他解藥，自比求他取藥方便得多。

只覺那鼎蓋又掀動兩下，突然間鼎中人再無動靜，慕容復知道他在運氣蓄力，預備一舉突鼎而出，當即腳下鬆勁，右掌卻暗暗運力。那知過了好一會，鼎中人仍是一動也不動，倒如已然悶死了一般。

四下裏的號叫之聲，卻響得更加慘厲了。各洞島有些功力較淺的弟子難忍麻癢，竟已在地下打滾，更有以頭撞石，以拳搥胸，情景甚是可怖。但聽得七八人齊聲叫道：「將桑土公揪出來，揪他出來，快取解藥！」叫喊聲中，十餘人紅了眼睛，同時向慕容復衝來。

慕容復左足在鼎蓋上一點，身子輕飄飄的躍起，正要坐向松樹橫幹，突然間嗤嗤聲響，斜刺裏銀光閃動，又是千百枚細針向他射來。

這一變故來得突兀之極，發射毒針的桑土公當然仍在鼎中，而這叢毒針來勢之勁，數量之多，又顯然出自機括，並非人力，難道桑土公的同黨隱伏在旁，再施毒手麼？

這時慕容復身在半空，無法閃避，若以掌力反擊，則鄧百川等四人都在下面，不免重蹈覆轍，又傷了自己兄弟。在這萬分緊急的當口，他右袖一振，猶如風帆般在半空中一借力，身子向左飄開三尺，同時右手袖子飄起，一股柔和渾厚的內勁發出來，將千百枚毒針都托向天空，身子便如一隻輕飄飄的大紙鳶，悠然飄翔而下。

其時天上雖然星月無光，四下裏燈籠火把卻照耀得十分明亮，眾人眼見慕容復瀟灑自如的滑行空中，無不驚佩。慘呼喝罵聲中，響出了一陣春雷般的喝采聲來，掩住了一片淒厲刺耳的號叫。

慕容復身在半空，雙目卻注視著這叢牛毛細針的來處，身子落到離地約有丈餘之處，左腳在一根横跨半空的樹幹上一撐，借力向右方撲出。他先前落下時飄飄盪盪，勢道緩慢，這一次撲出卻疾如鷹隼，一陣勁風掠過，雙足便向巖石旁一個矮胖子的頭頂踏了下去。原來他在半空時目光籠罩全場，見到此人懷中抱著一口小鼎模樣的傢伙，作勢欲再發射。

那矮子滑足避開，行動迅捷，便如一個圓球在地下打滾。慕容復踏了個空，砰的一掌拍出，正中對方後背。那矮子正要站起身來，給這一掌打得又摔倒在地。他顫巍巍的站起，搖晃幾下，雙膝一軟，坐倒在地。

四周十餘人叫道：「桑土公，取解藥來，取解藥來！」向他擁了過去。

鄧百川和包不同均想：「原來這矮子便是桑土公！」兩人急於要擒住了他，好取解藥來救治把兄弟之傷，同時大喝，向他撲去。

桑土公左手在地下一撐，想要站起，但受傷不輕，終究力不從心。包不同伸手向他肩頭抓落，五指剛抓上他肩頭，手指和掌心立時疼痛難當，縮手不迭，反掌一看，只見掌心鮮血淋漓。原來這矮子肩頭裝有針尖向外的毒針。霎時之間，包不同但覺手掌奇癢難當，直癢到心裏去。他又驚又怒，飛起左足，一招「金鉤破冰」，對準桑土公屁股猛踢過去。但見他伏在地下，身子微微蠕動，這一腳非重重踢中不可。

他這一腳去勢迅捷，刹那之間，足尖離桑土公的臀部已不過數寸，突然間省悟：「啊喲不好，他屁股上倘若也裝尖刺，我這隻左腳又要糟糕。」其時這一腳已然踢出，倘若硬生生的收回，勢須扭傷筋骨，百忙中左掌疾出，在地下重重一拍，身子借勢倒射而出，總算見機得快，足尖只在桑土公的褲子上輕輕一擦，沒使上力，也不知他屁股上是否裝有倒刺。

這時鄧百川和其餘七八人都已撲到桑土公身後，眼見包不同出手拿他，不知如何反而受傷，雖見桑土公伏地不動，一時之間倒也不敢貿然上前動手。包不同吃了這個大虧，如何肯就此罷休？在地下捧起一塊百來斤的大石，大叫：「讓開，我來砸死這隻大烏龜！」

有的人叫道：「使不得，砸死了他便沒解藥了！」另有人道：「解藥在他身邊，先砸死他才取得到。」看來這些人雖然在此聚會，卻是各懷異謀，並不如何齊心合力，包不同要砸死桑土公，居然有些人也不怎麼反對。

議論紛紛之中，包不同手捧大石，踏步上前，對準了桑土公的背心，喝道：「砸死你這隻生滿倒刺的大烏龜！」這時他右掌心越來越癢，雙臂一挺，大石便向桑土公背心砸了下去。只聽得砰的一聲響，地下塵土飛揚。

眾人都是一驚，這塊大石砸在桑土公背上，就算不是血肉模糊，也要砸得他大聲慘呼，決無塵土飛揚之理。再定睛細看時，更是驚訝之極，大石好端端的壓在地下，桑土公卻已不知去向。

包不同左腳一起，挑開大石，地下現出了一個大洞。原來桑土公的名字中有一個「土」字，極精地行之術，伏在地上之時，手腳並用，爬鬆泥土，竟爾鑽了進去。適才慕容復將桑土公壓在鼎下，他無法掀開鼎蓋出來，也是打開鼎腹，從地底脫身。包不同一呆之下，回身去尋桑土公的所在，心想就算你鑽入地底，又不是穿山甲，最多不過鑽入數尺，躲得一時，難道真有土遁之術不成？

忽聽得慕容復叫道：「在這裏了！」左手衣袖揮出，向一塊巖石捲去，原來這塊巖石模樣的東西，卻是桑土公的背脊。這人古裏古怪，惑人耳目的技倆花樣百出，若不是慕容復眼尖，還真不易發見。

桑土公被雄勁的袖風捲起，肉球般的身子飛向半空。他自中了慕容復一掌之後，受傷已然不輕，這時殊無抗禦之力，大聲叫道：「休下毒手，我給你解藥便了！」

慕容復哈哈一笑，右袖拂出，將左袖的勁力抵消，同時生出一股力道，托住桑土公的身子，輕輕放了下來。

忽聽得遠處一人叫道：「姑蘇慕容，名不虛傳！」慕容復舉手道：「貽笑方家，愧不敢當！」便在此時，一道金光、一道銀光從左首電也似的射來，破空聲甚是凌厲。慕容復不敢怠慢，雙袖鼓風，迎了上去，蓬的一聲巨響，金光銀光倒捲了回去。這時方才看清，卻是兩條長長的帶子，一條金色，一條銀色。

帶子盡頭處站著二人，都是老翁，使金帶的身穿銀袍，使銀帶的身穿金袍。金銀之色閃耀燦爛，華麗之極，這等金銀色的袍子常人決不穿著，倒像是戲台上的人物一般。穿銀袍的老人說道：「佩服，佩服，再接咱兄弟一招！」金光閃動，金帶自左方遊動而至，銀帶卻一抖向天，再從上空落下，逕襲慕容復的上盤。

慕容復道：「兩位前輩……」他只說了四個字，突然間呼呼聲響，三柄長刀著地捲來。三人使動地堂刀功夫，襲向慕容復下盤。

慕容復上方、前方、左側同時三處受攻，心想：「對方號稱是三十六洞洞主、七十二島島主，人多勢眾，混戰下去，若不讓他們知道厲害，如何方了？」眼見三柄長刀著地掠來，當即踢出三腳，每一腳都正中敵人手腕，白光閃動，三柄刀都飛了上天。慕容復身形略側，右手一掠，使出「斗轉星移」功夫，撥動金帶帶頭，拍的一聲響，金帶和銀帶已纏在一起。

使地堂刀的三人單刀脫手，更不退後，荷荷發喊，張臂便來抱慕容復的雙腿。慕容復足尖起處，勢如飄風般接連踢中了三人胸口穴道。驀地裏一個長臂長腿的黑衣人越眾而前，張開蒲扇般的大手，一把將桑土公抓了起來。此人手掌也不知是天生厚皮，還是戴了金屬絲所織的手套，竟然不怕桑土公滿身倒刺，一抓到人，便直腿向後一躍，退開丈餘。

慕容復見這人身手沉穩老辣，武功比其餘諸人高強得多，心下暗驚：「桑土公若被此人救去，再取解藥可就不易了。」心念微動，已然躍起，越過橫臥地下的三人，右掌拍出，逕襲黑衣人。那人一聲冷笑，橫刀當胸，身前綠光閃閃，竟是一柄厚背薄刃、鋒銳異常的鬼頭刀，刀口向外。慕容復這掌拍落，那是硬生生將自己手腕切斷了。他逕不收招，待手掌離刃口約有二寸，突然間改拍為掠，手掌順著刃口一抹而下，逕削黑衣人抓著刀柄的手指。

他掌緣上布滿了真氣，鋒銳處實不亞於鬼頭刀，削上了也有切指斷臂之功。那黑衣人出其不意，「咦」的一聲，急忙鬆手放刀，翻掌相迎，拍的一聲，兩人對了一掌。黑衣人又是「咦」的一聲，身子一晃，向後躍開丈餘，但左手仍是緊緊抓著桑土公。慕容復翻過手掌，抓過了鬼頭刀，鼻中聞到一陣腥臭，幾欲作嘔，知道這刀上餵有劇毒，邪門險惡之至。

他雖在一招間奪到敵人兵刃，但眼見敵方七八個人各挺兵刃，攔在黑衣人之前，要搶桑土公過來，殊非易事，何況適才和那黑衣人對掌，覺他功力雖較自己略有不如，但另有一種詭異處，奪到鋼刀，只是攻了他個出其不意，當真動手相鬥，也非片刻間便能取勝。

但聽得人聲嘈雜：「桑土公，快取解藥出來！」「你這他媽的牛毛毒針若不快治，半個時辰就送了人性命。」「烏老大，快取解藥出來，糟糕，再挨可就乖乖不得了！」燈光火把下人影奔來竄去，都在求那黑衣人烏老大快取解藥。

烏老大道：「好，桑胖子，取解藥出來。」桑土公道：「你放我下地啊！」烏老大道：「我一放手，敵人又捉了你去，如何放得？快取解藥出來。」旁邊的人跟著起哄：「是啊，快拿解藥出來！」更有人在破口大罵：「賊苗子，還在推三阻四，瞧老子一把火將你碧燐洞裏的烏龜王八蛋燒個乾乾淨淨。」

桑土公嘶啞著嗓子道：「我的解藥藏在土裏，你須得放我，才好去取。」

眾人一怔，料他說的確是實情，這人喜在山洞、地底等陰暗不見天日之處藏身，將解藥藏在地底，原是應有之義。

慕容復雖沒聽到公冶乾和風波惡叫喚呻吟，但想那些人既如此麻癢難當，二哥和四哥身受自然也是一般，眼前只有竭盡全力，將桑土公奪了回來，再作打算，猛然間發一聲喊，舞動鬼頭刀，衝入了人叢之中。鄧百川和包不同守護在公冶乾和風波惡身旁，不敢離開半步，深恐敵人前來加害，眼見慕容復縱身而前，猶如虎入羊羣，當者披靡。

烏老大見他勢頭甚兇，不敢正攖其鋒，抓起桑土公，遠遠避開。

只聽得眾人叫道：「大家小心了！此人手中拿的是『綠波香露刀』，別給他砍中了。」「啊喲，烏老大的『綠波香露刀』給這小子奪了去，可大大的不妙！」

慕容復舞刀而前，只見和尚道士，醜漢美婦，各種各樣人等紛紛辟易，臉上均有驚恐之色，料想這柄鬼頭刀大有來歷，但明明臭得厲害，偏偏叫甚麼「香露刀」，真是好笑，又想：「我將毒刀舞了開來，將這些洞主、島主殺他十個八個倒也不難，只是無怨無仇，何必多傷人命？仇怨結得深了，他們拚死不給解藥，二哥四哥所中之毒便難以善後。」他雖舞刀揮劈，卻不殺傷人命，遇有機緣便點倒一個，踢倒兩個。

那些人初時甚為驚恐，待見他刀上威力不大，便定了下來，霎時之間，長劍短戟，軟鞭硬牌，四面紛紛進襲。慕容復給十多人圍在垓心，外面重重疊疊圍著的更不下三四百人，不禁心驚。

再鬥片刻，慕容復尋思：「這般鬥將下去，卻如何了局？看來非下殺手不可。」刀法一緊，砰砰兩聲，以刀柄撞暈了兩人。忽聽得鄧百川叫道：「下流東西，不可驚擾了姑娘。」慕容復斜眼一瞥，只見兩人縱身躍起，去攻擊躲在松樹上的王語嫣。鄧百川飛步去救，出掌截住。慕容復心下稍寬，卻見又有三人躍向樹上，登時明白了這些人的主意：「他們鬥我不下，便想擒獲表妹，作為要脅，當真無恥之極。」但自己給眾人纏住了，無法分身，眼見兩個女子抓住王語嫣的手臂，從樹上躍了下來。一個頭帶金環的長髮頭陀手挺戒刀，橫架在王語嫣頸前，叫道：「慕容小子，你若不投降，我可要將你相好的砍了！」

慕容復一呆，心想：「這些傢伙邪惡無比，說得出做得到，當真加害表妹，如何是好？但我姑蘇慕容氏縱橫武林，豈有向人投降之理？今日一降，日後怎生做人？」他心中猶豫，手上卻絲毫不緩，左掌呼呼兩掌拍出，將兩名敵人擊得飛出丈餘。

那頭陀又叫：「你當真不降，我可要將這如花似玉的腦袋切下來啦！」戒刀連晃，刀鋒青光閃動。

三十四
風驟緊　縹緲峯頭雲亂

驀地裏風聲響動，
兩個青衫客竄縱而至，
兩條軟鞭同時擊到，
豈知兩條軟鞭竟是活蛇。

猛聽得山腰裏一人叫道：「使不得，千萬不可傷了王姑娘，我向你投降便是。」一個灰影如飛的趕來，腳下輕靈之極。站在外圍的數人齊聲呼叱，上前攔阻，卻給他東一拐，西一閃，避過了眾人，撲到面前，火光下看得明白，卻是段譽。

只聽他叫道：「要投降還不容易？為了王姑娘，你要我投降一千次、一萬次也成。」奔到那頭陀面前，叫道：「喂，喂，大家快放手，捉住王姑娘幹甚麼？」

王語嫣知他武功若有若無，無時多，有時少，卻這般不顧性命的前來相救，心下感激，顫聲道：「段……段公子，是你？」段譽喜道：「是我，是我！」

那頭陀罵道：「你……你是甚麼東西？」段譽道：「我是人，怎麼是東西？」那頭陀反手一拳，拍的一聲，打在段譽下頦。段譽立足不定，一交往左便倒，額頭撞上一塊巖石，登時鮮血長流。

那頭陀見他奔來的輕功，只道他武功頗為不弱，反手這一拳虛招，原沒想能打到他，這一拳打過之後，右手戒刀連進三招，那才是真正殺手之所在，不料左拳虛晃一招，便將他打倒，反而一呆，同時段譽內力反震，也令他左臂隱隱酸麻，幸好他這一拳打得甚輕，反震之力也就不強。他見慕容復仍在來往衝殺，又即大呼：「慕容小子，你再不住手投降，我可真要砍去這小妞兒的腦袋了。老佛爺說一是一，決不騙人，一、二、三！你降是不降！」

慕容復好生為難，說到表兄妹之情，他決不忍心王語嫣命喪邪徒之手，但「姑蘇慕容」這四個字尊貴無比，決不能因人要脅，向旁門左道之士投降，從此成為話柄，在江湖上受人恥笑，何況這一投降，多半連自己性命也送了。他大聲叫道：「賊頭陀，你要公子爺認輸，那是千難萬難。你只要傷了這位姑娘一根毫毛，我不將你碎屍萬段，誓不為人！」一面說，一面向王語嫣衝去，但二十餘人各挺兵刃左刺右擊，前攔後襲，一時又怎衝得過去？

那頭陀怒道：「我偏將這小妞兒殺了，瞧你又拿老佛爺如何？」說著舉起戒刀，呼的一聲，便向王語嫣頸中揮去。抓住王語嫣手臂的兩個女子恐被波及，同時放手，向旁躍開。

段譽掙扎著正要從地上爬起，左手掩住額頭傷口，神情十分狼狽，眼見那頭陀當真揮刀要殺王語嫣，而她卻站著不動，不知是嚇得呆了，還是給人點了穴道，竟不會抗禦閃避。段譽這一急自然非同小可，手指一揚，情急之下，自然而然的真氣充沛，使出了「六脈神劍」功夫，嗤嗤聲響過去，嚓的一聲，那頭陀右手上臂從中斷截，戒刀連著手掌，跌落在地。

段譽急衝搶前，反手將王語嫣負在背上，叫道：「逃命要緊！」

那頭陀右臂被截，自是痛入骨髓，急怒之下狂性大發，左手抄起斷臂，猛吼一聲，向段譽擲了過去。他斷下的右手仍是緊緊抓著戒刀，連刀帶手，急擲而至，甚是猛惡。段譽右手一指，嗤一聲響，一招「商陽劍」刺在戒刀上，戒刀一震，從斷手中跌落下來。斷手卻繼續飛來，拍的一聲，重重打了他一個耳光。

這一下只打得段譽頭暈眼花，腳步踉蹌，大叫：「好功夫！斷手還能打人。」心中念著務須將王語嫣救了出去，展開「凌波微步」，疾向外衝。

眾人大聲吶喊，搶上阻攔。但段譽左斜右歪，彎彎曲曲的衝將出去。眾洞主、島主兵刃拳腳紛紛往他身上招呼，可是他身子一閃，便避了開去。

這些日子來，他心中所想，便只是個王語嫣，夢中所見，也只是個王語嫣。那晚在客店中與范驊、巴天石等人談了一陣，便即就寢，滿腦子都是王語嫣，卻如何睡得著？半夜裏乘眾人不覺，悄悄偷出客店，循著慕容復、王語嫣一行離去的方向，追將下來。慕容復和丁春秋一番劇鬥之後，伴著鄧百川等在客店中養傷數日，段譽毫不費力的便追上了。他藏身在客店的另一間房中，不出房門一步，只覺與王語嫣相去不過數丈，心下便喜慰不勝。及至慕容復、王語嫣等出店上道，他又遠遠的跟隨。

一路之上，他也不知對自己說了多少次：「我跟了這里路後，萬萬不可再跟。段譽啊段譽，你自誤誤人，陷溺不能自拔，當真是枉讀詩書了。須知懸崖勒馬，回頭是岸，務須揮慧劍斬斷情絲，否則這一生可就白白斷送了。佛經有云：『當觀色無常，則生厭離，喜貪盡，則心解脫。色無常，無常即苦，苦即非我。厭於色，厭故不樂，不樂故得解脫。』」

但要他觀王語嫣之「色」為「無常」，而生「厭離」，卻如何能夠？他腳步輕快之極，遠遠躡在王語嫣身後，居然沒給慕容復、包不同等發覺。王語嫣上樹、慕容復迎敵等情，他都遙遙望見，待那頭陀要殺王語嫣，他自然挺身而出，甘願代慕容復「投降」，偏偏對方不肯「受降」，反而斷送了一條手臂。

片刻之間，段譽已負了王語嫣衝出重圍，唯恐有人追來，直奔出數百丈，這才停步，舒了一口氣，將她放下地來。王語嫣臉上一紅，道：「不，不，段公子，我給人點了穴道，站立不住。」段譽扶住她肩頭，道：「是！你教我解穴，我來給你解穴道。」王語嫣臉上更加紅了，忸怩道：「不，不用！過得一時三刻，穴道自然會解，你不必給我解穴。」她知要解自己被點的穴道，須得在「神封穴」上推血過宮，「神封穴」是在胸前乳旁，極是不便。

段譽不明其理，說道：「此地危險，不能久留，我還是先給你解開穴道，再謀脫身的為是。」

王語嫣紅著臉道：「不好！」一抬頭，只見慕容復與鄧百川等仍在人叢之中衝殺，她掛念表哥，急道：「段公子，我表哥給人圍住了，咱們須得去救他出來。」

段譽胸口一酸，知她心念所繫，只在慕容公子一人，突然間萬念俱灰，心道：「此番相思，總是沒有了局，段譽今日全她心願，為慕容復而死，也就罷了。」說道：「很好，你等在這裏，我去救他。」

王語嫣道：「不，不成！你不會武功，怎麼能去救人？」

段譽微笑道：「剛才我不是將你背了出來麼？」王語嫣深知他的「六脈神劍」時靈時不靈，不能收發由心，說道：「剛才運氣好，你……你念著我的安危，六脈神劍使了出來。你對我表哥，未必能像對我一般，只怕……只怕……」段譽道：「你不用擔心，我對你表哥也如對你一般便了。」王語嫣搖頭道：「段公子，那太冒險，不成的。」段譽胸口一挺，說道：「王姑娘，只要你叫我去冒險，萬死不辭。」王語嫣臉上又是一紅，低聲道：「你對我這般好，當真是不敢當了。」

段譽大是高興，道：「怎麼不敢當？敢當的，敢當的！」一轉身，但覺意氣風發，便欲衝入戰陣。

王語嫣道：「段公子，我動彈不得，你去後沒人照料，要是有壞人來害我……」段譽轉過身來，搔了搔頭道：「這個……嗯……這個……」王語嫣本意是要他再將自己負在背上，過去相助慕容復，只是這句話說來太羞人，不便出口。她盼望段譽會意，段譽卻偏偏不懂，只見他搔頭頓足，甚是為難。

耳聽得吶喊之聲轉盛，乒乒乓乓，兵刃相交的聲音大作，慕容復等人鬥得更加緊了。王語嫣知道敵人厲害，甚是焦急，當下顧不得害羞，低聲道：「段公子，勞你駕再……再背負我一陣，咱們同去救我表哥，那就……那就……」段譽恍然大悟，頓足道：「是極，是極！蠢才，蠢才！我怎麼便想不到？」蹲下身來，又將她負在背上。

段譽初次背負她時，一心在救她脫險，全未思及其餘，這時再將她這個軟綿綿的身子負在背上，兩手又鉤住了她的雙腿，雖是隔著層層衣衫，總也感到了她滑膩的肌膚，不由得心神蕩漾，隨即自責：「段譽啊段譽，這是甚麼時刻，你居然心起綺念，可真是禽獸不如！人家是冰清玉潔、尊貴無比的姑娘，你心中生起半分不良念頭，便是褻瀆了她，該打，真正該打！」提起手掌，在自己臉上重重的打了兩下，放開腳步，向前疾奔。

王語嫣好生奇怪，問道：「段公子，你幹甚麼？」段譽本來誠實，再加對王語嫣敬若天人，更是不敢相欺，說道：「慚愧之至，我心中起了對姑娘不敬的念頭，該打，該打！」王語嫣明白了他的意思，只羞得耳根子也都紅了。

便在此時，一個道士手持長劍，飛步搶來，叫道：「嫣巴羔子的，這小子又來搗亂。」一招「毒龍出洞」，挺劍向段譽刺來。段譽自然而然的使開「凌波微步」，閃身避開。王語嫣低聲道：「他第二劍從左側刺來，你先搶到他右側，在他『天宗穴』上拍一掌。」

果然那道士一劍不中，第二劍「清澈梅花」自左方刺到，段譽依著王語嫣的指點，搶到那道士右側，拍的一掌，正中「天宗穴」。這是那道人的罩門所在，段譽這一掌力道雖然不重，卻已打得他口噴鮮血，撲地摔倒。

這道士剛被打倒，又有一漢子搶了過來。王語嫣胸羅萬有，輕聲指點，段譽依法施為，立時便將這名漢子料理了。段譽見勝得輕易，王語嫣又在自己耳邊低聲囑咐，軟玉在背，香澤微聞，雖在性命相搏的戰陣之中，卻覺風光旖旎，實是生平從所未歷的奇境。

他又打倒兩人，距慕容復已不過二丈，驀地裏風聲響動，兩個身材矮小的青衫客竄縱而至，兩條軟鞭同時擊到。段譽滑步避開，忽見一條軟鞭在半空中一挺，反竄上來，撲向自己面門，靈動快捷無比。王語嫣和段譽齊聲驚呼：「啊喲！」這兩條軟鞭並非兵刃，竟是兩條活蛇，段譽加快腳步，要搶過兩人，不料兩個青衫客步法迅捷之極，幾次都攔在段譽身前，阻住去路。段譽連連發問：「王姑娘，怎麼辦？」

王語嫣於各家各派的兵刃拳腳，不知者可說極罕，但這兩條活蛇縱身而噬，決不依據那一家那一派的武功，要預料這兩條活蛇從那一個方位攻來，可就全然的無能為力。再看兩個青衫客竄高伏底，姿式雖笨拙難看，卻快速無倫，顯然兩人並未練過甚麼輕功，卻如虎豹一般的天生迅速。

段譽閃避之際，接連遇險。王語嫣心想：「活蛇的招數猜它不透，擒賊擒王，須當打倒毒蛇主人。」可是那兩個蛇主人的身形步法，說怪是奇怪之極，說不怪是半點也不怪，出手跨步，便似尋常不會武功之人一般，任意所之，絕無章法，王語嫣要料到他們下一步跨向何處，下一招打向何方，那就為難之極。她叫段譽打他們「期門穴」，點他們「曲泉穴」，說也奇怪，段譽手掌到處，他們立時便靈動之極的避開，機警矯健，實是天生。

王語嫣一面尋思破敵，一面留心看著表哥，耳中只聽得一陣陣慘叫呼喚聲此起彼伏，數十人躺在地下，不住翻滾，都是中了桑土公牛毛針之人。

烏老大抓了桑土公之手，要他快快取出解藥，偏偏解藥便埋在慕容復身畔地下。烏老大忌憚慕容復了得，不敢貿然上前，只不住口的催促儕輩急攻，須得先拾奪了慕容復，才能取解藥救人。但要打倒慕容復，卻又談何容易？

烏老大見情勢不佳，縱聲發令。圍在慕容復身旁的眾人中退下了三個，換了三人上來。這三人都是好手，尤其一條矮漢膂力驚人，兩柄鋼錘使將開來，勁風呼呼，聲勢威猛。慕容復以香露刀擋了一招，只震得手臂隱隱發麻，再見他鋼錘打來，便即閃避，不敢硬接。

激鬥之際，忽聽得王語嫣叫道：「表哥，使『金燈萬盞』，轉『披襟當風』。」慕容復素知表妹武學上的見識高明，當下更不多想，右手連畫三個圈子，刀光閃閃，幻出點點寒光，只是「綠波香露刀」顏色發綠，化出來是「綠燈萬盞」，而不是「金燈萬盞」。

眾人發一聲喊，都退後了幾步，便在此時，慕容復左袖拂出，袖底藏掌一帶，那矮子正好使一招「開天闢地」，雙錘指天劃地的猛擊過來，只聽得噹的一聲巨響。眾人耳中嗡嗡發響，那矮子左錘擊在自己右錘之上，右錘擊在自己左錘之上，火花四濺。他雙臂之力凌厲威猛，雙錘互擊，喀喇一聲響，雙臂臂骨自行震斷，登時摔倒在地，暈了過去。

慕容復乘機拍出兩掌，助包不同打退了兩個強敵。包不同俯身扶起公冶乾，但見他臉色發黑，中毒已深，若再不救，眼見是不成了。

段譽那一邊卻又起了變化。王語嫣關心慕容復，指點了兩招，但心無二用，對段譽身前的兩個敵人不免疏忽。段譽聽得她忽然去指點表哥，雖然身在己背，一顆心卻飛到慕容復身邊，霎時間胸口酸苦，腳下略慢，嗤嗤兩聲，兩條毒蛇撲將上來，同時咬住了他左臂。

王語嫣「啊」的一聲，叫道：「段公子，你……你……」段譽嘆道：「給毒蛇咬死，也是一樣的。王姑娘，日後你對你孫子說……」王語嫣見那兩條蛇混身青黃相間，斑條鮮明，蛇頭奇扁，作三角之形，顯具劇毒，一時之間嚇得慌了，沒了主意。

忽然間兩條毒蛇身子一挺，掙了兩掙，跌在地下，登時殭斃。

兩個使蛇的青衫客臉如土色，嘰哩咕嚕的說了幾句蠻語，轉身便逃。這兩人自來養蛇拜蛇，見段譽毒蛇噬體非但不死，反而剋死了毒蛇，料想他必是蛇神，再也不敢停留，發足狂奔，落荒而走。

王語嫣不知段譽服食莽牯朱蛤後的神異，連問：「段公子，你怎麼了？你怎麼了？」段譽正自神傷，忽聽得她軟語關懷，殷殷相詢，不由心花怒放，精神大振，只聽她又問：「那兩條毒蛇咬了你，現下覺得怎樣？」段譽道：「有些兒痛，不礙事，不礙事！」心想只要你對我關心，每天都給毒蛇咬上幾口，也所甘願，當下邁開腳步，向慕容復身邊搶去。

忽聽得一個清朗的聲音從半空中傳了下來：「慕容公子，列位洞主、島主！各位往日無怨，近日無仇，何苦如此狠鬥？」

眾人抬頭向聲音來處望去，只見一株樹頂上站著一個黑鬚道人，手握拂塵，著足處的樹枝一彈一沉，他便也依勢起伏，神情瀟灑。燈火照耀下見他約莫五十來歲年紀，臉露微笑，又道：「中毒之人命在頃刻，還是及早醫治的為是。各位瞧貧道薄面，暫且罷鬥，慢慢再行分辨是非如何？」

慕容復見他露了這手輕功，已知此人武功甚是了得，心中本來掛念公冶乾和風波惡的傷勢，當即說道：「閣下出來排難解紛，再好也沒有了。在下這就罷鬥便是。」說著揮刀劃了個圈子，提刀而立，但覺右掌和右臂隱隱發脹，心想：「這使鋼錘的矮子好生了得，震得我兀自手臂酸麻。」

抓著桑土公的烏老大抬頭問道：「閣下尊姓大名？」那道人尚未回答，人叢中一個聲音道：「烏老大，這人來頭……來頭很大，是……是個……了不起……了不起的人物，他……他……他是蛟……蛟……蛟……」連說三個「蛟」字，始終沒能接續下去，此人口吃，心中一急，更一路「蛟」到底，接不下去。

烏老大驀地裏想起一個人來，大聲道：「他是蛟王……蛟王不平道人？」口吃者喜脫困境，有人將他塞在喉頭的一句話說了出來，忙道：「是……是……是啊，他……他……他是蛟……蛟……蛟……」說到這個「蛟」字卻又卡住了。

烏老大不等他掙扎著說完，向樹頂道人拱手說道：「閣下便是名聞四海的不平道長嗎？久聞大名，當真如雷貫耳，幸會，幸會。」他說話之際，餘人都已停手罷鬥。

那道人微笑道：「豈敢，豈敢！江湖上都說貧道早已一命嗚呼，因此烏先生有些不信，是也不是？」說著縱身輕躍，從半空中冉冉而下。本來他雙足離開樹枝，自然會極快的墮向地面，但他手中拂塵擺動，激起一股勁風，拍向地下，生出反激，托住他身子緩緩而落，這拂塵上真氣反激之力，委實非同小可。

烏老大脫口叫道：「『憑虛臨風』，好輕功！」他叫聲甫歇，不平道人也已雙足著地，微微一笑，說道：「雙方衝突之起，純係誤會。何不看貧道的薄面，化敵為友？先請桑土公取出解藥，解治了各人的傷毒。」他語氣甚是和藹，但自有一份威嚴，叫人難以拒卻。何況受傷的數十人在地下輾轉呻吟，神情痛楚，雙方友好，都盼及早救治。

烏老大放下桑土公，說道：「桑胖子，瞧著不平道長的金面，咱們非賣帳不可。」

桑土公一言不發，奔到慕容復身前，雙手在地下撥動，迅速異常的挖了一洞，取出一樣黑黝黝的物事，卻是個包裹。他打開布包，拿了一塊黑鐵，轉身去吸身旁一人傷口中的牛毛細針。那黑鐵乃是磁石，須得將毒針先行吸出，再敷解藥。

不平道人笑道：「桑洞主，推心置腹，先人後己。何不先治慕容公子的朋友？」

桑土公「嗯」了一聲，喃喃的道：「反正要治，誰先誰後都是一樣。」他話是那麼說，終究還是依著不平道人的囑咐，先治了公冶乾和風波惡，又治了包不同的手掌，再去醫治自己一方的朋友。此人矮矮胖胖，似乎十分笨拙，豈知動作敏捷之極，十根棒槌般的胖手指，比之小姑娘拈鏽花針的尖尖纖指還更靈巧。

只一頓飯功夫，桑土公已在眾人傷口中吸出了牛毛細針，敷上解藥。各人麻癢登止。有的人性情粗暴，破口大罵桑土公使這等歹毒暗器，將來死得慘不堪言。桑土公遲鈍木訥，似乎渾渾噩噩，人家罵他，他聽了渾如不覺，全不理睬。

不平道人微笑道：「烏先生，三十六洞洞主、七十二島島主在此聚會，是為了天山那個人的事麼？」

烏老大臉上變色，隨即寧定，說道：「不平道長說甚麼話，在下可不大明白。我們眾家兄弟散處四方八面，難得見面，大家約齊了在此聚聚，別無他意。不知如何，姑蘇慕容公子竟找上了我們，要跟大家過不去。」

慕容復道：「在下路過此間，實不知眾位高人在此聚會，多有得罪，這裏謝過了。」說著作個四方揖，又道：「不平道長出頭排難解紛，使得在下不致將禍事越鬧越大，在下十分感激。後會有期，就此別過。」他知三十六洞、七十二島一干旁門左道的人物在此相聚，定有重大隱情，自是不足為外人道，不平道人提起「天山那個人」，烏老大立即岔開話頭，顯然忌諱極大，自己再不抽身而退，未免太不識相，倒似有意窺探旁人隱私一般，當下抱拳拱手，轉身便走。

烏老大拱手還禮，道：「慕容公子，烏老大今日結識了你這號英雄人物，至感榮幸。青山不改，綠水長流，再見了。」言下之意，果是不願他在此多所逗留。

不平道人卻道：「烏老大，你知慕容公子是甚麼人？」烏老大一怔，道：「『北喬峯，南慕容』！武林中大名鼎鼎的姑蘇慕容氏，誰不知聞？今日一見，果然名不虛傳。」不平道人笑道：「那就是了。這樣的大人物，你們卻交臂失之，豈不可惜？平時想求慕容氏出手相助，當真是千難萬難，幸得慕容公子今日在此，你們卻不開口求懇，那不是入寶山而空手回麼？」烏老大道：「這個……這個……」語氣中頗為躊躇。

不平道人哈哈一笑，說道：「慕容公子俠名播於天下，你們這一生受盡了縹緲峯靈鷲宮天山童姥……」

這「天山童姥」四字一出口，四周羣豪都不自禁的「哦」了一聲。這些聲音都顯得心情甚是激動，有的驚懼，有的憤怒，有的惶惑，有的慘痛，更有人退了幾步，身子發抖，直是怕得厲害。

慕容復暗暗奇怪：「天山童姥是甚麼人，居然令他們震怖如此？」又想：「今日所見之人，這不平道人、烏老大等都頗為了得，我卻絲毫不知他們來歷，那『天山童姥』自是一個更加了不起的人物，可見天下之大，而我的見聞殊屬有限。『姑蘇慕容』名揚四海，要保住這名頭，可著實不易。」言念及此，心下更增戒懼謹慎之意。

王語嫣沉吟道：「縹緲峯靈鷲宮天山童姥？那是甚麼門派？使的是甚麼武功家數？」

段譽對別人的話聽而不聞，王語嫣的一言一語，他卻無不聽得清清楚楚，登時想起在無量山的經歷，當日神農幫如何奉命來奪無量宮，「無量劍」如何改名「無量洞」，那身穿綠色斗篷、胸口繡有黑鷲的女子如何叫人將自己這個「小白臉」帶下山去，那都是出於「天山童姥」之命，可是王語嫣的疑問他卻回答不出，只說：「好厲害，好厲害！險些將我關到變成『老白臉』，兀自不能脫身。」

王語嫣素知他說話前言不對後語，微微一笑，也不理會。

只聽不平道人續道：「各位受盡天山童姥的凌辱荼毒，實無生人樂趣，天下豪傑聞之，無不扼腕。各位這次奮起反抗，誰不願相助一臂之力？連貧道這等無能之輩，也願拔劍共襄義舉，慕容公子慷慨俠義，怎能袖手？」

烏老大苦笑道：「道長不知從何處得來訊息，那全是傳聞之誤。童婆婆嘛，她老人家對我們管束得嚴一點是有的，那也是為了我們好。我們感恩懷德，怎說得上『反抗』二字？」

不平道人哈哈大笑，道：「如此說來，倒是貧道的多事了。慕容公子，咱們同上天山，去跟童姥談談，便說三十六洞、七十二島的朋友們對她一片孝心，正商量著要給她老人家拜壽呢。」一說著身形微動，已靠到了慕容復身邊。

人叢中有人驚呼：「烏老大，不能讓這牛鼻子走，洩漏了機密，可不是玩的。」有人喝道：「連那慕容小子也一併截下來。」一個粗壯的聲音叫道：「一不做，二不休，咱們今日甩出去啦！」只聽得擦擦、刷刷、乒乒、乓乓，兵刃聲響成一片，各人本來已經收起的兵器又都拔了出來。

不平道人笑道：「你們想殺人滅口麼？只怕沒這麼容易。」突然提高聲音叫道：「芙蓉仙子，劍神老兄，這裏三十六洞洞主、七十二島島主陰謀反叛童姥，給我撞破了機關，要殺我滅口呢。這可不得了，救命哪，救命哪！不平老道今日可要鶴駕西歸啦！」聲音遠遠傳將出去，四下裏山谷鳴響。

不平道人話聲未息，西首山峯上一個冷峭傲慢的聲音遠遠傳來：「牛鼻子不平道人，你逃得了便逃，逃不了便認命罷。童姥這些徒子徒孫難纏得緊，我最多不過給你通風報訊，要救你性命可沒這份能耐。」這聲音少說也在三四里外。

這人剛說完，北邊山峯上有個女子聲音清脆爽朗的響了起來：「牛鼻子，誰要你多管閒事？人家早就布置得妥妥貼貼，這一下發難，童姥可就倒足了大霉啦。我這便上天山去當面請問童姥，瞧她又有甚麼話說？」話聲比西首山峯上那男子相距更遠。

眾人一聽之下，無不神色大變，這兩人都在三四里外，無論如何追他們不上，顯然不平道人事先早就有了周密部署，遠處安排下接應。何況從話聲中聽來，那兩人都是內功深湛之輩，就算追上了，也未必能奈何得了他們。

烏老大更知道那男女兩人的來歷，提高聲音說道：「不平道長、劍神卓先生、芙蓉仙子三位，願意助我們解脫困苦，大家都感激之至。真人面前不說假話，三位既然已知內情，再瞞也是無用，便請同來商議大計如何？」

那「劍神」笑道：「我們還是站得遠遠的瞧熱鬧為妙，若有甚麼三長兩短，逃起性命來也快些。趕這淌渾水，實在沒甚麼好處。」那女子道：「不錯，不平牛鼻子，我兩個給你把風，否則你給人亂刀分屍，沒人報訊，未免死得太冤。」

烏老大朗聲說道：「兩位取笑了。實在因為對頭人強，我們是驚弓之鳥，行事不得不加倍小心些。三位仗義相助，我們也不是不知好歹之人，適才未能坦誠相告，這中間實有不得已的難處，還請三位原諒。」

慕容復向鄧百川對望了一眼，均想：「這烏老大並非易與之輩，何況他們人多勢眾，卻對人如此低聲下氣，顯是為了怕洩漏消息。這不平道人與劍神、芙蓉仙子甚麼的，嘴裏說是拔刀相助，其實多半不懷好意，另有圖謀，咱們倒真是不用趕這淌渾水。」兩人點了點頭，鄧百川嘴角一歪，示意還是走路的為是。慕容復道：「各位濟濟多士，便天大的難題也對付得了，何況更有不平道長等三位高手仗義相助，當世更有何人能敵？實無須在下在旁吶喊助威，礙手礙腳。告辭了！」

烏老大道：「且慢！這裏的事情既已揭破了，那是有關幾百人的生死大事。此間三十六洞、七十二島眾家兄弟，存亡榮辱，全是繫於一線之間。慕容公子，我們不是信不過你，實因牽涉太大，不敢冒這個奇險。」慕容復說道：「閣下不許在下離去？」烏老大道：「那是不敢。」包不同道：「甚麼童姥姥、童伯伯的，我們姑蘇慕容氏孤陋寡聞，今日還是首次聽聞，自然更無絲毫牽纏瓜葛。你們幹你們的，我們擔保不會洩漏片言隻字便是。姑蘇慕容復是甚麼人，說過了的話，豈有不算數的？你們若要硬留，恐怕也未必能夠，要留下包不同容易，難道你們竟留得下慕容公子和那位段公子？」

烏老大知他所說確是實情，尤其那個段公子步法古怪，背上雖負了一個女子，走起路來卻猶如足不點地，輕飄飄的說過便過，誰也攔阻他不住；加之眼前自顧不暇，實不願再樹強敵，去得罪姑蘇慕容氏。他向不平道人望了一眼，臉有為難之色，似在瞧他有甚麼主意。

不平道人說道：「烏老大，你的對頭太強，多一個幫手好一個。姑蘇慕容氏學究天人，施恩不望報，你也不必太顧忌了。今日之事，但求殺了你的對頭。這一次殺她不了，那就甚麼都完了。慕容公子這樣的大幫手，你怎麼不請？」

烏老大一咬牙，下了決心，走到慕容復跟前深深一揖，說道：「慕容公子，三十六洞、七十二島的兄弟們數十年來受盡荼毒，過著非人的日子，這次是甩出了性命，要幹掉那老魔頭，求你仗義援手，以解我們倒懸，大恩大德，永不敢忘。」他求慕容復相助，明明是迫於無奈，非出本心，但這幾句話卻顯然說得十分誠懇。

慕容復道：「諸位此間高手如雲，如何用得著在下……」他已想好了一番言語，要待一口拒絕，不欲捲入這個漩渦，突然間心念一動：「這烏老大說道『大恩大德，永不敢忘』，這三十六洞、七十二島之中，實不乏能人高手。我日後謀幹大事，只愁人少，不嫌人多，倘若今日我助他們一臂之力，緩急之際，自可邀他們出馬。這裏數百好手，實是一支大大的精銳之師。」想到此節，當即轉口：「不過常言道得好，路見不平，拔刀相助，原是我輩武人的本份……」

烏老大聽他如此說，臉現喜色，道：「是啊，是啊！」

鄧百川連使眼色，示意慕容復急速抽身，他見這些人殊非良善之輩，與之交遊，有損無益。但慕容復只向他點了點頭，示意已明白他意思，繼續說道：「在下見到諸位武功高強，慷慨仗義，心下更是欽佩得緊，有心要結交這許多朋友。其實呢，諸位殺敵誅惡，也不一定需在下相助，但既交上了眾位朋友，大夥兒今後有生之年，始終禍福與共，患難相助，慕容復供各位差遣便了。」

眾人采聲雷動，紛紛鼓掌叫好。「姑蘇慕容」的名頭在武林中響亮之極，適才見到他出手，果然名下無虛。烏老大向他求助，原沒料想他能答允，只盼能擠得他立下重誓，決不洩漏秘密，也就是了，豈知他竟一口允可，不但言語說得十分客氣，還說甚麼「大夥兒今後有生之年，禍福與共，患難相助」，簡直是結成了生死之交，不禁驚喜交集。

鄧百川等四人卻盡皆愕然。只是他們向來聽從慕容復的號令，即令事事喜歡反其道而行的包不同，對這位公子爺也決不說「非也非也」四字，心中均道：「公子爺答應援手，當然另有用意，只不過我一時不懂而已。」

王語嫣聽得表哥答允與眾人聯手，顯已化敵為友，向段譽道：「段公子，他們不打了，你放我下來罷！」段譽一怔，道：「是，是，是！」雙膝微屈，將她放下地來。王語嫣粉頰微紅，低聲道：「多謝你了！」段譽嘆道：「唉，天長地久有時盡，此恨綿綿無絕期。」王語嫣道：「你說甚麼？在吟詩麼？」

段譽一驚，從幻想中醒轉，原來這頃刻之間，他心中已轉了無數念頭，想像自己將王語嫣放下地來之後，她隨慕容復而去，此後天涯海角，再無相見之日，自己飄泊江湖，數十年中鬱鬱寡歡，最後飲恨而終，所謂「天長地久有時盡，此恨綿綿無絕期」，便由此而發。他聽王語嫣問起，忙道：「沒甚麼，我……我……我在胡思亂想。」王語嫣隨即也明白了他吟這兩句詩的含意，臉上又是一紅，只想立時便走到慕容復身邊，苦於穴道未解，無法移步。

不平道人道：「烏老大，恭喜恭喜，慕容公子肯出手相助，大事已成功了九成，別說慕容公子本人神功無敵，便是他手下的段相公，便已是武林中難得一見的高人了。」他見段譽背負王語嫣，神色極是恭謹，只道與鄧百川等是一般身分，也是慕容復的下屬。

慕容復忙道：「這位段兄乃大理段家的名門高弟，在下對他好生相敬。段兄，請過來與這幾位朋友見見如何？」

段譽站在王語嫣身邊，斜眼偷窺，香澤微聞，雖不敢直視她的臉，但瞧著她白玉般的小手，也已心滿意足，更無他求，於慕容復的呼喚壓根兒就沒聽見。

慕容復又叫道：「段兄，請移步來見見這幾位好朋友。」他一心籠絡江湖英豪，便對段譽也已不再如昔日的倨傲。

但段譽眼中所見，只是王語嫣的一雙手掌，十指尖尖，柔滑如凝脂，怎還聽得見旁人的叫喚？王語嫣道：「段公子，我表哥叫你呢！」她這句話段譽立時便聽見了。忙道：「是，是！他叫我幹麼？」王語嫣道：「表哥說，請你過去見見幾位新朋友。」段譽不願離開她身畔，道：「那你去不去？」王語嫣給他問得發窘，道：「他們要見你，不是見我。」段譽道：「你不去，那我也不去。」

不平道人雖見段譽步法特異，也沒當他是如何了不起的人物，聽到他和王語嫣的對答，不知他是一片痴心，除了眼前這位姑娘之外，於普天下億萬人都是視而不見，還道他輕視自己，不願過來相見，不禁心下甚是惱怒。

王語嫣見眾人的眼光都望著段譽和自己，不由得發窘，更恐表哥誤會，叫道：「表哥，我給人點了穴道，你……你來扶我一把。」

慕容復卻不願在眾目睽睽之下顯示兒女私情，說道：「鄧大哥，你照料一下王姑娘。段兄，請到這邊來如何？」

王語嫣道：「段公子，我表哥請你去，你便去罷。」段譽聽她叫慕容復相扶，顯是對自己大有見外之意，霎時間心下酸苦，迷迷惘惘的向慕容復走去。

慕容復道：「段兄，我給你引見幾位高人，這位是不平道長，這位是烏先生，這位是桑洞主。」

段譽道：「是！是！」心中卻在想：「我明明站在她身邊，她為甚麼不叫我扶，卻叫表哥來扶？由是觀之，她適才要我背負，只不過危急之際一時從權，倘若她表哥能夠背負她，她自是要表哥背負，決不許我碰到她的身子。」又道：「她如能伏在表哥身上，自必心花怒放。甚至鄧百川、包不同這些人，是她表哥的下屬，在她心目中也比我親近得多。我呢？我和她無親無故，萍水相逢，只是個毫不足道的陌生人，她怎會將我放在心上？她許我瞧她幾眼，肯將這剪水雙瞳在我微賤的身上掃上幾掃，已是我天大的福份了。我如再有他想，只怕眼前這福報立時便即享盡……唉，她是再也不願我伸手扶她的了。」

不平道人和烏老大見他雙眼無神，望著空處，對慕容復的引見聽而不聞，再加以雙眉緊蹙，滿臉愁容，顯是不願與自己相見。不平道人笑道：「幸會，幸會！」伸出手來，拉住了段譽的右手。烏老大隨即會意，一翻手掌，扣住了段譽的左手。烏老大的功夫十分霸道，一出手便是劍拔弩張，不似不平道人一般，雖然用意相同，也是要叫段譽吃些苦頭，卻做得不露絲毫痕跡，全然是十分親熱的模樣。

兩人一拉住段譽的手，四掌掌心相貼，同時運功相握。不平道人頃刻之間便覺體內真氣迅速向外宣洩，不由得大吃一驚，急忙摔手。但此時段譽內力已深厚之極，竟將不平道人的手掌黏住了，北冥神功既被引動，吸引對方的內力越來越快。烏老大一抓住段譽手掌，便運內勁使出毒掌功夫，要段譽渾身麻癢難當，出聲求饒，才將解藥給他。不料段譽服食莽牯朱蛤後百毒不侵，烏老大掌心毒質對他全無損害，真氣內力卻也是飛快的給他吸了過去。烏老大大叫：「喂，喂，你……你使『化功大法』！」

段譽兀自書空咄咄，心中自怨自嘆：「她不要我相扶，我生於天地之間，更有甚麼生人樂趣？我不如回去大理，從此不再見她。唉，不如到天龍寺去，出家做了和尚，皈依枯榮大師座下，每日裏觀身不淨，作青瘀想，作膿血想，從此六根清淨，一塵不染……」

慕容復不知段譽武功的真相，眼見不平道人與烏老大齊受困厄，臉色大變，只道段譽存心反擊，忙抓住不平道人的背心急扯，真力疾衝即收，擋住北冥神功的吸力，將他扯開了，同時叫道：「段兄，手下留情！」

段譽一驚，從幻想中醒了轉來，當即以伯父段正明所授心法，凝神收功。

烏老大正自全力向外拉扯，突然掌心一鬆，脫出了對方黏引，向後一個蹌踉，連退了幾步，這才站住，不由得面紅過耳，又驚又怒，一疊連聲的叫道：「化功大法，化功大法！」不平道人見識較廣，察覺段譽吸取自己內力的功夫，似與江湖上惡名昭彰的「化功大法」頗為不同，至於到底是一是二，他沒吃過化功大法的苦頭，卻也說不上來。

段譽這北冥神功被人疑為化功大法，早已有過多次，微笑道：「星宿老怪丁春秋卑鄙齷齪，我怎能去學他的臭功夫？你當真太無見識……唉，唉，唉！」他本來在取笑烏老大，忽然又想起王語嫣將自己視若路人，自己卻對她神魂顛倒，說到「太無見識」四字，自己比之烏老大可猶勝萬倍，不由得連嘆了三口長氣。

慕容復道：「這位段兄是大理段氏嫡系，人家名門正派，一陽指與六脈神劍功夫天下無雙無對，怎能與星宿派丁老怪相提並論？」

他說到這裏，只覺得右手的手掌與臂膀越來越是腫脹，顯然並非由於與那矮子的雙錘碰撞之故，心下驚疑不定，提起手來，只見手背上隱隱發綠，同時鼻中又聞到一股腥臭之氣，立時省悟：「啊，是了，我手臂受了這綠波香露刀的蒸薰，毒氣侵入了肌膚。」當即橫過刀來，刀背向外，刃鋒向著自己，對烏老大道：「烏先生，尊器奉還，多多得罪。」

烏老大伸手來接，卻不見慕容復放開刀柄，一怔之下，笑道：「這把刀有點兒古怪，多多得罪了。」從懷中取出一個小瓶，打開瓶塞，倒出一些粉末，放在掌心之中，反手按上慕容復的手背。頃刻間藥透肌膚，慕容復只感到手掌與臂膀間一陣清涼，情知解藥已然生效，微微一笑，將鬼頭刀送了過去。

烏老大接過刀來，對段譽道：「這位段兄跟我們到底是友是敵？若是朋友，相互便當推心置腹，好讓在下將實情坦誠奉告。若是敵人，你武功雖高，說不得只好決一死戰了。」說著斜眼相視，神色凜然。

段譽為情所困，那裏有烏老大半分的英雄氣概？垂頭喪氣的道：「我自己的煩惱多得不得了，推不開，解不了，怎有心緒去理會旁人閒事？我既不是你朋友，更不是你對頭。你們的事我幫不了忙，可也決不會來搗亂。唉，我是千古的傷心人，念天地之悠悠，獨愴然而涕下。知我者謂我心憂，不知我者謂我何求？江湖上的鷄蟲得失，我段譽那放在心上？」

不平道人見他瘋瘋顛顛，喃喃自語，但每說一兩句話，便偷眼去瞧王語嫣的顏色，當下已猜到了八九分，提高聲音向王語嫣道：「王姑娘，令表兄慕容公子已答應仗義援手，與我們共襄義舉，想必姑娘也是參與的了？」王語嫣道：「是啊，我表哥跟你們在一起，我自然也跟隨道長之後，以附驥末。」不平道人微笑道：「豈敢，豈敢！王姑娘太客氣了。」轉頭向段譽道：「慕容公子跟我們在一起，王姑娘也跟我們在一起。段公子，倘若你也肯參與，大夥兒自是十分感激。但如公子無意，就請自便如何？」說著右手一舉，作送客之狀。

烏老大道：「這個……這個……只怕不妥……」心中大大的不以為然，生怕段譽一走，便洩漏了機密，手中緊緊握住鬼頭刀，只等段譽一邁步，便要上前阻攔。他卻不知王語嫣既然留下，便用十匹馬來拖拉，也不能將段譽拖走了。

只見段譽踱步兜了個圈子，說道：「你叫我請便，卻叫我到那裏去？天地雖大，何處是我段譽安身之所？我……我……我是無處可去的了。」

不平道人微笑道：「既然如此，段公子便跟大夥兒在一起好啦。事到臨頭之際，你不妨袖手旁觀，兩不相助。」

烏老大猶有疑慮之意，不平道人向他使個眼色，說道：「烏老大，你做事忒也把細了。來，來，來！這裏三十六洞洞主、七十二島島主，貧道大半久仰大名，卻從未見過面。此後大夥兒敵愾同仇，你該當給慕容公子、段公子，和貧道引見引見。」

烏老大道：「原當如此。」當下傳呼眾人姓名，一個個的引見。這些人雄霸一方，相互間也大半不識，烏老大給慕容復等引見之時，旁邊往往有人叫出聲來：「啊，原來他便是某某洞洞主。」或者輕聲說：「某某島主威名遠震，想不到是這等模樣。」慕容復暗暗納罕：「這些人怎麼相互間竟然不識？似乎他們今晚倒是初次見面。」

這一百零八個高手之中，有四個適才在混戰中為慕容復所殺，這四人的下屬見到慕容復時，自是神色陰戾，仇恨之意，見於顏色。

慕容復朗聲道：「在下失手誤傷貴方數位朋友，心中好生過意不去，今後自當盡力，以補前愆。但若有那一位朋友當真不肯見諒，此刻共禦外敵，咱們只好把怨仇擱在一邊，待大事一了，儘管到姑蘇燕子塢來尋在下，作個了斷便了。」

烏老大道：「這話是極。慕容公子快人快語！在這兒的眾兄弟們，相互間也未始沒有怨仇，只是大敵當前，各人的小小嫌隙都須拋開。倘若有那一位目光短淺，不理會大事，卻來乘機報復自夥裏的私怨，那便如何？」

人羣中多人紛紛說道：「那便是害羣之馬，大夥兒先將他清洗出去。」「要是對付不了天山那老太婆，大夥兒盡數性命難保，還有甚麼私怨之可言？」「覆巢之下，焉有完卵？烏老大、慕容公子，你們儘管放心，誰也不會這般愚蠢。」

慕容復道：「那好得很，在下當眾謝過了。但不知各位對在下有何差遣，便請示下。」

不平道人道：「烏老大，大家共參大事，便須同舟共濟。你是大夥兒帶頭的，天山童姥的事，相煩你說給我們聽聽，這老婆子到底有甚麼厲害之處，有甚麼驚人的本領，讓貧道也好有個防備，免得身首異處之時，還是懵然不知。」

烏老大道：「好！各位洞主、島主這次相推在下暫行主持大計，姓烏的才疏學淺，原是不能擔當重任，幸好慕容公子、不平道人、劍神卓先生、芙蓉仙子諸位共襄義舉，在下的擔子便輕得多了。」他對段譽猶有餘憤，不提「段公子」三字。

人羣中有人說道：「客氣話嘛，便省了罷！」又有人道：「你奶奶的，咱們白刀子進，紅刀子出，性命關頭，還說這些空話，不是拿人來消遣嗎？」

烏老大笑道：「洪兄弟一出口便粗俗不堪。海馬島欽島主，相煩你在東南方把守，若有敵人前來窺探，便發訊號。紫巖洞霍洞主，相煩你在正西方把守……」一連派出八位高手，把守八個方位。那八人各各應諾，帶領部屬，分別奔出守望。

慕容復心想：「這八位洞主、島主，看來個個是桀敖不馴、陰鷙兇悍的人物，今日居然都接受烏老大的號令，人人並有戒慎恐懼的神氣，可見所謀者大，而對頭又實在令他們怕到了極處。我答應和他們聯手，只怕這件事真的頗為棘手。」

烏老大待出去守望的八路人眾走遠，說道：「各位請就地坐下罷，由在下述說我們的苦衷。」

包不同突然插口道：「你們這些人物，殺人放火，下毒擄掠，只怕便如家常便飯一般，個個惡狠狠、兇霸霸，看來一生之中，壞事著實做了不少，那裏會有甚麼苦衷？『苦衷』兩字，居然出於老兄之口，不通啊不通！」慕容復道：「包三哥，請靜聽烏洞主述說，別打斷他的話頭。」包不同嘰咕道：「我聽得人家說話欠通，忍不住便要直言談相。」他話是這麼說，但既然慕容復咐吩了，便也不再多言。

烏老大臉露苦笑，說道：「包兄所言本是不錯。姓烏的雖然本領低微，但生就了一副倔強脾氣，只有我去欺人，決不容人家欺我，那知道，唉！」

烏老大一聲嘆息，突然身旁一人也是「唉」的一聲長歎，悲涼之意，卻強得多了。眾人齊向嘆聲所發處望去，只見段譽雙手反背在後，仰天望月，長聲吟道：「月出皎兮，佼人僚兮；舒窈糾兮，勞心悄兮！」他吟的是「詩經」中「月出」之一章，意思說月光皎潔，美人娉婷，我心中愁思難舒，不由得憂心悄悄。四周大都是不學無術的武人，怎懂得他的詩云子曰？都向他怒目而視，怪他打斷烏老大的話頭。

王語嫣自是懂得他的本意，生怕表哥見怪，偷眼向慕容復一瞥，只見他全神貫注的凝視烏老大，全沒留意段譽吟詩，這才放心。

烏老大道：「慕容公子和不平道長等諸位此刻已不是外人，說出來也不怕列位見笑。我們三十六洞洞主、七十二島島主，有的僻居荒山，有的雄霸海島，似乎好生自由自在，逍遙之極，其實個個受天山童姥的約束。老實說，我們都是她的奴隸。每一年之中，她總有一兩次派人前來，將我們訓斥一頓，罵得狗血淋頭，真不是活人能夠受的。你說我們聽她痛罵，心中一定很氣憤了罷？卻又不然，她派來的人越是罵得厲害，我們越是高興……」

包不同忍不住插口道：「這就奇了，天下那有這等犯賤之人，越是給人罵得厲害，越是開心？」

烏老大道：「包兄有所不知，童姥派來的人倘若狠狠責罵一頓，我們這一年的難關就算渡過了，洞中島上，總要大宴數日，歡慶平安。唉，做人做到這般模樣，果然是賤得很了。童姥派來使者倘若不是大罵我們孫子王八蛋，不罵我們的十八代祖宗，以後的日子就不好過了。要知道她如不是派人來罵，就會派人來打，運氣好的，那是三十下大棍，只要不把腿打斷，多半也要設宴慶祝。」

包不同和風波惡相視而笑，兩人極力克制，才不笑出聲來，給人痛打數十棍，居然還要擺酒慶祝，那可真是千古從所未有之奇，只是聽得烏老大語聲淒慘，四周眾人又都紛紛切齒咒罵，料來此事決計不假。

段譽全心所注，本來只是王語嫣一人，但他目光向王語嫣看去之時，見她在留神傾聽烏老大說些甚麼，便也因她之聽而聽，只聽得幾句，忍不住雙掌一拍，說道：「豈有此理？豈有此理？這天山童姥到底是神是仙？是妖是怪？如此橫行霸道，那不是欺人太甚麼？」

烏老大道：「段公子此言甚是。這童姥欺壓於我等，將我們虐待得連豬狗也不如。倘若她不命人前來用大棍子打屁股，那麼往往用蟒鞭抽擊背脊，再不然便是在我們背上釘幾枚釘子。司馬島主，你受蟒鞭責打的傷痕，請你給列位朋友瞧瞧。」

一個骨瘦如柴的老者道：「慚愧，慚愧！」解開衣衫，露出背上縱三條、橫三條，縱橫交錯九條鮮紅色印痕，令人一見之下便覺噁心，想像這老者當時身受之時，一定痛楚之極。一條黑漢子大聲道：「那算得甚麼？請看我背上的附骨釘。」解開衣衫，只見三枚大鐵釘，釘在他背心，釘上生了黃鏽，顯然為時已久，不知如何，這黑漢子竟不設法取將出來。又有一個僧人啞聲說道：「于洞主身受之慘，只怕還不及小僧！」伸手解開僧袍。眾人見他頸邊琵琶骨中穿了一條細長鐵鏈，鐵鏈通將下去，又穿過他的腕骨。他手腕只須輕輕一動，便即牽動琵琶骨，疼痛可想而知。

段譽怒極，大叫：「反了，反了！天下竟有如此陰險狠惡的人物。烏老大，段譽決意相助，大夥兒齊心合力，替武林中除去這個大害。」

烏老大道：「多謝段公子仗義相助。」轉頭向慕容復道：「我們在此聚會之人，沒一個不曾受過童姥的欺壓荼毒。我們說甚麼『萬仙大會』，那是往自己臉上貼金，說是『百鬼大會』，這才名副其實了。我們這些年來所過的日子，只怕在阿鼻地獄中受苦的鬼魂也不過如此。往昔大家害怕她手段厲害，只好忍氣吞聲的苦渡光陰，幸好老天爺有眼，這老賊婆橫蠻一世，也有倒霉的時候。」

慕容復道：「各位為天山童姥所制，難以反抗，是否這老婦武功絕頂高強，是否和她動手，每次都不免落敗？」烏老大道：「這老賊婆的武功，當然厲害得緊了。只是到底如何高明，卻是誰也不知。」慕容復道：「深不可測？」烏老大點頭道：「深不可測！」慕容復道：「你說這老婦終於也有倒霉的時侯，卻是如何？」

烏老大雙眉一揚，精神大振，說道：「眾兄弟今日在此聚會，便是為此了。今年三月初三，在下與天風洞安洞主、海馬島欽島主等九人輪值供奉，採辦了珍珠寶貝、綾羅綢緞、山珍海味、胭脂花粉等物，送到天山縹緲峯去……」包不同哈哈一笑，問道：「這老太婆是個老妖怪麼？說是個姥姥，怎麼還用胭脂花粉？」烏老大道：「老賊婆年紀已大，但她手下侍女僕婦為數不少，其中的年輕婦女是要用胭脂花粉的。只不過峯上沒一個男子，不知她們打扮了又給誰看？」包不同笑道：「想來是給你看的。」

烏老大正色道：「包兄取笑了。咱們上縹緲峯去，個個給黑布蒙住了眼，聞聲而不見物，縹緲峯中那些人是美是醜，是老是少，向來誰也不知。」

慕容復道：「如此說來，天山童姥到底是何等樣人，你們也從來沒見到過？」

烏老大嘆了口氣，道：「倒也有人見到過的。只是見到她的人可就慘了。那是在二十三年之前，有人大著膽子，偷偷拉開蒙眼的黑布，向那老賊婆望了一眼，還沒來得及將黑布蓋上眼去，便給老賊婆刺瞎了雙眼，又割去了舌頭，斬斷了雙臂。」慕容復道：「刺瞎眼睛，那也罷了，割舌斷臂，卻又如何？」烏老大道：「想是不許他向人洩漏這老賊婆的形相，割舌叫他不能說話，斷臂叫他不能寫字。」

包不同伸了伸舌頭，道：「渾蛋，渾蛋！厲害，厲害！」

烏老大道：「我和安洞主、欽島主等上縹緲峯之時，九個人心裏都是怕得要命。老賊婆三年前囑咐要齊備的藥物，實在有幾樣太是難得，像三百年海龜的龜蛋，五尺長的鹿角，說甚麼也找不到。我們未能完全依照囑咐備妥，料想這一次責罰必重。那知道九個人戰戰兢兢的繳了物品，老賊婆派人傳話出來，說道：『採購的物品也還罷了，九個孫子王八蛋，快快給我夾了尾巴，滾下峯去罷。』我們便如遇到皇恩大赦，當真是大喜過望，立即下峯，都想早走一刻好一刻，別要老賊婆發覺物品不對，追究起來，這罪可就受得大了。九個人來到縹緲峯下，拉開蒙眼的黑布，只見山峯下死了三個人。其中一個，安洞主識得是西夏國一品堂中的高手，名叫九翼道人。」

不平道人「哦」了一聲，道：「九翼道人原來是被老賊婆所殺，江湖上傳言紛紛，都說是姑蘇慕容氏下的毒手呢。」包不同道：「放屁，放屁！甚麼八尾和尚、九翼道人，我們見都沒見過，這筆帳又算在我們頭上了。」他大罵「放屁」，指的是「江湖上傳言紛紛」，並非罵不平道人放屁，但旁人聽來，總不免刺耳。不平道人也不生氣，微笑道：「樹大招風，眾望所歸！」包不同喝道：「放……」斜眼向慕容復望了望，下面的話便收住了。不平道人道：「包兄怎地把下面這個字吃進肚裏了。」包不同一轉念間，登時大怒，喝道：「甚麼？你罵我吃屁麼？」不平道人笑道：「不敢！包兄愛吃甚麼，便吃甚麼。」

包不同還待和他爭辯，慕容復道：「世間不虞之譽，求全之毀，原也平常得緊，包三哥何必多辯？聽說九翼道人輕功極高，一手雷公擋功夫，生平少逢敵手，別說他和在下全無過節可言，就算真有怨仇，在下也未必勝得過這位號稱『雷動於九天之上』的九翼道長。」

不平道人微笑道：「慕容公子卻又太謙了。九翼道人『雷動於九天之上』的功夫雖然了得，但若慕容公子還他一個『雷動於九天之上』，他也只好束手待斃了。」

烏老大道：「九翼道人身上共有兩處傷痕，都是劍傷。因此江湖上傳說他是死於姑蘇慕容之手，那全是胡說八道。在下親眼目睹，豈有假的？倘若是慕容公子取他性命，自當以九翼道人的雷公擋傷他了。」

不平道人接口道：「兩處劍傷？你說是兩處傷痕？這就奇了！」

烏老大伸手一拍大腿，說道：「不平道長果然了得，一聽之下，便知其中有了蹊蹺。九翼道人死於縹緲峯下，身上卻有兩處劍傷，這事可不對頭啊。」

慕容復心想：「那有甚麼不對頭？這不平道人知道其中有了蹊蹺，我可想不出來。」霎時之間，不由得心生相形見絀之感。

烏老大偏生要考一考慕容復，說道：「慕容公子，你瞧這不是大大的不對勁麼？」

慕容復不願強不知為己知，一怔之下，便想說：「在下可不明其理。」忽聽王語嫣道：

「九翼道人一處劍傷，想必是在右腿『風市』穴與『伏兔』穴之間，另一處劍傷，當是在背心『懸樞』穴，一劍斬斷了脊椎骨，不知是也不是？」

烏老大一驚非小，說道：「當時姑娘也在縹緲峯下麼？怎地我們都……都沒瞧……瞧見姑娘？」他聲音發顫，顯得害怕之極。他想王語嫣其時原來也曾在場，自己此後的所作所為不免都逃不過她的眼去，只怕機密早已洩漏，大事尚未發動，已為天山童姥所知了。

另一個聲音從人叢中傳了出來：「你怎麼知……知……知……我怎麼沒見……見……見……」說話之人本來口吃得厲害，心中一急，更加說不明白。慕容復聽這人口齒笨拙，甚是可笑，但三十六洞洞主、七十二島島主之中，竟無一人出口譏嘲，料想此人武功了得，又或行事狠辣，旁人都對他頗為忌憚，當下向包不同連使眼色，叫他不可得罪了此人。

王語嫣淡淡的道：「西域天山，萬里迢迢的，我這輩子從來沒去過。」

烏老大更是害怕，心想：你既不是親眼所見，當是旁人傳言，難道這件事江湖上早已傳得沸沸揚揚了麼？忙問：「姑娘是聽何人所說？」

王語嫣道：「我不過胡亂猜測罷啦。九翼道人是雷電門的高手，與人動手，自必施展輕功。他左手使鐵牌，四十二路『蜀道難牌法』護住前胸、後心、上盤、左方，當真如鐵桶相似，對方難以下手，唯一破綻是在右側，敵方使劍的高手若要傷他，勢須自他右腿『風市』與『伏兔』兩穴之間入手。在這兩穴間刺以一劍，九翼道人自必舉牌護胸，同時以雷公擋使一招『春雷乍動』，斜劈敵人。對手既是高手，自然會乘機斬他後背。我猜這一招多半是用『白虹貫日』、『白帝斬蛇勢』這一類招式，斬他『懸樞穴』上的脊骨。以九翼道人武功之強，用劍本來不易傷他，最好是用判官筆、點穴橛之類短兵刃剋制，既是用劍了，那麼當以這一類招式最具靈效。」

烏老大長吁了一口氣，如釋重負，隔了半晌，才大拇指一豎，說道：「佩服！佩服！姑蘇慕容門下，實無虛士！姑娘分擘入理，直如親見。」

段譽忍不住插口：「這位姑娘姓王，她可不是……她可不是姑蘇慕容……」

王語嫣微笑道：「姑蘇慕容氏是我至親，說我是姑蘇慕容家的人，也無不可。」

段譽眼前一黑，身子搖晃，耳中嗡嗡然響著的只是一句話：「說我是姑蘇慕容家的人，也無不可。」

那個口吃之人道：「原來如……如……如……」烏老大也不等他說出這個「此」字來，便道：「那九翼道人身上之傷，果如這位王姑娘的推測，右腿風市、伏兔兩穴間中了一劍，後心懸樞穴間脊背斬斷……」他兀自不放心，又問一句：「王姑娘，你確是憑武學的道理推斷，並非目見耳聞？」王語嫣點了點頭，說道：「是。」

那口吃之人忽道：「如果你要殺……殺……殺烏老大，那便如……如……如……」

烏老大聽他問王語嫣如何來殺自己，怒從心起，喝道：「你問這話，是甚麼居心？」但隨即轉念：「這姑娘年紀輕輕，說能憑武學推斷，料知九翼道人的死法，實是匪夷所思，多半那時她躲在縹緲峯下，親眼見到有人用此劍招。此事關涉太大，不妨再問個明白。」便道：「不錯。請問姑娘，若要殺我，那便如何？」

王語嫣微微一笑，湊到慕容復耳畔，低聲道：「表哥，此人武功破綻，是在肩後天宗穴和肘後清冷淵，你出手攻他這兩處，便能剋制他。」

慕容復當著這數百好手之前，如何能甘受一個少女指點？他哼了一聲，朗聲道：「烏洞主既然問你，你大聲說了出來，那也不妨。」

王語嫣臉上一紅，好生羞慚，尋思：「我本想討好於你，沒想到這是當眾逞能，掩蓋了你的男子漢大丈夫的威風，我忒也笨了。」便道：「表哥，姑蘇慕容於天下武學無所不知，你說給烏老大聽罷。」

慕容復不願假裝，更不願借她之光，說道：「烏洞主武功高強，要想傷他，談何容易？烏洞主，咱們不必再說這些題外之言，請你繼續告知縹緲峯下的所見所聞。」

烏老大一心要知道當日縹緲峯下是否另有旁人，說道：「王姑娘，你既不知殺傷烏某之法，自也未必能知誅殺九翼道人的劍招，那麼適才的言語，都是消遣某家的了。九翼道人的死法，到底姑娘如何得知，務請從實相告，此事非同小可，兒戲不得。」

段譽當王語嫣走到慕容復身邊之時，全神貫注的凝視，瞧她對慕容復如何，又全神貫注的傾聽她對慕容復說些甚麼。他內功深厚，王語嫣對慕容復說的這幾句話聲音雖低，他卻也已聽得清清楚楚，這時聽烏老大的語氣，簡直便是直斥王語嫣撒謊，這位他敬若天神的意中人，豈是旁人冒瀆得的？當下更不打話，右足一抬，已展開「凌波微步」，東一晃，西一轉，驀地裏兜到烏老大後心。

烏老大一驚，喝道：「你幹甚……」段譽伸出右手，已按在他右肩後的「天宗穴」上，左手抓住了他左肘後的「清冷淵」。這兩處穴道正是烏老大罩門所在，是他武功中的弱點。

大凡臨敵相鬥，於自己罩門一定防護得十分周密，就算受傷中招，也總不會是在罩門左近。段譽毛手毛腳，出手全無家數，但一來他步法精奇，一霎眼間便欺到了烏老大身後，二來王語嫣對烏老大武功的家數看得極準，烏老大反掌欲待擊敵，兩處罩門已同時受制，對方只須稍吐微勁，自己立時便成了廢人。他可不知段譽空有一身內功，卻不能隨意發放，縱然抓住了他兩處罩門，其實半點也加害他不得。他適才已在段譽手下吃過苦頭，如何還敢逞強？只得苦笑道：「段公子武功神妙，烏某拜服。」

段譽道：「在下不會武功，這全憑王姑娘的指點。」說著放開了他，緩步而回。

烏老大又驚又怕，呆了好一陣，才道：「烏某今日方知天下之大，武功高強者，未必便只天山童姥一人。」向段譽的背影連望數眼，驚疑不定。

不平道人道：「烏老大，你有這樣大本領的高人拔刀相助，當真可喜可賀。」烏老大點頭道：「是，是！咱們取勝的把握，又多了幾成。」不平道人道：「九翼道人既然身有兩處劍傷，那就不是天山童姥下的手了。」

烏老大道：「是啊！當時我看到他身上居然有兩處劍傷，便和道長一般的心思。天山童姥不喜遠行，常人又怎敢到縹緲峯百里之內去撒野？她自是極少有施展武功的時候。因此在縹緲峯百里之內，若要殺人，定是她親自出手。我們素知她的脾氣，有時故意引一兩個高手到縹緲峯下，讓這老太婆過過殺人的癮頭。她殺人向來一招便即取了性命，那有在對手身上連下兩招之理？」

慕容復吃了一驚，心道：「我慕容家『以彼之道，還施彼身』，已是武林中驚世駭俗的本領，這天山童姥殺人不用第二招，真不信世上會有如此功夫。」

包不同可不如慕容復那麼深沉不露，心下也是這般懷疑，便即問道：「烏洞主，你說天山童姥殺人不用第二招，對付武功平庸之輩當然不難，要是遇到真正的高手，難道也能在一招之下送了對方性命？浮誇，浮誇！全然的難以入信。」

烏老大道：「包兄不信，在下也無法可想。但我們這些人甘心受天山童姥的欺壓凌辱，不論她說甚麼，我們誰也不敢說半個不字，如果她不是有超人之能，這裏三十六洞洞主、七十二島島主，那一個是好相與的？為甚麼這些年來服服貼貼，誰也不生異心？」

包不同點頭道：「這中間果然是有些古怪，各位老兄未必是甘心做奴才。」雖覺烏老大言之有理，仍道：「非也，非也！你說不生異心，現下可不是大生異心、意圖反叛麼？」

烏老大道：「這中間是有道理的。當時我一見九翼道人有兩傷，心下起疑，再看另外兩個死者，見到那兩人亦非一招致命，顯然是經過了一場惡鬥，簡直是傷痕累累。我當下便和安、欽等諸位兄弟商議，這事可實在透著古怪。難道九翼道人等三人不是童姥所殺？但如不是童姥下的手，靈鷲宮中童姥屬下那些女人，又怎敢自行在縹緲峯下殺人，搶去了童姥一招殺人的樂趣？九翼道人這等好手，殺起來其樂無窮，這般機緣等閒不易遇到，那比之搶去童姥到口的美食，尤為不敬。我們心中疑雲重重，走出數里後，安洞主突然說道：『莫……莫非老夫人……生了……生了……』」

慕容復知他指的是那個口吃之人，心道：「原來這人便是安洞主。」

只聽烏老大續道：「當時我們離縹緲峯不遠，其實就算在萬里之外，背後提到這老賊婆之時，誰也不敢稍有不敬之意，向來都以『老夫人』相稱。安兄弟說到莫非她是『生了……生了……』這幾個字，眾人不約而同的都道：『生了病？』」

不平道人問道：「這個童姥姥，究竟有多大歲數了？」

王語嫣低聲道：「總不會很年輕罷。」

段譽道：「是，是，既然用上了這個『姥』字，當然不會年輕了。不過將來你就算做了『姥姥』，還是挺年輕的。」眼見王語嫣留神傾聽烏老大的話，全不理會自己說些甚麼，頗感沒趣，心道：「這烏老大的話，我也只好聽聽，否則王姑娘問到我甚麼，全然接不上口，豈不是失卻了千載難逢的良機？」

只聽烏老大道：「童姥有多大年紀，那就誰也不知了。我們歸屬她的治下，少則一二十年，多則三四十年，只有無量洞洞主等少數幾位，才是近年來歸屬靈鷲宮治下的。反正誰也沒見過她面，誰也不敢問起她的歲數。」

段譽聽到這裏，心想那無量洞洞主倒是素識，四下打量，果見辛雙清遠遠倚在一塊大巖之旁，低頭沉思，臉上深有憂色。

烏老大續道：「大夥兒隨即想起：『人必有死，童姥姥本領再高，終究不是修煉成精，有金剛不壞之身。這一次我們供奉的物品不齊，她不加責罰，已是出奇，而九翼道人等死在峯下，身上居然不止一傷，更加啟人疑竇。』總而言之，其中一定有重大古怪。

「大夥兒各有各的心思，但也可說各人都是一樣的打算，你瞧瞧我，我瞧瞧你，誰也不敢先開口說話，有的又驚又喜，有的愁眉苦臉。各人都知這是我們脫卻枷鎖、再世為人的唯一良機，可是童姥姥治理我們何等嚴峻，又有誰敢倡議去探個究竟？隔了半天，欽兄弟道：『安二哥的猜測是大有道理，不過，這件事也太冒險，依兄弟之見，咱們還是各自回去，靜候消息，待等到了確訊之後，再定行止，也還不遲。』

「欽兄弟這老成持重的法子本來十分妥善，可是……可是……我們實在又不能等。安洞主說道：『這生死符……生死符……』他不用再說下去，各人也均了然。老賊婆手中握住我們的生死符，誰也反抗不得，倘若她患病身死，生死符落入了第二人手中，我們豈不是又成為第二個人的奴隸？這一生一世，永遠不能翻身？倘若那人兇狠惡毒，比之老賊婆猶有過之，我們將來所受的凌辱荼毒，豈不是比今日更加厲害？這實在是箭在弦上，不得不發。明知前途凶險異常，卻也是非去探個究竟不可。

「我們這一羣人中，論到武功機智，自以安洞主為第一，他的輕身功夫尤其比旁人高得多。那時寂靜無聲之中，八個人的目光都望到了安洞主臉上。」

慕容復、王語嫣、段譽、鄧百川，以及不識安洞主之人，目光都在人羣中掃來掃去，要見這位說話口吃而武功高強的安某，到底是何等樣的人物。眾人又都記了起來，適才烏老大向慕容復與不平道人等引見諸洞主、島主之時，並無安洞主在內。

烏老大道：「安洞主喜歡清靜，不愛結交，因此適才沒與各位引見，莫怪，莫怪！當時眾望所歸，都盼安洞主出馬探個究竟。安洞主道：『既是如此，在下義不容辭，自當前去察看。』」一眾人均知安洞主當時說話決無如此流暢，只是烏老大不便引述他口吃之言，使人訕笑；而他不願與慕容復、不平道人相見，自也因口吃之故。

烏老大繼續說道：「我們在縹緲峯下苦苦等候，當真是度日如年，生怕安洞主有甚麼不測。大家真人面前不說假話，我們固然擔心安洞主遭了老賊婆的毒手，更怕的是，老賊婆一怒之下，更來向我們為難。但事到臨頭，那也只有硬挺，反正老賊婆若要嚴懲，大夥兒也是逃不了的。直過了三個時辰，安洞主才回到約定的相會之所。我們見到他臉有喜色，大家先放下了心頭大石。他道：『老夫人有病，不在峯上。』原來他悄悄重回縹緲峯，聽到老賊婆的侍女們說話，得知老賊婆身患重病，出外採藥求醫去了！」

烏老大說到這裏，人羣中登時響起一片歡呼之聲。天山童姥生病的訊息，他們當然早已得知，眾人聚集在此，就是商議此事，但聽烏老大提及，仍然不禁喝采。

段譽搖了搖頭，說道：「聞病則喜，幸災樂禍！」他這兩句話夾在歡聲雷動之中，誰也沒加留神。

烏老大道：「大家聽到這個訊息，自是心花怒放，但又怕老賊婆詭計多端，故意裝病來試探我們，九個人一商議，又過了兩天，這才一齊再上縹緲峯窺探。這一次烏某人自己親耳聽到了。老賊婆果然是身患重病，半點也不假。只不過生死符的所在，卻查不出來。」

包不同插嘴道：「喂，烏老兄，那生死符，到底是甚麼鬼東西？」烏老大嘆了口氣，說道：「此東西說來話長，一時也不能向包兄解釋明白。總而言之，老賊婆掌管生死符在手，隨時可制我們死命。」包不同道：「那是一件十分厲害的法寶？」烏老大苦笑道：「也可這麼說。」

段譽心想：「那神農幫幫主、山羊鬍子司空玄，也是怕極了天山童姥的『生死符』，以致跳崖自盡，可見這法寶委實厲害。」

烏老大不願多談「生死符」，轉頭向眾人朗聲說道：「老賊婆生了重病，那是千真萬確的了。咱們要翻身脫難，只有鼓起勇氣，拚命幹上一場。不過老賊婆目前是否已回去縹緲峯靈鷲宮，咱們無法知曉。今後如何行止，要請大家合計合計。尤其不平道長、慕容公子、王姑娘……段公子四位有何高見，務請不吝賜教。」

段譽道：「先前聽說天山童姥強兇霸道，欺凌各位，在下心中不忿，決意上縹緲峯去跟這位老夫人理論理論。但她既然生病，乘人之危，君子所不取。別說我沒有高見，就是有高見，我也是不說的了。」

三十五

紅顏彈指老　剎那芳華

虛竹抱起女童，躍上松樹頂，連說：「好險，好險！」五個敵人遠遠站著指指點點，卻不敢逼近。

烏老大臉色一變，待要說話，不平道人向他使個眼色，微笑道：「段公子是君子人，不肯乘人之危，品格高尚，佩服，佩服！烏兄，咱們進攻縹緲峯，第一要義，是要知道靈鷲宮中的虛實。安洞主與烏兄等九位親身上去探過，老賊婆離去之後，宮中到底尚有多少高手？布置如何？烏兄雖不能盡知，想來總必聽到一二，便請說出來，大家參詳如何？」

烏老大道：「說也慚愧，我們到靈鷲宮中去察看，誰也不敢放膽探聽，大家竭力隱蔽，唯恐撞到了人。但在下在宮後花圃之中，還是給一個女童撞見了。這女娃兒似乎是個丫鬟之類，她突然抬頭，我一個閃避不及，跟她打了個照面。在下深恐洩漏了機密，縱上前去，施展擒拿法，便想將她抓住。那時我是甩出性命不要了。靈鷲宮中那些姑娘、太太們曾得老賊婆指點武功，個個非同小可，雖是個小小女童，只怕也十分了得。我這下衝上前去，自知是九死一生之舉……」

他聲音微微發顫，顯然當時局勢凶險之極，此刻回思，猶有餘悸。眾人眼見他現下安然無恙，那麼當日在縹緲峯上縱曾遇到甚麼危難，必也化險為夷，但想烏老大居然敢在縹緲峯上動手，雖說是實逼處此，鋌而走險，卻也算得是膽大包天了。

只聽他繼續說道：「我這一上去，便是施展全力，雙手使的是『虎爪功』，當時我腦海中閃過了一個念頭：倘若一招拿不到這女娃兒，給她張嘴叫喊，引來後援，那麼我立刻從這數百丈的高峯上躍了下去，爽爽快快圖個自盡，免得落在老賊婆手下那批女將手中，受那無窮無盡的苦楚。那知道……那知道我左手一搭上這女娃兒肩頭，右手抓住她的臂膀，她竟毫不抗拒，身子一晃，便即軟倒，全身沒半點力氣，卻是一點武功也無。那時我大喜過望，一呆之下，兩隻腳酸軟無比，不怕各位見笑，我是自己嚇自己，這女娃兒軟倒了，我這不成器的烏老大，險些兒也軟倒了。」

他說到這裏，人羣中發出一陣笑聲，各人心情為之一鬆，烏老大雖譏嘲自己膽小，但人人均知他其實極是剛勇，敢到縹緲峯上出手拿人，豈是等閒之事？

烏老大一招手，他手下一人提了一隻黑色布袋，走上前來，放在他身前。烏老大解開袋口繩索，將袋口往下一捺，袋中露出一個人來。

眾人都是「啊」的一聲，只見那人身形甚小，是個女童。

烏老大得意洋洋的道：「這個女娃娃，便是烏某人從縹緲峯上擒下來的。」

眾人齊聲歡呼：「烏老大了不起！」「當真是英雄好漢！」「三十六洞、七十二島羣仙，以你烏老大居首！」

眾人歡呼聲中，夾雜著一聲聲咿咿呀呀的哭泣，那女童雙手按在臉上，嗚嗚而哭。

烏老大道：「我們拿到了這女娃娃後，生恐再躭擱下去，洩漏了風聲，便即下峯。一再盤問這女娃娃，可惜得很，她卻是個啞巴。我們初時還道她是裝聾作啞，曾想了許多法兒相試，有時出其不意的在她背後大叫一聲，瞧她是否驚跳，試來試去，原來真是啞的。」

眾人聽那女童的哭泣，呀呀呀的，果然是啞巴之聲。人叢中一人問道：「烏老大，她不會說話，寫字會不會？」烏老大道：「也不會。我們甚麼拷打、浸水、火燙、餓飯，一切法門都使過了，看來她不是倔強，卻是真的不會。」

段譽忍不住道：「嘿嘿，以這等卑鄙手段折磨一個小姑娘，你羞也不羞？」烏老大道：

「我們在天山童姥手下所受的折磨，慘過十倍，一報還一報，何羞之有？」段譽道：「你們要報仇，該當去對付天山童姥才是，對付她手下的一個小丫頭，有甚麼用？」

烏老大道：「自然有用。」提高聲音說道：「眾位兄弟，咱們今天齊心合力，反了縹緲峯，此後有福同享，有禍共當，大夥兒歃血為盟，以圖大事。有沒有那一個不願幹的？」

他連問兩句，無人作聲。問到第三句上，一個魁梧的漢子轉過身來，一言不發的往西便奔。烏老大叫道：「劍魚島區島主，你到那裏去？」那漢子不答，只拔足飛奔，身形極快，轉眼間便轉過了山坳。眾人叫道：「這人膽小，臨陣脫逃，快截住他。」霎時之間，十餘人追了下去，個個是輕功上佳之輩，但與那區島主相距已遠，不知是否追趕得上。

突然間「啊」的一聲長聲慘呼，從山後傳了過來。眾人一驚之下，相顧變色，那追逐的十餘人也都停了腳步，只聽得呼呼風響，一顆圓球般的東西從山坳後疾飛而出，掠過半空，向人叢中落了下來。

烏老大縱身躍前，將那圓物接在手中，燈光下見那物血肉模糊，竟是一顆首級，再看那首級的面目，但見鬚眉戟張，雙目圓睜，便是適才那個逃去的區島主。烏老大顫聲道：「區島主……」一時之間，他想不出這區島主何以會如此迅速的送命，心底隱隱升起了一個極為恐怖的念頭：「莫非天山童姥到了？」

不平道人哈哈大笑，說道：「劍神神劍，果然名不虛傳，卓兄，你把守得好緊啊！」

山坳後傳來一個清亮的聲音道：「臨陣脫逃，人人得而誅之。眾家洞主、島主，請勿怪責。」

眾人從驚惶中醒覺過來，都道：「幸得劍神除滅叛徒，才不致壞了咱們大事。」

慕容復和鄧百川等均想：「此人號稱『劍神』，未免也太狂妄自大。你劍法再高，又豈能自稱為『神』？江湖上沒聽見過有這麼一號人物，卻不知劍法到底如何高明？」

烏老大自愧剛才自己疑神疑鬼，大聲道：「眾家兄弟，請大家取出兵刃，每人向這女娃娃砍上一刀，刺上一劍。這女娃娃年紀雖小，又是個啞巴，終究是縹緲峯的人物，大夥兒的刀頭喝過了她身上的血，從此跟縹緲峯勢不兩立，就算再要有三心兩意，那也不容你再畏縮後退了。」他一說完，當即擎鬼頭刀在手。

一干人等齊聲叫道：「不錯，該當如此！大夥兒歃血為盟，從此有進無退，跟老賊婆拚到底了。」

段譽大聲叫道：「這個使不得，大大的使不得。慕容兄，你務須出手，制止這等暴行才好。」慕容復搖了搖頭，道：「段兄，人家身家性命，盡皆繫此一舉，咱們是外人，不可妄加干預。」段譽激動義憤，叫道：「大丈夫路見不平，豈能眼開眼閉，視而不見？王姑娘，你就算罵我，我也是要去救她的了，只不過……只不過我段譽手無縛鷄之力，要救這小姑娘的性命，卻有點難以辦到。喂，喂，鄧兄、公冶兄，你們怎麼不動手？包兄、風兄，我衝上前去救人，你們隨後接應如何？」鄧百川等向來唯慕容復馬首是瞻，見慕容復不欲插手，都向段譽搖了搖頭，臉上卻均有歉然之色。

烏老大聽得段譽大呼小叫，心想此人武功極高，真要橫來生事，卻也不易對付，夜長夢多，速行了斷的為是，當即舉起鬼頭刀，叫道：「烏老大第一個動手！」揮刀便向那身在布袋中的女童砍了下去。

段譽叫道：「不好！」手指一伸，一招「中衝劍」，向烏老大的鬼頭刀上刺去。那知他這六脈神劍不能收發由心，有時真氣鼓盪，威力無窮，有時候內力卻半點也運不上來，這時一劍刺出，真氣只到了手掌之間，便發不出去。

眼見烏老大這一刀便要砍到那女童身上，突然間巖石後面躍出一個黑影，左掌一伸，一股大力便將烏老大撞開，右手抓起地下的布袋，將那女童連袋負在背上，便向西北角的山峯疾奔上去。

眾人齊聲發喊，紛紛向他追去。但那人奔行奇速，片刻之間便衝入了山坡上的密林。諸洞主、島主所發射的暗器，不是打上了樹身，便是被枝葉彈落。

段譽大喜，他目光敏銳，已認出了此人面目，那日在聰辯先生蘇星河的棋會中曾和他會過，那個繁複無比的珍瓏便是他解開的，大聲叫道：「是少林寺的虛竹和尚。虛竹師兄，姓段的向你合什頂禮！你少林寺是武林中的泰山北斗，果然名不虛傳。」

眾人見那人一掌便將烏老大推開，腳步輕捷，武功著實了得，又聽段譽大呼讚好，說他是少林寺的和尚，少林寺盛名之下，人人心中存了怯意，不敢過份逼近。只是此事牽涉太過重大，這女孩被少林僧人救走，若不將他殺了滅口，眾人的圖謀立時便即洩漏，不測奇禍隨之而至，各人呼嘯叫嚷，疾追而前。

眼見這少林僧疾奔上峯，山峯高聳入雲，峯頂白雪皚皚，要攀到絕頂，便是輕功高手，只怕也得四五天功夫。不平道人叫道：「大家不必驚惶，這和尚上了山峯，那是一條絕路，不怕他飛上天去。大夥兒守緊峯下通路，不讓他逃脫便是。」各人聽了，心下稍安。當下烏老大分派人手，團團將那山峯四周的通路都守住了。唯恐那少林僧衝將下來，圍守者抵擋不住，每條路上都布了三道卡子，頭卡守不住尚有中卡，中卡之後又有後卡，另有十餘名好手來回巡邏接應。分派已定，烏老大與不平道人、安洞主、桑土公、霍洞主、欽島主等數十人上山搜捕，務須先除了這僧人，以免後患。

慕容復等一羣人被分派在東路防守，面子上是請他們坐鎮東方，實則是不欲他們參與其事。慕容復心中雪亮，知道烏老大對自己頗有疑忌之意，微微一笑，便領了鄧百川等人守在東路。段譽也不怕別人討厭，不住口的大讚虛竹英雄了得。

搶了布袋之人，正是虛竹。他在小飯店中見到慕容復與丁春秋一場驚心動魄的劇鬥，只嚇得魂不附體，乘著游坦之搶救阿紫、慕容復脫身出門、丁春秋追出門去的機會，立即從後門中溜了出去。他一心只想找到慧方等師伯叔，好聽他們示下，他自從一掌打死師伯祖玄難之後，已然六神無主，不知如何是好。他從無行走江湖的經歷，又不識路徑，自經丁春秋和慕容復惡鬥一役，成了驚弓之鳥，連小飯店、小客棧也不敢進去，只在山野間亂闖。

其時三十六洞洞主、七十二島島主相約在此間山谷中聚會，每人各攜子弟親信，人數著實不少，虛竹在途中自不免撞到。他見這些人顯然是江湖人物，便想向他們打聽慧方等師叔伯的行蹤，但見他們形貌兇惡，只怕與丁春秋是一夥，卻又不敢，隨即聽得他們悄悄商議，似乎要幹甚麼害人的勾當，心想行俠仗義、扶危濟困，少林弟子責無旁貸，當即跟隨其後，終於將當晚的情景一一瞧在眼裏，聽在耳中。他於江湖上諸般恩怨過節全然不懂，待見烏老大舉起鬼頭刀，要砍死一個全無抗拒之力的啞巴女孩，不由得慈悲心大動，心想不管誰是誰非，這女孩是非救不可的，當即從巖石後面衝將出來，搶了布袋便走。

他上峯之後，提氣直奔，眼見越奔樹林越密，追趕者叫囂吶喊之聲漸漸輕了。他出手救人之時，只是憑著一番慈悲心腸，他發過菩提心，決意要做菩薩、成佛，見到眾生有難，那是非救不可，但這時想到這些人武功厲害，手段毒辣，隨便那一個出手，自己都非其敵，尋思：「只有逃到一個隱僻之所，躲了起來，他們再也找我不到，才能保得住這女孩和我自己的性命。」其時真所謂飢不擇食，慌不擇路，見那裏樹林茂密，便鑽了進去。

好在他已得了那逍遙派老人七十餘年的內功修為，內力充沛之極，奔了將近兩個時辰，竟絲毫不累。又奔了一陣，天色發白，腳底下踏到薄薄的積雪，原來已奔到山腰，密林中陽光不到之處，已有未消的殘雪。虛竹定了定神，觀看四周情勢，一顆心仍是突突亂跳，自言自語：「卻逃到那裏去才好？」

忽聽得背後一個聲音說道：「膽小鬼，只想到逃命，我給你羞也羞死了！」虛竹嚇了一跳，大叫：「啊喲！」發足又向山峯上狂奔。奔了數里，才敢回頭，卻不見有誰追來，低聲道：「還好，沒人追來。」

這句話一出口，背後又有個聲音道：「男子漢大丈夫，嚇成這個樣子，狗才！鼠輩！小畜生！」虛竹這一驚更是非同小可，邁步又向前奔，背後那聲音說道：「又膽小，又笨，真不是個東西！」那聲音便在背後一二尺之處，當真是觸手可及。

虛竹心道：「糟糕，糟糕！這人武功如此高強，這一回定然難逃毒手了。」放開腳步，越奔越快。那聲音又道：「既然害怕，便不該逞英雄救人。你到底想逃到那裏去？」

虛竹聽那聲音便在耳邊響起，雙腿一軟，險些便要摔倒，一個踉蹌之後，回轉身來，其時天色已明，日光從濃蔭中透了進來，卻不見人影。虛竹只道那人躲在樹後，恭恭敬敬的道：「小僧見這些人要加害一個小小女童，是以不自量力，出手救人，決無自逞英雄之心。」

那聲音冷笑道：「你做事不自量力，便有苦頭吃了。」

這聲音仍是在他背後耳根外響起，虛竹更加驚訝，急忙回頭，背後空盪盪地，卻那裏有人？他想此人身法如此快捷，武功比自己高出何止十倍，若要伸手加害，十個虛竹的性命早就沒有了，而且從他語氣中聽來，只不過責備自己膽小無能，似乎並非烏老大等人一路，當下定了定神，說道：「小僧無能，還請前輩賜予指點。」

那聲音冷笑道：「你又不是我的徒子徒孫，我怎能指點於你？」

虛竹道：「是，是！小僧妄言，前輩恕罪。敵方人眾，小僧不是他們敵手，我……我這可要逃走了。」說了這句話，提氣向山峯上奔去。

背後那聲音道：「這山峯是條絕路，他們在山峯下把守住了，你如何逃得出去？」虛竹一呆，停了腳步，道：「我……我……我倒沒想到。前輩慈悲，指點一條明路。」那聲音嘿嘿冷笑，說道：「眼前只有兩條路，一條是轉身衝殺，將那些妖魔鬼怪都誅殺了。」虛竹道：「一來小僧無能，二來不願殺人。」那聲音道：「那麼便走第二條路，你縱身一躍，跳入下面的萬丈深谷，粉身碎骨，那便一了百了，涅槃解脫。」

虛竹道：「這個……」回頭看了一眼，這時遍地已都是積雪，但雪地中除了自己的一行足印之外，更無第二人的足印，尋思：「此人踏雪無痕，武功之高，實已到了匪夷所思的地步。」那聲音道：「這個那個的，你要說甚麼？」虛竹道：「這一跳下去，小僧固然死了，連小僧救了出來的那個女孩也同時送命。一來救人沒有救徹，二來小僧佛法修為尚淺，清淨涅槃是說不上的，勢必又入輪迴，重受生死流轉之苦。」

那聲音問道：「你和縹緲峯有甚麼淵源？何以不顧自己性命，冒險去救此人？」虛竹一面快步向峯上奔去，一面說道：「甚麼縹緲峯、靈鷲宮，小僧今日都是第一次聽見。小僧是少林弟子，這一次奉命下山，與江湖上任何門派均無瓜葛。」那聲音冷笑道：「如此說來，你倒是個見義勇為的小和尚了。」虛竹道：「小和尚是實，見義勇為卻不見得。小僧無甚見識，諸多妄行，胸中有無數難題，不知如何是好。」

那聲音道：「你內力充沛，著實了得，可是這功力卻全不是少林一派，是甚麼緣故？」

虛竹道：「這件事說來話長，正是小僧胸中一個大大的難題。」那聲音道：「甚麼說來話長，說來話短，我不許你諸多推諉，快快說來。」語氣甚是嚴峻，實不容他規避。但虛竹想起蘇星河曾說，「逍遙派」的名字極為隱秘，決不能讓本派之外的人聽到，他雖知身後之人是個武功甚高的前輩，但連面也沒見過，怎能貿然便將這個重大秘密相告，說道：「前輩見諒，小僧實有許多苦衷，不能相告。」

那聲音道：「好，既然如此，你快放我下來。」虛竹吃了一驚，道：「甚……甚麼？」那聲音道：「你快放我下來，甚麼甚麼的，囉裏囉唆！」

虛竹聽這聲音不男不女，只覺甚是蒼老，但他說「你快放我下來」，實不懂是何意，當下立定腳步，轉了個身，仍見不到背後那人，正惶惑間，那聲音罵道：「臭和尚，快放我下來，我在你背後的布袋之中，你當我是誰？」

虛竹更是大吃一驚，雙手不由鬆了，拍的一聲，布袋摔在地上，袋中「啊喲」一聲，傳出一下蒼老的呼痛之聲，正是一直聽到的那個聲音。虛竹也是「啊喲」一聲，說道：「小姑娘，原來是你，怎麼你的口音這般老？」當即打開布袋口，扶了一人出來。

只見這人身形矮小，便是那個八九歲女童，但雙目如電，炯炯有神，向虛竹瞧來之時，自有一般凌人的威嚴。虛竹張大了口，一時說不出話。

那女童說道：「見了長輩也不行禮，這般沒規矩。」聲音蒼老，神情更是老氣橫秋。虛竹道：「小……小姑娘……」那女童喝道：「甚麼小姑娘，大姑娘？我是你姥姥！」虛竹微微一笑，說道：「咱們陷身絕地，可別鬧著玩了。來，你到袋子裏去，我揹了你上山。過得片刻，敵人便追到啦！」

那女童向虛竹上下打量，突然見到他左手手指上戴的那枚寶石指環，臉上變色，問道：「你……你這是甚麼東西？給我瞧瞧。」

虛竹本來不想把指環戴在手上，只是知道此物要緊，生怕掉了，不敢放在懷裏，聽那女童問起，笑道：「那也不是甚麼好玩的物事。」

那女童伸出手來，抓住他左腕，察看指環。她將虛竹的手掌側來側去，看了良久。虛竹忽覺她抓著自己的小手不住發顫，側過頭來，只見她一雙清澈的大眼中充滿了淚水。又過好一會，她才放開虛竹的手掌。

那女童道：「這枚七寶指環，你是從那裏偷來的？」語音嚴峻，如審盜賊。虛竹心下不悅，說道：「出家人嚴守戒律，怎可偷盜妄取？這是別人給我的，怎說是偷來的？」那女童道：「胡說八道！你說是少林弟子，人家怎會將這枚指環給你？你若不從實說來，我抽你的筋，剝你的皮，叫你受盡百般苦楚。」

虛竹啞然失笑，心想：「我若不是親眼目睹，單是聽你的聲音，當真要給你這小小娃兒嚇倒了。」說道：「小姑娘……」突然拍的一聲，腰間吃了一拳，只是那女童究竟力弱，卻也不覺疼痛。虛竹怒道：「你怎麼出手便打人？小小年紀，忒也橫蠻無禮！」

那女童道：「你法名叫虛竹，嗯，靈、玄、慧、虛，你是少林派中第三十七代弟子。玄慈、玄悲、玄苦、玄難這些小和尚，都是你的師祖？」

虛竹退了一步，驚訝無已，這個八九歲的女童居然知道自己的師承輩份，更稱玄慈、玄悲等師伯祖、師叔祖為「小和尚」，出口吐屬，那裏像個小小女孩？突然想起：「世上據說有借屍還魂之事，莫非……莫非有個老前輩的鬼魂，附在這個小姑娘身上麼？」

那女童道：「我問你，是便說是，不是便不是，怎地不答？」虛竹道：「你說得不錯，只是稱本寺方丈大師為『小和尚』，未免太過。」那女童道：「怎麼不是小和尚？我和他師父靈門大師平輩論交，玄慈怎麼不是小和尚？又有甚麼『太過』不『太過』的？」虛竹更是驚訝，玄慈方丈的師父靈門禪師是少林派第三十四代弟子中傑出的高僧，虛竹自是知曉。他越來越信這女童是借屍還魂，說道：「那麼……那麼……你是誰？」

那女童怫然道：「初時你口口聲聲稱我『前輩』，倒也恭謹有禮，怎地忽然你呀你的起來了？若不是念在你相救有功，姥姥一掌早便送了你的狗命！」虛竹聽她自稱「姥姥」，很是害怕，說道：「姥姥，不敢請教你尊姓大名。」那女童轉怒為喜，說道：「這才是了。我先問你，你這枚七寶指環那裏得來的？」虛竹道：「是一位老先生給我的。我本來不要，我是少林弟子，實在不能收受。可是那位老先生命在垂危，不由我分說……」

那女童突然伸手，又抓住了他手腕，顫聲道：「你說那……那老先生命在垂危？他死了麼？不，不，你先說，那老先生怎般的相貌？」虛竹道：「他鬚長三尺，臉如冠玉，人品極是俊雅。」那女童全身顫抖，問道：「怎麼他會命在垂危？他……他一身武功……」突然轉悲為怒，罵道：「臭和尚，無崖子一身武功，他不散功，怎麼死得了？一個人要死，便這麼容易？」虛竹點頭道：「是！」這女童雖然小小年紀，但氣勢懾人，虛竹對她的話不敢稍持異議，只是難以明白：「甚麼叫做散功？一個人要死，容易得緊，又有甚麼難了？」

那女童又問：「你在那裏遇見無崖子的？」虛竹道：「你說的是那位容貌清秀的老先生，便是聰辯先生蘇星河的師父麼？」那女童道：「自然是了。哼，你連這人的名字也不知道，居然撒謊，說他將七寶指環給了你，厚顏無恥，大膽之極！」

虛竹道：「你也認得這位無崖子老先生嗎？」那女童怒道：「是我問你，不是你問我，我問你在那裏遇見無崖子，快快答來！」虛竹道：「那是在一個山峯之上，我無意間解破了一個『珍瓏』棋局，這才遇到這位老先生。」

那女童伸出拳頭，作勢要打，怒道：「胡說八道！這珍瓏棋局數十年來難倒了天下多少才智之士，憑你這蠢笨如牛的小和尚也解得開？你再胡亂吹牛，我可不跟你客氣了。」

虛竹道：「若憑小僧自己本事，自然是解不開的。但當時勢在騎虎，聰辯先生逼迫小僧非落子不可，小僧只得閉上眼睛，胡亂下了一子，豈知誤打誤撞，自己填塞了一塊白棋，居然棋勢開朗，再經高人指點，便解開了，本來這全是僥倖。可是小僧一時胡亂妄行，此後罪業非小。唉，真是罪過，阿彌陀佛，阿彌陀佛。」說著雙手合什，連宣佛號。

那女童將信將疑，道：「這般說，倒也有幾分道理……」一言未畢，忽聽得下面隱隱傳來呼嘯之聲。虛竹叫道：「啊喲！」打開布袋口，將那女童一把塞在袋中，負在背上，拔腳向山上狂奔。

他奔了一會，山下的叫聲又離得遠了，回頭一看，只見積雪中印著自己一行清清楚楚的腳印，失聲呼道：「不好！」那女童問道：「甚麼不好？」虛竹道：「我在雪地裏留下了腳印，不論逃得多遠，他們終究找得到咱們。」那女童道：「上樹飛行，便無蹤跡，只可惜你武功太也低微，連這點兒粗淺的輕功也不會。小和尚，我瞧你的內力不弱，不妨試試。」

虛竹道：「好，這就試試！」蹤身一躍，老高的跳在半空，竟然高出樹頂丈許，掉下時伸足踏向樹幹，喀喇一聲，踩斷樹幹，連人帶樹幹一齊掉將下來。這下子一交仰天摔落，勢須壓在布袋之上，虛竹生恐壓傷了女童，半空中急忙一個鷂子翻身，翻將過來，變成合撲，砰的一聲，額頭撞在一塊巖石之上，登時皮破血流。虛竹叫道：「哎唷，哎唷！」掙扎著爬起，甚是慚愧，說道：「我……我武功低微，又笨得緊，不成的。」

那女童道：「你寧可自己受傷，也不敢壓我，總算對姥姥恭謹有禮。姥姥一來要利用於你，二來嘉獎後輩，便傳你一手飛躍之術。你聽好了，上躍之時，雙膝微曲，提氣丹田，待覺真氣上昇，便須放鬆肌骨，存想玉枕穴間……」當下一句句向他解釋，又教他如何空中轉折，如何橫竄蹤躍，教罷，說道：「你依我這法子再跳上去罷！」

虛竹道：「是！我先獨個兒跳著試試，別再摔一交，撞痛了你。」便要放下背上布袋。

那女童怒道：「姥姥教你的本事，難道還有錯的？試甚麼鬼東西？你再摔一交，姥姥立時便殺了你。」

虛竹不由得機伶伶的打個冷戰，想起身後負著一個借屍還魂的鬼魂，全身寒毛都豎了起來，只想將布袋摔得遠遠的，卻又不敢，於是咬一咬牙齒，依著那女童所授運氣的法門，運動真氣，存想玉枕穴，雙膝微曲，輕輕的向上一彈。

這一次躍將上去，身子猶似緩緩上升，雖在空中無所憑依，卻也能轉折自如。他大喜之下，叫道：「行了，行了！」不料一開口，洩了真氣，便即跌落，幸好這次是筆直落下，雙腳腳板底撞得隱隱生痛，卻未摔倒。

那女童罵道：「小蠢才，你要開口說話，先得調勻內息。第一步還沒學會，便想走第五步、第六步了。」虛竹道：「是，是！是小僧的不是。」又再依法提氣上躍，輕輕落在一根樹枝之上，那樹枝晃了幾下，卻未折斷。

虛竹心下甚喜，卻不敢開口，依著那女童所授的法子向前躍出，平飛丈餘，落在第二株樹的枝幹上，一彈之下，又躍到了第三株樹上，氣息一順，只覺身輕力足，越躍越遠。到得後來，一躍竟能橫越二樹，在半空中宛如御風而行，不由得又驚又喜。雪峯上樹木茂密，他自樹端枝梢飛行，地下無跡可尋，只一頓飯時分，已深入密林。

那女童道：「行了！下來罷。」虛竹應道：「是！」輕輕躍下地來，將女童扶出布袋。

那女童見他滿臉喜色，說不出的心癢難搔之態，罵道：「沒出息的小和尚，只學到這點兒粗淺微末的功夫，便這般歡喜！」虛竹道：「是，是。小僧眼界甚淺，姥姥，你教我的功夫大是有用……」那女童道：「你居然一點便透，可見姥姥法眼無花，小和尚身上的內功並非少林一派。你這功夫到底是跟誰學的？怎麼小小年紀，內功底子如此深厚？」

虛竹胸口一酸，眼眶兒不由得紅了，說道：「這是無崖子老先生臨死之時，將他……他老人家七十餘年修習的內功，硬生生的逼入小僧體內。小僧實在不敢背叛少林，改投別派，但其時無崖子老先生不由分說，便化去小僧的內功，雖然小僧本來的內功低淺得緊，也算不了甚麼，不過……不過，小僧練起來卻也費了不少苦功。無崖子老先生又將他的功夫傳給了我，小僧也不知是禍是福，該是不該。唉，總而言之，小僧日後回到少林寺去，總而言之，總而言之……」連說幾個「總而言之」，實不知如何總而言之。

那女童怔怔的不語，將布袋鋪在一塊巖石上，坐著支頤沉思，輕聲道：「如此說來，無崖子果然是將逍遙派掌門之位傳給你了。」

虛竹道：「原來……原來你也知道『逍遙派』的名字。」他一直不敢提到「逍遙派」三字，蘇星河說過，若不是本派中人，聽到了「逍遙派」三字，就決不容他活在世上。現下聽到那女童先說了出來，他才敢接口；又想反正你是鬼不是人，人家便要殺你，也無從殺起。

那女童怒道：「我怎不知道逍遙派？姥姥知道逍遙派之時，無崖子還沒知道呢。」虛竹道：

「是，是！」心想：「說不定你是個數百年前的老鬼，當然比無崖子老先生還老得多。」

只見那女童拾了一根枯枝，在地下積雪中畫了起來，畫的都是一條條的直線，不多時便畫成一張縱橫十九道的棋盤。虛竹一驚：「她也要逼我下棋，那可糟了。」卻見她畫成棋盤後，便即在棋盤上布子，空心圓圈是白子，實心的一點是黑子，密密層層，將一個棋盤上都布滿了。只布到一半，虛竹便認了出來，正是他所解開的那個珍瓏，心道：「原來你也知道這個珍瓏。」又想：「莫非你當年也曾想去破解，苦思不得，因而氣死麼？」想到這裏，背上又感到了一層寒意。

那女童布完珍瓏，說道：「你說解開了這個珍瓏，第一子如何下法，演給我瞧瞧。」虛竹道：「是！」當下第一子填塞一眼，將自己的白子脹死了一大片，局面登時開朗，然後依著段延慶當日傳音所示，反擊黑棋。那女童額頭汗水涔涔而下，喃喃道：「天意，天意！天下又有誰想得到這『先殺自身，再攻敵人』的怪法？」

待虛竹將一局珍瓏解完，那女童又沉思半晌，說道：「這樣看來，小和尚倒也不是全然胡說八道。無崖子怎樣將七寶指環傳你，一切經過，你詳細跟我說來，不許有半句隱瞞。」

虛竹道：「是！」於是從頭將師父如何派他下山，如何破解珍瓏，無崖子如何傳功傳指環，丁春秋如何施毒暗殺蘇星河與玄難，自己如何追尋慧方諸僧等情一一說了。

那女童一言不發，直等他說完，才道：「這麼說，無崖子是你師父，你怎地不稱師父，卻叫甚麼『無崖子老先生』？」虛竹神色尷尬，說道：「小僧是少林寺僧人，實在不能改投別派。」那女童道：「你是決意不願做逍遙派掌門人的了？」虛竹連連搖頭，道：「萬萬不願。」那女童道：「那也容易，你將七寶指環送了給我，也就是了。我代你做逍遙派掌門人如何？」虛竹大喜，道：「那正是求之不得。」從指上除下寶石指環，交了給她。

那女童臉上神色不定，似乎又喜又悲，接過指環，便往手上戴去。可是她手指細小，中指與無名指戴上了都會掉下，勉強戴在大姆指上，端相半天，似乎很不滿意，問道：「你說無崖子有一幅圖給你，叫你到大理無量山去尋人學那『北冥神功』，那幅圖呢？」

虛竹從懷中取了圖畫出來。那女童打開卷軸，一見到圖中的宮裝美女，臉上倏然變色，罵道：「他……他要這賤婢傳你武功！他……他臨死之時，仍是念念不忘這賤婢，將她畫得這般好看！」霎時間滿臉憤怒嫉妒，將圖畫往地下一丟，伸腳便踩。

虛竹叫道：「啊喲！」忙伸手搶起。那女童怒道：「你可惜麼？」虛竹道：「這樣好好一幅圖畫，踩壞了自然可惜。」那女童問道：「這賤婢是誰，無崖子這小賊有沒跟你說？」虛竹搖頭道：「沒有。」心想：「怎麼無崖子老先生又變成了小賊？」

那女童怒道：「哼，小賊痴心妄想，還道這賤婢過了幾十年，仍是這等容貌！啊，就算當年，她又那有這般好看了？」越說越氣，伸手又要搶過畫來撕爛。虛竹忙縮手將圖畫揣入懷中。那女童身矮力微，搶不到手，氣喘吁吁的不住大罵：「沒良心的小賊，不要臉的臭賤婢！」虛竹惘然不解，猜想這女童附身的老鬼定然認得圖中美女，兩人向來有仇，是以雖然不過見到一幅圖畫，卻也怒氣難消。

那女童還在惡毒咒罵，虛竹肚中突然咕咕咕的響了起來。他忙亂了大半天，再加上狂奔跳躍，粒米未曾進肚，已是十分飢餓。

那女童道：「你餓了麼？」虛竹道：「是。這雪峯之上只怕沒甚麼可吃的東西。」那女童道：「怎麼沒有？雪峯上最多竹鷄，也有梅花鹿和羚羊。我來教你一門平地快跑的輕功，再教你捉鷄擒羊之法……」虛竹不等她說完，急忙搖手，說道：「出家人怎可殺生？我寧可餓死，也不沾葷腥。」那女童罵道：「賊和尚，難道你這一生之中從未吃過葷腥？」

虛竹想起那日在小飯店中受一個女扮男裝的小姑娘作弄，吃了一塊肥肉，喝了大半碗鷄湯，苦著臉道：「小僧受人欺騙，吃過一次葷腥，但那是無心之失，想來佛祖也不見罪。但要我親手殺生，那是萬萬不幹的。」

那女童道：「你不肯殺鷄殺鹿，卻願殺人，那更是罪大惡極。」虛竹奇道：「我怎願殺人了？阿彌陀佛，罪過，罪過。」那女童道：「還唸佛呢，真正好笑。你不去捉鷄給我吃，我再過兩個時辰，便要死了，那不是給你害死的麼？」虛竹搔了搔頭皮，道：「這山峯上想來總也有草菌、竹筍之類，我去找來給你吃。」

那女童臉色一沉，指著太陽道：「等太陽到了頭頂，我若不喝生血，非死不可！」虛竹十分駭怕，驚道：「好端端地，為甚麼要喝生血？」心下發毛，不由得想起了「吸血鬼」。

那女童道：「我有個古怪毛病，每日中午倘若不喝生血，全身真氣沸騰，自己便會活活燒死，臨死時狂性大發，對你大大不利。」虛竹不住搖頭，說道：「不管怎樣，小僧是佛門子弟，嚴守清規戒律，別說自己決計不肯殺生，便是見你起意殺生，也要盡力攔阻。」

那女童雙目向他凝視，見他雖有惶恐之狀，但其意甚堅，顯是決不屈從，當下嘿嘿幾聲冷笑，問道：「你自稱是佛門子弟，嚴守清規戒律，到底有甚麼戒律？」虛竹道：「佛門戒律有根本戒、大乘戒之別。」那女童冷笑道：「花頭倒也真多，甚麼叫根本戒、大乘戒？」虛竹道：「根本戒比較容易，共分四級，首為五戒，其次為八戒，更次為十戒，最後為具足戒，亦即二百五十戒。五戒為在家居士所持，一不殺生，二不偷盜，三不淫邪，四不妄語，五不飲酒。至於出家比丘，須得守持八戒、十戒，以致二百五十戒，那比五戒精嚴得多了。總而言之，不殺生為佛門第一戒。」

那女童道：「我曾聽說，佛門高僧欲成正果，須持大乘戒，稱為十忍，是也不是？」虛竹心中一寒，說道：「正是。大乘戒注重捨己救人，那是說為了供養諸佛，普渡眾生，連自己的生命也可捨了，倒也不是真的須行此十事。」那女童問道：「甚麼叫做十忍？」

虛竹武功平平，佛經卻熟，說道：「一割肉飼鷹，二投身餓虎，三斫頭謝天，四折骨出髓，五挑身千燈，六挑眼布施，七剝皮書經，八刺心決志，九燒身供佛，十刺血灑地。」他說一句，那女童冷笑一聲。待他說完，那女童問道：「割肉飼鷹是甚麼事？」虛竹道：「那是我佛釋迦牟尼前生的事，他見有餓鷹追鴿，心中不忍，藏鴿於懷。餓鷹說道：『你救了鴿子，卻餓死了我，我的性命豈不是你害的？』我佛便割下自身血肉，餵飽餓鷹。」那女童道：「投身餓虎的故事，想來也差不多了？」虛竹道：「正是。」

那女童道：「照啊，佛家清規戒律，博大精深，豈僅僅『不殺生』三字而已。你如不去捉雞捉鹿給我吃，便須學釋迦牟尼的榜樣，以自身血肉供我吃喝，否則便不是佛門子弟。」說著拉著虛竹左手的袖子，露出臂膀，笑道：「我吃了你這條手臂，也可挨得一日之飢。」

虛竹瞥眼見到她露出一口白森森的牙齒，似乎便欲一口在他手臂上咬落。本來這個八九歲的女童人小力微，絕不足懼，但虛竹心中一直想到她是個借屍還魂的女鬼，眼見她神情不正，不由得心膽俱寒，大叫一聲，甩脫她手掌，拔步便向山峯上奔去。

他心驚膽戰之下，這一聲叫得甚是響亮，只聽得山腰中有人長聲呼道：「在這裏了，大夥兒向這邊追啊。」呼聲清朗洪亮，正是不平道人的聲音。

虛竹心道：「啊喲，不好！我這一聲叫，可洩露了行藏，那便如何是好？」要待回去背負那女童，實是害怕，但說置之不理，自行逃走，又覺不忍，站在山坡之上，猶豫不定，向山腰中望下去，只見四五個黑點正向上爬來，雖然相距尚遠，但終究必會追到，那女童落入了他們手中，自無倖理。他走下幾步，說道：「喂，你如答應不咬我，我便背你逃走。」

那女童哈哈一笑，說道：「你過來，我跟你說。上來的那五人第一個是不平道人，第二個是烏老大，第三個姓安，另外兩人一個姓羅，一個姓利。我教你幾手本領，你先將不平道人打倒。」她頓了一頓，微笑道：「只將他打倒，令他不得害人，卻不是傷他性命，那並非殺生，不算破戒。」虛竹道：「為了救人而打倒兇徒，那自然是應該的。不過不平道人和烏老大武功甚高，我怎打得倒他們？你本事雖好，這片刻之間，我也學不會。」

那女童道：「蠢才，蠢才！無崖子是蘇星河和丁春秋二人的師父。蘇丁二人武功如何，你親眼見過的，徒弟已然如此，師父可想而知。他將七十多年來勤修苦練的功力全都傳了給你，不平道人、烏老大之輩，如何能與你相比？你只是蠢得厲害、不會運用而已。你將那隻布袋拿來，右手這樣拿住了，張開袋口，真氣運到左臂，左手在敵人後腰上一拍……」

虛竹依法照學，手勢甚是容易，卻不知這幾下手法，如何能打得倒這些武林高手。

那女童道：「跟著下去，左手食指便點敵人這個部位。不對，不對，須得如此運氣，所點的部位也不能有絲毫偏差。所謂失之毫釐，謬以千里，臨敵之際，務須鎮靜從事，若有半分參差，不但打不倒敵人，自己的性命反而交在對方手中了。」

虛竹依著她的指點，用心記憶。這幾下手法一氣呵成，雖只五六個招式，但每個招式之中，身法、步法、掌法、招法，均有十分奇特之處，雙足如何站，上身如何斜，實是繁複之極。虛竹練了半天，仍沒練得合式。他悟性不高，記心卻是極好，那女童所教的法門，他每一句都記得，但要一口氣將所有招式全都演得無誤，卻萬萬不能。

那女童接連糾正了幾遍，罵道：「蠢才，無崖子選了你來做武功傳人，當真是瞎了眼睛啦。他要你去跟那賤婢學武，倘若你是個俊俏標緻的少年，那也罷了，偏偏又是個相貌醜陋的小和尚，真不知無崖子是怎生挑的。」

虛竹說道：「無崖子老先生也曾說過的，他一心要找個風流俊雅的少年來做傳人，只可惜……這逍遙派的規矩古怪得緊，現下……現下逍遙派的掌門人是你當去了……」下面一句話沒說下去，心中是說：「你這老鬼附身的小姑娘，卻也不見得有甚麼美貌。」

說話之間，虛竹又練兩遍，第一遍左掌出手太快，第二遍手指卻點歪了方位。他性子卻很堅毅，正待再練，忽聽得腳步聲響，不平道人如飛般奔上坡來，笑道：「小和尚，你逃得很快啊！」雙足一點，便撲將過來。

虛竹眼見他來勢兇猛，轉身欲逃。那女童喝道：「依法施為，不得有誤。」虛竹不及細想，張開布袋的大口，真氣運上左臂，揮掌向不平道人拍去。

不平道人罵道：「小和尚，居然還敢向你道爺動手？」舉掌一迎。虛竹不等雙掌相交，出腳便勾。說也奇怪，這一腳居然勾中，不平道人向前一個踉蹌，虛竹左手圈轉，運氣向他後腰拍落。這一下可更加奇了，這個將三十六洞洞主、七十二島島主渾沒放在眼裏的不平道人，竟然挨不起這一掌，身形一晃，便向袋中鑽了進去。虛竹大喜，跟著食指逕點他「意舍穴」。這「意舍穴」在背心中脊兩側，脾俞之旁，虛竹不會點穴功夫，匆忙中出指略歪，卻點中了「意舍穴」之上的「陽綱穴」。

不平道人大叫一聲，從布袋中鑽了出來，向後幾個倒翻觔斗，滾下山去。

那女童連叫：「可惜，可惜！」又罵虛竹：「蠢才，叫你點意舍穴，便令他立時動彈不得，誰叫你去點陽綱穴？」

虛竹又驚又喜，道：「這法門當真使得，只可惜小僧太蠢，不過這一下雖然點錯了，卻已將他嚇得不亦樂乎！」眼見烏老大搶了上來，虛竹提袋上前，說道：「你來試試罷。」

烏老大見不平道人一招便即落敗，滾下山坡，心下又是駭異，又是警惕，提起綠波香露刀斜身側進，一招「雲繞巫山」，向虛竹腰間削來。虛竹急忙閃避，叫道：「啊喲，不好！這人用刀，我……我可對付不了。你沒教我怎生對付。這會兒再教，也來不及了。」

那女童叫道：「你過來抱著我，跳到樹頂上去！」這時烏老大已連砍了三刀，幸好他心存忌憚，不敢過份進逼，這三刀都是虛招。但虛竹抱頭鼠竄，情勢已萬分危急，聽得那女童這般叫喚，心中一喜：「上樹逃命，這一法門我倒是學過的。」正待奔過去抱那女童，烏老大已刀進連環，迅捷如風，向他要害砍來。虛竹叫道：「不得了！」提氣一躍，身子筆直上升，猶如飛騰一般，輕輕落在一株大松樹頂上。

這松樹高近三丈，虛竹說上便上，倒令烏老大吃了一驚。他武功精強，輕功卻是平平，這麼高的松樹萬萬爬不上去，但他著眼所在，本不在虛竹而在女童，喝道：「死和尚，你便在樹頂上呆一輩子，永遠別下來罷！」說著拔足奔向那女童，伸手抓住她後頸。他還是要將這女童擒將下去，要大夥人人砍她一刀，飲她人血，歃血為盟，使得誰也不能再起異心。

虛竹見那女童又被擒住，心中大急，尋思：「她叫我抱她上樹，我卻自己逃到樹頂，這輕身功夫是她傳授我的，這不是忘恩負義之至嗎？」一躍便從樹頂縱下。他手中拿著布袋，躍下時袋口恰好朝下，順手一罩，將烏老大的腦袋套在袋中，左手食指便向他背心上點去，這一指仍沒能點中他「意舍穴」，卻偏下寸許，戳到了他的「胃倉穴」上。

烏老大只聽得頭頂生風，跟著便目不見物，大驚之下，揮刀砍出，卻砍了個空，其時正好虛竹伸指點中了他胃倉穴。烏老大並不因此而軟癱，但雙臂一麻，噹的一聲，綠波香露刀落地，左手也即放鬆了那女童後頸。他急於要擺脫罩在頭上的布袋，忙翻身著地急滾。

虛竹抱起那女童，又躍上樹頂，連說：「好險，好險！」那女童臉色蒼白，罵道：「不成器的東西，我老人家教了你功夫，卻兩次都攪錯了。」虛竹好生慚愧，說道：「是，是！我點錯了他穴道。」那女童道：「你瞧，他們又來了。」虛竹向下望去，只見不平道人和烏老大已回上坡來，另外還有三人，遠遠的指指點點，卻不敢逼近。

忽見一個矮胖子大叫一聲，急奔搶上，奔到離松樹數丈外便著地滾倒，只見他身上有一叢光圈罩住，原來是舞動兩柄短斧，護著身子，搶到樹下，跟著錚錚兩聲，雙斧砍向樹根。此人力猛斧利，看來最多砍得十幾下，這棵大松樹便給他砍倒了。

虛竹大急，叫道：「那怎麼是好？」那女童冷冷的道：「你師父指點了你門路，叫你去求那圖中的賤婢傳授武功。你去求她啊！這賤婢教了你，你便可下去打倒這五隻豬狗了。」虛竹急道：「唉，唉！」心想：「在這當口，你還有心思去跟這圖中女子爭強鬥勝。」錚錚兩響，矮胖子雙斧又在松樹上砍了兩下，樹幹不住晃動，松針如雨而落。

那女童道：「你將丹田中的真氣，先運到肩頭巨骨穴，再送到手肘天井穴，然後送到手腕陽池穴，在陽谿、陽谷、陽池三穴中連轉三轉，然後運到無名指關衝穴。」一面說，一面伸指摸向虛竹身上穴道。她知虛竹連身上的穴道部位也分不清楚，單提經穴之名，定然令他茫然無措，非親手指點不可。

虛竹自得無崖子傳功後，真氣在體內遊走，要到何處便何處，略無窒滯，聽那女童這般說，便依言運氣，只聽得錚錚兩聲，松樹又晃了一晃，說道：「運好了！」那女童道：「你摘下一枚松球，對準那矮胖子的腦袋也好，心口也好，以無名指運真力彈出去！」虛竹道：「是！」摘下一枚松球，扣在無名指上。

女童叫道：「彈下去！」虛竹右手大拇指一鬆，無名指上的松球便彈了下去。只聽得呼的一聲響，松球激射而出，勢道威猛無儔，只是他從來沒學過暗器功夫，手上全無準頭，松球拍的一聲，鑽入土中，沒得無形無蹤，離那矮子少說也有三尺之遙，力道雖強，卻全無實效。那矮子嚇了一跳，但只怔得一怔，又掄斧向松樹砍去。

那女童道：「蠢和尚，再彈一下試試！」虛竹心中好生慚愧，依言又運真氣彈出一枚松球。他刻意求中，手腕發抖，結果離那矮子的身子更在五尺之外。

那女童搖頭嘆息，說道：「此處距左首那株松樹太遠，你抱了我後跳不過去，眼前情勢危急，你自己逃生去罷。」虛竹道：「你說那裏話來？我豈是貪生負義之輩？不管怎樣，我總要盡心盡力救你。當真不成，我陪你一起死便了。」那女童道：「蠢和尚，我跟你非親非故，何以要陪我送命？哼哼，他們想殺我二人，只怕沒那麼容易。你摘下十二枚松球，每隻手握六枚，然後這麼運氣。」說著便教了他運氣之法。

虛竹心中記住了，還沒依法施行，那松樹已劇烈晃動，跟著喀喇喇一聲大響，便倒將下來。不平道人、烏老大、那矮子以及其餘二人歡呼大叫，一齊搶來。

那女童喝道：「把松球擲出去！」其時虛竹掌中真氣奔騰，雙手一揚，十二枚松球同時擲出，拍拍拍拍幾聲，四個人翻身摔倒。那矮子卻沒給松球擲中，大叫：「我的媽啊！」抛下雙斧，滾下山坡去了。五人之中那矮子武功要算最低，但虛竹這十二枚松球射出時迅捷無比，聲到球至，根本無法閃避，那矮子所以沒被打中，全仗他身子矮小，松球從他頭頂越過，其餘那四人絕無餘暇閃避。

虛竹擲出松球之後，生怕摔壞了那女童，抱住她腰輕輕落地，只見雪地上片片殷紅，四人身上汩汩流出鮮血，不由得呆了。

那女童一聲歡呼，從他懷中掙下地來，撲到不平道人身上，將嘴巴湊上他額頭傷口，狂吸鮮血。虛竹大驚，叫道：「你幹甚麼？」抓住她後心，一把提起。那女童道：「你已打死了他，我吸他的血治病，有甚麼不可以？」

虛竹見她嘴旁都是血液，說話時張口獰笑，不禁心中害怕，緩緩將她身子放下，顫聲道：「我……我已打死了他？」那女童道：「難道還有假的？」說著俯身又去吸血。

虛竹見不平道人額角上有個鷄蛋般大的洞孔，心下一凜：「啊喲！我將松球打進了他腦袋！這松球又輕又軟，怎打得破他腦殼？」再看其餘三人時，一人心口中了兩枚松球，一人喉頭和鼻樑各中一枚，都已氣絕，只烏老大肚皮上中了一枚，不住喘氣呻吟，尚未斃命。

虛竹走到他身前，拜將下去，說道：「烏先生，小僧失手傷了你，實非故意，但罪孽深重，當真對你不起。」烏老大喘氣罵道：「臭和尚，開……開甚麼玩笑？快……快……一刀將我殺了。你奶奶的！」虛竹道：「小僧豈敢和前輩開玩笑？不過，不過……」突然間想起自己一出手便連殺三人，看來這烏老大也是性命難保，自是犯了佛門不得殺生的第一大戒，心中驚懼交集，渾身發抖，淚水滾滾而下。

那女童吸飽鮮血，慢慢挺直身子，只見虛竹手忙腳亂的正在替烏老大裹傷。烏老大動彈不得，卻不住口的惡毒咒罵。虛竹只是道歉：「不錯，不錯，確是小僧不好，真是一萬個對不起。不過你罵我的父母，我是個無父無母的孤兒，也不知我父母是誰，因此你罵了也是無用。我不知我父母是誰，自然也不知我奶奶是誰，不知我十八代祖宗是誰了。烏先生，你肚皮上一定很痛，當然脾氣不好，我決不怪你。我隨手一擲，萬萬料想不到這幾枚松球竟如此霸道厲害。唉！這些松球當真邪門，想必是另外一種品類，與尋常松球大大不同。」

烏老大罵道：「操你奶奶雄，這松球有甚麼與眾不同？你這死後上刀山，下油鍋，進十八層阿鼻地獄的臭賊禿，你……你……咳咳，內功高強，打死了我，烏老大藝不如人，死而無怨，卻又來說……咳咳……甚麼消遣人的風涼話？說甚麼這松球霸道邪門？你練成了『北冥神功』，也用不著這麼強……強……兇……兇霸道……」一口氣接不上來，不住大咳。

虛竹奇道：「甚麼北……北……」

那女童笑道：「今日當真便宜了小和尚，姥姥這『北冥神功』本是不傳之秘，可是你心懷至誠，確是甘願為姥姥捨命，已符合我傳功的規矩，何況危急之中，姥姥有求於你，非要你出手不可。烏老大，你眼力倒真不錯啊，居然叫得出小和尚這手功夫的名稱。」

烏老大睜大了眼睛，驚奇難言，過了半晌，才道：「你……你是誰？你本來是啞巴，怎麼會說話了？」

那女童冷笑道：「憑你也配問我是誰？」從懷中取出一個瓷瓶，倒出兩枚黃色藥丸，交給虛竹道：「你給他服下。」虛竹應道：「是！」心想這是傷藥當然最好，就算是毒藥，反正烏老大已然性命難保，早些死了，也免卻許多痛苦，當下便送到烏老大口邊。

烏老大突然聞到一股極強烈的辛辣之氣，不禁打了幾個噴嚏，又驚又喜，道：「這……這是九轉……九轉熊蛇丸？」那女童點頭道：「不錯，你見聞淵博，算得是三十六洞中的傑出之士。這九轉熊蛇丸專治金創外傷，還魂續命，靈驗無比。」烏老大道：「你如何要救我性命？」他生怕失了良機，不等那女童回答，便將兩顆藥丸吞入了肚中。那女童道：「一來你幫了我一個大忙，須得給你點好處，二來日後還有用得著你之處。」烏老大更加不懂了，說道：「我幫過你甚麼大忙？姓烏的一心想要取你性命，對你從來沒安過好心。」

那女童冷笑道：「你倒光明磊落，也還不失是條漢子……」抬頭看了看天，見太陽已升到頭頂，向虛竹道：「小和尚，我要練功夫，你在旁給我護法。倘若有人前來打擾，你便運起我授你的『北冥神功』，抓起泥沙也好，石塊也好，打將出去便是。」

虛竹搖頭道：「倘若再打死人，那怎麼辦？我……我可不幹。」

那女童走到坡邊，向下面望一望，道：「這會兒沒有人來，你不幹便不幹罷。」當即盤膝坐下，右手食指指天，左手食指指地，口中嘿的一聲，鼻孔中噴出了兩條淡淡白氣。

烏老大驚道：「這……這是『八荒六合唯我獨尊功』……」虛竹道：「烏先生，你服了藥丸，傷勢好些了麼？」烏老大罵道：「臭賊禿，王八蛋和尚，我的傷好不好，跟你有甚麼相干？要你這妖僧來假惺惺的討好。」但覺腹上傷處疼痛略減，又素知九轉熊蛇丸乃天山縹緲峯靈鷲宮的金創靈藥，實有起死回生之功，說不定自己這條性命竟能撿得回來，只是見這女童居然能練這功夫，心中驚疑萬狀，他曾聽人說過，這「八荒六合唯我獨尊功」是靈鷲宮至高無上的武功，須以最上乘的內功為根基，方能修練，這女童雖然出自靈鷲宮，但不過九歲、十歲年紀，如何攀得到這等境界？難道自己所知有誤，她練的是另外一門功夫？

但見那女童鼻中吐出來的白氣纏住她腦袋周圍，繚繞不散，漸漸愈來愈濃，成為一團白霧，將她面目都遮沒了，跟著只聽得她全身骨節格格作響，猶如爆豆。虛竹和烏老大面面相覷，不明所以。烏老大一知半解，這「八荒六合唯我獨尊功」他得自傳聞，不知到底如何。過了良久，爆豆聲漸輕漸稀，跟著那團白霧也漸漸淡了，見那女童鼻孔中不斷吸入白霧，待得白霧吸盡，那女童睜開雙眼，緩緩站起。

虛竹和烏老大同時揉了揉眼睛，似乎有些眼花，只覺那女童臉上神情頗有異樣，但到底有何不同，卻也說不上來。那女童瞅著烏老大，說道：「你果然淵博得很啊，連我這『八荒六合唯我獨尊功』也知道了。」烏老大道：「你……你是甚麼人？是童姥的弟子嗎？」

那女童道：「哼！你膽子確是不小。」不答他的問話，向虛竹道：「你左手抱著我，右手抓住烏老大後腰，以我教你的法子運氣，躍到樹上，再向峯頂爬高幾百丈。」

虛竹道：「只怕小僧沒這等功力。」當下依言將那女童抱起，右手在烏老大後腰一抓，提起時十分費力，那裏還能躍高上樹？那女童罵道：「幹麼不運真氣？」

虛竹歉然笑道：「是，是！我一時手忙腳亂，竟爾忘了。」一運真氣，說也奇怪，烏老大的身子登時輕了，那女童竟是直如無物，一縱便上了高樹，跟著又以女童所授之法一步跨出，從這株樹跨到丈許外的另一株樹上，便似在平地跨步一般。他這一步本已跨到那樹的樹梢，只是太過輕易，反而嚇了一跳，一驚之下，真氣回入丹田，腳下一重，立時摔了下來，總算沒脫手摔下那女童和烏老大。他著地之後，立即重行躍起，生怕那女童責罵，一言不發的向峯上疾奔。

初時他真氣提運不熟，腳下時有窒滯，後來體內真氣流轉，竟如平常呼吸一般順暢，不須存想，自然而然的周遊全身。他越奔越快，上山幾乎如同下山，有點收足不住。那女童道：「你初練北冥真氣，不能使用太過，若要保住性命，可以收腳了。」虛竹道：「是！」又向上衝了數丈，這才緩住勢頭，躍下樹來。

烏老大又是驚奇，又是佩服，又有幾分艷羨，向那女童道：「這……這北冥真氣，是你今天才教他的，居然已如此厲害。縹緲峯靈鷲宮的武功，當真深如大海。你小小一個孩童，已……已經……咳咳……這麼了不起。」

那女童遊目四顧，望出去密密麻麻的都是樹木，冷笑道：「三天之內，你這些狐羣狗黨們未必能找到這裏罷？」烏老大慘然道：「我們已然一敗塗地，這……這小和尚身負北冥真氣神功，全力護你，大夥兒便算找到你，卻也已奈何你不得了。」那女童冷笑一聲，不再言語，倚在一株大樹的樹幹上，便即閉目睡去。

虛竹這一陣奔跑之後，腹中更加餓了，瞧瞧那女童，又瞧瞧烏老大，說道：「我要去找東西吃，只不過你這人存心不良，只怕要加害我的小朋友，我有點放心不下，還是隨身帶了你走為是。」說著伸手抓起他後腰。

那女童睜開眼來，說道：「蠢才，我教過你點穴的法子。難道這會兒人家躺著不動，你仍然點不中麼？」虛竹道：「就怕我點得不對，他仍能動彈。」那女童道：「他的生死符在我手中，他焉敢妄動？」

一聽到「生死符」三字，烏老大「啊」的一聲驚呼，顫聲道：「你……你……你……」那女童道：「你剛才服了我幾粒藥丸？」烏老大道：「兩粒！」那女童道：「靈鷲宮九轉熊蛇丸神效無比，何必要用兩粒？再說，你這等豬狗不如的畜生，也配服我兩粒靈丹麼？」烏老大額頭冷汗直冒，顫聲道：「另……另外一粒是……是……」那女童道：「你天池穴上如何？」

烏老大雙手發抖，急速解開衣衫，只見胸口左乳旁「天池穴」上現出一點殷紅如血的朱斑。他大叫一聲「啊喲！」險些暈去，道：「你……你……你……到底是誰？怎……怎……怎知道我生死符的所在？你是給我服下『斷筋腐骨丸』了？」那女童微微一笑，道：「我還有事差遣於你，不致立時便催動藥性，你也不用如此驚慌。」烏老大雙目凸出，全身簌簌發抖，口中「啊啊」幾聲，再也說不出話來。

虛竹曾多次看到烏老大露出驚懼的神色，但駭怖之甚，從未有這般厲害，隨口道：「斷筋腐骨丸是甚麼東西？是一種毒藥麼？」

烏老大臉上肌肉牽搐，又「啊啊」了幾聲，突然之間，指著虛竹罵道：「臭賊禿，瘟和尚，你十八代祖宗男的都是烏龜，女的都是娼妓，你日後絕子絕孫，生下兒子沒屁股，生下女兒來三條胳臂四條腿……」越罵越奇，口沫橫飛，當真憤怒已極，罵到後來牽動傷口，太過疼痛，這才住口。

虛竹嘆道：「我是和尚，自然絕子絕孫，既然絕子絕孫了，有甚麼沒屁股沒胳臂的？」烏老大罵道：「你這瘟賊禿想太太平平的絕子絕孫麼？卻又沒這麼容易。你將來生十八個兒子、十八個女兒，個個服了斷筋腐骨丸，在你面前哀號九十九天，死不成，活不得。最後你自己也服了斷筋腐骨丸，叫你自己也嘗嘗這個滋味。」虛竹吃了一驚，問道：「這斷筋腐骨丸，竟這般厲害陰毒麼？」烏老大道：「你全身的軟筋先都斷了，那時你嘴巴不會張、舌頭也不能動，然後……然後……」他想到自己已服了這天下第一陰損毒藥，再也說不下去，滿心冰涼，登時便想一頭在松樹上撞死。

那女童微笑道：「你只須乖乖的聽話，我不加催動，這藥丸的毒性便十年也不會發作，你又何必怕得如此厲害？小和尚，你點了他的穴道，免得他發起瘋來，撞樹自盡。」

虛竹點頭道：「不錯！」走到烏老大背後，伸左手摸到他背心上的「意舍穴」，仔細探索，確實驗明不錯了，這才一指點出。烏老大悶哼一聲，立時暈倒。此時虛竹對體內「北冥真氣」的運使已摸到初步門徑，這一指其實不必再認穴而點，不論戳在對方身上甚麼部位，都能使人身受重傷。虛竹見他暈倒，立時又手忙腳亂的揑他人中，按摩胸口，才將他救醒，烏老大虛弱已極，只是輕輕喘氣，那裏還有半分罵人的力氣？

虛竹見他醒轉，這才出去尋食。樹林中麞鹿、羚羊、竹鷄、山兔之類倒著實不少，他卻那肯殺生？尋了多時，找不到可食的物事，只得躍上松樹，採摘松球，剝了松子出來果腹。松子清香甘美，味道著實不錯，只是一粒粒太也細小，一口氣吃了二三百粒，仍是不飽。他腹飢稍解，剝出來的松子便不再吃，裝了滿滿兩衣袋，拿去給那女童和烏老大吃。

那女童道：「這可生受你了。只是這三個月中我吃不得素。你去解開烏老大的穴道。」當下傳了解穴之法。虛竹道：「是啊，烏老大也必餓得狠了。」依照那女童所授，解開烏老大的穴道，抓了一把松子給他，道：「烏先生，你吃些松子。」烏老大狠狠瞪了他一眼，拿起松子便吃，吃幾粒，罵一句：「死賊禿！」再吃幾粒，又罵一聲：「瘟和尚！」虛竹也不著惱，心想：「我將他傷得死去活來，也難怪他生氣。」那女童道：「吃了松子便睡，不許再作聲了。」烏老大道：「是！」眼光始終不敢向她瞧去，迅速吃了松子，倒頭就睡。

虛竹走到一株大樹之畔，坐在樹根上倚樹休息，心想：「可別跟那老女鬼坐得太近。」

連日疲累，不多時便即沉沉睡去。

次晨醒來，但見天色陰沉，烏雲低垂。那女童道：「烏老大，你去捉一隻梅花鹿或是羚羊甚麼來，限巳時之前捉到，須是活的。」烏老大道：「是！」掙扎著站起，撿了一根枯枝當作拐杖，撐在地下，搖搖晃晃的走去。虛竹本想扶他一把，但想到他是去捕獵殺生，連唸：「阿彌陀佛，阿彌陀佛！」又道：「鹿兒、羊兒、兔子、山鷄，一切眾生，速速遠避，別給烏老大捉到了。」那女童扁嘴冷笑，也不理他。

豈知虛竹唸經只管唸，烏老大重傷之下，不知出了些甚麼法道，居然巳時未到，便拖著一頭小小的梅花鹿回來。虛竹又不住口的唸起佛來。

烏老大道：「小和尚，快生火，咱們烤鹿肉吃。」虛竹道：「罪過，罪過！小僧決計不助你行此罪孽之事。」烏老大一翻手，從靴筒裏拔出一柄精光閃閃的匕首，便要殺鹿。那女童道：「且慢動手。」烏老大道：「是！」放下了匕首。虛竹大喜，說道：「是啊，是啊！小姑娘，你心地仁慈，將來必有好報。」那女童冷笑一聲，不去理他，自管閉目養神。那小鹿不住咩咩而叫，虛竹幾次想衝過去放了牠，卻總是不敢。

眼見樹枝的影子愈來愈短，其時天氣陰沉，樹影也是極淡，幾難辨別。那女童道：「是午時了。」抱起小鹿，扳高鹿頭，一張口便咬在小鹿咽喉上。小鹿痛得大叫，不住掙扎，那女童牢牢咬緊，口內咕咕有聲，不斷吮吸鹿血。虛竹大驚，叫道：「你……你……這太也殘忍了。」那女童那加理會，只是用力吸血。小鹿越動越微，終於一陣痙攣，便即死去。

那女童喝飽了鹿血，肚子高高鼓起，這才拋下死鹿，盤膝而坐，一手指天，一手指地，又練起那「八荒六合唯我獨尊功」來，鼻中噴出白煙，繚繞在腦袋四周。過了良久，那女童收煙起立，說道：「烏老大，你去烤鹿肉罷。」

虛竹心下嫌惡，說道：「小姑娘，眼下烏老大聽你號令，盡心服侍於你，再也不敢出手加害。小僧這就別過了。」那女童道：「我不許你走。」虛竹道：「小僧急於去尋找眾位師叔伯，倘若尋不著，便須回少林寺覆命請示，不能再躭誤時日了。」那女童冷冷的道：「你不聽我話，要自行離去，是不是？」虛竹道：「小僧已想了個法子，我在僧袍中塞滿枯草樹葉，打個大包袱，負之而逃，故意讓山下眾人瞧見。他們只道包袱中是你，一定向我追來。小僧將他們遠遠引開，你和烏老大便可乘機下山，回到你的縹緲峯去啦。」那女童道：「這法子倒是不錯，多虧你還替我設想。可是我偏不想逃走！」虛竹道：「那也好！你在這裏躲著，這大雪山上林深雪厚，他們找你不到，最多十天八天，也必散去了。」

那女童道：「再過十天八天，我已回復到十八九歲時的功力，那裏還容他們走路？」虛竹奇道：「甚麼？」那女童道：「你仔細瞧瞧，我現在的模樣，跟兩天前有甚麼不同？」虛竹凝神瞧去，見她神色間似乎大了幾歲，是個十一二歲的女童，不再像是八九歲，喃喃道：「你……你……好像在這兩天之中，大了兩三歲。只是……只是身子卻沒長大。」

那女童甚喜，道：「嘿嘿，你眼力不錯，居然瞧得出我大了兩三歲。蠢和尚，天山童姥身材永如女童，自然是並不長大的。」

虛竹和烏老大都大吃一驚，齊聲道：「天山童姥！你是天山童姥？」

那女童傲然道：「你們當我是誰？你姥姥身如女童，難道你們眼睛瞎了，瞧不出來？」

烏老大睜大了眼向她凝視半晌，嘴角不住牽動，想要說話，始終說不出來，過了良久，突然撲倒在雪地之中，嗚咽道：「我……我早該知道了，我真是天下第一號大蠢材。我……我只道你是靈鷲宮中一個小丫頭、小女孩，那知道……你……你竟便是天山童姥！」

那女童向虛竹道：「你以為我是甚麼人？」

虛竹道：「我以為你是個借屍還魂的老女鬼！」

那女童臉色一沉，喝道：「胡說八道！甚麼借屍還魂的老女鬼？」虛竹道：「你模樣是個女娃娃，心智聲音卻是老年婆婆，你又自稱姥姥，若不是老女人的生魂附在女孩子身上，怎能如此？」那女童嘿嘿一笑，說道：「小和尚異想天開。」

她轉頭向烏老大道：「當日我落在你手中，你沒取我性命，現下好生後悔，是不是？」

烏老大翻身坐起，說道：「不錯！我以前曾上過三次縹緲峯，聽過你的說話，只是給蒙住了眼睛，沒見到你的形貌。烏老大當真是有眼無珠，還當你……還當你是個啞巴女童。」

那女童道：「不但你聽見過我說話，三十六洞、七十二島的妖魔鬼怪之中，聽過我說話的人著實不少。你姥姥給你們擒住了，若不裝作啞巴，說不定便給你們認出了口音。」烏老大連聲嘆氣，問道：「你武功通神，殺人不用第二招，又怎麼給我手到擒來，毫不抗拒？」

那女童哈哈大笑，說道：「我曾說多謝你出手相助，那便是了。那日我正有強仇到來，姥姥身子不適，難以抗禦，恰好你來用布袋負我下峯，讓姥姥躲過了一劫。這不是要多謝你麼？」說到這裏，突然目露兇光，厲聲道：「可是你擒住我之後，說我假扮啞巴，以種種無禮手段對付姥姥，實是罪大惡極，若非如此，我原可饒了你的性命。」

烏老大躍起身來，雙膝跪倒，說道：「姥姥，常言道不知者不罪，烏老大那時倘若知道你老人家便是我一心敬畏的童姥，烏某便是膽大包天，也決不敢有半分得罪你啊。」那女童冷笑道：「畏則有之，敬卻未必。你邀集三十六洞、七十二島的一眾妖魔，決心叛我，卻又怎麼說？」烏老大不住磕頭，額頭撞在山石之上，只磕得十幾下，額上已鮮血淋漓。

虛竹心想：「這小姑娘原來竟是天山童姥。童姥，童姥，我本來只道她是姓童，那知這『童』字是孩童之童，並非姓童之童。此人武功淵深，詭計多端，人人畏之如虎，這幾天來我出力助她，她心中定在笑我不自量力。嘿嘿，虛竹啊虛竹，你真是個蠢笨之極的和尚！」眼見烏老大磕頭不已，他一言不發，轉身便行。

天山童姥喝道：「你到那裏去？給我站住！」虛竹回身合什，說道：「三日來小僧做了無數傻事，告辭了！」童姥道：「甚麼傻事？」虛竹道：「女施主武功神妙，威震天下，小僧有眼不識泰山，反來援手救人。女施主當面不加嘲笑，小僧甚感盛情，只是自己越想越慚愧，當真是無地自容。」

童姥走到虛竹身邊，回頭向烏老大道：「我有話跟小和尚說，你走開些。」烏老大道：「是，是！」站起身來，一蹺一拐的向東北方走去，隱身在一叢松樹之後。

童姥向虛竹道：「小和尚，這三日來你確是救了我性命，並非做甚麼傻事。天山童姥生平不向人道謝，但你救我性命，姥姥日後總有補報。」虛竹搖手道：「你這麼高強的武功，何須我相救？你明明是取笑於我。」童姥沉臉道：「我說是你救了我性命，便是你救了我性命，姥姥生平說話，決不喜人反駁。姥姥所練的內功，確是叫做『八荒六合唯我獨尊功』。這功夫威力奇大，卻有一個大大的不利之處，每三十年，我便要返老還童一次。」虛竹道：「返老還童？那……那不是很好麼？」

童姥嘆道：「你這小和尚忠厚老實，於我有救命之恩，更與我逍遙派淵源極深，說給你聽了，也不打緊。我自六歲起練這功夫，三十六歲返老還童，花了三十天時光。六十六歲返老還童，那一次用了六十天。今年九十六歲，再次返老還童，便得有九十天時光，方能回復功力。」虛竹瞪大了眼睛，奇道：「甚麼？你……你今年已經九十六歲了？」

童姥道：「我是你師父無崖子的師姊，無崖子倘若不死，今年九十三歲，我比他大了三歲，難道不是九十六歲？」

虛竹瞪大了眼，細看她身形臉色，那有半點像個九十六歲的老太婆？

童姥道：「這『八荒六合唯我獨尊功』，原是一門神奇無比的內家功力。只是我練得太早了些，六歲時開始修習，數年後這內功的威力便顯了出來，可是我的身子從此不能長大，永遠是八九歲的模樣了。」

虛竹點頭道：「原來如此。」他確也聽師父說過，世上有些人軀體巨大無比，七八歲時便已高於成人，有些卻是侏儒，到老也不滿三尺，師父說那是天生三焦失調之故，倘若及早修習上乘內功，亦有治愈之望，說道：「你這門內功，練的是手少陽三焦經脈嗎？」

童姥一怔，點頭道：「不錯，少林派一個小小和尚，居然也有此見識。武林中說少林派是天下武學之首，果然也有些道理。」

虛竹道：「小僧曾聽師父說過一些『手少陽三焦經』的道理，所知膚淺之極，那只是胡亂猜測罷了。」又問：「你今年返老還童，那便如何？」

童姥說道：「返老還童之後，功力全失。修練一日後回復到七歲時的功力，第二日回復到八歲之時，第三日回復到九歲，每一日便是一年。每日午時須得吸飲生血，方能練功。我生平有個大對頭，深知我功夫的底細，算到我返老還童的日子，必定會乘機前來加害。姥姥可不能示弱，下縹緲峯去躲避，於是吩咐了手下的僕婦侍女們種種抵禦之策，姥姥自管自修練。不料我那對頭還沒到，烏老大他們卻闖上峯來。我那些手下正全神貫注的防備我那大對頭，否則的話，憑著安洞主、烏老大這點兒三腳貓功夫，豈能大模大樣的上得縹緲峯來？那時我正修練到第三日，給烏老大一把抓住。我身上不過有了九歲女童的功力，如何能夠抗拒？只好裝聾作啞，給他裝在布袋中帶了下山。此後這些時日之中，我喝不到生血，始終是個九歲孩童。這返老還童，便如蛇兒脫殼一般，脫一次殼，長大一次，但如脫到一半給人捉住了，實有莫大的凶險。倘若再躭擱得一二日，我仍喝不到生血，無法練功，真氣在體內脹裂出來，那是非一命嗚呼不可了。我說你救了我性命，那是半點也不錯的。」

虛竹道：「眼下你回復到了十一歲時的功力，要回到九十六歲，豈不是尚須八十五天？還得殺死八十五頭梅花鹿或是羚羊、兔子？」

童姥微微一笑，說道：「小和尚能舉一反三，可聰明起來了。在這八十五天之中，步步艱危，我功力未曾全復，不平道人、烏老大這些么魔小丑，自是容易打發，但若我的大對頭得到訊息，趕來和我為難，姥姥獨力難支，非得由你護法不可。」

虛竹道：「小僧武功低微之極，前輩都應付不來的強敵，小僧自然更加無能為力。以小僧之見，前輩還是遠而避之，等到八十五天之後，功力全復，就不怕敵人了。」

童姥道：「你武功雖低，但無崖子的內力修為已全部注入你體內，只要懂得運用之法，也大可和我的對頭周旋一番。這樣罷，咱們來做一樁生意，我將精微奧妙的武功傳你，你便以此武功替我護法禦敵，這叫做兩蒙其利。」也不待虛竹答應，便道：「你好比是個大財主的子弟，祖宗傳下來萬貫家財，底子豐厚之極，不用再去積貯財貨，只要學會花錢的法門就是了。花錢容易聚財難，你練一個月便有小成，練到兩個月之後，勉強已可和我的大對頭較量了。你先記住這口訣，第一句是『法天順自然』……」

虛竹連連搖手，說道：「前輩，小僧是少林弟子，前輩的功夫雖然神妙無比，小僧卻是萬萬不能學的，得罪莫怪。」童姥怒道：「你的少林派功夫，早就給無崖子化清光了，還說甚麼少林弟子？」虛竹道：「小僧只好回到少林寺去，從頭練起。」童姥怒道：「你嫌我旁門左道，不屑學我的功夫，是不是？」

虛竹道：「釋家弟子，以慈悲為懷，普渡眾生為志，講究的是離貪去欲，明心見性。這武功嘛，練到極高明時，固然有助禪定，但佛家八萬四千法門，也不一定非要從武學入手不可。我師父說，練武要是太過專心，成了法執，有礙解脫，那也是不對的。」

童姥見他垂眉低目，儼然有點小小高僧的氣象，心想這小和尚迂腐得緊，卻如何對付才好？一轉念間，計上心來，叫道：「烏老大，去捉兩頭梅花鹿來，立時給我宰了！」烏老大避在遠處，童姥其時功力不足，聲音不能及遠，叫了三聲，烏老大才聽到答應。

虛竹驚道：「為甚麼又要宰殺梅花鹿？你今天不是已喝過生血了麼？」童姥笑道：「是你逼我宰的，何必又來多問？」虛竹更是奇怪，道：「我……怎麼會逼你殺生？」童姥道：「你不肯助我抵禦強敵，我非給人家折磨至死不可。你想我心中煩惱不煩惱？」虛竹點頭道：「那也說得是，『怨憎會』是人生七苦之一，姥姥要求解脫，須得去嗔去痴。」童姥道：「嘿嘿，你來點化我嗎？這時候可來不及了。我這口怨氣無處可出，我只好宰羊殺鹿，多殺畜生來出氣。」虛竹合什道：「阿彌陀佛！罪過，罪過！前輩，這些鹿兒羊兒，實是可憐得緊，你饒了牠們的性命罷！」

童姥冷笑道：「我自己的性命轉眼也要不保，又有誰來可憐我？」她提高聲音，叫道：「烏老大，快去捉梅花鹿來。」烏老大遠遠答應。

虛竹徬徨無計，倘若即刻離去，不知將有多少頭羊鹿無辜傷在童姥手下，便說是給自己殺死的，也不為過，但若留下來學她武功，卻又老大不願。

烏老大捕鹿的本事著實高明，不多時便抓住一頭梅花鹿的鹿角，牽了前來。童姥冷冷的道：「今天鹿血喝過了。你將這頭臭鹿一刀宰了，丟到山澗裏去。」虛竹忙道：「且慢！且慢！」童姥道：「你如依我囑咐，我可不傷此鹿性命。你若就此離去，我自然每日宰鹿十頭八頭。多殺少殺，全在你一念之間。大菩薩為了普渡眾生，說道我不入地獄，誰入地獄？你陪伴老婆子幾天，又不是甚麼入地獄的苦事，居然忍心令羣鹿喪生，怎是佛門子弟的慈悲心腸？」虛竹心中一凜，說道：「前輩教訓得是，便請放了此鹿，虛竹一憑吩咐便是！」童姥大喜，向烏老大道：「你將這頭鹿放了！給我滾得遠遠地！」

童姥待烏老大走遠，便即傳授口訣，教虛竹運用體內真氣之法。她與無崖子是同門師姊弟，一脈相傳，武功的路子完全一般。虛竹依法修習，進展甚速。

次日童姥再練「八方六合唯我獨尊功」時，咬破鹿頸喝血之後，便在鹿頸傷口上敷以金創藥，縱之使去，向烏老大道：「這位小師父不喜人家殺生，從今而後，你也不許吃葷，只可以松子為食，倘若吃了鹿肉、羚羊肉，哼哼，我宰了你給梅花鹿和羚羊報仇。」

烏老大口中答應，心裏直將虛竹十九代、二十代的祖宗也咒了個透，但知童姥此時對虛竹極好，一想到「斷筋腐骨丸」的慘厲嚴酷，再也不敢對虛竹稍出不遜之言了。

如此過了數日，虛竹見童姥不再傷害羊鹿性命，連烏老大也跟著戒口茹素，心下甚喜，尋思：「人家對我嚴守信約，我豈可不為她盡心盡力？」每日裏努力修為，絲毫不敢怠懈。但見童姥的容貌日日均有變化，只五六日間，已自一個十一二歲的女童變為十六七歲的少女了，只是身形如舊，仍然是十分矮小而已。這日午後，童姥練罷功夫，向虛竹和烏老大道：「咱們在此處停留已久，算來那些妖魔畜生也該尋到了。小和尚，你背我到這峯頂上去，右手仍是提著烏老大，免得在雪地中留下了痕跡。」

虛竹應道：「是！」伸手去抱童姥時，卻見她容色嬌艷，眼波盈盈，直是個美貌的大姑娘，一驚縮手，囁嚅道：「小……小僧不敢冒犯。」童姥奇道：「怎麼不敢冒犯？」虛竹道：「前輩已是一位大姑娘了，不再是小姑娘，男……男女授受不親，出家人尤其不可。」

童姥嘻嘻一笑，玉顏生春，雙頰暈紅，顧盼嫣然，說道：「小和尚胡說八道，姥姥是九十六歲的老太婆，你背負我一下打甚麼緊？」說著便要伏到他背上。虛竹驚道：「不可，不可！」拔腳便奔。童姥展開輕功，自後追來。

其時虛竹的「北冥真氣」已練到了三四成火候，童姥卻只回復到她十七歲時的功力，輕功大大不如，只追得幾步，虛竹便越奔越遠。童姥叫道：「快些回來！」虛竹立定腳步，道：「我拉著你手，躍到樹頂上去罷！」童姥怒道：「你這人迂腐之極，半點也無圓通之意，這一生想要學到上乘武功，那是難矣哉，難矣哉！」

虛竹一怔，心道：「金剛經有云：『凡所有相，皆是虛妄。』她是小姑娘也罷，大姑娘也罷，都是虛妄之相。」喃喃說道：「『如來說人身長大，即非大身，是名大身。』如來說大姑娘，即非大姑娘，是名大姑娘……」走將回來。

突然間眼前一花，一個白色人影遮在童姥之前。這人似有似無，若往若還，全身白色衣衫襯著遍地白雪，朦朦朧朧的瞧不清楚。

三十六

夢裏真真語真幻

一座高樓衝天而起，

屋頂金碧輝煌，都是琉璃瓦。

虛竹低聲道：「阿彌陀佛，

這裏倒有一座大廟。」

虛竹吃了一驚，向前搶上兩步。童姥尖聲驚呼，向他奔來。那白衫人低聲道：「師姊，你在這裏好自在哪！」卻是個女子的聲音，甚是輕柔婉轉。虛竹又走上兩步，見那白衫人身形苗條婀娜，顯然是個女子，臉上蒙了塊白綢，瞧不見她面容，聽她口稱「師姊」，心想她們原來是一家人，童姥有幫手到來，或許不會再纏住自己了。但斜眼看童姥時，卻見她臉色極是奇怪，又是驚恐，又是氣憤，更夾著幾分鄙夷之色。

童姥一閃身便到了虛竹身畔，叫道：「快揹我上峯。」虛竹道：「這個……小僧心中這個結，一時還不大解得開……」童姥大怒，反手拍的一聲，便打了他一個耳光，叫道：「這賊賤人追了來，要不利於我，你沒瞧見麼？」這時童姥出手著實不輕，虛竹給打了這個耳光，半邊面頰登時腫了起來。

那白衫人道：「師姊，你到老還是這個脾氣，人家不願意的事，你總是要勉強別人，打打罵罵的，有甚麼意思？小妹勸你，還是對人有禮些的好。」

虛竹心下大生好感：「這人雖是童姥及無崖子老先生的同門，性情卻跟他們大不相同，甚是溫柔斯文，通情達理。」

童姥不住催促虛竹：「快揹了我走，離開這賊賤人越遠越好，姥姥將來不忘你的好處，必有重重酬謝。」

那白衫人卻氣定神閒的站在一旁，輕風動裾，飄飄若仙。虛竹心想這位姑娘文雅得很，童姥為甚麼對她如此厭惡害怕。只聽白衫人道：「師姊，咱們老姊妹多年不見了，怎麼今日見面，你非但不歡喜，反而要急急離去？小妹算到這幾天是你返老還童的大喜日子，聽說你近年來手下收了不少妖魔鬼怪，小妹生怕他們乘機作反，親到縹緲峯靈鷲宮找你，想要助你一臂之力，抗禦外魔，卻又找你不到。」

童姥見虛竹不肯負她逃走，無法可施，氣憤憤的道：「你算準了我散氣還功的時日，摸上縹緲峯來，還能安著甚麼好心？你卻算不到鬼使神差，竟會有人將我揹下峯來。你撲了個空，好生失望，是不是？李秋水，今日雖然仍給你找上了，你卻已遲了幾日，我當然不是你敵手，但你想不勞而獲，盜我一生神功，可萬萬不能了。」

那白衫人道：「師姊說那裏話來？小妹自和師姊別後，每日裏好生掛念，常常想到靈鷲宮來瞧瞧師姊。只是自從數十年前姊姊對妹子心生誤會之後，每次相見，姊姊總是不問情由的怪責。妹子一來怕惹姊姊生氣，二來又怕姊姊出手責打，一直沒敢前來探望。姊姊如說妹子有甚麼不良的念頭，那真是太過多心了。」她說得又恭敬，又親熱。

虛竹心想童姥乖戾橫蠻，這兩個女子一善一惡，當年結下嫌隙，自然是童姥的不是。

童姥怒道：「李秋水，事情到了今日，你再來花言巧語的譏刺於我，又有甚麼用？你瞧瞧，這是甚麼？」說著左手一伸，將拇指上戴著的寶石指環現了出來。

那白衫女子李秋水身子顫抖，失聲道：「掌門七寶指環！你……你從那裏得來的？」童姥冷笑道：「當然是他給我的。你又何必明知故問？」李秋水微微一怔，道：「哼，他……他怎會給你？你不是去偷來的，便是搶來的。」

童姥大聲道：「李秋水，逍遙派掌門人有令，命你跪下，聽由吩咐。」

李秋水道：「掌門人能由你自己封的嗎？多半……多半是你暗害了他，偷得這隻七寶指環。」她本來意態閒雅，但自見了這隻寶石戒指，說話的語氣之中便大有急躁之意。

童姥厲聲道：「你不奉掌門人的號令，意欲背叛本門，是不是？」

突然間白光一閃，砰的一聲，童姥身子飛起，遠遠的摔了出去。虛竹吃了一驚，叫道：「怎麼？」跟著又見雪地裏一條殷紅的血線，童姥一根被削斷了的拇指掉在地下，那枚寶石指環卻已拿在李秋水手中。顯是她快如閃電的削斷了童姥的拇指，搶了她戒指，再出掌將她身子震飛，至於斷指時使的甚麼兵刃，甚麼手法，實因出手太快，虛竹根本無法見到。

只聽李秋水道：「師姊，你到底怎生害他，還是跟小妹說了罷。小妹對你情義深重，決不會過份的令你難堪。」她一拿到寶石指環，語氣立轉，又變得十分的溫雅斯文。

虛竹忍不住道：「李姑娘，你們是同門師姊妹，出手怎能如此厲害？無崖子老先生決計不是童姥害死的。出家人不打誑話，我不會騙你。」

李秋水轉向虛竹，說道：「不敢請問大師法名如何稱呼？在何處寶剎出家？怎知道我師兄的名字？」虛竹道：「小僧法名虛竹，是少林寺弟子，無崖子老先生嘛……唉，此事說來話長……」突見李秋水衣袖輕拂，自己雙膝腿彎登時一麻，全身氣血逆行，立時便翻倒於地，叫道：「喂，喂，你幹甚麼？我又沒得罪你，怎……怎麼連我……也……也……」

李秋水微笑道：「小師父是少林派高僧，我不過試試你的功力。嗯，原來少林派名頭雖響，調教出來的高僧也不過這麼樣。可得罪了，真正對不起。」

虛竹躺在地下，透過她臉上所蒙的白綢，隱隱約約可見到她面貌，只見她似乎四十來歲年紀，眉目甚美，但臉上好像有幾條血痕，又似有甚麼傷疤，看上去朦朦朧朧的，不由得心中感到一陣寒意，說道：「我是少林寺中最沒出息的小和尚，前輩不能因小僧一人無能，便將少林派小覷了。」

李秋水不去理他，慢慢走到童姥身前，說道：「師姊，這些年來，小妹想得你好苦。總算老天爺有眼睛，教小妹得再見師姊一面。師姊，你從前待我的種種好處，小妹日日夜夜都記在心上……」

突然間又是白光一閃，童姥一聲慘呼，白雪皚皚的地上登時流了一大灘鮮血，童姥的一條左腿竟已從她身上分開。

虛竹這一驚非同小可，怒聲喝道：「同門姊妹，怎能忍心下此毒手？你……你……你簡直是禽獸不如！」

李秋水緩緩回過頭來，伸左手揭開蒙在臉上的白綢，露出一張雪白的臉蛋。虛竹一聲驚呼，只見她臉上縱橫交錯，共有四條極長的劍傷，劃成了一個「井」字，由於這四道劍傷，右眼突出，左邊嘴角斜歪，說不出的醜惡難看。李秋水道：「許多年前，有人用劍將我的臉劃得這般模樣。少林寺的大法師，你說我該不該報仇？」說著又慢慢放下了面幕。

虛竹道：「這……這是童姥害你的？」李秋水道：「你不妨問她自己。」

童姥斷腿處血如潮湧，卻沒暈去，說道：「不錯，她的臉是我劃花的。我……我練功有成，在二十六歲那年，本可發身長大，與常人無異，但她暗加陷害，使我走火入魔。你說這深仇大怨，該不該報復？」

虛竹眼望李秋水，尋思：「倘若此話非假，那麼還是這個女施主作惡於先了。」

童姥又道：「今日既然落在你手中，還有甚麼話說？這小和尚是『他』的忘年之交，你可不能動小和尚一根寒毛。否則『他』決計不能放過你。」說著雙眼一閉，聽由宰割。

李秋水嘆了口氣，淡淡的道：「姊姊，你年紀比我大，更比我聰明得多，但今天再要騙信小妹，可也沒這麼容易了。你說的他……他……他要是今日尚在世上，這七寶指環如何會落入你手中？好罷！小妹跟這位小和尚無冤無仇，何況小妹生來膽小，決不敢和武林中的泰山北斗少林派結下樑子。這位小師父，小妹是不會傷他的。姊姊，小妹這裏有兩顆九轉熊蛇丸，請姊姊服了，免得姊姊的腿傷流血不止。」

虛竹聽她前一句「姊姊」，後一句「姊姊」，叫得親熱無比，但想到不久之前童姥叫烏老大服食兩顆九轉熊蛇丸的情狀，不由得背上出了一陣冷汗。

童姥怒道：「你要殺我，快快動手，要想我服下斷筋腐骨丸，聽由你侮辱譏刺，再也休想。」李秋水道：「小妹對姊姊一片好心，姊姊總是會錯了意。你腿傷處流血過多，對姊姊身子大是有礙。姊姊，這兩顆藥丸，還是吃了罷。」

虛竹向她手中瞧去，只見她皓如白玉的掌心中托著兩顆焦黃的藥丸，便和童姥給烏老大所服的一模一樣，尋思：「童姥的業報來得好快。」

童姥叫道：「小和尚，快在我天靈蓋上猛擊一掌，送姥姥歸西，免得受這賤人凌辱。」李秋水笑道：「小師父累了，要在地下多躺一會。」童姥心頭一急，噴出了一口鮮血。李秋水道：「姊姊，你一條腿長，一條腿短，若是給『他』瞧見了，未免有點兒不雅，好好一個矮美人，變成了半邊高、半邊低的歪肩美人，豈不是令『他』大為遺憾？小妹還是成全你到底罷！」說著白光閃動，手中已多了一件兵刃。

這一次虛竹瞧得明白，她手中握著一柄長不逾尺的匕首。這匕首似是水晶所製，可以透視而過。李秋水顯是存心要童姥多受驚懼，這一次並不迅捷出手，拿匕首在她那條沒斷的右腿前比來比去。

虛竹大怒：「這女施主忒也殘忍！」心情激盪，體內北冥真氣在各處經脈中迅速流轉，頓感雙腿穴道解開，酸麻登止。他不及細思，急衝而前，抱起童姥，便往山峯頂上疾奔。

李秋水以「寒袖拂穴」之技拂倒虛竹時，察覺他武功十分平庸，渾沒將他放在心上，只是慢慢炮製童姥，叫他在一旁觀看，多一人在場，折磨仇敵時便增了幾分樂趣，要直到最後才殺他滅口，全沒料到他居然會衝開自己以真力封閉了的穴道。這一下出其不意，頃刻之間虛竹已抱起童姥奔在五六丈外。李秋水拔步便追，笑道：「小師父，你給我師姊迷上了麼？你莫看她花容月貌，她可是個九十六歲的老太婆，卻不是十七八歲的大姑娘呢。」她有恃無恐，只道片刻間便能追上，這小和尚能有多大氣候？那知道虛竹急奔之下，血脈流動加速，北冥真氣的力道發揮了出來，愈奔愈快，這五六丈的相距，竟然始終追趕不上。

轉眼之間，已順著斜坡追逐出三里有餘，李秋水又驚又怒，叫道：「小師父，你再不停步，我可要用掌力傷你了。」

童姥知道李秋水數掌拍將出來，虛竹立時命喪掌底，自己仍是落入她手中，說道：「小師父，多謝你救我，咱們鬥不過這賤人，你快將我抛下山谷，她或許不會傷你。」

虛竹道：「這個……萬萬不可。小僧決計不能……」他只說了這兩句話，真氣一洩，李秋水已然追近，突然間背心上一冷，便如一塊極大的寒冰貼肉印了上來，跟著身子飄起，不由自主的往山谷中掉了下去。他知道已為李秋水陰寒的掌力所傷，雙手仍是緊緊抱著童姥，往下直墮，心道：「這一下可就粉身碎骨，摔成一團肉漿了。阿彌陀佛！」

隱隱約約聽得李秋水的聲音從上面傳來：「啊喲，我出手太重，這可便宜……」原來山峯上有一處斷澗，上為積雪覆蓋，李秋水一掌拍出，原想將虛竹震倒，再拿住童姥，慢慢用各種毒辣法子痛加折磨，沒料到一掌震得虛竹踏在斷澗的積雪之上，連著童姥一起掉下。

虛竹只覺身子虛浮，全做不得主，只是筆直的跌落，耳旁風聲呼呼，雖是頃刻間之事，卻似無窮無盡，永遠跌個沒完。眼見鋪滿著白雪的山坡迎面撲來，眼睛一花之際，又見雪地中似有幾個黑點，正在緩緩移動。他來不及細看，已向山坡俯衝而下。

驀地裏聽得有人喝道：「甚麼人？」一股力道從橫裏推將過來，撞在虛竹腰間。虛竹身子尚未著地，便已斜飛出去，一瞥間，見出手推他之人卻是慕容復，一喜之下，運勁要將童姥拋出，讓慕容復接住，以便救她一命。

慕容復見二人從山峯上墮下，一時看不清是誰，便使出「斗轉星移」家傳絕技，將他二人下墮之力轉直為橫，將二人移得橫飛出去。他這門「斗轉星移」功夫全然不使自力，但虛竹與童姥從高空下墮的力道實在太大，慕容復只覺霎時之間頭暈眼花，幾欲坐倒。

虛竹給這股巨力一逼，手中的童姥竟爾擲不出去，身子飛出十餘丈，落了下來，雙足突然踏到一件極柔軟而又極韌的物事，波的一聲，身子復又彈起。虛竹一瞥眼間，只見雪地裏躺著一個矮矮胖胖、肉球一般的人，卻是桑土公。說來也真巧極，虛竹落地時雙足踹在他的大肚上，立時踹得他腹破腸流，死於非命，也幸好他大肚皮的一彈，虛竹的雙腿方得保全，不致斷折。這一彈之下，虛竹又是不由自主的向橫裏飛去，衝向一人，依稀看出是段譽。虛竹大叫：「段相公，快快避開！我衝過來啦！」

段譽眼見虛竹來勢奇急，自己無論如何抱他不住，叫道：「我頂住你！」轉過身來，以背相承，同時展開凌波微步，向前直奔，一剎時間只覺得背上壓得他幾乎氣也透不過來，但每跨一步，背上的力道便消去了一分，一口氣奔出三十餘步，虛竹輕輕從他背上滑了下來。

他二人從數百丈高處墮下，恰好慕容復一消，桑土公一彈，最後給段譽負在背上一奔，經過三個轉折，竟半點沒有受傷。虛竹站直身子，說道：「阿彌陀佛！多謝各位相救！」他卻不知桑土公已給他踹死，否則定然負疚極深。忽聽得一聲呼叫，從山坡上傳了過來。童姥斷腿之後，流血雖多，神智未失，驚道：「不好，這賤人追下來了。快走，快走！」虛竹想到李秋水的心狠手辣，不由得打個寒噤，抱了童姥，便向樹林中衝了進去。

李秋水從山坡上奔將下來，雖然腳步迅捷，終究不能與虛竹的直墮而下相比，其實相距尚遠，但虛竹心下害怕，不敢有片刻停留。他奔出數里，童姥說道：「放我下來，撕衣襟裹好我的腿傷，免得留下血跡，給那賤人追來。你在我『環跳』與『期門』兩穴上點上幾指，止血緩流。」虛竹道：「是！」依言而行，一面留神傾聽李秋水的動靜。童姥從懷中取出一枚黃色藥丸服了，道：「這賤人和我仇深似海，無論如何放我不過。我還得有七十九日，方能神功還原，那時便不怕這賤人了。這七十九日，卻躲到那裏去才好？」

虛竹皺起眉頭，心想：「便要躲半天也難，卻到那裏躲七十九日去？」童姥自言自語：「倘若躲到你的少林寺中去，倒是個絕妙地方……」虛竹嚇了一跳，全身一震。童姥怒道：「死和尚，你害怕甚麼？少林寺離此千里迢迢，咱們怎能去得？」她側過了頭，說道：「自此而西，再行百餘里便是西夏國了。這賤人與西夏國大有淵源，要是她傳下號令，命西夏國一品堂中的高手一齊出馬搜尋，那就難以逃出她的毒手。小和尚，你說躲到那裏去才好？」虛竹道：「咱們在深山野嶺的山洞中躲上七八十天，只怕你師妹未必能尋得到。」童姥道：「你知道甚麼？這賤人倘若尋我不到，定是到西夏國去呼召羣犬，那數百頭鼻子靈敏之極的獵犬一出動，不論咱們躲到那裏，都會給這些畜生找了出來。」虛竹道：「那麼咱們須得往東南方逃走，離西夏國越遠越好。」

童姥哼了一聲，恨恨的道：「這賤人耳目眾多，東南路上自然早就布下人馬了。」她沉吟半晌，突然拍手道：「有了，小和尚，你解開無崖子那個珍瓏棋局，第一著下在那裏？」虛竹心想在這危急萬分的當口，居然還有心思談論棋局，便道：「小僧閉了眼睛亂下一子，莫名其妙的自塞一眼，將自己的棋子殺死了一大片。」

童姥喜道：「是啊，數十年來，不知有多少聰明才智勝你百倍之人都解不開這個珍瓏，只因為自尋死路之事，那是誰也不幹的。妙極，妙極！小和尚，你負了我上樹，快向西方行去。」虛竹道：「咱們去那裏？」童姥道：「到一個誰也料想不到的地方去，雖是凶險，但置之死地而後生，只好冒一冒險。」

虛竹瞧著她的斷腿，嘆了口氣，心道：「你無法行走，我便不想冒險，那也不成了。」眼見她傷重，那男女授受不親的顧忌也就不再放在心上，將她負在背上，躍上樹梢，依著童姥所指的方向，朝西疾行。

一口氣奔行十餘里，忽聽得遠處一個輕柔宛轉的聲音叫道：「小和尚，你摔死了沒有？姊姊，你在那裏呢？妹子想念你得緊，快快出來罷！」虛竹聽到李秋水的聲音，雙腿一軟，險些從樹梢上摔了下來。

童姥罵道：「小和尚不中用，怕甚麼？你聽她越叫越遠，不是往東方追下去了嗎？」

果然聽叫聲漸漸遠去，虛竹甚是佩服童姥的智計，說道：「她……她怎知咱們從數百丈高的山峯上掉將下來，居然沒死？」童姥道：「自然是有人多口了。」凝思半晌，道：「姥姥數十年不下縹緲峯，沒想到世上武學進展如此迅速。那個化解咱們下墮之勢的年輕公子，這一掌借力打力，四兩撥千斤，當真出神入化。另外那個年輕公子是誰？怎地會得『凌波微步』？」她自言自語，並非向虛竹詢問。虛竹生怕李秋水追上來，只是提氣急奔，也沒將童姥的話聽在耳裏。

走上平地之後，他仍是儘揀小路行走，當晚在密林長草之中宿了一夜，次晨再行，童姥仍是指著西方。虛竹道：「前輩，你說西去不遠便是西夏國，我看咱們不能再向西走了。」童姥冷笑道：「為甚麼不能再向西走？」虛竹道：「萬一闖入了西夏國的國境，豈非自投羅網？」童姥道：「你踏足之地，早便是西夏國的國土了！」

虛竹大吃一驚，叫道：「甚麼？這裏便是西夏之地？你說……你說你師妹在西夏國有極大的勢力？』」童姥笑道：「是啊！西夏是這賤人橫行無忌的地方，要風得風，要雨得雨，咱們偏偏闖進她的根本重地之中，叫她死也猜想不到。她在四下裏拚命搜尋，怎料想得到我卻在她的巢穴之中安靜修練？哈哈，哈哈！」說著得意之極，又道：「小和尚，這是學了你的法子，一著最笨、最不合情理的棋子，到頭來卻大有妙用。」

虛竹心下佩服，說道：「前輩神算，果然人所難測，只不過……只不過……」童姥道：「只不過甚麼？」虛竹道：「那李秋水的根本重地之中，定然另有旁人，要是給他們發見了咱們的蹤跡……」童姥道：「哼，倘若那是個無人的所在，還說得上甚麼冒險？歷盡萬難，身入險地，那才是英雄好漢的所為。」虛竹心想：「倘若是為了救人救世，身歷艱險也還值得，可是你和李秋水半斤八兩，誰也不見得是甚麼好人，我又何必為你去干冒奇險？」

童姥見到他臉上的躊躇之意、尷尬之情，已猜到了他的心思，說道：「我叫你犯險，自然有好東西酬謝於你，決不會叫你白辛苦一場。現下我教你三路掌法，三路擒拿法，這六路功夫，合起來叫做『天山折梅手』。」

虛竹道：「前輩重傷未愈，不宜勞頓，還是多休息一會的為是。」童姥雙目一翻，道：「你嫌我的功夫是旁門左道，不屑學麼？」虛竹道：「這……這個……這個……晚輩絕無此意，你不可誤會。」童姥道：「你是逍遙派的嫡派傳人，我這『天山折梅手』正是本門的上乘武功，你為甚麼不肯學？」虛竹道：「晚輩是少林派的，跟逍遙派實在毫無干係。」

童姥道：「呸！你一身逍遙派的內功，還說跟逍遙派毫無干係，當真胡說八道之至。天山童姥為人，向來不做利人不利己之事。我教你武功，是為了我自己的好處，只因我要假你之手，抵禦強敵。你若不學會這六路『天山折梅手』，非葬身於西夏國不可，小和尚命喪西夏，毫不打緊，你姥姥可陪著你活不成了。」虛竹應道：「是！」覺得這人用心雖然不好，但甚麼都說了出來，倒是光明磊落的「真小人」。

當下童姥將「天山折梅手」第一路的掌法口訣傳授了他。這口訣七個字一句，共有十二句，八十四個字。虛竹記心極好，童姥只說了三遍，他便都記住了。這八十四字甚是拗口，接連七個平聲字後，跟著是七個仄聲字，音韻全然不調，倒如急口令相似。好在虛竹平素甚麼「悉坦多，鉢坦囉」、「揭諦，揭諦，波羅僧揭諦」等等經咒唸得甚熟，倒也不以為奇。

童姥道：「你背負著我，向西疾奔，口中大聲唸誦這套口訣。」虛竹依言而為，不料只唸得三個字，第四個「浮」字便唸不出聲，須得停一停腳步，換一口氣，才將第四個字唸了出來。童姥舉起手掌，在他頭頂拍下，罵道：「不中用的小和尚，第一句便背不好。」這一下雖然不重，卻正好打在他「百會穴」上。虛竹身子一晃，只覺得頭暈腦脹，再唸歌訣時，到第四個字上又是一窒，童姥又是一掌拍下。

虛竹心下甚奇：「怎麼這個『浮』字總是不能順順當當的吐出？」第三次又唸時，自然而然的一提真氣，那「浮」字便衝口噴出。童姥笑道：「好傢伙，過了一關！」原來這首歌訣的字句與聲韻呼吸之理全然相反，平心靜氣的唸誦已是不易出口，奔跑之際，更加難以出聲，唸誦這套歌訣，其實是調勻真氣的法門。

到得午時，童姥命虛竹將她放下，手指一彈，一粒石子飛上天去，打下一隻烏鴉來，飲了鴉血，便即練那「八荒六合唯我獨尊功」。她此時已回復到十七歲時的功力，與李秋水相較雖然大大不如，彈指殺鴉卻是輕而易舉。

童姥練功已畢，命虛竹負起，要他再誦歌訣，順背已畢，再要他倒背。這歌訣順讀已拗口之極，倒讀時更是逆氣頂喉，攪舌絆齒，但虛竹憑著一股毅力，不到天黑，居然將第一路掌法的口訣不論順唸倒唸，都已背得朗朗上口，全無窒滯。

童姥很是喜歡，說道：「小和尚，倒也虧得你了……啊喲……啊喲！」突然間語氣大變，雙手握拳，在虛竹頭頂上猛擂，罵道：「你這沒良心的小賊，你……你一定和她做下了不可告人之事，我一直給你瞞在鼓裏。小賊，你還要騙我麼？你……你怎對得住我？」

虛竹大驚，忙將她放下地來，問道：「前輩，你……你說甚麼？」童姥的臉已脹成紫色，淚水滾滾而下，叫道：「你和李秋水這賤人私通了，是不是？你還想抵賴？還不肯認？否則的話，她怎能將『小無相功』傳你？小賊，你……你瞞得我好苦。」虛竹摸不著頭腦，問道：「前輩，甚麼『小無相功』？」

童姥一呆，隨即定神，拭乾了眼淚，嘆了口氣，道：「沒甚麼。你師父對我不住。」

原來虛竹背誦歌訣之時，在許多難關上都迅速通過，倒背時尤其顯得流暢，童姥猛地裏想起，那定是修習了「小無相功」之故。她與無崖子、李秋水三人雖是一師相傳，但各有各的絕藝，三人所學頗不相同，那「小無相功」師父只傳了李秋水一人，是她的防身神功，威力極強，當年童姥數次加害，李秋水皆靠「小無相功」保住性命。童姥雖然不會此功，但對這門功夫行使時的情狀自是十分熟悉，這時發現虛竹身上不但蘊有此功，而且功力深厚，驚怒之下，竟將虛竹當作了無崖子，將他拍打起來。待得心神清醒，想起無崖子背著自己和李秋水私通勾結，又是惱怒，又是自傷。

這天晚上，童姥不住口的痛罵無崖子和李秋水。虛竹聽她罵得雖然惡毒，但傷痛之情其實更勝於憤恨，想想也不禁代她難過，勸道：「前輩，人生無常，無常是苦，一切煩惱，皆因貪嗔痴而起。前輩只須離此三毒，不再想念你的師弟，也不去恨你的師妹，心中便無煩惱了。」童姥怒道：「我偏要想念你那沒良心的師父，偏要恨那不怕醜的賤人。我心中越是煩惱，越是開心。」虛竹搖了搖頭，不敢再勸了。

次日童姥又教他第二路掌法的口訣。如此兩人一面趕路，一面練功不輟。到得第五日傍晚，但見前面人煙稠密，來到了一座大城。童姥道：「這便是西夏都城靈州，你還有一路口訣沒唸熟，今日咱們要宿在靈州之西，明日更向西奔出二百里，然後繞道回來。」虛竹道：「咱們到靈州去麼？」童姥道：「當然是去靈州，不到靈州，怎能說深入險地？」

又過了一日，虛竹已將六路「天山折梅手」的口訣都背得滾瓜爛熟。童姥便在曠野中傳授他應用之法。她一腿已斷，只得坐在地下，和虛竹拆招。這「天山折梅手」雖然只有六路，但包含了逍遙派武學的精義，掌法和擒拿手之中，含蘊有劍法、刀法、鞭法、槍法、抓法、斧法等等諸般兵刃的絕招，變法繁複，虛竹一時也學不了那許多。童姥道：「我這『天山折梅手』是永遠學不全的，將來你內功越高，見識越多，天下任何招數武功，都能自行化在這六路折梅手之中。好在你已學會了口訣，以後學到甚麼程度，全憑你自己了。」

虛竹道：「晚輩學這路武功，只是為了保護前輩之用，待得前輩回功歸元大功告成，晚輩回到少林寺，便要設法將前輩所授盡數忘卻，重練少林派本門功夫了。」

童姥向他左看右看，神色十分詫異，似乎看到了一件希奇已極的怪物，過了半晌，才嘆了口氣，道：「我這天山折梅手，豈是任何少林派的武功所能比得？你捨玉取瓦，愚不可及。但要你這小和尚忘本，可真不容易。你合眼歇一歇，天黑後，咱們便進靈州城去罷！」

到了二更時分，童姥命虛竹將她負在背上，奔到靈州城外，躍過護城河後，翻上城牆，輕輕溜下地來。只見一隊隊的鐵甲騎兵高舉火把，來回巡邏，兵強馬壯，軍威甚盛。虛竹這次出寺下山，路上見到過不少宋軍，與這些西夏國剽悍勇武的軍馬相比，那是大大不及了。

童姥輕聲指點，命他貼身高牆之下，向西北角行去，走出三里有餘，只見一座高樓衝天而起，高樓後重重疊疊，盡是構築宏偉的大屋，屋頂金碧輝煌，都是琉璃瓦。虛竹見這些大屋的屋頂依稀和少林寺相似，但富麗堂皇，更有過之，低聲道：「阿彌陀佛，這裏倒有一座大廟。」童姥忍不住輕輕一笑，說道：「小和尚好沒見識，這是西夏國的皇宮，卻說是座大廟。」虛竹嚇了一跳，道：「這是皇宮麼？咱們來幹甚麼？」

童姥道：「托庇皇帝的保護啊。李秋水找不到我屍體，知我沒死，便是將地皮都翻了過來，也要找尋我的下落。方圓二千里內，大概只有一個地方她才不去找，那便是她自己的家裏。」虛竹道：「前輩真想得聰明，咱們多挨得一日，前輩的功力便增加一年。那麼咱們便到你師妹的家裏去罷。」童姥道：「這裏就是她的家了……小心，有人過來。」

虛竹縮身躲入牆角，只見四個人影自東向西掠來，跟著又有四個人影自西邊掠來，八個人交叉而過，輕輕拍了一下手掌，繞了過去。瞧這八人身形矯捷，顯然武功不弱。童姥道：

「御前護衛巡查過了，快翻進宮牆，過不片刻，又有巡查過來。」虛竹見了這等聲勢，不由得膽怯，道：「皇宮中高手這麼多，要是給他們見到了，那可糟糕。咱們還是到你師妹家裏去罷。」童姥怒道：「我早說過，這裏就是她家。」虛竹道：「你又說這裏是皇宮。」

童姥道：「傻和尚，這賤人是皇太妃，皇宮便是她的家了。」這句話當真大出虛竹的意料之外，他做夢也想不到李秋水竟會是西夏國的皇太妃，一呆之下，又見有四個人影自北而南的掠來。待那四人掠過，虛竹道：「前……」只說出一個「前」字，童姥已伸手按住他嘴巴，一怔之下，只見高牆之後又轉出四個人來，悄沒聲的巡了過去。這四人突如其來，教人萬萬料想不到這黑角落中竟會躲得有人。等這四人走遠，童姥在他背上一拍，道：「從那條小弄中進去。」

虛竹見了適才那十六人巡宮的聲勢，知已身入奇險之地，若沒童姥的指點，便想立即退出，也非給這許多御前護衛發見不可，當下便依言負著她走進小弄。小弄兩側都是高牆，其實是兩座宮殿之間的一道空隙。

穿過這條窄窄的通道，在牡丹花叢中伏身片刻，候著八名御前護衛巡過，穿入了一大片假山之中。這一片假山蜿蜒而北，綿延五六十丈。虛竹每走出數丈，便依童姥的指示停步躲藏，說也奇怪，每次藏身之後不久，必有御前護衛巡過，倒似童姥是御前護衛的總管，甚麼地方有人巡查，甚麼時候有護衛經過，她都瞭如指掌，半分不錯。如此躲躲閃閃的行了小半個時辰，只見前後左右的房舍已矮小簡陋得多，御前護衛也不再現身。

童姥指著左前方的一所大石屋，道：「到那裏去。」虛竹見那石屋前有老大一片空地，月光如水，照在這片空地之上，四周無遮掩之物，當下提一口氣，飛奔而前。只見石屋牆壁均是以四五尺見方的大石塊砌成，厚實異常，大門則是一排八根原棵松樹削成半邊而釘合。童姥道：「拉開大門進去！」虛竹心中怦怦亂跳，顫聲道：「你……你師妹住……住在這裏？」一想起李秋水的辣手，實在不敢進去。童姥道：「不是。拉開了大門。」

虛竹握住門上大鐵環，拉開大門，只覺這扇門著實沉重。大門之後緊接著又有一道門，一陣寒氣從門內滲了出來。其時天時漸暖，高峯雖仍積雪，平地上早已冰融雪消，花開似錦，但這道內門的門上卻結了一層薄薄白霜。童姥道：「向裏推。」虛竹伸手一推，那門緩緩開了，只開得尺許一條縫，便有一股寒氣迎面撲來。推門進去，只見裏面堆滿了一袋袋裝米麥的麻袋，高與屋頂相接，顯是一個糧倉，左側留了個窄窄的通道。

他好生奇怪，低聲問道：「這糧倉之中怎地如此寒冷？」童姥笑道：「把門關上。咱們進了冰庫，看來是沒事了！」虛竹奇道：「冰庫？這不是糧倉麼？」一面說，一面將兩道門關上了。童姥心情甚好，笑道：「進去瞧瞧。」

兩道門一關上，倉庫中黑漆一團，伸手不見五指，虛竹摸索著從左側進去，越到裏面，寒氣越盛，左手伸將出去，碰到了一片又冷又硬、濕漉漉之物，顯然是一大塊堅冰。正奇怪間，童姥已晃亮火摺，霎時之間，虛竹眼前出現了一片奇景，只見前後左右，都是一大塊、一大塊割切得方方正正的大冰塊，火光閃爍照射在冰塊之上，忽青忽藍，甚是奇幻。

童姥道：「咱們到底下去。」她扶著冰塊，右腿一跳一跳，當先而行，在冰塊間轉了幾轉，從屋角的一個大洞中走了下去。虛竹跟隨其後，只見洞下是一列石階，走完石階，下面又是一大屋子的冰塊。童姥道：「這冰庫多半還有一層。」果然第二層之下，又有一間大石室，也藏滿了冰塊。

童姥吹熄火摺，坐了下來，道：「咱們深入地底第三層了，那賤人再鬼靈精，也未必能找得到童姥。」說著長長的吁了口氣。幾日來她臉上雖然顯得十分鎮定，心中卻著實焦慮，西夏國高手如雲，深入皇宮內院而要避過眾高手的耳目，一半固須機警謹慎，一半卻也全憑運氣；直到此刻，方始略略放心。

虛竹嘆道：「奇怪，奇怪！」童姥道：「奇怪甚麼？」虛竹道：「這西夏國的皇宮，居然將這許多不值分文的冰塊窖藏了起來，那有甚麼用？」童姥笑道：「這冰塊這時候不值分文，到了炎夏，那便珍貴得很了。你倒想想，盛暑之時，太陽猶似火蒸炭焙，人人汗出如漿，要是身邊放上兩塊大冰，蓮子綠豆湯或是薄荷百合湯中放上幾粒冰珠，滋味如何？」虛竹這才恍然大悟，說道：「妙極，妙極！只不過將這許多大冰塊搬了進來貯藏，花的功夫力氣著實不小，那不是太也費事麼？」童姥更是好笑，說道：「做皇帝的一呼百諾，要甚麼有甚麼，他還會怕甚麼費事？你道要皇帝老兒自己動手，將這些大冰塊推進冰庫來嗎？」

虛竹點頭道：「做皇帝也是享福得緊了。只不過此生享福太多，福報一盡，來生就未必好了。前輩，你從前來過這裏麼？怎麼這些御前護衛甚麼時候到何處巡查，你一切全都清清楚楚？」童姥道：「這皇宮我自然來過的。我找這賤人的晦氣，豈只來過一次？那些御前護衛呼吸粗重，十丈之外我便聽見了，那有甚麼希奇。」虛竹道：「原來如此。前輩，你天生神耳，當真非常人可及。」童姥道：「甚麼天生神耳？那是練出來的功夫。」

虛竹聽到「練出來的功夫」六字，猛地想起，冰庫中並無飛禽走獸，難獲熱血，不知她如何練功？又想倉庫中糧食倒極多，但冰庫中無法舉火，難道就以生米、生麥為食？

童姥聽他久不作聲，問道：「你在想甚麼？」虛竹說了。童姥笑道：「你道那些麻袋中裝的是糧食麼？那都是棉花，免得外邊熱氣進來，融了冰塊。嘿嘿，你吃棉花不吃？」虛竹道：「如此說來，我們須得到外面去尋食了？」童姥道：「御廚中活鷄活鴨，那還少了？不過鷄鴨豬羊之血沒甚麼靈氣，不及雪峯上的梅花鹿和羚羊。咱們這就到御花園去捉些仙鶴、孔雀、鴛鴦、鸚鵡之類來，我喝血，你吃肉，那就對付了。」

虛竹忙道：「不成，不成。小僧如何能殺生吃葷？」心想童姥已到了安全之所，不必再由自己陪伴，說道：「小僧是佛門子弟，不能見你殘殺眾生，我……我這就要告辭了。」童姥道：「你到那裏去？」虛竹道：「小僧回少林寺去。」童姥大怒，道：「你不能走，須得在這裏陪我，等我練成神功，取了那賤人的性命，這才放你。」

虛竹聽她說練成神功之後要殺李秋水，更加不願陪著她造惡業，站起身來，說道：「前輩，小僧便要勸你，你也一定是不肯聽的。何況小僧知識淺薄，笨嘴笨舌，也想不出甚麼話來相勸，我看冤家宜解不宜結，得放手時且放手罷。」一面說，一面走向石階。

童姥喝道：「給我站住，我不許你走。」

虛竹道：「小僧要去了！」他本想說「但願你神功練成」，但隨及想到她神功一成，不但李秋水性命危險，而烏老大這些三十六洞洞主、七十二島島主，以及慕容復、段譽等等，只怕個個要死於非命，越想越怕，伸足跨上了石階。

突然間雙膝一麻，翻身跌倒，跟著腰眼裏又是一酸，全身動彈不得，知道是給童姥點了穴道。黑暗中她身子不動，凌空虛點，便封住了自己要穴，看來在這高手之前，自己只有聽由擺布，全無反抗的餘地。他心中一靜，便唸起經來：「修道苦至，當念往劫，捨本逐末，多起愛憎。今雖無犯，是我宿作，甘心受之，都無怨訴。經云：逢苦不憂，識達故也……」

童姥插口道：「你唸的是甚麼鬼經？」虛竹道：「善哉，善哉！這是菩提達摩的『入道四行經』。」童姥道：「達摩是你少林寺的老祖宗，我只道他真有通天徹地之能，那知道婆婆媽媽，是個沒骨氣的臭和尚。」虛竹道：「阿彌陀佛，阿彌陀佛，前輩不可妄言。」

童姥道：「你這鬼經中言道，修道時逢到困苦，那是由於往昔宿作，要甘心受之，都無怨訴。那麼不論旁人如何厲害的折磨你，你都甘心受之、都無怨訴麼？」虛竹道：「小僧修為淺薄，於外魔侵襲、內魔萌生之際，只怕難以抗禦。」童姥道：「現下你本門少林派的功夫是一點也沒有了，逍遙派的功夫又只學得一點兒，有失無得，糟糕之極。你聽我的話，我將逍遙派的神功盡數傳你，那時你無敵於天下，豈不光采？」

虛竹雙手合什，又唸經道：「眾生無我，苦樂隨緣。縱得榮譽等事，宿因所構，今方得之。緣盡還無，何喜之有？得失隨緣，心無增減。」

童姥喝道：「呸，呸！胡說八道。你武功低微，處處受人欺侮，好比現下你給我封住了穴道，我要打你罵你，你都反抗不得。又如我神功未成，只好躲在這裏，讓李秋水那賤人在外面強兇霸道。你師父給你這幅圖畫，還不是叫你求人傳授武功，收拾丁春秋這小鬼？這世界上強的欺侮人，弱的受人欺侮，你想平安快樂，便非做天下第一強者不可。」

虛竹唸經道：「世人長迷，處處貪著，名之為求。禪師悟真，理與俗反，安心無為，形隨運轉。三界皆苦，誰而得安？經曰：有求皆苦，無求乃樂。」

虛竹雖無才辯，這經文卻是唸得極熟。這篇「入道四行經」是曇琳所筆錄，那曇琳是達摩自南天竺來華後所收弟子，經中記的是達摩祖師的微言法語，也只寥寥數百字，是少林寺眾僧所必讀。他隨口而誦，卻將童姥的話都一一駁倒了。

童姥生性最是要強好勝，數十年來言出法隨，座下侍女僕婦固然無人敢頂她一句嘴，而三十六洞、七十二島這些桀敖不馴的奇人異士，也是個個將她奉作天神一般，今日卻給這小和尚駁得啞口無言。她大怒之下，舉起右掌，便向虛竹頂門拍了下去。手掌將要碰到他腦門的「百會穴」上，突然想起：「我將這小和尚一掌擊斃，他無知無覺，仍然道是他這片歪理對而我錯了，哼哼，世上那有這等便宜事？」當即收回手掌，自行調息運功。

過得片刻，她跳上石階，推門而出，折了一根樹枝支撐，逕往御花園中奔去。這時她功力已十分了得，雖斷了一腿，仍然身輕如葉，一眾御前護衛如何能夠知覺？在園中捉了兩頭白鶴，兩頭孔雀，回入冰庫。虛竹聽得她出去，又聽到她回來，再聽到禽鳥的鳴叫之聲，唸了幾聲「阿彌陀佛」，既無法可施，也只有任之自然。

次日午時將屆，冰庫中無晝無夜，一團漆黑。童姥體內真氣翻湧，知道練功之時將屆，便咬開一頭白鶴的咽喉，吮吸其血。她練完功後，又將一頭白鶴的喉管咬開。

虛竹聽到聲音，勸道：「前輩，這頭鳥兒，你留到明天再用罷，何必多殺一條性命？」童姥笑道：「我是好心，弄給你吃的。」虛竹大驚，道：「不，不！小僧萬萬不吃。」童姥左手伸出，拿住了他下頦，虛竹無法抗禦，嘴巴自然而然的張了開來。童姥倒提白鶴，將鶴血都灌入了他口中。虛竹只覺一股炙熱的血液順喉而下，拚命想閉住喉嚨，但穴道為童姥所制，實是不由自主，心中又氣又急，兩行熱淚奪眶而出。

童姥灌罷鶴血，右手抵在他背心的靈台穴上，助他真氣運轉，隨即又點了他「關元」、「天突」兩穴，令他無法嘔出鶴血，嘻嘻笑道：「小和尚，你佛家戒律，不食葷腥，這戒是破了罷？一戒既破，再破二戒又有何妨？哼，世上有誰跟我作對，我便跟他作對到底。總而言之，我要叫你做不成和尚。」虛竹甚是氣苦，說不出話來。

童姥笑道：「經云：有求皆苦，無求乃樂。你一心要遵守佛戒，那便是『求』了，求而不得，心中便苦。須得安心無為，形隨運轉，佛戒能遵便遵，不能遵便不遵，那才叫做『無求』，哈哈，哈哈，哈哈！」

如此過了兩個多月，童姥已回復到八十幾歲時的功力，出入冰庫和御花園時直如無形鬼魅，若不是忌憚李秋水，早就已離開皇宮他去了。她每日喝血練功之後，總是點了虛竹的穴道，將禽獸的鮮血生肉塞入他腹中，待過得兩個時辰，虛竹肚中食物消化淨盡，無法嘔出，這才解開他穴道。虛竹在冰庫中被迫茹毛飲血，過著暗無天日的日子，實是苦惱不堪，只有誦唸經文中「逢苦不憂，識達故也」的句子，強自慰解。

這一日童姥又聽他在嘮嘮叨叨的唸甚麼「修道苦至，當念往劫」，甚麼「甘心受之，都無怨訴」，冷笑道：「你是兔鹿鶴雀，甚麼葷腥都嘗過了，還成甚麼和尚？還唸甚麼經？」

虛竹道：「小僧為前輩所逼迫，非出自願，就不算破戒。」童姥冷笑道：「倘若無人逼迫，你自己是決計不破戒的？」虛竹道：「小僧潔身自愛，決不敢壞了佛門的規矩。」童姥道：「好，咱們便試一試。」這日便不逼迫虛竹喝血吃肉。虛竹甚喜，連聲道謝。

次日童姥仍不強他吃肉飲血。虛竹只餓得肚中咕咕直響，說道：「前輩，你神功即將練成，已不須小僧伺候了。小僧便欲告辭。」童姥道：「我不許你走。」虛竹道：「小僧肚餓得緊，那麼相煩前輩找些青菜白飯充飢。」童姥道：「那倒可以。」便即點了他的穴道，使他無法逃走，自行出去。過不多時，回到冰庫中來。

虛竹只聞到一陣香氣撲鼻，登時滿嘴都是饞涎。托托托三聲，童姥將三隻大碗放在他的面前，道：「一碗紅燒肉，一碗清蒸肥鷄，一碗糖醋鯉魚，快來吃罷！」虛竹驚道：「阿彌陀佛，小僧寧死不吃。」三大碗肥鷄魚肉的香氣不住衝到他鼻中，他強自忍住，自管唸經。童姥挾起碗中鷄肉，吃得津津有味，連聲讚美，虛竹卻只唸佛。

第三日童姥又去御廚中取了幾碗葷菜來，火腿、海參、熊掌、烤鴨，香氣更是濃郁。虛竹雖然餓得虛弱無力，卻始終忍住不吃。童姥心想：「在我跟前，你要強好勝，是決計不肯取食的。」於是走出冰庫之外，半日不歸，心想：「只怕你非偷食不可。」那知回來後將這幾碗菜餚拿到光亮下一看，竟然連一滴湯水也沒動過。

到得第九日時，虛竹唸經的力氣也沒了，只咬些冰塊解渴，卻從不伸手去碰放在面前的暈腥。童姥大怒，伸手抓住他胸口，將一碗紅燒肘子一塊塊的塞入他口中。她雖然強著虛竹吃葷，卻知這場比拚終於是自己輸了，狂怒之下，劈劈啪啪的連打了他三四十個耳光，喝罵：「死和尚，你和姥姥作對，要知道姥姥的厲害！」虛竹不嗔不怒，只輕輕唸佛。

此後數日之中，童姥總是大魚大肉去灌他。虛竹逆來順受，除了唸經，便是睡覺。

這一日睡夢之中，虛竹忽然聞到一陣甜甜的幽香，這香氣既非佛像前燒的檀香，也不是魚肉的菜香，只覺得全身通泰，說不出的舒服，迷迷糊糊之中，又覺得有一樣軟軟的物事靠在自己胸前，他一驚而醒，伸手去一摸，著手處柔膩溫暖，竟是一個不穿衣服之人的身體。他大吃一驚，道：「前輩，你……你怎麼了？」

那人道：「我……我在甚麼地方啊？怎地這般冷？」喉音嬌嫩，是個少女聲音，絕非童姥。虛竹更加驚得呆了，顫聲問道：「你……你……是誰？」那少女道：「我……我……好冷，你又是誰？」說著便往虛竹身上靠去。

虛竹待要站起身來相避，一撐持間，左手扶住了那少女的肩頭，右手卻攬在她柔軟纖細的腰間。虛竹今年二十四歲，生平只和阿紫、童姥、李秋水三個女人說過話，這二十四年之中，只是在少林寺中唸經參禪。但好色而慕少艾，乃是人之天性，虛竹雖然謹守戒律，每逢春暖花開之日，亦不免心頭蕩漾，幻想男女之事。只是他不知女人究竟如何，所有想像，當然怪誕離奇，莫衷一是，更是從來不敢與師兄弟提及。此刻雙手碰到了那少女柔膩嬌嫩的肌膚，一顆心簡直要從口腔中跳了出來，卻是再難釋手。

那少女嚶嚀一聲，轉過身來，伸手勾住了他頭頸。虛竹但覺那少女吹氣如蘭，口脂香陣陣襲來，不由得天旋地轉，全身發抖，顫聲道：「你……你……你……」那少女道：「我好冷，可是心裏又好熱。」虛竹難以自已，雙手微一用力，將她抱在懷裏。那少女「唔，唔」

兩聲，湊過嘴來，兩人吻在一起。

虛竹所習的少林派禪功已盡數為無崖子化去，定力全失，他是個未經人事的壯男，當此天地間第一大誘惑襲來之時，竟絲毫不加抗禦，將那少女越抱越緊，片刻間神遊物外，竟不知身在何處。那少女更是熱情如火，將虛竹當作了愛侶。

也不知過了多少時候，虛竹慾火漸熄，大叫一聲：「啊喲！」要待跳起身來。但那少女仍緊緊的摟抱著他，膩聲道：「別……別離開我。」虛竹神智清明，也只一瞬間事，隨即又將那少女抱在懷中，輕憐密愛，竟無厭足。

兩人纏在一起，又過了大半個時辰，那少女道：「好哥哥，你是誰？」這六個字嬌柔婉轉，但在虛竹聽來，宛似半空中打了個霹靂，顫聲道：「我……我大大的錯了。」那少女道：「你為甚麼大大的錯了？」

虛竹結結巴巴的無法回答，只道：「我……我是……」突然間脅下一麻，被人點中了穴道，跟著一塊毛氈蓋上來，那赤裸的少女離開了他的懷抱。虛竹叫道：「你……你別走，別走！」黑暗中一人嘿嘿嘿的冷笑三聲，正是童姥的聲音。虛竹一驚之下，險些暈去，癱軟在地，腦海中只是一片空白。耳聽得童姥抱了那少女，走出冰庫。

過不多時，童姥便即回來，笑道：「小和尚，我讓你享盡了人間艷福，你如何謝我？」虛竹道：「我……我……」心中兀自渾渾沌沌，說不出話來。童姥解開他穴道，笑道：「佛門子弟要不要守淫戒？這是你自己犯戒呢，還是被姥姥逼迫？你這口是心非、風流好色的小和尚，你倒說說，是姥姥贏了，還是你贏了？哈哈，哈哈，哈哈！」越笑越響，得意之極。

虛竹心下恍然，知道童姥為了惱他寧死不肯食葷，卻去擄了一個少女來，誘得他破了淫戒，不由得又是悔恨，又是羞恥，突然間縱起身來，腦袋疾往堅冰上撞去，砰的一聲大響，掉在地下。

童姥大吃一驚，沒料到這小和尚性子如此剛烈，才從溫柔鄉中回來，便圖自盡，忙伸手將他拉起，一摸之下，幸好尚有鼻息，但頭頂已撞破一洞，汩汩流血，忙替他裹好了傷，餵以一枚「九轉熊蛇丸」，罵道：「你發瘋了？若不是你體內已有北冥真氣，這一撞已然送了你的小命。」虛竹垂淚道：「小僧罪孽深重，害人害己，再也不能做人了。」童姥道：「嘿嘿，要是每個和尚犯了戒便圖自盡，天下還有幾個活著的和尚？」

虛竹一怔，想起自戕性命，乃是佛門大戒，自己憤激之下，竟又犯了一戒。

他倚在冰塊之上，渾沒了主意，心中自怨自責，卻又不自禁的想起那少女來，適才種種溫柔旖旎之事，綿綿不絕的湧上心頭，突然問道：「那……那位姑娘，她是誰？」

童姥哈哈一笑，道：「這位姑娘今年一十七歲，端麗秀雅，無雙無對。」

適才黑暗之中，虛竹看不到那少女的半分容貌，但肌膚相接，柔音入耳，想像起來也必是個十分容色的美女，聽童姥說她「端麗秀雅，無雙無對」，不由得長長嘆了口氣。童姥微笑道：「你想她不想？」虛竹不敢說謊，卻又不便直承其事，只得又嘆了一口氣。

此後的幾個時辰，他全在迷迷糊糊中過去。童姥再拿雞鴨魚肉之類葷食放在他面前，虛竹起了自暴自棄之心，尋思：「我已成佛門罪人，既拜入了別派門下，又犯了殺戒、淫戒，還成甚麼佛門弟子？」拿起雞肉便吃，只是食而不知其味，怔怔的又流下淚來。童姥笑道：

「率性而行，是謂真人，這才是個好小子呢。」

再過兩個時辰，童姥竟又去將那裸體少女用毛氈裹了來，送入他的懷中，自行走上第二層冰窖，讓他二人留在第三層冰窖中。

那少女悠悠嘆了口氣，道：「我又做這怪夢了，真叫我又是害怕，又是……又是……」虛竹道：「又是怎樣？」那少女抱著他的頭頸，柔聲道：「又是歡喜。」說著將右頰貼在他左頰之上。虛竹只覺她臉上熱烘烘地，不覺動情，伸手抱了她纖腰。那少女道：「好哥哥，我到底是不是在做夢？要說是夢，為甚麼我清清楚楚知道你抱著我？我摸得到你的臉，摸得到你的胸膛，摸得到你的手臂。」她一面說，一面輕輕撫摸虛竹的面頰、胸膛，又道：「要說不是做夢，我怎麼好端端的睡在床上，突然間會……會身上沒了衣裳，到了這又冷又黑的地方？這裏寒冷黑暗，卻又有一個你，有一個你在等著我、憐我、惜我？」

虛竹心想：「原來你被童姥擄來，也是迷迷糊糊的，神智不清。」只聽那少女又柔聲道：「平日我一聽到陌生男人的聲音也要害羞，怎麼一到了這地方，我便……我便心神蕩漾，不由自主？唉，說是夢，又不像夢，說不像夢，又像是夢。昨晚上做了這個奇夢，今兒晚上又做，難道……難道，我真的和你是前世因緣麼？好哥哥，你到底是誰？」虛竹失魂落魄的道：「我……我是……」要說「我是和尚」，這句話總是說不出口。

那少女突然伸出手來，按住了他嘴，低聲道：「你別跟我說，我……我心裏害怕。」虛竹抱著她身子的雙臂緊了一緊，問道：「你怕甚麼？」那少女道：「我怕你一出口，我這場夢便醒了。你是我的夢中情郎，我叫你『夢郎』，夢郎，夢郎，你說這名字好不好？」她本來按在虛竹嘴上的手掌移了開去，撫摸他眼睛鼻子，似乎是愛憐，又似是以手代目，要知道他的相貌。那隻溫軟的手掌摸上了他的眉毛，摸到了他的額頭，又摸到了他頭頂。

虛竹大吃一驚：「糟糕，她摸到了我的光頭。」豈知那少女所摸到的卻是一片短髮。原來虛竹在冰庫中已二月有餘，光頭上早已生了三寸來長的頭髮。那少女柔聲道：「夢郎，你的心為甚麼跳得這樣厲害？為甚麼不說話？」

虛竹道：「我……我跟你一樣，也是又快活，又害怕。我玷污了你冰清玉潔的身子，死一萬次也報答不了你。」那少女道：「千萬別這麼說，咱們是在做夢，不用害怕。你叫我甚麼？」虛竹道：「嗯，你是我的夢中仙姑，我叫你『夢姑』好麼？」那少女拍手笑道：「好啊，你是我的夢郎，我是你的夢姑。這樣的甜夢，咱倆要做一輩子，真盼永遠也不會醒。」說到情濃之處，兩人又沉浸於美夢之中，真不知是真是幻？是天上人間？

過了幾個時辰，童姥才用毛氈來將那少女裹起，帶了出去。

次日，童姥又將那少女帶來和虛竹相聚。兩人第三日相逢，迷惘之意漸去，慚愧之心亦減，恩愛無極，盡情歡樂。只是虛竹始終不敢吐露兩人何以相聚的真相，那少女也只當是身在幻境，一字不提入夢之前的情景。

這三天的恩愛纏綿，令虛竹覺得這黑暗的寒冰地窖便是極樂世界，又何必皈依我佛，別求解脫？

第四日上，虛竹吃了童姥搬來的熊掌、鹿肉等等美味之後，料想她又要去帶那少女來和自己溫存聚會，不料左等右等，童姥始終默坐不動。虛竹猶如熱鍋上螞蟻一般，坐立不定，幾次三番想出口詢問，卻又不敢。

如此挨了兩個多時辰，童姥對他的局促焦灼種種舉止，一一聽在耳裏，卻毫不理睬。虛竹再也忍耐不住，問道：「前輩，那姑娘，是……是皇宮中的宮女麼？」童姥哼了一聲，並不答理。虛竹心道：「你不肯答，我只好不問了。」但想到那少女的溫柔情意，當真是心猿意馬，無可羈勒，強忍了一會，只得央求道：「求求你做做好事，跟我說了罷。」童姥道：「今日你別跟我說話，明日再問。」虛竹雖心急如焚，卻也不敢再提。

好容易捱到次日，食過飯後，虛竹道：「前輩……」童姥道：「你想知道那姑娘是誰，有何難處？便是你想日日夜夜都和她相聚，再不分離，那也是易事……」虛竹只喜得心癢難搔，不知說甚麼好。童姥又道：「你到底想不想？」虛竹一時卻不敢答應，囁嚅道：「晚輩不知如何報答才是。」

童姥道：「我也不要你報答甚麼。只是我的『八荒六合唯我獨尊功』再過幾天便將練成，這幾日是要緊關頭，半分鬆懈不得，連食物也不能出外去取，所有活牲口和熟食我都已取來。你要會那美麗姑娘，須得等我大功告成之後。」

虛竹雖然失望，但知童姥所云確是實情，好在為日無多，這幾天中只好苦熬相思了，當下應道：「是！一憑前輩吩咐。」童姥又道：「我神功一成，立時便要去找李秋水那賤人算帳。本來那賤人萬萬不是我的敵手，但我不幸給這賤人斷了一腿，真氣大受損傷；大仇是否能報，也就沒甚麼把握了。萬一我死在她的手裏，沒法帶那姑娘給你，那也是天意，無可如何。除非……除非……」虛竹心中怦怦亂跳，問道：「除非怎樣？」童姥道：「除非你能助我一臂之力。」虛竹道：「晚輩武功低微，又能幫得了甚麼？」

童姥道：「我和那賤人決鬥，勝負相差只是一線。她要勝我固然甚難，我要殺她，卻也並不容易。從今日起，我再教你一套『天山六陽掌』的功夫。待我跟那賤人鬥到緊急當口，你使出這路掌法來，只須在那賤人身上一按，她立刻真氣宣洩，非輸不可。」

虛竹心下好生為難，尋思：「我雖犯了戒，做不成佛門弟子，但要我助她殺人，這種惡事，大違良心，那是決計幹不得的。」便道：「前輩要我相助一臂之力，本屬應當，但你若因此而殺了她，晚輩卻是罪孽深重，從此沉淪，萬劫不得超生了。」

童姥怒道：「嘿，死和尚，你和尚做不成了，卻仍是存著和尚心腸，那像甚麼東西？像李秋水這等壞人，殺了她有甚麼罪孽？」虛竹道：「縱是大奸大惡之人，也應當教誨感化，不可妄加殺害。」童姥更加怒氣勃發，厲聲道：「你不聽我話，休想再見那姑娘一面。你想想清楚罷。」虛竹黯然無語，心中只是唸佛。

童姥聽他半晌沒再說話，喜道：「你為了那個小美人兒，只好答應了，是不是？」虛竹道：「要晚輩為了一己歡娛，卻去損傷人命，此事決難從命。就算此生此世再也難見那位姑娘，也是前生注定的因果。宿緣既盡，無可強求。強求尚不可，何況為非作惡以求？那是更加不可了。」說了這番話後，便唸經道：「宿因所構，緣盡還無。得失隨緣，心無增減。」話雖如此說，但想到從此不能再和那少女相聚，心下自是黯然。

童姥道：「我再問你一次，你練不練天山六陽掌？」虛竹道：「實是難以從命，前輩原諒。」童姥怒道：「那你給我滾出去罷，滾得越遠越好。」虛竹站起身來，深深一躬，說道：「前輩保重。」想起和她一場相聚，雖然給她引得自己破戒，做不成和尚，但也因此而得遇「夢姑」，內心深處，總覺童姥對自己的恩惠多而損害少，臨別時又不禁有些難過，又道：「前輩多多保重，晚輩不能再服侍你了。」轉過身來，走上了石階。

他怕童姥再點他穴道，阻他離去，一踏上石階，立即飛身而上，胸口提了北冥真氣，頃刻間奔到了第二層冰窖，跟著又奔上第一層，伸手便去推門。他右手剛碰到門環，突覺雙腿與後心一痛，叫聲：「啊喲！」知道又中了童姥的暗算，身子一晃之間，雙肩之後兩下針刺般的疼痛，登時翻身摔倒。

只聽童姥陰惻惻的道：「你已中了我所發的暗器，知不知道？」虛竹但覺傷口處陣陣麻癢，又是針刺般的疼痛，直如萬蟻咬嚙，說道：「自然知道。」童姥冷笑道：「你可知道這是甚麼暗器？這是『生死符』！」

虛竹耳朵中嗡的一聲，登時想起了烏老大等一干人一提到「生死符」便嚇到魂不附體的情狀。他只道「生死符」是一張能制人死命的文件之類，那想到竟是一種暗器，烏老大這羣人個個兇悍狠毒，卻給「生死符」制得服服貼貼，這暗器的厲害可想而知。

只聽童姥又道：「生死符入體之後，永無解藥。烏老大這批畜生反叛縹緲峯，便是不甘永受生死符所制，想要到靈鷲宮去盜得破解生死符的法門。這羣狗賊痴心妄想，發他們的狗屁春秋大夢，你姥姥生死符的破解之法，豈能偷盜而得？」

虛竹只覺傷處越癢越厲害，而且奇癢漸漸深入，不到一頓飯時分，連五臟六腑也似發起癢來，真想一頭便在牆上撞死了，勝似受這煎熬之苦，忍不住大聲呻吟起來。

童姥說道：「你想生死符的『生死』兩字，是甚麼意思？這會兒懂得了罷？」虛竹心中說道：「懂了，懂了！那是『求生不得、求死不能』之意。」但除了呻吟之外，再也沒說話的絲毫力氣。童姥又道：「適才你臨去之時，說了兩次要我多多保重，言語之中，頗有關切之意，你小子倒也不是沒有良心。何況你救過姥姥的性命，天山童姥恩怨分明，有賞有罰，你畢竟跟烏老大他們那些混蛋大大不同。姥姥在你身上種下生死符，那是罰，可是又給你除去，那是賞。」

虛竹呻吟道：「咱們把話說明在先，你若以此要挾，要我幹那……幹那傷天害理之事，我……我寧死不……不……不……不……」這「寧死不屈」的「屈」字卻始終說不出口。

童姥冷笑道：「哼，瞧你不出，倒是條硬漢子。可是你為甚麼哼哼唧唧的，說不出話？你可知那安洞主為甚麼說話口吃？」虛竹驚道：「他當年也是中了你的生……生……以致痛得口……口……口……」童姥道：「你知道就好了。這生死符一發作，一日厲害一日，奇癢劇痛遞加九九八十一日，然後逐步減退，八十一日之後，又再遞增，如此周而復始，永無休止。每年我派人巡行各洞各島，賜以鎮痛止癢之藥，這生死符一年之內便可不發。」

虛竹這才恍然，眾洞主、島主所以對童姥的使者敬若神明，甘心挨打，乃是為了這份可保一年平安的藥劑。如此說來，自己豈不是終身也只好受她如牛馬一般的役使？

童姥和他相處將近三月，已摸熟了他的脾氣，知他為人外和內剛，雖然對人極是謙和，內心卻十分固執，決不肯受人要脅而屈服，說道：「我說過的，你跟烏老大那些畜生不同，姥姥不會每年給你服一次藥鎮痛止癢，使你整日價食不知味、睡不安枕。你身上一共給我種了九張生死符，我可以一舉給你除去，斬草除根，永無後患。」

虛竹道：「如此，多……多……多……」那個「謝」字始終說不出口。

當下童姥給他服了一顆丸藥，片刻間痛癢立止。童姥道：「要除去這生死符的禍胎，須用掌心內力。我這幾天神功將成，不能為你消耗元氣，我教你運功出掌的法門，你便自行化解罷。」虛竹道：「是。」

童姥便即傳了他如何將北冥真氣自丹田經由天樞、太乙、梁門、神封、神藏諸穴，通過曲池、大陵、陽谿而至掌心，這真氣自足經脈通至掌心的法門，是她逍遙派獨到的奇功，再教他將這真氣吞吐、盤旋、揮灑、控縱的諸般法門。虛竹練了兩日，已然純熟。

童姥又道：「烏老大這些畜生，人品雖差，武功卻著實不低。他們所交往的狐羣狗黨之中，也頗有些內力深湛的傢伙，但沒一個能以內力化解我的生死符，你道那是甚麼緣故？」她頓了一頓，明知虛竹回答不出，接著便道：「只因我種入他們體內的生死符種類既各各不同，所使手法也大異其趣。他如以陽剛手法化解了一張生死符，未解的生死符如是在太陽、少陽、陽明等經脈中的，感到陽氣，力道劇增，盤根糾結，深入臟腑，即便不可收拾。他如以陰柔之力化解罷，太陰、少陰、厥陰經脈中的生死符又會大大作怪。更何況每一張生死符上我都含有份量不同的陰陽之氣，旁人如何能解？你身上這九張生死符，須以九種不同的手法化解。」當下傳了他一種手法，待他練熟之後，便和他拆招，以諸般陰毒繁複手法攻擊，命他以所學手法應付。

童姥又道：「我這生死符千變萬化，你下手拔除之際，也須隨機應變，稍有差池，不是立刻氣窒身亡，便是全身癱瘓。須當視生死符如大敵，全力以赴，半分鬆懈不得。」

虛竹受教苦練，但覺童姥所傳的法門巧妙無比，氣隨意轉，不論她以如何狠辣的手法攻來，均能以這法門化解，而且化解之中，必蘊猛烈反擊的招數。他越練越佩服，才知道「生死符」所以能令三十六洞洞主、七十二島島主魂飛魄散，確有它無窮的威力，若不是童姥親口傳授，那想得到天下竟有如此神妙的化解之法？

他花了四日功夫，才將九種法門練熟。

童姥甚喜，說道：「小……小子倒還不笨，兵法有云：知己知彼，百戰百勝。你要制服生死符，便須知道種生死符之法，你可知生死符是甚麼東西？」虛竹一怔，道：「那是一種暗器。」童姥道：「不錯，是暗器，然而是怎麼樣的暗器？像袖箭呢，還是像鋼鏢？像菩提子呢，還是像金針？」虛竹尋思：「我身上中了九枚暗器，雖然又痛又癢，摸上去卻無影無蹤，實在不知是甚麼形狀。」一時難以回答。

童姥道：「這便是生死符了，你拿去摸個仔細。」

想到這是天下第一厲害的暗器，虛竹心下惴惴，伸出手去接，一接到掌中，便覺一陣冰冷，那暗器輕飄飄地，圓圓的一小片，只不過是小指頭大小，邊緣鋒銳，其薄如紙。虛竹要待細摸，突覺手掌心中涼颼颼地，過不多時，那生死符竟然不知去向。他大吃一驚，童姥又沒伸手來奪，這暗器怎會自行變走？當真是神出鬼沒，不可思議，叫道：「啊喲！」心想：「糟糕，糟糕！生死符鑽進我手掌心去了。」

童姥道：「你明白了麼？」虛竹道：「我……我……」童姥道：「我這生死符，乃是一片圓圓的薄冰。」虛竹「啊」的一聲叫，登時放心，這才明白，原來這片薄冰為掌中熱力所化，因此頃刻間不知去向，他掌心內力煎熬如爐，將冰化而為汽，竟連水漬也沒留下。

童姥說道：「要學破解生死符的法門，須得學會如何發射，而要學發射，自然先須學製煉。別瞧這小小的一片薄冰，要製得其薄如紙，不穿不破，卻也大非容易。你在手掌中放一些水，然後倒運內力，使掌心中發出來的真氣冷於寒冰數倍，清水自然凝結成冰。」當下教他如何倒運內力，怎樣將剛陽之氣轉為陰柔。無崖子傳給他的北冥真氣原是陰陽兼具，虛竹以往練的都是陽剛一路，但內力既有底子，只要一切逆其道而行便是，倒也不是難事。

生死符製成後，童姥再教他發射的手勁和認穴準頭，在這片薄冰之上，如何附著陽剛內力，又如何附著陰柔內力，又如何附以三分陽、七分陰，或者是六分陰、四分陽，雖只陰陽二氣，但先後之序既異，多寡之數又復不同，隨心所欲，變化萬千。虛竹又足足花了三天時光，這才學會。童姥喜道：「小子倒也不笨，學得挺快，這生死符的基本功夫，你已經學會了。說到變化精微，認穴無訛，那是將來的事了。」

第四日上，童姥命他調勻內息，雙掌凝聚真氣，說道：「你一張生死符中在右腿膝彎內側『陰陵泉』穴上，你右掌運陽剛之氣，以第二種法門急拍，左掌運陰柔之力，以第七種手法緩緩抽拔。連拔三次，便將這生死符中的熱毒和寒毒一起化解了。」虛竹依言施為，果然「陰陵泉」穴上一團窒滯之意霍然而解，關節靈活，說不出的舒適。

童姥一一指點，虛竹便一一化解。終於九張生死符盡數化去，虛竹不勝之喜。

童姥嘆了口氣，說道：「明日午時，我的神功便練成了。收功之時，千頭萬緒，凶險無比，今日我要定下心來好好的靜思一番，你就別再跟我說話，以免亂我心曲。」虛竹應道：「是。」心想：「日子過得好快，不知不覺，居然整整三個月過去了。」

便在這時候，忽聽得一個蚊鳴般的微聲鑽入耳來：「師姊，師姊，你躲在那裏啊？小妹想念你得緊，你怎地到了妹子家裏，卻不出來相見？那不是太見外了嗎？」

這聲音輕細之極，但每一個字都聽得清晰異常。卻不是李秋水是誰？

三十七 同一笑 到頭萬事俱空

——

李秋水從虛竹手中接過畫軸，展開來看了半晌，雙手不住發抖，黯然道：「她是我的小妹子。」

虛竹一驚之下，叫道：「啊喲，不好了，她……她……」童姥喝道：「大驚小怪幹甚麼？」虛竹低聲道：「她……她尋到了。」童姥道：「她雖知道我進了皇宮，卻不知我躲在何處。皇宮中房舍千百，她一間間的搜去，十天半月，也未必能搜得到這兒。」虛竹這才放心，舒了口氣，說道：「只消挨過明日午時，咱們便不怕了。」果然聽得李秋水的聲音漸漸遠去，終於聲息全無。

但過不到半個時辰，李秋水那細聲呼叫又鑽進冰窖來：「好姊姊，你記不記得無崖子師哥啊？他這會兒正在小妹宮中，等著你出來，有幾句要緊話兒，要對你說。」

虛竹低聲道：「胡說八道，無崖子前輩早已仙去了，你……你別上她的當。」

童姥說道：「咱們便在這裏大喊大叫，她也聽不見。她是在運使『傳音搜魂大法』，想逼我出去。她提到無崖子甚麼的，只是想擾亂我的心神，我怎會上她的當？」

但李秋水的說話竟無休無止，一個時辰又一個時辰的說下去，一會兒回述從前師門同窗學藝時的情境，一會兒說無崖子對她如何銘心刻骨的相愛，隨即破口大罵，將童姥說成是天下第一淫蕩惡毒、潑辣無恥的賤女人，說道那都是無崖子背後罵她的話。

虛竹雙手按住耳朵，那聲音竟會隔著手掌鑽入耳中，說甚麼也攔不住。虛竹只聽得心情煩躁異常，叫道：「都是假的，都是假的！我不信！」撕下衣上布片塞入雙耳。

童姥淡淡的道：「這聲音是阻不住的。這賤人以高深內力送出說話。咱們身處第三層冰窖之中，語音兀自傳到，布片塞耳，又有何用？你須當平心靜氣，聽而不聞，將那賤人的言語，都當作是驢鳴犬吠。」虛竹應道：「是。」但說到「視而不見、聽而不聞」的定力，逍遙派的功夫比之少林派的禪功可就差得遠了，虛竹的少林派功夫既失，李秋水的話便不能不聽，聽到她所說童姥的種種惡毒之事，又不免將信將疑，不知是真是假。

過了一會，他突然想起一事，說道：「前輩，你練功的時刻快到了罷？這是你功德圓滿的最後一次練功，事關重大，聽到這些言語，豈不要分心？」童姥苦笑道：「你到此刻方知麼？這賤人算準時刻，知道我神功一成，她便不是我的敵手，是以竭盡全力來阻擾。」虛竹道：「那麼你就暫且擱下不練，行不行？在這般厲害的外魔侵擾之下，再練功只怕有點……有點兒凶險。」童姥道：「你寧死也不肯助我對付那賤人，卻如何又關心我的安危？」虛竹一怔，道：「我不肯助前輩害人，卻也決計不願別人加害前輩。」

童姥道：「你心地倒好。這件事我早已千百遍想過了。這賤人一面以『傳音搜魂大法』亂我心神，一面遣人率領靈獒，搜查我的蹤跡，這皇宮四周早已布置得猶如銅牆鐵壁相似。逃是逃不出去的，可是多躲得一刻，卻又多一分危險。唉，也幸虧咱們深入險地，到了她家裏來，否則只怕兩個月之前便已給她發見了，那時我的功力低微，無絲毫還手之力，一聽到她的『傳音搜魂大法』，早已乖乖的走了出去，束手待縛。傻小子，午時已到，姥姥要練功了。」說著咬斷了一頭白鶴的頭頸，吮吸鶴血，便即盤膝而坐。

虛竹只聽得李秋水的話聲越來越慘厲，想必她算準時刻，今日午時正是她師姊妹兩人生死存亡的大關頭。突然之間，李秋水語音變得溫柔之極，說道：「好師哥，你抱住我，嗯，唔，唔，再抱緊些，你親我，親我這裏。」虛竹一呆，心道：「她怎麼說起這些話來？」

只聽得童姥「哼」了一聲，怒罵：「賊賤人！」虛竹大吃一驚，知道童姥這時正當練功的緊要關頭，突然分心怒罵，那可凶險無比，一個不對，便會走火入魔，全身經脈迸斷。卻聽得李秋水的柔聲昵語不斷傳來，都是與無崖子歡愛之辭。虛竹忍不住想起前幾日和那少女歡會的情景，慾念大興，全身熱血流動，肌膚發燙。

但聽得童姥喘息粗重，罵道：「賊賤人，師弟從來沒真心歡喜你，你這般無恥勾引他，好不要臉！」虛竹驚道：「前輩，她……她是故意氣你激你，你千萬不可當真。」

童姥又罵道：「無恥賤人，他對你若有真心，何以臨死之前，巴巴的趕上縹緲峯來，將七寶指環傳了給我？他又拿了一幅我十八歲那年的畫像給我看，是他親手繪的，他說六十多年來，這幅畫像朝夕陪伴著他，跟他寸步不離。嘿，你聽了好難過罷……」

她滔滔不絕的說將下去，虛竹聽得呆了。她為甚麼要說這些假話？難道她走火入魔，神智失常了麼？

猛聽得砰的一聲，冰庫大門推開，接著又是開複門、關大門、關複門的聲音。只聽得李秋水嘶啞著嗓子道：「你說謊，你說謊。師哥他……他……他只愛我一人。他絕不會畫你的肖像，你這矮子，他怎麼會愛你？你胡說八道，專會騙人……」

只聽得砰砰砰砰接連十幾下巨響，猶如雷震一般，在第一層冰窖中傳將下來。虛竹一呆，聽得童姥哈哈大笑，叫道：「賊賤人，你以為師弟只愛你一人嗎？你當真想昏了頭。我是矮子，不錯，遠不及你窈窕美貌，可是師弟早就甚麼都明白了。你一生便只喜歡勾引英俊瀟灑的少年。師弟說，我到老仍是處女之身，對他始終一情不變。你卻自己想想，你有過多少情人了……」這聲音竟然也是在第一層冰窖之中，她甚麼時候從第三層飛身而至第一層，虛竹全沒知覺。又聽得童姥笑道：「咱們姊妹幾十年沒見了，該當好好親熱親熱才是。冰庫的大門是封住啦，免得別人進來打擾。哈哈，你喜歡倚多為勝，不妨便叫幫手進來。你動手搬開冰塊啊！你傳音出去啊！」

一霎時間，虛竹心中轉過了無數念頭：童姥激怒了李秋水，引得她進了冰窖，隨即投擲大冰塊，堵塞大門，決意和她拚個生死。這一來，李秋水在西夏國皇宮中雖有偌大勢力，卻已無法召人入來相助。但她為甚麼不推開冰塊？為甚麼不如童姥所說，傳音出去叫人攻打進來？想來不論是推冰還是傳音，都須分心使力，童姥窺伺在側，自然會抓住機會，立即加以致命的一擊；又不然李秋水生性驕傲，不願借助外人，定要親手和情敵算帳。虛竹又想：往日童姥練功之時，不言不動，於外界事物似乎全無知覺，今日卻忍不住出聲和李秋水爭鬥，神功之成，終於還差一日，豈不是為山九仞，功虧一簣？不知今日這場爭鬥誰勝誰敗，倘若童姥得勝，不知是否能逃出宮去，明日補練？

但聽得第一層中砰砰嘭嘭之聲大作，顯然童姥和李秋水正在互擲巨冰相攻。虛竹與童姥相聚三月，雖然老婆婆喜怒無常，行事任性，令他著實吃了不少苦頭，但朝夕都在一起，不由得生出親近之意，生怕她遭了李秋水的毒手，當下走上第二層去。

他剛上第二層，便聽李秋水喝問：「是誰？」砰嘭之聲即停。虛竹屏氣凝息，不敢回答。童姥說道：「那是中原武林的第一風流浪子，外號人稱『粉面郎君武潘安』，你想不想見？」虛竹心道：「我這般醜陋的容貌，那裏會有甚麼『粉面郎君武潘安』的外號？唉，前輩拿我來取笑了。」

卻聽李秋水道：「胡說八道，我是幾十歲老太婆了，還喜歡少年兒郎麼？甚麼『粉面郎君武潘安』，多半便是背著你東奔西跑的那個醜八怪小和尚。」提高聲音叫道：「小和尚，是你麼？」虛竹心中怦怦亂跳，不知是否該當答應。童姥叫道：「夢郎，你是小和尚嗎？哈哈，夢郎，人家把你這個風流俊俏的少年兒郎說成是個小和尚，真把人笑死了。」

「夢郎」兩字一傳入耳中，虛竹登時滿臉通紅，慚愧得無地自容，心中只道：「糟糕，糟糕，那姑娘跟我所說的話，都給童姥聽去了，這些話怎可給旁人聽到？啊喲，我跟那姑娘說的那些話，只怕……多半……或許……也給童姥聽去了，那……那……」

只聽童姥又道：「夢郎，你快回答我，你是小和尚麼？」虛竹低聲道：「不是。」他這兩個字說得雖低，童姥和李秋水卻都清清楚楚的聽到了。

童姥哈哈一笑，說道：「夢郎，你不用心焦，不久你便可和你那夢姑相見。她為你相思欲狂，這幾天茶飯不思，坐立不安，就是在想念著你。你老實跟我說，你想她不想？」

虛竹對那少女一片情痴，這幾天雖在用心學練生死符的發射和破解之法，但一直想得她神魂顛倒，突然聽童姥問起，不禁脫口而出：「想的！」

李秋水喃喃的道：「夢郎，夢郎，原來你果然是個多情少年！你上來，讓我瞧瞧中原武林第一風流浪子是何等樣的人物！」

李秋水雖比童姥和無崖子年輕，終究也是個七八十歲的老太婆了，但這句話柔膩宛轉，虛竹聽在耳裏，不由得怦然心動，似乎霎時之間，自己竟真的變成了「中原武林第一風流浪子」，但隨即啞然：「我是個醜和尚，怎說得上是甚麼風流浪子，豈不是笑死人麼？」跟著想起：「童姥大敵當前，何以尚有閒情拿我來作弄取笑？其中必有深意。啊，是了，當日無崖子前輩要我繼承逍遙派掌門人之時，一再嫌我相貌難看，後來蘇星河前輩又道，要剋制丁春秋，必須覓到一個悟性奇高而英俊瀟灑的美少年，當時我大惑不解，此刻想來，定是跟李秋水有些關連。無崖子前輩要我去找一個人指點武藝，莫非便是找她？蘇星河前輩曾說，這人只喜歡美貌少年。」

正凝思間，突然火光一閃，第一層冰窖中傳出一星光亮，接著便是呼呼之聲大作。虛竹搶上石階，向上望去，只見一團白影和一團灰影都在急劇旋轉，兩團影子倏分倏合，發出密如聯珠般的拍拍之聲，顯是童姥和李秋水鬥得正劇。冰上燒著一個火摺，發出微弱的光芒。虛竹見二人身手之快，當真是匪夷所思，那裏分得出誰是童姥，誰是李秋水？

火摺燃燒極快，片刻間便燒盡了，一下輕輕的嗤聲過去，冰窖中又是一團漆黑，但聞掌風呼呼。虛竹心下焦急：「童姥斷了一腿，久鬥必定不利，我如何助她一臂之力才好？不過童姥心狠手辣，佔了上風，一定會殺了她師妹，這可又不好了。何況這兩人武功這樣高，我又怎能插得手下去？」

只聽得拍的一聲大響，童姥「啊」的一聲長叫，似乎受了傷。李秋水哈哈一笑，說道：「師姊，小妹這一招如何？請你指點。」突然厲聲喝道：「往那裏逃！」

虛竹驀覺一陣涼風掠過，聽得童姥在他身邊說道：「第二種法門，出掌！」虛竹不明所以，正想開口詢問：「甚麼？」只覺寒風撲面，一股厲害之極的掌力擊了過來，當下無暇思索，便以童姥所授破解生死符的第二種手法拍了出去，黑暗中掌力相碰，虛竹身子劇震，胸口氣血翻湧，甚是難當，隨手以第七種手法化開。

李秋水「咦」的一聲，喝道：「你是誰？何以會使天山六陽掌？是誰教你的？」虛竹奇道：「甚麼天山六陽掌？」李秋水道：「你還不認麼？這第二招『陽春白雪』和第七招『陽關三疊』，乃本門不傳之秘，你從何處學來？」虛竹又道：「陽春白雪？陽關三疊？」心中茫然一片，似懂非懂，隱隱約約間已猜到是上了童姥的當。

童姥站在他的身後，冷笑道：「這位夢郎，既負中原武林第一風流浪子之名，自然琴棋書畫，醫卜星相，鬥酒唱曲，行令猜謎，種種子弟的勾當，無所不會，無所不精。因此才投合無崖子師弟的心意，收了他為關門弟子，要他去誅滅丁春秋，清理門戶。」

李秋水朗聲問道：「夢郎，此言是真是假？」

虛竹聽她二人都稱自己為「夢郎」，又不禁面紅耳赤，童姥這番話前半段是假，後半段是真，既不能以「真」字相答，卻又不能說一個「假」字。那幾種手法，明明是童姥教了他來消解生死符的，豈知李秋水竟稱之為「天山六陽掌」？童姥要自己學「天山六陽掌」來對付她師妹，自己堅決不學，難道這幾種手法，便是「天山六陽掌」麼？

李秋水厲聲道：「姑姑問你，如何不理？」說著伸手往他肩頭抓來。虛竹和童姥拆解招數甚熟，而且盡是黑暗中拆招，聽風辨形，隨機應變，一覺到李秋水的手指將要碰到自己肩頭，當即沉肩斜身，反手往她手背按去。李秋水立即縮手，讚道：「好！這招『陽歌天鈞』內力既厚，使得也熟。無崖子師哥將一身功夫都傳了給你，是不是？」虛竹道：「他……他把功力都傳給了我。」

他說無崖子將「功力」都傳給了他，而不是說「功夫」，這「功力」與「功夫」，雖只一字之差，含義卻是大大不同。但李秋水心情激動之際，自不會去分辨這中間的差別，又問：「我師兄既收你為弟子，你何以不叫我師叔？」

虛竹勸道：「師伯、師叔，你們兩位既是一家人，又何必深仇不解，苦苦相爭？過去的事，大家揭過去也就是了。」

李秋水道：「夢郎，你年紀輕，不知道這老賊婆用心的險惡，你站在一邊……」她話未說完，突然「啊」的一聲呼叫，卻是童姥在虛竹身後突施暗襲，向她偷擊一掌。這一掌無聲無息，純是陰柔之力，兩人相距又近，李秋水待得發覺，待欲招架，童姥的掌力已襲到胸前，急忙飄身後退，但終於慢了一步，只覺氣息閉塞，經脈已然受傷。童姥笑道：「師妹，姊姊這一招如何？請你指點。」李秋水急運內力調息，竟不敢還嘴。

童姥偷襲成功，得理不讓人，單腿跳躍，縱身撲上，掌聲呼呼的擊去，虛竹叫道：「前輩，休下毒手！」便以童姥所傳的手法，擋住她擊向李秋水的三掌。童姥大怒，罵道：「小賊，你用甚麼功夫對付我？」原來虛竹堅拒學練「天山六陽掌」，童姥知道來日大難，為了在緩急之際多一個得力助手，便在教他破解生死符時，將這六陽掌傳授於他，並和他拆解多時，將其中的精微變化、巧妙法門，一一傾囊相授。那料得到此刻自己大佔上風，虛竹竟會反過來去幫李秋水？虛竹道：「前輩，我勸你顧念同門之誼，手下留情。」童姥怒罵：「滾開，滾開！」

李秋水得虛竹援手，避過了童姥的急攻，內息已然調勻，說道：「夢郎，我已不礙事，你讓開吧。」左掌拍出，右掌一帶，左掌之力繞過虛竹身畔，向童姥攻去。童姥心下暗驚：「這賤人竟然練成了『白虹掌力』，曲直如意，當真了得。」當即還掌相迎。

虛竹處身其間，知道自己功夫有限，實不足以拆勸，只得長嘆一聲，退了開去。

但聽得二人相鬥良久，勁風撲面，鋒利如刀，虛竹抵擋不住，正要退到第一二層冰窖之間的石階上，猛聽得噗的一聲響，童姥一聲痛哼，給李秋水推得撞向堅冰。虛竹叫道：「罷手，罷手！」搶上去連出兩招「六陽掌」，化開了李秋水的攻擊。童姥順勢後躍，驀地裏一聲慘呼，從石階上滾了下去，直滾到二三層之間的石階方停。

虛竹驚道：「前輩，前輩，你怎麼了？」急步搶下，摸索著扶起童姥上身。只覺她雙手冰冷，一探她的鼻息，竟然已沒了呼吸。虛竹又是驚惶，又是傷心，叫道：「師叔，你……你……你將師伯打死了，你好狠心。」忍不住哭了出來。

李秋水道：「這人奸詐得緊，這一掌未必打得死她！」虛竹哭道：「還說沒有死？她氣也沒有了，前輩……師伯，我勸你不要記恨記仇……」李秋水又從懷中掏出一個火摺，一晃而燃，只見石階上灑滿了一灘灘鮮血，童姥嘴邊胸前也都是血。

修練那「八荒六合唯我獨尊功」每日須飲鮮血，但若逆氣斷脈，反嘔鮮血，只須嘔出小半酒杯，立時便氣絕身亡，此刻石階上一灘灘鮮血不下數大碗。李秋水知道這個自己痛恨了數十年的師姊終於是死了，自不禁歡喜，卻又有些寂寞愴然之感。

過了好一刻，她才手持火摺，慢慢走下石階，幽幽的道：「師姊，你當真死了麼？我可還不大放心。」走到距童姥五尺之處，火摺上發出微弱光芒，一閃一閃，映在童姥臉上，但見她滿臉皺紋，嘴角附近的皺紋中都嵌滿了鮮血，神情甚是可怖。李秋水輕聲道：「師姊，我一生在你手下吃的苦頭太多，你別裝假死來騙我上當。」左手一揮，發掌向童姥胸口拍了過去，喀喇喇幾聲響，童姥的屍身斷了幾根肋骨。

虛竹大怒，叫道：「她已命喪你手，又何以再戕害她遺體？」眼見李秋水第二掌又已拍出，當即揮掌擋住。李秋水斜眼相睨，但見這個「中原武林第一風流浪子」眼大鼻大，耳大口大，廣額濃眉，相貌粗野，那裏有半分英俊瀟灑，一怔之下，認出便是在雪峯上負了童姥逃走的那小和尚，右手一探，便往虛竹肩頭抓來。虛竹斜身避開，說道：「我不跟你鬥，只是勸你別動你師姊的遺體。」

李秋水連出四招，虛竹已將天山六陽掌練得甚熟，竟然一一格開，擋架之中，還隱隱蓄有緊實渾厚的反擊之力。李秋水忽道：「咦！你背後是誰？」虛竹幾乎全無臨敵經驗，一驚之下，回頭去看，只覺胸口一痛，已給李秋水點中了穴道，跟著雙肩雙腿的穴道也都給她點中，登時全身麻軟，倒在童姥身旁，驚怒交集，叫道：「你是長輩，卻使詐騙人。」

李秋水格格一笑，道：「兵不厭詐，今日教訓教訓你這小子。」跟著又指著他不住嬌笑，說道：「你……你……你這醜八怪小和尚，居然自稱甚麼『中原第一風流浪子』……」

突然之間，拍的一聲響，李秋水長聲慘呼，後心「至陽穴」上中了一掌重手，正是童姥所擊。童姥跟著左拳猛擊而出，正中李秋水胸口「膻中」要穴。這一掌一拳，貼身施為，李秋水別說出手抵擋，斜身閃避，倉卒中連運氣護穴也是不及，身子給一拳震飛，摔在石階之上，手中火摺也脫手飛出。

童姥蓄勢已久，這一拳勢道異常淩厲，火熠從第三層冰窖穿過第二層，直飛上第一層，方才跌落。霎時之間，第三層冰窖中又是一團漆黑，但聽得童姥嘿嘿嘿冷笑不止。虛竹又驚又喜，叫道：「前輩，你沒死麼？好……好極了！」

原來童姥功虧一簣，終於沒能練成神功，而在雪峯頂上又被李秋水斷了一腿，功力大受損傷，此番生死相搏，鬥到二百招後，便知今日有敗無勝，待中了李秋水一掌之後，劣勢更顯，偏偏虛竹兩不相助，雖然阻住了李秋水乘勝追擊，卻也使自己的詭計無法得售；情知再鬥下去，勢將敗得慘酷不堪，一咬牙根，硬生生受了一掌，假裝氣絕而死。至於石階上和她胸口嘴邊的鮮血，那是她預先備下的鹿血，原是要誘敵人上鉤之用。不料李秋水十分機警，明明見她已然斷氣，仍是再在她胸口印上一掌。童姥一不做，二不休，只得又硬生生的受了下來，倘不是虛竹在旁阻攔，李秋水定會接連出掌，將她「屍身」打得稀爛，那是半點法子也沒有了。幸得虛竹仁心相阻，而李秋水見到這「中原第一風流浪子」的真面目後，既感失望，又是好笑，疏了提防，她雖知童姥狡狠，卻萬萬想不到她竟能這般堅忍。

李秋水前心後背，均受重傷，內力突然間失卻控制，便如洪水氾濫，立時要潰堤而出。逍遙派武功本是天下第一等的功夫，但若內力失制，在周身百骸遊走衝突，卻又宣洩不出，這散功時的痛苦實非言語所能形容。頃刻之間，只覺全身各處穴道中同時麻癢，驚惶之餘，已知此傷絕不可治，叫道：「夢郎，你行行好，快在我百會穴上用力拍擊一掌！」

這時上面忽然隱隱有微光照射下來，只見李秋水全身顫抖，一伸手，抓去了臉上蒙著的白紗，手指力抓自己面頰，登時血痕斑斑，叫道：「夢郎，你……你快一拳打死了我。」童姥冷笑道：「你點了他穴道，卻又要他助你，嘿嘿，自作自受，眼前報，還得快！」李秋水支撐著想要站起身來，去解開虛竹的穴道，但全身酸軟，便要動一根小指頭兒也是不能。

虛竹瞧瞧李秋水，又瞧瞧童姥，見她受傷顯然也極沉重，伏在石階之上，忍不住呻吟出聲。虛竹只覺越瞧越清楚，似乎冰窖中漸漸亮了起來，側頭往光亮射來處望去，見第一層冰窖中竟有一團火光，脫口叫道：「啊喲！有人來了！」

童姥吃了一驚，心想：「有人到來，我終究栽在這賤人手下了。」勉強提一口氣，想要站起，卻無論如何站不起身，腿上一軟，咕咚一聲，摔倒在地。她雙手使勁，向李秋水慢慢爬過去，要在她救兵到達之前，先行將她扼死。

突然之間，只聽得極細微的滴答滴答之聲，似有水滴從石階上落下。李秋水和虛竹也聽到了水聲，同時轉頭瞧去，果見石階上有水滴落下。三人均感奇怪：「這水從何而來？」冰窖中越來越亮，水聲淙淙，水滴竟變成一道道水流，流下石階。第一層冰窖中有一團火燄燒得甚旺，卻沒人進來。李秋水道：「燒著了……麻袋中的……棉花。」原來冰庫進門處堆滿麻袋，袋中裝的都是棉花，使熱氣不能入侵，以保冰塊不融。不料李秋水給童姥一拳震倒，火摺脫手飛出，落在麻袋之上，登時燒著了棉花，冰塊融化，化為水流，潺潺而下。

火頭越燒越旺，流下來的冰水越多，淙淙有聲。過不多時，第三層冰窖中已積水尺餘。但石階上的冰水還在不斷流下，冰窖中積水漸高，慢慢浸到了三人腰間。

李秋水嘆道：「師姊，你我兩敗俱傷，誰也不能活了，你……你解開夢郎的穴道，讓他出……出去罷。」三人都十分明白，過不多時，冰窖中積水上漲，大家都非淹死不可。

童姥冷笑道：「我自己行事，何必要你多說？我本想解他穴道，但你這麼一說，想做好人，我可偏偏不解了。小和尚，你是死在她這句話之下的，知不知道？」轉過身來，慢慢往石階上爬去。只須爬高幾級，便能親眼見到李秋水在水中淹死。雖然自己仍然不免一死，但只要親眼見到李秋水斃命的情狀，這大仇便算是報了。

李秋水眼見她一級級的爬了上去，而寒氣徹骨的冰水也已漲到了自己的胸口，她體內真氣激盪，痛苦無比，反盼望冰水愈早漲到口邊愈好，溺死於水，那比之如萬蟲咬嚙、千針鑽刺的散功舒服百倍了。

忽聽得童姥「啊」的一聲，一個觔斗倒翻了下來，撲通一響，水花四濺，摔跌在積水之中。原來她重傷之下，手足無力，爬了七八級石階，一塊拳頭大的碎冰順水而下，在她膝蓋上一碰，童姥穩不住身子，仰後便跌。這一摔跌，正好碰在虛竹身上，彈向李秋水的右側。積水之中，三人竟擠成了一團。

童姥身材遠比虛竹及李秋水矮小，其時冰水尚未浸到李秋水胸口，卻已到了童姥頸中。童姥也正在苦受散功的煎熬，心想：「無論如何，要這賤人比我先死。」一要想出手傷她，但兩人之間隔了個虛竹，此刻便要將手臂移動一寸兩寸也是萬萬不能，眼見虛竹的肩頭和李秋水肩頭相靠，心念一動，便道：「小和尚，你千萬不可運力抵禦，否則是自尋死路。」不待他回答，催動內力，便向虛竹攻去。童姥明知此舉是加速自己死亡，內力多一分消耗，便早一刻斃命，但若非如此，積水上漲，三人中必定是她先死。

李秋水身子一震，察覺童姥以內力相攻，立運內力回攻。

虛竹處身兩人之間，先覺挨著童姥身子的臂膀上有股熱氣傳來，跟著靠在李秋水肩頭的肩膀上也有一股熱氣入侵，霎時之間，兩股熱氣在他體內激盪衝突，猛烈相撞。童姥和李秋水功力相若，各受重傷之後，仍是半斤八兩，難分高下。兩人內力相觸，便即僵持，都停在虛竹身上，誰也不能攻及敵人。這麼一來，可就苦了虛竹，身受左右夾攻之厄。幸好他曾蒙無崖子以七十餘年的功力相授，三個同門的內力旗鼓相當，成了相持不下的局面，他倒也沒在這兩大高手的夾擊下送了性命。

童姥只覺冰水漸升漸高，自頭頸到了下頦，又自下頦到了下唇。她不絕催發內力，要儘快擊斃情敵，偏偏李秋水的內力源源而至，顯然不致立時便即耗竭。但聽得水聲淙淙，童姥口中一涼，一縷冰水鑽入了嘴裏。她一驚之下，身子自然而然的向上一抬，無法坐穩，竟在水中浮了起來。她少了一腿，遠比常人容易浮起。這一來死裏逃生，她索性仰臥水面，將後腦浸在積水之中，只露出口鼻呼吸，登時心中大定，尋思水漲人高，我這斷腿人在水中反佔便宜，手上內力仍是不住送出。

虛竹大聲呻吟，叫道：「唉，師伯、師叔，你們再鬥下去，終究難分高下，小姪可就活生生的給你們害死了。」但童姥和李秋水這一鬥上了手，成為高手比武中最凶險的比拚內力局面，誰先罷手，誰先喪命。何況二人均知這場比拚不論勝敗，終究是性命不保，所爭者不過是誰先一步斷氣而已。兩人都是十分的心高氣傲，怨毒積累了數十年，那一個肯先罷手？再者內力離體他去，精力雖越來越衰，這散功之苦卻也因此而得消解。

又過一頓飯時分，冰水漲到了李秋水口邊，她不識水性，不敢學童姥這麼浮在水面，當即停閉呼吸，以「龜息功」與敵人相拚，任由冰水漲過了眼睛、眉毛、額頭，渾厚的內力仍是不絕發出。

虛竹骨都、骨都、骨都的連喝了三口冰水，大叫：「啊喲，我……我不……骨都……骨都……我……骨都……」正驚惶間，突然眼前一黑，甚麼都看不見了。他急忙閉嘴，以鼻呼吸，吸氣時只覺胸口氣悶無比。原來這冰庫密不通風，棉花燒了半天，外面無新氣進來，燃燒不暢，火頭自熄。虛竹和童姥呼吸艱難，反是李秋水正在運使「龜息功」，並無知覺。

火頭雖熄，冰水仍不斷流下。虛竹但覺冰水淹過了嘴唇，淹過了人中，漸漸浸及鼻孔，只想：「我要死了，我要死了！」而童姥與李秋水的內力仍是分從左右不停攻到。

虛竹只覺窒悶異常，內息奔騰，似乎五臟六腑都易了位，冰水離鼻孔也已只一線，再上漲得幾分，便無法吸氣了，苦在穴道被封，頭頸要抬上一抬也是不能。但說也奇怪，過了良久，冰水竟不再上漲，一時也想不到棉花之火既熄，冰塊便不再融。又過一會，只覺人中有些刺痛，跟著刺痛漸漸傳到下頦，再到頭頸。原來三層冰窖中堆滿冰塊，極是寒冷，冰水流下之後，又慢慢凝結成冰，竟將三人都凍結在冰中了。

堅冰凝結，童姥和李秋水的內力就此隔絕，不能再傳到虛竹身上，但二人十分之九的真氣內力，卻也因此而盡數封在虛竹體內，彼此鼓盪衝突，越來越猛烈。虛竹只覺全身皮膚似乎都要爆裂開來，雖在堅冰之內，仍是炙熱不堪。

也不知過了多少時候，突然間全身一震，兩股熱氣竟和體內原有的真氣合而為一，不經引導，自行在各處經脈穴道中迅速無比的奔繞起來。原來童姥和李秋水的真氣相持不下，又無處宣洩，終於和無崖子傳給他的內力歸併。三人的內力源出一門，性質無異，極易融合，合三為一之後，力道沛然不可復禦，所到之處，被封的穴道立時衝開。

頃刻之間，虛竹只覺全身舒暢，雙手輕輕一振，喀喇喇一陣響，結在身旁的堅冰立時崩裂，心想：「不知師伯、師叔二人性命如何，須得先將她們救了出去。」伸手去摸時，觸手處冰涼堅硬，二人都已結在冰中。他心中驚惶，不及細想，一手一個，將二人連冰帶人的提了起來，走到第一層冰窖中，推開兩重木門，只覺一陣清新氣息撲面而來，只吸得一口氣，便說不出的受用。門外明月在天，花影鋪地，卻是深夜時分。

他心頭一喜：「黑暗中闖出皇宮，可就容易得多了。」提著兩團冰塊，奔向牆邊，提氣一躍，突然間身子冉冉向上升去，高過牆頭丈餘，升勢兀自不止。虛竹不知體內真氣竟有如許妙用，只怕越升越高，「啊」的一聲叫了出來。

四名御前護衛正在這一帶宮牆外巡查，聽到人聲，急忙奔來察看，但見兩塊大水晶夾著一團灰影越牆而出，實不知是甚麼怪物。四人驚得呆了，只見三個怪物一晃，便沒入了宮牆外的樹林中，四人吆喝著追去，那裏還有蹤影？四人疑神疑鬼，爭執不休，有的說是山精，有的說是花妖。

虛竹一出皇宮，邁開大步急奔，腳下是青石板大路，兩旁密密層層的盡是屋宇。他不敢停留，只是向西疾衝。奔了一會，到了城牆腳下，他又是一提氣便上了城頭，翻城而過，城頭上守卒只眼睛一花，甚麼東西也沒看見。

虛竹直奔到離城十餘里的荒郊，四下更無房屋，才停了腳步，將兩團冰塊放下，心道：「須得儘早除去她二人身外的冰塊。」尋到一處小溪，將兩團冰塊浸在溪水之中。月光下見童姥的口鼻露在冰塊之外，只是雙目緊閉，也不知她是死是活。眼見兩團冰塊上的碎冰一片片隨水流開，虛竹又抓又剝，將二人身外堅冰除去，然後將二人從溪水中提出，摸一摸各人額頭，居然各有微溫，當下將二人遠遠放開，生怕她們醒轉後又再廝拚。

忙了半日，天色漸明，當即坐下休息。待得東方朝陽升起，樹頂雀鳥喧噪，只聽得北邊樹下的童姥「咦」的一聲，南邊樹下李秋水「啊」的一聲，兩人竟同時醒了過來。

虛竹大喜，一躍而起，站在兩人中間，連連合什行禮，說道：「師伯、師叔，咱們三人死裏逃生，這一場架，可再也不能打了！」童姥道：「不行，賤人不死，豈能罷手？」李秋水道：「仇深似海，不死不休。」虛竹雙手亂搖，說道：「千萬不可，萬萬不可！」

李秋水伸手在地下一撐，便欲縱身向童姥撲去。童姥雙手迴圈，凝力待擊。那知李秋水剛伸腰站起，便即軟倒。童姥的雙臂說甚麼也圈不成一個圓圈，倚在樹上只是喘氣。

虛竹見二人無力搏鬥，心下大喜，說道：「這樣才好，兩位且歇一歇，我去找些東西來給兩位吃。」只見童姥和李秋水各自盤膝而坐，手心腳心均翻而向天，姿式一模一樣，知道這兩個同門師姊妹正在全力運功，只要誰先能凝聚一些力氣，先發一擊，對手絕無抗拒的餘地。見此情狀，虛竹卻又不敢離開了。他瞧瞧童姥，又瞧瞧李秋水，見二人都是皺紋滿臉，形容枯槁，心道：「師伯今年已九十六歲，師叔少說也有八十多歲了。二人都是這麼一大把年紀，竟然還是如此看不開，火氣都這麼大。」

他擠衣擰水，突然拍的一聲，一物掉在地下，卻是無崖子給他的那幅圖畫。這軸畫乃是絹畫，浸濕後並未破損。虛竹將畫攤在岩石上，就日而晒。見畫上丹青已被水浸得頗有些模糊，心中微覺可惜。

李秋水聽到聲音，微微睜目，見到了那幅畫，尖聲叫道：「拿來給我看！我才不信師哥會畫這賤婢的肖像。」

童姥也叫道：「別給她看！我要親手炮製她。倘若氣死了這賤人，豈不便宜了她？」

李秋水哈哈一笑，道：「我不要看了！你怕我看畫，可知畫中人並不是你。師哥丹青妙筆，豈能圖傳你這人不像人、鬼不像鬼的侏儒？他又不是畫鍾馗來捉鬼，畫你幹甚麼？」

童姥一生最傷心之事，便是練功失慎，以致永不長大。此事正便是李秋水當年種下的禍胎，當童姥練功正在要緊關頭之時，李秋水在她腦後大叫一聲，令她走火，真氣走入岔道，從此再也難以復原。這時聽她又提起自己的生平恨事，不由得怒氣填膺，叫道：「賊賤人，我……我……我……」一口氣提不上來，哇的一聲，嘔出一口鮮血，險些便要昏過去。

李秋水冷笑相嘲：「你認輸了罷？當真出手相鬥……」突然間連聲咳嗽。

虛竹見二人神疲力竭，轉眼都要虛脫，勸道：「師伯、師叔，你們兩位還是好好休息一會兒，別再勞神了。」童姥怒道：「不成！」

便在這時，西南方忽然傳來叮噹、叮噹幾下清脆的駝鈴。童姥一聽，登時臉現喜色，精神大振，從懷中摸出一個黑色短管，說道：「你將這管子彈上天去。」李秋水的咳嗽聲卻越來越急。虛竹不明原由，當即將那黑色小管扣在中指之上，向上彈出，只聽得一陣尖銳的哨聲從管中發出。這時虛竹的指力強勁非凡，那小管筆直射上天去，幾乎目不能見，仍嗚嗚嗚的響個不停。虛竹一驚，暗道：「不好，師伯這小管是信號。她是叫人來對付李師叔。」忙奔到李秋水面前，俯身低聲說道：「師叔，師伯有幫手來啦，我背了你逃走。」

只見李秋水閉目垂頭，咳嗽也已停止，身子一動也不動了。虛竹大驚，伸手去探她鼻息時，已然沒了呼吸。虛竹驚叫：「師叔，師叔！」輕輕推了推她肩頭，想推她醒轉，不料李秋水應手而倒，斜臥於地，竟已死了。

童姥哈哈大笑，說道：「好，好，好！小賤人嚇死了，哈哈，我大仇報了，賊賤人終於先我而死，哈哈，哈哈……」她激動之下，氣息難繼，一大口鮮血噴了出來。

但聽得嗚嗚聲自高而低，黑色小管從半空掉下，虛竹伸手接住，正要去瞧童姥時，只聽得蹄聲急促，夾著叮噹、叮噹的鈴聲，虛竹回頭望去，但見數十匹駱駝急馳而至。駱駝背上乘者都披了淡青色斗篷，遠遠奔來，宛如一片青雲，聽得幾個女子聲音叫道：「尊主，屬下追隨來遲，罪該萬死！」

數十騎駱駝奔馳近前，虛竹見乘者全是女子，斗篷胸口都繡著一頭黑鷲，神態猙獰。眾女望見童姥，便即躍下駱駝，快步奔近，在童姥面前拜伏在地。虛竹見這羣女子當先一人是個老婦，已有五六十歲年紀，其餘的或長或少，四十餘歲以至十七八歲的都有，人人對童姥極是敬畏，俯伏在地，不敢仰視。

童姥哼了一聲，怒道：「你們都當我已經死了，是不是？誰也沒把我這老太婆放在心上了。沒人再來管束你們，大夥兒逍遙自在，無法無天了。」她說一句，那老婦便在地下重重磕一個頭，說道：「不敢。」童姥道：「甚麼不敢？你們要是當真還想到姥姥，為甚麼只來了……來了這一點兒人手？」那老婦道：「啟稟尊主，自從那晚尊主離宮，屬下個個焦急得了不得……」童姥怒道：「放屁，放屁！」那老婦道：「是，是！」童姥更加惱怒，喝道：「你明知是放屁，怎地膽敢……膽敢在我面前放屁？」那老婦不敢作聲，只有磕頭。

童姥道：「你們焦急，那便如何？怎地不趕快下山尋我？」那老婦道：「是！屬下九天九部當時立即下山，分路前來伺候尊主。屬下昊天部向東方恭迎尊主，陽天部向東南方、赤天部向南方、朱天部向西南方、成天部向西方、幽天部向西北方、玄天部向北方、鸞天部向東北方，鈞天部把守本宮。屬下無能，追隨來遲，該死，該死，該死！」說著連連磕頭。

童姥道：「你們個個衣衫破爛，這三個多月之中，路上想來也吃了點兒苦頭。」那老婦聽得她話中微有獎飾之意，登時臉現喜色，道：「若得為尊主盡力，赴湯蹈火，也所甘願。些少微勞，原是屬下該盡的本分。」童姥道：「我練功未成，忽然遇上了賊賤人，給她削去了一條腿，險些兒性命不保，幸得我師姪虛竹相救，這中間的艱危，實是一言難盡。」

一眾青衫女子一齊轉過身來，向虛竹叩謝，說道：「先生大恩大德，小女子雖然粉身碎骨，亦難報於萬一。」突然間許多女人同時向他磕頭，虛竹不由得手足無措，連說：「不敢當，不敢當！」忙也跪下還禮。童姥喝道：「虛竹站起！她們都是我的奴婢，你怎可自失身分？」虛竹又說了幾句「不敢當」，這才站起。

童姥向虛竹道：「咱們那隻寶石指環，給這賊賤人搶了去，你去拿回來。」虛竹道：「是」。走到李秋水身前，從她中指上除下了寶石指環。這指環本來是無崖子給他的，從李秋水手指上除下，心中倒也並無不安。

童姥道：「你是逍遙派的掌門人，我又已將生死符、天山折梅手、天山六陽掌等一干功夫傳你，從今日起，你便是縹緲峯靈鷲宮的主人，靈鷲宮……靈鷲宮九天九部的奴婢，生死一任你意。」虛竹大驚，忙道：「師伯，師伯，這個萬萬不可。」童姥怒道：「甚麼萬萬不可。這九天九部的奴婢辦事不力，沒能及早迎駕，累得我屈身布袋，竟受烏老大這等狗賊的虐待侮辱，最後仍是不免斷腿喪命……」

那些女子都嚇得全身發抖，磕頭求道：「奴婢該死，尊主開恩。」童姥向虛竹道：「這昊天部諸婢，總算找到了我，她們的刑罰可以輕些，其餘八部的一眾奴婢，斷手斷腿，由你去處置罷。」那些女子磕頭道：「多謝尊主。」童姥喝道：「怎地不向新主人叩謝？」眾女忙又向虛竹叩謝。虛竹雙手亂搖，道：「罷了，罷了！我怎能做你們的主人？」

童姥道：「我雖命在頃刻，但親眼見到賊賤人先我而死，生平武學，又得了個傳人，可說死也瞑目，你竟不肯答允麼？」虛竹道：「這個……我是不成的。」童姥哈哈一笑，道：「那個夢中姑娘，你想不想見？你答不答允我做靈鷲宮的主人？」虛竹一聽她提到「夢中姑娘」，全身一震，再也無法拒卻，只得紅著臉點了點頭。童姥喜道：「很好！你將那幅圖畫拿來，讓我親手撕個稀爛。我再無掛心之事，便可指點你去尋那夢中姑娘的途徑。」

虛竹將圖畫取了過來。童姥伸手拿過，就著日光一看，不禁「咦」的一聲，臉上現出又驚又喜的神色，再一審視，突然間哈哈大笑，叫道：「不是她，不是她，不是她！哈哈，哈哈，哈哈！」大笑聲中，兩行眼淚從頰上滾滾而落，頭頸一軟，腦袋垂下，就此無聲無息。

虛竹一驚，伸手去扶時，只覺她全身骨骼如綿，縮成一團，竟已死了。

一眾青衫女子圍將上來，哭聲大振，甚是哀切。這些女子每一個都是在艱難困危之極的境遇中由童姥出手救出，是以童姥御下雖嚴，但人人感激她的恩德。

虛竹想起三個多月中和童姥寸步不離，蒙她傳授了不少武功，她雖脾氣乖戾，對待自己可說甚好，此刻見她一笑身亡，心中難過，也伏地哭了起來。

忽聽得背後一個陰惻惻的聲音道：「嘿嘿，師姊，終究是你先死一步，到底是你勝了，還是我勝了？」虛竹聽得是李秋水的聲音，大吃一驚，心想：「怎地死人又復活了？」急忙躍起，轉過身來，只見李秋水已然坐直，背靠樹上，說道：「賢姪，你把那幅畫拿過來給我瞧瞧，為甚麼姊姊又哭又笑、啼笑皆非的西去？」

虛竹輕輕扳開童姥的手指，將那幅畫拿了出來，一瞥之下，見那畫水浸之後又再晒乾，筆劃略有模糊了，但畫中那似極了王語嫣的宮裝美女，仍是凝眸微笑，秀美難言，心中一動：「這個美女，眉目之間與師叔倒也頗為相似。」走向李秋水，將那畫交了給她。

李秋水接過畫來，向眾女橫了一眼，淡淡一笑，道：「你們主人和我苦拚惡鬥，終於不敵，你們這些螢燭之光，也敢和日月相爭麼？」

虛竹回過頭來，只見眾女手按劍柄，神色悲憤，顯然是要一擁而上，殺李秋水而為童姥報仇，只是未得新主人的號令，不敢貿然動手。

虛竹說道：「師叔，你，你……」李秋水道：「你師伯武功是很好的，就是有時候不大精細。她救兵一到，我那裏還有抵禦的餘地，自然只好詐死。嘿嘿，終於是她先我而死。她全身骨碎筋斷，吐氣散功，這樣的死法，卻是假裝不來的。」虛竹道：「在那冰窖中惡鬥之時，師伯也曾假死，騙過了師叔一次，大家扯直，可說是不分高下。」

李秋水嘆道：「在你心中，總是偏向你師伯一些。」一面將那畫展開，只看得片刻，臉上神色便即人變，雙手不住發抖，連得那畫也是簌簌顫動，李秋水低聲道：「是她，是她，是她！哈哈，哈哈，哈哈！」笑聲中卻充滿了愁苦傷痛。

虛竹不自禁的為她難過，問道：「師叔，怎麼了？」心下尋思：「一個說『不是她』，一個說『是她』，卻不知到底是誰？」

李秋水向畫中的美女凝神半晌，道：「你看，這人嘴角邊有個酒窩，右眼旁有顆黑痣，是不是？」虛竹看了看畫中美女，點頭道：「是！」李秋水黯然道：「她是我的小妹子！」虛竹更是奇怪，道：「是你的小妹子？」李秋水道：「我小妹容貌和我十分相似，只是她有酒窩，我沒有，她右眼旁有顆小小的黑痣，我也沒有。」虛竹「嗯」了一聲。李秋水又道：「師姊本來說道：師哥為她繪了一幅肖像，朝夕不離，我早就不信，卻……卻……卻料不到竟是小妹。到底……到底……這幅畫是怎麼來的？」

虛竹當下將無崖子如何臨死時將這幅畫交給自己、如何命自己到大理無量山去尋人傳授武藝、童姥見了這畫後如何發怒等情，一一說了。

李秋水長長嘆了口氣，說道：「師姊初見此畫，只道畫中人是我，一來相貌甚像，二來師哥一直和我很好，何況……何況師姊和我相爭之時，我小妹子還只十一歲，師姊說甚麼也不會疑心到是她，全沒留心到畫中人的酒窩和黑痣。師姊直到臨死之時，才發覺畫中人是我小妹子，不是我，所以連說三聲『不是她』。唉，小妹子，你好，你好，你好！」跟著便怔怔的流下淚來。

虛竹心想：「原來師伯和師叔都對我師父一往情深，我師父心目之中卻另有其人。卻不知師叔這個小妹子是不是尚在人間？師父命我持此圖像去尋師學藝，難道這個小妹子是住在大理無量山中嗎？」問道：「師叔，她……你那個小妹子，是住在大理無量山中？」

李秋水搖了搖頭，雙目向著遠處，似乎凝思往昔，悠然神往，緩緩道：「當年我和你師父住在大理無量山劍湖之畔的石洞中，逍遙快活，勝過神仙。我給他生了一個可愛的女兒。我們二人收羅了天下各門各派的武功秘笈，只盼創一門包羅萬有的奇功。那一天，他在山中找到了一塊巨大的美玉，便照著我的模樣彫刻一座人像，彫成之後，他整日價只是望著玉像出神，從此便不大理睬我了。我跟他說話，他往往答非所問，甚至是聽而不聞，整個人的心思都貫注在玉像身上。你師父的手藝巧極，那玉像也彫刻得真美，可是玉像終究是死的，何況玉像依照我的模樣彫成，而我明明就在他身邊，他為甚麼不理我，只是痴痴的瞧著玉像，目光中流露出愛戀不勝的神色？那為甚麼？那為甚麼？」她自言自語，自己問自己，似乎已忘了虛竹便在身旁。

過了一會，李秋水又輕輕說道：「師哥，你聰明絕頂，卻又痴得絕頂，為甚麼愛上了你自己手彫的玉像，卻不愛那會說、會笑、會動、會愛你的師妹？你心中把這玉像當成了我小妹子，是不是？我喝這玉像的醋，跟你鬧翻了，出去找了許多俊秀的少年郎君來，在你面前跟他們調情，於是你就此一怒而去，再也不回來了。師哥，其實你不用生氣，那些美少年一個個都給我殺了，沉在湖底，你可知道麼？」

她提起那幅畫像又看了一會，說道：「師哥，這幅畫你在甚麼時候畫的？你只道畫的是我，因此叫你徒弟拿了畫兒到無量山來找我。可是你不知不覺之間，卻畫成了我的小妹子，你自己也不知道罷？你一直以為畫中人是我。師哥，你心中真正愛的是我小妹子，你這般痴情地瞧著那玉像，為甚麼？為甚麼？現下我終於懂了。」

虛竹心道：「我佛說道，人生在世，難免痴瞋貪三毒。師伯、師父、師叔都是大大了不起的人物，可是糾纏在這三毒之中，儘管武功卓絕，心中的煩惱痛苦，卻也和一般凡夫俗子無異。」

李秋水回過頭來，瞧著虛竹，說道：「賢姪，我有一個女兒，是跟你師父生的，嫁在蘇州王家，你幾時有空……」忽然搖了搖頭，嘆道：「不用了，也不知她此刻是不是還活在世上，各人自己的事都還管不了……」突然尖聲叫道：「師姊，你我兩個都是可憐蟲，都……都……教這沒良心的給騙了，哈哈，哈哈，哈哈！」她大笑三聲，身子一仰，翻倒在地。

虛竹俯身去看時，但見她口鼻流血，氣絕身亡，看來這一次再也不會是假的了。他瞧著兩具屍首，不知如何是好。

昊天部為首的老婦說道：「尊主，咱們是否要將老尊主遺體運回靈鷲宮隆重安葬？敬請尊主示下。」虛竹道：「該當如此。」指著李秋水的屍身道：「這位……這位是你們尊主的同門師妹，雖然她和尊主生前有仇，但……但死時怨仇已解，我看……我看也……不如一併運去安葬，你們以為怎樣？」那老婦躬身道：「謹遵吩咐。」虛竹心下甚慰，他本來生怕這些青衣女子仇恨李秋水，不但不願運她屍首去安葬，說不定還會毀屍洩憤，不料竟半分異議也無。他渾不知童姥治下眾女對主人敬畏無比，從不敢有半分違拗，虛竹既是她們新主人，自是言出法隨，一如所命。

那老婦指揮眾女，用毛氈將兩具屍首裹好，放上駱駝，然後恭請虛竹上駝。虛竹謙遜了幾句，心想事已如此，總得親眼見到二人遺體入土，這才回少林寺去待罪。問起那老婦的稱呼，那老婦道：「奴婢夫家姓余，老尊主叫我『小余』，尊主隨便呼喚就是。」童姥九十餘歲，自然可以叫她「小余」，虛竹卻不能如此叫法，說道：「余婆婆，我法號虛竹，大家平輩相稱便是，尊主長，尊主短的，豈不折殺了我麼？」

余婆拜伏在地，流淚道：「尊主開恩！尊主要打要殺，奴婢甘受，求懇尊主別把奴婢趕出靈鷲宮去。」

虛竹驚道：「快請起來，我怎麼會打你、殺你？」忙將她扶起。其餘眾女都跪下求道：「尊主開恩。」虛竹大為驚詫，忙問原因，才知童姥怒極之時，往往口出反語，對人特別客氣，對方勢必身受慘禍，苦不堪言。烏老大等洞主、島主逢到童姥派人前來責打辱罵，反而設宴相慶，便知再無禍患，即因此故。這時虛竹對余婆謙恭有禮，眾女只道他要重責。虛竹再三溫言安慰，眾女卻仍是惴惴不安。

虛竹上了駱駝，眾女說甚麼也不肯乘坐，牽了駱駝，在後步行跟隨。虛竹道：「咱們須得儘快趕回靈鷲宮去，否則天時已暖，只怕……只怕尊主的遺體途中有變。」眾女這才不敢違拗，但各人只在他坐騎之後遠遠隨行。虛竹要想問問靈鷲宮中情形，竟是不得其便。

一行人逕向西行，走了五日，途中遇到了朱天部的哨騎。余婆婆發出訊號，那哨騎回去報信，不久朱天部諸女飛騎到來，一色都是紫衫，先向童姥遺體哭拜，然後參見新主人。朱天部的首領姓石，三十來歲年紀，虛竹便叫她「石嫂」。他生怕眾女起疑，言辭間便不敢客氣，只淡淡的安慰了幾句，說她們途中辛苦。眾女大喜，一齊拜謝。虛竹不敢提甚麼「大家平輩稱呼」之言，只說不喜聽人叫他「尊主」，叫聲「主人」，也就是了。眾女躬身凜遵。

如此連日西行，昊天部、朱天部派出去的聯絡遊騎將赤天、陽天、玄天、幽天、成天五部眾女都召了來，只有鸞天部在極西之處搜尋童姥，未得音訊。靈鷲宮中並無一個男子，虛竹處身數百名女子之間，大感尷尬，幸好眾女對他十分恭敬，若非虛竹出口相問，誰也不敢向他說一句話，倒使他免了許多為難。

這一日正趕路間，突然一名綠衣女子飛騎奔回，是陽天部在前探路的哨騎，搖動綠旗，示意前途出現了變故。她奔到本部首領之前，急語稟告。

陽天部的首領是個二十來歲的姑娘，名叫符敏儀，聽罷稟報，立即縱下駱駝，快步走到虛竹身前，說道：「啟稟主人：屬下哨騎探得，本宮舊屬三十六洞、七十二島一眾奴才，乘老尊主有難，居然大膽作反，正在攻打本峯。鈞天部嚴守上峯道路，一眾妖人無法得逞，只是鈞天部派下峯來求救的姊妹卻給眾妖人傷了。」

眾洞主、島主起事造反之事，虛竹早就知道，本來猜想他們既然捉拿不到童姥，不平道人命喪己手，烏老大重傷後生死未卜，諒來知難而退，各自散了，不料事隔四月，仍是聚集在一起，而且去攻打縹緲峯。他自幼生長於少林寺中，從來不出山門，諸般人情世故，半分不通，遇上這件大事，當真不知如何應付才是，沉吟道：「這個……這個……」

只聽得馬蹄聲響，又有兩乘馬奔來，前面的是陽天部另一哨騎，後面馬背上橫臥一個黃衫女子，滿身是血，左臂也給人斬斷了。符敏儀神色悲憤，說道：「主人，這是鈞天部的副首領程姊姊，只怕性命難保。」那姓程的女子已暈了過去，眾女忙替她止血施救，眼見她氣息微弱，命在頃刻。

虛竹見了她的傷勢，想起聰辯先生蘇星河曾教過他這門治傷之法，當即催駝近前，左手中指連彈，已封閉了那女子斷臂處的穴道，血流立止。第六次彈指時，使的是童姥所教的一招「星丸跳擲」，一股北冥真氣射入她臂根「中府穴」中。那女子「啊」的一聲大叫，醒了轉來，叫道：「眾姊姊，快，快，快去縹緲峯接應，咱們……咱們擋不住了！」

虛竹使這凌空彈指之法，倒不是故意炫耀神技，只是對方是個花信年華的女子，他雖已不是和尚，仍謹守佛門子弟遠避婦女的戒律，不敢伸手和她身子相觸，不料數彈之下，應驗如神。他此刻身集童姥、無崖子、李秋水逍遙派三大名家的內力，實已非同小可。

諸部羣女遵從童姥之命，奉虛竹為新主人，然見他年紀既輕，言行又有點呆頭呆腦，傻裏傻氣，內心實不如何敬服，何況靈鷲宮中諸女十之八九是吃過男人大虧的，不是為男人始亂終棄，便是給仇家害得家破人亡，在童姥乖戾陰狠的脾氣薰陶之下，一向視男人有如毒蛇猛獸。此刻見他一出手便是靈鷲宮本門的功夫，功力之純，竟似尚在老尊主之上。眾女震驚之餘，齊聲歡呼，不約而同的拜伏在地。虛竹驚道：「這算甚麼？快快請起，請起。」

有人向那姓程女子告知：尊主已然仙去，這位青年既是尊主恩人，又是她的傳人，乃是本宮新主。那女子名叫程青霜，掙扎著下馬，對虛竹跪拜參見，說道：「謝尊主救命之恩，請……請……尊主相救峯上眾姊妹，大夥兒支撐四月，寡不敵眾，實在已經是危……危殆萬分。」說了幾句話，伏在地下，連頭也抬不起來。

虛竹急道：「石嫂，你快扶她起來。余婆婆，你……你想咱們怎麼辦？」

余婆和這位新主人同行了十來日，早知他忠厚老實，不通世務，便道：「啟稟主人，此刻去縹緲峯，尚有兩日行程，最好請主人命奴婢率領本部，立即趕去應援救急。主人隨後率眾而來。主人大駕一到，眾妖人自然瓦解冰消，不足為患。」

虛竹點了點頭，但覺得有點不妥，一時未置可否。

余婆轉頭向符敏儀道：「符妹子，主人初顯身手，鎮懾羣妖，身上法衣似乎未足以壯觀瞻。你是本宮針神，便給主人趕製一襲法衣罷！」符敏儀道：「正是！妹子也正這麼想。」

虛竹一怔，心想在這緊急當口，怎麼做起衣衫來了？當真是婦人之見。

眾女眼光都望著虛竹，等他下令。虛竹一低頭，見到身上那件僧袍破爛骯髒，四個月不洗，自己也覺奇臭難當。他幼受師父教導，須時時念著五蘊皆空，不可貪愛衣食，因此對此事全未著心在意，此刻經余婆一提，又見到屬下眾女衣飾華麗，不由得甚感慚愧，何況自己已經不是和尚，仍是穿著僧衣，大是不倫不類。其實眾女既已奉他為主，那裏還會笑他衣衫的美醜？各人羣相注目，也決不是看他的服色，但虛竹自慚形穢，神色忸怩。

余婆等了一會，又問：「主人，奴婢這就先行如何？」

虛竹道：「咱們一塊兒去罷，救人要緊。我這件衣服實在太髒，待會我……我去洗洗，莫要讓你們聞著太臭……」一催駱駝，當先奔了出去。眾女敵愾同仇，催動坐騎，跟著急馳。駱駝最有長力，快跑之時，疾逾奔馬，眾人直奔出數十里，這才覓地休息，生火做飯。

余婆指著西北角上雲霧中的一個山峯，向虛竹道：「主人，這便是縹緲峯了。這山峯終年雲封霧鎖，遠遠望去，若有若無，因此叫作縹緲峯。」虛竹道：「看來還遠得很，咱們早到一刻好一刻，大夥兒乘夜趕路罷。」眾女都應道：「是！多謝主人關懷鈞天部奴婢。」用過飯後，騎上駱駝又行。

急馳之下，途中倒斃了不少駱駝，到得縹緲峯腳下時，已是第二日黎明。

符敏儀雙手捧著一團五彩斑斕的物事，走到虛竹面前，躬身說道：「奴婢工夫粗陋，請主人賞穿。」虛竹奇道：「那是甚麼？」接過抖開一看，卻是件長袍，乃是以一條條錦緞縫綴而成，紅黃青紫綠黑各色錦緞條紋相間，華貴之中具見雅致。原來符敏儀在眾女的斗篷上割下布料，替虛竹縫了一件袍子。

虛竹又驚又喜，說道：「符姑娘當真不愧稱為『針神』，在駱駝急馳之際，居然做成了這樣一件美服。」當即除下僧衣，將長袍披在身上，長短寬窄，無不貼身，袖口衣領之處，更鑲以灰色貂皮，那也是從眾女皮裘上割下來的。虛竹相貌雖醜，這件華貴的袍子一上身，登時大顯精神，眾人盡皆喝采。虛竹神色忸怩，手足無措。

這時眾人已來到上峯的路口。程青霜在途中已向眾女說知，她下峯之時，敵人已攻上了斷魂崖，縹緲峯的十八天險已失十一，鈞天部羣女死傷過半，情勢萬分凶險。虛竹見峯下靜悄悄地無半個人影，一片皚皚積雪之間，萌茁青青小草，若非事先得知，那想得到這一片寧靜之中，蘊藏著無窮殺機。眾女憂形於色，掛念鈞天部諸姊妹的安危。

石嫂拔刀在手，大聲道：「『縹緲九天』之中，八天部下峯，只餘一部留守，賊子乘虛而來，無恥之極。主人，請你下令，大夥兒衝上峯去，和羣賊一決死戰。」神情甚為激昂。余婆卻道：「石家妹子且莫性急，敵人勢大，鈞天部全仗峯上十八處天險，這才支持了這許多時日。咱們現今是在峯下，敵人反客為主，反而佔了居高臨下之勢……」石嫂道：「依你說卻又如何？」余婆道：「咱們還是不動聲色，靜悄悄的上峯，教敵人越遲知覺越好。」

虛竹點頭道：「余婆之言不錯。」他既這樣說，當然誰也沒有異言。

八部分列隊伍，悄無聲息的上山。這一上峯，各人輕功強弱立時便顯了出來。虛竹見余婆、石嫂、符敏儀等幾個首領雖是女流，足下著實快捷，心想：「果然是強將手下無弱兵，師伯的部屬甚是了得。」

一處處天險走將過去，但見每一處都有斷刀折劍、削樹碎石的痕跡，可以想見敵人通過之時，曾經過一場場慘酷的戰鬥。過斷魂崖、失足巖、百丈澗，來到接天橋時，只見兩片峭壁之間的一條鐵索橋已被人用寶刀砍成兩截。兩處峭壁相距幾達五丈，勢難飛渡。

羣女相顧駭然，均想：「難道鈞天部的眾姊妹都殉難了？」眾女均知，接天橋是連通百丈澗和仙愁門兩處天險之間的必經要道，雖說是橋，其實只一根鐵鍊，橫跨兩邊峭壁，下臨亂石嶙峋的深谷。來到靈鷲宮之人，自然個個武功高超，踏索而過，原非難事。這次程青霜下峯時，敵人尚只攻到斷魂崖，距接天橋尚遠，但鈞天部早已有備，派人守禦鐵鍊，一等敵人攻到，便即開了鐵鍊中間的鐵鎖，鐵鍊分為兩截，這五丈闊的深谷說寬不寬，但要一躍而過，卻也非世間任何輕功所能。這時眾女見鐵鍊為利刃所斷，多半敵人斗然攻到，鈞天部諸女竟然來不及開鎖斷鍊。

石嫂將柳葉刀揮得呼呼風響，叫道：「余婆婆，快想個法子，怎生過去才好。」余婆婆道：「嗯，怎麼過去，那倒不大容易……」

一言未畢，忽聽得對面山背後傳來「啊，啊」兩聲慘呼，乃是女子的聲音。羣女熱血上湧，均知是鈞天部的姊妹遭了敵人毒手，恨不得插翅飛將過去，和敵人決一死戰，但儘管嘰嘰喳喳的大聲叫罵，卻無法飛渡天險。

三十八
胡塗醉　情長計短

——

兩人你引一句金剛經，
我引一段法華經，自寬自慰，
自傷自嘆，惺惺相惜。
梅蘭竹菊四姝不住輪流上來勸酒。

虛竹眼望深谷，也是束手無策，眼見到眾女焦急的模樣，心想：「她們都叫我主人，遇上了難題，我這主人卻是一籌莫展，那成甚麼話？經中言道：『或有來求手足耳鼻、頭目肉血、骨髓身分，菩薩摩訶薩見來求者，悉能一切歡喜施與。』菩薩六度，第一便是布施，我又怕甚麼了？」於是脫下符敏儀所縫的那件袍子，說道：「石嫂，請借兵刃一用。」石嫂道：「是！」倒轉柳葉刀，躬身將刀柄遞過。

虛竹接刀在手，北冥真氣運到了刃鋒之上，手腕微抖之間，刷的一聲輕響，已將扣在峭壁石洞中的半截鐵鍊斬了下來。柳葉刀又薄又細，只不過鋒利而已，也非甚麼寶刀，但經他真氣貫注，切鐵鍊如斬竹木。這段鐵鍊留在此岸的約有二丈二三尺，虛竹抓住鐵鍊，將刀還了石嫂，提氣一躍，便向對岸縱了過去。

羣女齊聲驚呼。余婆婆、石嫂、符敏儀等都叫：「主人，不可冒險！」一片呼叫聲中，虛竹已身凌峽谷，他體內真氣滾轉，輕飄飄的向前飛行，突然間真氣一濁，身子下跌，當即揮出鐵鍊，捲住了對岸垂下的斷鍊。便這麼一借力，身子沉而復起，落到了對岸。他轉過身來，說道：「大家且歇一歇，我去探探。」

余婆等又驚又佩，又是感激，齊道：「主人小心！」

虛竹向傳來慘呼聲的山後奔去，走過一條石弄堂也似的窄道，只見兩女屍橫在地，身首分離，鮮血兀自從頸口冒出。虛竹合什說道：「阿彌陀佛，罪過，罪過！」對著兩具屍體匆匆忙忙的唸了一遍「往生咒」，順著小徑向峯頂快步而行，越走越高，身周白霧越濃，不到一個時辰，便已到了縹緲峯絕頂，雲霧之中，放眼都是松樹，卻聽不到一點人聲，心下沉吟：「難道鈞天部諸女都給殺光了？當真作孽。」摘了幾枚松球，放在懷裏，心道：「松球會擲死人，我出手千萬要輕，只可將敵人嚇走，不可殺人。」

只見地下一條青石板鋪成的大道，每塊青石都是長約八尺，寬約三尺，甚是整齊，要鋪成這樣的大道，工程浩大之極，似非童姥手下諸女所能。這青石大道約有二里來長，石道盡處，一座巨大的石堡巍然聳立，堡門左右各有一頭石彫的猛鷲，高達三丈有餘，尖喙巨爪，神駿非凡，堡門半掩，四下裏仍是一人也無。

虛竹閃身進門，穿過兩道庭院，只聽得一人厲聲喝道：「賊婆子藏寶的地方，到底在那裏？你們說是不說？」一個女子的聲音罵道：「狗奴才，事到今日，難道我們還想活嗎？你可別痴心妄想啦。」另一個男子聲音說道：「雲島主，有話好說，何必動粗？這般的對付婦道人家，未免太無禮了罷？」

虛竹聽出那勸解的聲音是大理段公子所說，當烏老大要眾人殺害童姥之時，也是這段公子獨持異議，心想：「這位公子似乎不會武功，但英雄肝膽，俠義心腸，遠在一眾武學高手之上，令人好生欽佩。」

只聽那姓雲島主道：「哼哼，你們這些鬼丫頭想死，自然容易，可是天下豈有這等便宜事？我碧石島有一十七種奇刑，待會一件件在你們這些鬼丫頭身上試個明白。聽說黑石洞、伏鯊島的奇刑怪罰，比我碧石島還要厲害得多，也不妨讓眾兄弟開開眼界。」許多人轟然叫好，更有人道：「大夥兒儘可比劃比劃，且看那一洞、那一島的刑罰最先奏效。」

從聲音中聽來，廳內不下數百人之多，加上大廳中的回聲，極是嘈雜噪耳。虛竹想找個門縫向內窺望，但這座大廳全是以巨石砌成，竟無半點縫隙。他一轉念間，伸手在地下泥塵中擦了幾擦，滿手污泥都抹在臉上，便即邁步進廳。

只見大廳中桌上、椅上都坐滿了人，一大半人沒有座位，便席地而坐，另有一些人走來走去，隨口談笑。廳中地下坐著二十來個黃衫女子，顯是給人點了穴道，動彈不得，其中一大半都是身上血漬淋漓，受傷不輕，自是鈞天部諸女了。廳上本來便亂糟糟地，虛竹跨進廳門，也有幾人向他瞧了一眼，見他不是女子，自不是靈鷲宮的人，只道是那一個洞主、島主帶來的門人子弟，誰也沒多加留意。

虛竹在門檻上一坐，放眼四顧，只見烏老大坐在西首一張太師椅上，臉色憔悴，但剽悍乖戾之氣仍從眼神中流露出來。一個身形魁梧的黑漢手握皮鞭，站在鈞天部諸女身旁，不住喝罵，威逼她們吐露童姥藏寶的所在。諸女卻抵死不說。

烏老大道：「你們這些丫頭真是死心眼兒，我跟你們說，童姥早就給她師妹李秋水殺死了，這是我親眼目睹，難道還有假的？你們乘早降服，我們決計不加難為。」

一個中年黃衫女子尖聲叫道：「胡說八道！尊主武功蓋世，已練成了金剛不壞之身，有誰還能傷得她老人家？你們妄想奪取破解『生死符』的寶訣，乘早別做這清秋大夢。別說尊主必定安然無恙，轉眼就會上峯，懲治你們這些萬惡不赦的叛徒，就算她老人家仙去了，你們『生死符』不解，一年之內，個個要哀號呻吟，受盡苦楚而死。」

烏老大冷冷的道：「好，你不信，我給你們瞧一樣物事。」說著從背上取下一個包袱，打了開來，赫然露出一條人腿。虛竹和眾女認得那條腿上的褲子鞋襪，正是童姥的下肢，不禁都「啊」的一聲叫了出來。烏老大道：「李秋水將童姥斬成了八塊，分投山谷，我隨手拾來了一塊，你們不妨仔細瞧瞧，是真是假。」

鈞天部諸女認明確是童姥的左腿，料想烏老大此言非虛，不禁放聲大哭。

一眾洞主、島主大聲歡呼，都道：「賊婆子已死，當真妙極！」有人道：「普天同慶，薄海同歡！」有人道：「烏老大，你耐心真好，這般好消息，竟瞞到這時候，該當罰酒三大杯。」卻也有人道：「賊婆子既死，咱們身上的生死符，倘若世上無人能夠破解……」

突然之間，人叢中響起幾下「嗚嗚」之聲，似狼嗥，如犬吠，聲音甚是可怖。眾人一聽之下，齊皆變色，霎時之間，大廳中除了這有如受傷猛獸般的呼號之外，更無別的聲息。只見一個胖子在地下滾來滾去，雙手抓臉，又撕爛了胸口衣服，跟著猛力撕抓胸口，竟似要挖出自己的心肺一般。只片刻間，他已滿手是血，臉上、胸口，也都是鮮血，叫聲也越來越慘厲。眾人如見鬼魅，不住的後退。有幾人低聲道：「生死符催命來啦！」

虛竹雖也中過生死符，但隨即服食解藥，跟著得童姥傳授法門化解，並未經歷過這等慘酷的熬煎，眼見那胖子如此驚心動魄的情狀，才深切體會到眾人所以如此畏懼童姥之故。

眾人似乎害怕生死符的毒性能夠傳染，誰也不敢上前設法減他痛苦。片刻之間，那胖子已將全身衣服撕得稀爛，身上一條條都是抓破的血痕。

人叢中有人氣急敗壞的大叫：「哥哥！你靜一靜，別慌！」奔出一個人來，又叫：「讓我替你點了穴道，咱們再想法醫治。」那人和那胖子相貌有些相似，年紀較輕，人也沒那麼胖，顯是他的同胞兄弟。那胖子雙眼發直，宛似不聞。那人一步步的走過去，神態間充滿了戒慎恐懼，走到離他三尺之處，陡出一指，疾點他「肩井穴」。那胖子身形一側，避開了他手指，反過手臂，將他牢牢抱住，張口往他臉上便咬。那人叫道：「哥哥，放手！是我！」那胖子只是亂咬，便如瘋狗一般。他兄弟出力掙扎，卻那裏掙得開，霎時間臉上給他咬下一塊肉來，鮮血淋漓，只痛得大聲慘呼。

段譽向王語嫣道：「王姑娘，怎地想法子救他們一救？」王語嫣蹙起眉頭，說道：「這人發了瘋，力大無窮，又不是使甚麼武功，我可沒法子。」段譽轉頭向慕容復道：「慕容兄，你慕容家『以彼之道，還治彼身』的神技，可用得著麼？」慕容復不答，臉有不愉之色。包不同惡狠狠的道：「你叫我家公子學做瘋狗，也去咬他一口嗎？」

段譽歉然道：「是我說得不對，包兄莫怪。慕容兄莫怪！」走到那胖子身邊，說道：「尊兄，這人是你的弟弟，快請放了他罷。」那胖子雙臂卻抱得更加緊了，口中兀自發出猶似獸吼般的荷荷之聲。

雲島主抓起一名黃衫女子，喝道：「這裏廳上之人，大半曾中老賊婆的生死符，此刻聚在一起，互受感應，不久人人都要發作，幾百個人將你全身咬得稀爛，你怕是不怕？」那女子向那胖子望了一眼，臉上現出十分驚恐的神色。雲島主道：「反正童姥已死，你將她秘藏之處說了出來，治好眾人，大家感激不盡，誰也不會難為你們。」那女子道：「不是我不肯說，實在……實在是誰也不知道。尊主行事，不會讓我們……我們奴婢見到的。」

慕容復隨眾人上山，原想助他們一臂之力，樹恩示惠，將這些草澤異人收為己用。此刻眼見童姥雖死，她種在各人身上的生死符卻無可破解，看來這「生死符」乃是一種劇毒，非武功所能為力，如果一個個毒發斃命，自己一番圖謀便成一場春夢了。他和鄧百川、公冶乾相對搖了搖頭，均感無法可施。

雲島主雖知那黃衫女子所說多半屬實，但覺得自身中了生死符的穴道中隱隱發酸，似乎也有發作的徵兆，急怒之下，喝道：「好，你不說！我打死了你這臭丫頭再說！」提起長鞭，夾頭夾腦往那女子打去，這一鞭力道沉猛，眼見那女子要被打得頭碎腦裂。

忽然嗤的一聲，一件暗器從門口飛來，撞在那女子腰間，那女子被撞得滑出丈餘，拍的一聲大響，長鞭打上地下石板，石屑四濺。只見地下一個黃褐色圓球的溜溜滾轉，卻是一枚松球。眾人都大吃一驚：「用一枚小小松球便將人撞開丈餘，內力非同小可，那是誰？」

烏老大驀地裏想起一事，失聲叫道：「童姥，是童姥！」

那日他躲在巖石之後，見到李秋水斬斷了童姥的左腿，使將斷腿包在油布之中，帶在身邊。他想童姥多半已給李秋水追上殺死，但沒目睹她的死狀，總是心下惴惴。當日虛竹用松球擲穿他肚子，那手法便是童姥所授。烏老大吃過大苦，一見松球又現，第一個便想到是童姥到了，如何不嚇得魂飛魄散？

眾人聽得烏老大狂叫「童姥」，一齊轉身朝外，大廳中刷刷、擦擦、叮噹、嗆啷諸般拔兵刃之聲響成一片，各人均取兵刃在手，同時向後退縮。

慕容復反而向著大門走了兩步，要瞧瞧這童姥到底是甚麼模樣。其實那日他以「斗轉星移」之術化解虛竹和童姥從空下墮之勢，曾見過童姥一面，只是決不知那個十八九歲、顏如春花的姑娘，竟會是眾魔頭一想到便膽戰心驚的天山童姥。

段譽擋在王語嫣身前，生怕她受人傷害。王語嫣卻叫：「表哥，小心！」

眾人目光羣注大門，但過了好半晌，大門口全無動靜。

包不同叫道：「童姥姥，你要是惱了咱們這批不速之客，便進來打上一架罷！」過了一會，門外仍是沒有聲息。風波惡道：「好罷，讓風某第一個來領教童姥的高招，『明知打不過，仍要打一打』，那是風某至死不改的臭脾氣。」說著舞動單刀護住面前，便衝向門外。鄧百川、公冶乾、包不同三人和他情同手足，知他決不是童姥對手，一齊跟出。

眾洞主、島主有的佩服四人剛勇，有的卻暗自訕笑：「你們沒見過童姥的厲害，卻來妄逞好漢，一會兒吃了苦頭，那可後悔莫及了。」只聽得風惡波和包不同兩人聲音一尖一沉，在廳外大聲向童姥挑戰，卻始終無人答腔。

適才搭救黃衫女子這枚松球，卻是虛竹所發。他見自己竟害得大家如此驚疑不定，好生過意不去，說道：「對不起，對不起！是我的不是。童姥確已逝世，各位不用驚慌。」見那胖子還在亂咬他的兄弟，心想：「再咬下去，兩人都活不成了。」走過去伸手在那胖子背心上一拍，使的是「天山六陽掌」功夫，一股陽和內力，登時便將那胖子體內生死符的寒毒鎮住了，只是不知他生死符的所在，卻無法就此為他拔除。

那胖子雙臂一鬆，坐在地下，呼呼喘氣，神情委頓不堪，說道：「兄弟，你怎麼啦？是誰傷得你這等模樣？快說，快說，哥哥給你報仇雪恨。」他兄弟見兄長神智回復，心中大喜，顧不得臉上重傷，不住口的道：「哥哥，你好了！哥哥，你好了！」

虛竹伸手在每個黃衫女子肩頭上拍了一記，說道：「各位是鈞天部的麼？你們陽天、朱天、昊天各部姊妹，都已到了接天橋邊，只因鐵鍊斷了，一時不得過來。你們這裏有沒有鐵鍊或是粗索？咱們去接她們過來罷。」他掌心中北冥真氣鼓盪，手到之處，鈞天部諸女不論被封的是那一處穴道，其中阻塞的經脈立被震開，再無任何窒滯。

眾女驚喜交集，紛紛站起，說道：「多謝尊駕相救，不敢請教尊姓大名。」有幾個年輕女子性急，拔步便向大門外奔去，叫道：「快，快去接應八部姊妹們過來，再和反賊們決一死戰。」一面回頭揮手，向虛竹道謝。

虛竹拱手答謝，說道：「不敢，不敢！在下何德何能，敢承各位道謝？相救各位的另有其人，只不過是假手在下而已。」他意思是說，他的武功內力得自童姥等三位師長，實則是童姥等出手救了諸女。

羣豪見他隨手一拍，一眾黃衫女子的穴道立解，既不須查問何處穴道被封，亦不必在相應穴道處推血過宮，這等手法不但從所未見，抑且從所未聞，眼見他貌不驚人，年紀輕輕，決無這等功力，聽他說是旁人假手於他，都信是童姥已到了靈鷲宮中。

烏老大曾和虛竹在雪峯上相處數日，此刻雖然虛竹頭髮已長，滿臉塗了泥污，但一開口說話，烏老大猛地省起，便認了出來，一縱身欺近他身旁，扣住了他右手脈門，喝道：「小和尚，童……童姥已到了這裏麼？」

虛竹道：「烏先生，你肚皮上的傷處已痊愈了嗎？我……我現在已不能算佛門弟子了，唉！說來慚愧……當真慚愧得緊。」說到此處，不禁滿臉通紅，只是臉上塗了許多污泥，旁人也瞧不出來。

烏老大一出手便扣住他脈門，諒他無法反抗，當下加運內力，要他痛得出聲討饒，心想童姥對這小和尚甚好，我一襲得手，將他扣為人質，童姥便要傷我，免不了要投鼠忌器。那知他連催內力，虛竹恍若不知，所發的內力都如泥牛入海，無影無蹤。烏老大心下害怕，不敢再催內力，卻也不肯就此放開了手。

羣豪一見烏老大所扣的部位，便知虛竹已落入他的掌握，即使他功夫比烏老大為高，也已無可抗禦，唯有聽由烏老大宰割，均想：「這小子倘若真是高手，要害便決不致如此輕易的為人所制。」各人七張八嘴的喝問：「小子，你是誰？怎麼來的？」「你叫甚麼名字？你師長是誰？」「誰派你來的？童姥呢？她到底是死是活？」

虛竹一一回答，神態甚是謙恭：「在下道號……道號虛竹子。童姥確已逝世，她老人家的遺體已運到了接天橋邊。我師門淵源，唉，說來慚愧，當真……當真……在下鑄下大錯，不便奉告。各位若是不信，待會大夥兒便可一同瞻仰她老人家的遺容。在下到這裏來，是為了替童姥辦理後事。各位大都是她老人家的舊部，我勸各位不必再念舊怨，大家在她老人家靈前一拜，種種仇恨，一筆勾消，豈不是好？」他一句句說來，一時羞愧，一時傷感，東一句，西一句，既不連貫，語氣也毫不順暢，最後又盡是一廂情願之辭。

羣豪覺這小子胡說八道，有點神智不清，驚懼之心漸去，狂傲之意便生，有人更破口叱罵起來：「小子是甚麼東西，膽敢要咱們在死賊婆的靈前磕頭？」「他媽的，老賊婆到底是怎樣死的？」「是不是死在他師妹李秋水手下？這條腿是不是她的？」

虛竹道：「各位就算真和童姥有深仇大怨，她既已逝世，那也不必再懷恨了，口口聲聲『老賊婆』，未免太難聽了一點。烏先生說得不錯，童姥確是死於她師妹李秋水手下，這條腿嘛，也確是她老人家的遺體。唉，人生如夢幻泡影，如露亦如電，童姥她老人家雖然武功深湛，到頭來終於功散氣絕，難免化作黃土。南無阿彌陀佛，南無觀音菩薩，南無大勢至菩薩，接引童姥往生西方極樂世界，蓮池淨土！」

羣豪聽他嘮嘮叨叨的說來，童姥已死倒是確然不假，登時都大感寬慰。有人問道：「童姥臨死之時，你是否在她身畔？」虛竹道：「是啊。最近這幾個月來，我一直在服侍她老人家。」羣豪對望一眼，心中同時飛快的轉過了一個念頭：「破解生死符的寶訣，說不定便在這小子的身上。」

青影一晃，一人欺近身來，扣住了虛竹左手脈門，跟著烏老大覺得後頸一涼，一件利器已架在他項頸之中，一個尖銳的聲音說道：「烏老大，放開了他。」

烏老大一見扣住虛竹左腕那人，便料到此人的死黨必定同時出擊，待要出掌護身，卻已慢了一步。只聽得背後那人道：「再不放開，這一劍便斬下來了。」烏老大鬆指放開虛竹手腕，向前躍出數步，轉過身來，說道：「珠崖雙怪，姓烏的不會忘了今日之事。」

那用劍逼他的是個瘦長漢子，獰笑道：「烏老大，不論出甚麼題目，珠崖雙怪都接著便是。」一大怪扣著虛竹的脈門，二怪便來搜他的衣袋。虛竹心想：「你們要搜便搜，反正我身邊又沒甚麼見不得人的物事。」二怪將他懷中的東西一件件摸將出來，第一件便摸到無崖子給他的那幅圖畫，當即展開卷軸。

大廳上數百對目光，齊向畫中瞧去。那畫曾被童姥踩過幾腳，後來又在冰窖中被浸得濕透，但圖中美女仍是栩栩如生，便如要從畫中走下來一般，丹青妙筆，實是出神入化。眾人一見之下，不約而同都轉頭向王語嫣瞧去。有人說：「咦！」有人說：「哦！」有人說：「呸！」有人說：「哼！」咦者大出意外，哦者恍然有悟，呸者甚為憤怒，哼者意存輕蔑。

羣豪本來盼望卷軸中繪的是一張地圖又或是山水風景，便可循此而去找尋破解生死符的靈藥或是秘訣，那知竟是王語嫣的一幅圖像，咦、哦、呸、哼一番之後，均感失望。只有段譽、慕容復、王語嫣同時「啊」的一聲，至於這一聲「啊」的含意，三人卻又各自不同。王語嫣見到虛竹身邊藏著自己的肖像，驚奇之餘，暈紅雙頰，尋思：「難道……難道這人自從那日在珍瓏棋局旁見了我一面之後，便也像段公子一般，將我……將我這人放在心裏？否則何以圖我容貌，暗藏於身？」段譽卻想：「王姑娘天仙化身，姿容絕世，這個小師父為她顛倒傾慕，那也不足為異。唉，可惜我的畫筆及不上這位小師父的萬一，否則我也來畫一幅王姑娘的肖像，日後和她分手，朝夕和畫像相對，倒也可稍慰相思之苦。」慕容復卻想：「這小和尚也是個癩蝦蟆想吃天鵝肉之人。」

二怪將圖像往地下一丟，又去搜查虛竹衣袋，此後拿出來的是虛竹在少林寺剃度的一張度牒，幾兩碎銀子，幾塊乾糧，一雙布襪，看來看去，無一和生死符有關。

珠崖二怪搜查虛竹之時，羣豪無不虎視眈眈的在旁監視，只要見到有甚麼特異之物，立時湧上搶奪，不料甚麼東西也沒搜到。

珠崖大怪罵道：「臭賊，老賊婆臨死之時，跟你說甚麼來？」虛竹道：「你問童姥臨死時說甚麼話？嗯，她老人家說：『不是她，不是她，不是她！哈哈，哈哈，哈哈！』大笑三聲，就此斷氣了。」羣豪莫名其妙，心思縝密的便沉思這句「不是她」和大笑三聲有甚麼含義，性情急躁的卻都喝罵了起來。

珠崖大怪喝道：「他媽的，甚麼不是她，哈哈哈？老賊婆還說了甚麼？」虛竹道：「前輩先生，你提到童姥她老人家之時，最好稍存敬意，可別胡言斥罵。」珠崖大怪大怒，提起左掌，便向他頭頂擊落，罵道：「臭賊，我偏要罵老賊婆，卻又如何？」

突然間寒光一閃，一柄長劍伸了過來，橫在虛竹頭頂，劍刃豎立。珠崖大怪這一掌倘若繼續拍落，還沒碰到虛竹頭皮，自己手掌先得在劍鋒上切斷了。他一驚之下，急忙收掌，只是收得急了，身子向後一仰，退出三步，一拉之下沒將虛竹拉動，順手放脫了他手腕，但覺左掌心隱隱疼痛，提掌一看，見一道極細的劍痕橫過掌心，滲出血來，不由得又驚又怒，心想這一下只消收掌慢了半分，這手掌豈非廢了？怒目向出劍之人瞪去，見那人身穿青衫，五十來歲年紀，長鬚飄飄，面目清秀，認得他是「劍神」卓不凡。從適才這一劍出招之快、拿揑之準看來，劍上的造詣實已到了登峯造極的地步。他又記起那日劍魚島區島主離眾而去，頃刻間便給這「劍神」斬了首級，他性子雖躁，卻也不敢輕易和這等厲害的高手為敵，說道：「閣下出手傷我，是何用意？」

卓不凡微微一笑，說道：「大夥兒要從此人口中，查究破解生死符的法門，老兄卻突然性起，要將這人殺死。眾兄弟身上的生死符催起命來，老兄如何交代？」珠崖大怪語塞，只道：「這個……這個……」卓不凡還劍入鞘，微微側身，手肘在二怪肩頭輕輕一撞，二怪站立不定，騰騰騰騰，向後退出四步，胸腹間氣血翻湧，險些摔倒，好容易才站定腳步，卻不敢出聲喝罵。

卓不凡向虛竹道：「小兄弟，童姥臨死之時，除了說『不是她』以及大笑三聲之外，還說了甚麼？」

虛竹突然滿臉通紅，神色忸怩，慢慢的低下頭去，原來他想起童姥那時說道：「你將那幅畫拿來，讓我親手撕個稀爛，我再無掛心之事，便可指點你去尋那夢中姑娘的途徑。」豈知童姥一見圖畫，發現畫中人並非李秋水，又是好笑，又是傷感，竟此一瞑不視。他想：「童姥突然逝世，那位夢中姑娘的蹤跡，天下再無一人知曉，只怕今生今世，我是再也不能和她相見了。」言念及此，不禁黯然魂消。

卓不凡見他神色有異，只道他心中隱藏著甚麼重大機密，和顏悅色的道：「小兄弟，童姥到底跟你說了些甚麼，你跟我說好了，我姓卓的非但不會難為你，並且還有大大的好處給你。」虛竹連耳根子也紅了，搖頭道：「這件事，我是萬萬……萬萬不能說的。」卓不凡道：「為甚麼不能說？」虛竹道：「此事說來……說來……唉，總而言之，我不能說，你便殺了我，我也不說。」卓不凡道：「你當真不說？」虛竹道：「不說。」

卓不凡向他凝視片刻，見他神氣十分堅決，突然間刷的一聲，拔出長劍，寒光閃動，嗤嗤嗤幾聲輕響，長劍似乎在一張八仙桌上劃了幾下，跟著拍拍幾聲，八仙桌分為整整齊齊的九塊，崩跌在地。在這一霎眼之間，他縱兩劍，橫兩劍，連出四劍，在桌上劃了一個「井」字。更奇的是，九塊木板均成四方之形，大小闊狹，全無差別，竟如是用尺來量了之後再慢慢剖成一般。大廳中登時采聲雷動。

王語嫣輕聲道：「這一手周公劍，是福建建陽『一字慧劍門』的絕技，這位卓老先生，想必是『一字慧劍門』的高手耆宿。」羣豪齊聲喝采之後，隨即一齊向卓不凡注目，更無聲息，她話聲雖輕，這幾句話卻清清楚楚的傳入了各人耳中。

卓不凡哈哈一笑，說道：「這位姑娘當真好眼力，居然說得出老朽的門派和劍招名稱。難得，難得。」眾人都想：「從來沒聽說福建有個『一字慧劍門』，這老兒劍術如此厲害，他這門派該當威震江湖才是，怎地竟是沒沒無聞？」只聽卓不凡嘆了口氣，說道：「我這門派之中，卻只老夫孤家寡人、光桿兒一個。『一字慧劍門』三代六十二人，三十三年之前，便給天山童姥殺得乾乾淨淨了。」

眾人心中一凜，均想：「此人到靈鷲宮來，原來是為報師門大仇。」

只見卓不凡長劍一抖，向虛竹道：「小兄弟，我這幾招劍法，便傳了給你如何？」

此言一出，羣豪有的現出艷羨之色，但也有不少人登時顯出敵意。學武之人若得高人垂青，授以一招兩式，往往終身受用不盡，天下揚名，立身保命，皆由於此。但歹毒之徒習得高招後反噬恩師，亦屢見不鮮，是以武學高手擇徒必嚴。卓不凡毫沒來由的答允以上乘劍術傳授虛竹，自是為了要知道童姥的遺言，以取得生死符。

虛竹尚未答覆，人叢中一個女子聲音冷冷問道：「卓先生，你也是中了生死符麼？」

卓不凡向那人瞧去，見說話的是個中年道姑，便道：「仙姑何出此問？」

段譽認得這道姑是大理無量洞洞主辛雙清，她本是無量劍西宗的掌門人，給童姥的部屬收服，改稱為無量洞洞主。這些日子來，他一直不敢和辛雙清正眼相對，也不敢走近她屬下的左子穆，生怕他們要算舊帳，這時見她發話，急忙躲在包不同身後。

辛雙清道：「卓先生若非身受生死符的荼毒，何以千方百計，也來求這破解之道？倘若卓先生意在挾制我輩，那麼三十六洞、七十二島諸兄弟甫脫獅吻，又入虎口，只怕也未必甘心。卓先生雖然劍法通神，但如逼得我們無路可走，眾兄弟也只好不顧死活的一搏了。」這番話不亢不卑，但一語破的，揭穿了卓不凡的用心，辭鋒咄咄逼人。

羣豪中登時有十餘人響應：「辛洞主的話是極。」更有人道：「小子，童姥到底有甚麼遺言，你快當眾說出來，否則大夥兒將你亂刀分屍，味道可不大妙。」

卓不凡長劍抖動，嗡嗡作響，說道：「小兄弟不用害怕，你在我身邊，瞧有誰能動了你一根寒毛？童姥的遺言你只能跟我一個人說，若有第三個人知道，我的劍法便不能傳你了。」

虛竹搖頭道：「童姥的遺言，只和我一個人有關，跟另外一個人也有關，但跟各位實在沒半點干係。再說，不管怎樣，我是決計不說的。你的劍法雖好，我也不想學。」

羣豪轟然叫好，道：「對，對！好小子，挺有骨氣，他的劍法學來有甚麼用？」「人家嬌滴滴的小姑娘，一句話便將他劍招的來歷揭破了，可見並無希奇之處。」又有人道：「這位姑娘既然識得劍法的來歷，便有破他劍法的本事。小兄弟，若要拜師，還是拜這個小姑娘為妙。何況你懷中藏了她的畫像，哈哈，自然是該當拜她為師才是。」

卓不凡聽到各人的冷嘲熱諷，甚感難堪，斜眼向王語嫣望去，過了半晌，見她始終默不作聲，卓不凡大怒，心道：「有人說你能破得我的劍法，你竟並不立即否認，難道你是默認確能破得嗎？」其實王語嫣心中在想：「表哥為甚麼神色不大高興，是不是生我的氣啊？我甚麼地方得罪他了？莫非……莫非那位小師父畫了我的肖像藏在身邊，表哥就此著惱！」於旁人的說話，一時全沒聽在耳中。

卓不凡一瞥眼又見到丟在地下的那軸圖畫，陡然想起：「這小子畫了她肖像藏在懷中，自然對她有萬分情意。我要他吐露童姥遺言，非從這小妞兒身上著手不可，有了！」拾起圖畫，塞入虛竹懷中，說道：「小兄弟，你的心事，我全知道，嘿嘿，郎才女貌，當真是天造地設的一對。只不過有人從中作梗，你想稱心如意，卻也不易。這樣罷，由我一力主持，將這位姑娘配了給你作妻房，即刻在此拜天地，今晚便在靈鷲宮中洞房如何？」說著笑吟吟地伸手指著王語嫣。

「一字慧劍門」滿門師徒給童姥殺得精光，當時卓不凡不在福建，倖免於難，從此再也不敢回去，逃到長白山中荒僻極寒之地苦研劍法，無意中得了前輩高手遺下來的一部劍經，勤練三十年，終於劍術大成，自信已然天下無敵，此番出山，在河北一口氣殺了幾個赫赫有名的好手，更是狂妄不可一世，只道手中長劍當世無人與抗，言出法隨，誰敢有違？

虛竹臉上一紅，忙道：「不，不！卓先生不可誤會。」

卓不凡道：「男大當婚，女大當嫁，知好色則慕少艾，原是人之常情，又何必怕醜？」

虛竹不由得狼狽萬狀，連說：「這個……這個……不是的……」

卓不凡長劍抖動，一招「天如穹廬」，跟著一招「白霧茫茫」，兩招混一，向王語嫣遞去，要將她圈在劍光之中拉過來，居為奇貨，以便與虛竹交換，要他吐露秘密。

王語嫣一見這兩招，心中便道：「『天如穹廬』和『白霧茫茫』，都是九虛一實。只須中宮直進，搗其心腹，便逼得他非收招不可。」可是心中雖知其法，手上功夫卻使不出來，眼見劍光閃閃，罩向自己頭上，驚惶之下，「啊」的一聲叫了出來。

慕容復看出卓不凡這兩招並無傷害王語嫣之意，心想：「我不忙出手，且看這姓卓的老兒搗甚麼鬼？這小和尚是否會為了表妹而吐露機密？」

但段譽一見到卓不凡的劍招指向王語嫣，他也不懂劍招虛實，自然是大驚失色，情急之下，腳下展開「凌波微步」，疾衝過去，擋在王語嫣身前。卓不凡劍招雖快，段譽還是搶先了一步。長劍寒光閃處，嗤得一聲輕響，劍尖在段譽胸口劃了一條口子，自頸至腹，衣衫盡裂，傷及肌膚。總算卓不凡志在逼求虛竹心中的機密，不欲此時殺人樹敵，這一劍手勁的輕重恰到好處，劍痕雖長，傷勢卻甚輕微。段譽嚇得呆了，一低頭見到自己胸膛和肚腹上如此長的一條劍傷，鮮血迸流，只道已被他開膛破腹，立時便要斃命，叫道：「王姑娘，你……你快躲開，我來擋他一陣。」

卓不凡冷笑道：「泥菩薩過江，自身難保，居然不自量力，來做護花之人。」轉頭向虛竹道：「小兄弟，看中這位姑娘的人可著實不少，我先動手給你除去一個情敵如何？」長劍劍尖指著段譽心口，相距一寸，抖動不定，只須輕輕一送，立即插入他的心臟。

虛竹大驚，叫道：「不可，萬萬不可！」生怕卓不凡殺害段譽，左手伸出，小指在他右腕「太淵穴」上輕輕一拂。卓不凡手上一麻，握著劍柄的五指便即鬆了。虛竹順手將長劍抓在掌中。這一下奪劍，乃是「天山折梅手」中的高招，看似平平無奇，其實他小指的一拂之中，含有最上乘的「小無相功」，卓不凡的功力便再深三四十年，手中長劍一樣的也給奪了下來。虛竹道：「卓先生，這位段公子是好人，不可傷他性命。」順手又將長劍塞還在卓不凡手中，低頭去察看段譽傷勢。

段譽嘆道：「王姑娘，我……我要死了，但願你與慕容兄百年齊眉，白頭偕老。爹爹，媽媽……我……我……」他傷勢其實並不厲害，只是以為自己胸膛肚腹給人剖開了，當然是非死不可，一洩氣，身子向後便倒。

王語嫣搶著扶住，垂淚道：「段公子，你這全是為了我……」

虛竹出手如風，點了段譽胸腹間傷口左近的穴道，再看他傷口，登時放心，笑道：「段公子，你的劍傷不礙事，三四天便好。」

段譽身子給王語嫣扶住，又見她為自己哭泣，早已神魂飄盪，歡喜萬分，問道：「王姑娘，你……你是為我流淚麼？」王語嫣點了點頭，珠淚又是滾滾而下。段譽道：「我段譽得有今日，他便再刺我幾十劍，我便為你死幾百次，也是甘心。」虛竹的話，兩人竟都全沒聽進耳中。王語嫣是心中感激，情難自已。段譽見到了意中人的眼淚，又知這眼淚是為自己所流，那裏還關心自己的生死？

虛竹奪劍還劍，只是一瞬間之事，除了慕容復看得清楚、卓不凡心中明白之外，旁人都道卓不凡手下留情，故意不取段譽性命。可是卓不凡心中驚怒之甚，實是難以形容，一轉念間，心道：「我在長白山中巧得前輩遺留的劍經，苦練三十年，當世怎能尚有敵手？是了，想必這小子誤打誤撞，剛好碰到我手腕上的太淵穴。天下十分湊巧之事，原是有的。倘若他真是有意奪我手中兵刃，奪了之後，又怎會還我？瞧這小子小小年紀，能有多大氣候，豈能奪得了卓某手中長劍？」心念及此，豪氣又生，說道：「小子，你忒也多事！」長劍一遞，劍尖指在虛竹的後心衣上，手勁輕送，要想刺破他的衣衫，便如對付段譽一般，令他也受些皮肉之苦。

虛竹這時體內北冥真氣充盈流轉，宛若實質，卓不凡長劍刺到，撞上了他體內真氣，劍尖一歪，劍鋒便從他身側滑開。卓不凡大吃一驚，變招也真快捷，立時橫劍削向虛竹脅下。這一招「玉帶圍腰」一劍連攻他前、右、後三個方位，三處都是致命的要害，凌厲狠辣。這時他已知虛竹武功之高，大出自己意料之外，這一招已是使上了全力。

虛竹「咦」的一聲，身子微側，不明白卓不凡適才還說得好端端地，何以突然翻臉，陡施殺手？嗤得一聲，劍刃從他腋下穿過，將他的舊僧袍劃破了長長的一條。卓不凡第二擊不中，五分驚訝之外，更增了五分懼怕，身子滴溜溜的打了半個圈子，長劍一挺，劍尖上突然生出半尺吞吐不定的青芒。羣豪中有十餘人齊聲驚呼：「劍芒，劍芒！」那劍芒猶似長蛇般伸縮不定，卓不凡臉露獰笑，丹田中提一口真氣，青芒突盛，向虛竹胸口刺來。

虛竹從未見過別人的兵刃上能生出青芒，聽得羣豪呼喝，料想是一門厲害武功，自己定然對付不了，腳步一錯，滑了開去。卓不凡這一劍出了全力，中途無法變招，刷的一聲響，長劍刺入了大石柱中，深入尺許。這根石柱乃極堅硬的花崗石所製，軟身的長劍居然刺入一尺有餘，可見他附在劍刃上的真力實是非同小可，羣豪又忍不住喝采。

卓不凡手上運勁，將長劍從石柱中拔出，仗劍向虛竹趕去，喝道：「小兄弟，你能逃到那裏去？」虛竹心下害怕，滑腳又再避開。

左側突然有人嘿嘿一聲冷笑，說道：「小和尚，躺下罷！」是個女子聲音。兩道白光閃處，兩把飛刀在虛竹面前掠過。虛竹雖只在最初背負童姥之時，得她指點過一些輕功，但他內力深湛渾厚，舉手投足之際，自然而然的輕捷無比，身隨意轉，飛刀來得雖快，他還是輕輕巧巧的躲過了。但見一個身穿淡紅衣衫的中年美婦雙手一招，便將兩把飛刀接在手中。她掌心之中，倒似有股極強的吸力，將飛刀吸了過去。

卓不凡讚道：「芙蓉仙子的飛刀神技，可教人大開眼界了。」

虛竹驀地想起，那晚眾人合謀進攻縹緲峯之時，卓不凡、芙蓉仙子二人和不平道人乃是一路，不平道人在雪峯上被自己以松球打死，難怪二人要殺自己為同伴報仇。他自覺內疚，停了腳步，向卓不凡和芙蓉仙子不住作揖，說道：「我確是犯了極大的過錯，當真該死，雖然當時我並非有意，唉，總之是鑄成了難以挽回的大錯。兩位要打要罵，我……我這個……再也不敢躲閃了。」

卓不凡和芙蓉仙子崔綠華對望了一眼，均想：「這小子終於害怕了。」其實他們並不知道不平道人是死在虛竹的手下，即使知道，也不擬殺他為不平道人報仇。兩人一般的心思，同時欺近身去，一左一右，抓住了虛竹的手腕。

虛竹想到不平道人死時的慘狀，心中抱憾萬分，不住討饒：「我做錯了事，當真後悔莫及。兩位儘管重重責罰，我心甘情願的領受，就是要殺我抵命，那也不敢違抗。」

卓不凡道：「你要我不傷你性命，那也容易，你只須將童姥臨死時的遺言，原原本本的說與我聽，便可饒了你。」崔綠華微笑道：「卓先生，小妹能不能聽？」卓不凡道：「咱們只要尋到破解生死符的法門，這裏眾位朋友人人都受其惠，又不是在下一人能得好處。」他既不說讓崔綠華同聽秘密，亦不說不讓她聽，但言下之意，顯然是欲獨佔成果。

崔綠華微笑道：「小妹卻沒你這麼好良心，我便是瞧著這小子不順眼。」左手緊緊抓著虛竹的手腕，右手一揚，兩柄飛刀便往虛竹胸口插了下來。

童姥既死，卓不凡的師門大仇已難以得報，這時他只想找到破解生死符的法門，挾制羣豪，作威作福。崔綠華的用意卻全然不同。她兄長為三十六洞的三個洞主聯手所殺，她想只要殺了虛竹，無人知道童姥的遺言，那三個洞主身上的生死符就永遠難以破解，勢必比她兄長死得慘過百倍，遠勝於自己親手殺人報仇，是以突然之間，猛施殺手。她這下出手好快，卓不凡長劍本已入鞘，忙去拔劍，眼看已然慢了一步。

虛竹一驚之下，不及多想，自然而然的雙手一振，將卓不凡和崔綠華同時震開數步。

崔綠華一聲呼喝，飛刀脫手，疾向虛竹射去。她雖跌出數步，但以投擲暗器而論，仍可說相距極近。卓不凡怕虛竹被殺，舉劍往飛刀上撩去。崔綠華早料到卓不凡定會出劍相救，兩柄飛刀脫手，跟著又有十柄飛刀連珠般擲出，其中三刀擲向卓不凡，志在將他擋得一擋，其餘七刀都是向虛竹射去，面門、咽喉、胸膛、小腹，盡在飛刀的籠罩之下。

虛竹雙手連抓，使出「天山折梅手」來，隨抓隨拋，但聽得玎玎璫璫之聲不絕，霎時之間，將十三件兵刃投在腳邊。十二柄是崔綠華的飛刀，第十三件卻是卓不凡的長劍。原來他一使上這「天山折梅手」，惶急之下，沒再細想對手是誰，只是見兵刃便抓，順手將卓不凡的長劍也奪了下來。

他奪下十三件兵刃，一抬頭見到卓不凡蒼白的臉色，回過頭來，再見到崔綠華驚懼的眼神，心道：「糟糕，糟糕，我又得罪了人啦。」忙道：「兩位請勿見怪，在下行事鹵莽。」俯身拾起地下十三件兵刃，雙手捧起，送到卓崔二人身前。

崔綠華還道他故意來羞辱自己，雙掌運力，猛向他胸膛上擊去。但聽得拍的一聲響，一股猛烈無比的力道反擊而來，崔綠華「啊」的一聲驚呼，身子向後飛出，砰的一下，重重撞在石牆之上，噴出兩口鮮血。

卓不凡此次與不平道人、崔綠華聯手，事先三人暗中曾相互伸量過武功內力，雖然卓不凡較二人為強，但也只稍勝一籌而已，此刻見虛竹雙手捧著兵刃，單以體內的一股真氣，便將崔綠華彈得身受重傷，自己萬萬不是對手。他知道今日已討不了好去，雙手向虛竹一拱，說道：「佩服，佩服，後會有期。」

虛竹道：「前輩請取了劍去。在下無意冒犯，請前輩不必介意。前輩要打要罵，為不平道長出氣，我……我決計不敢反抗。」

在卓不凡聽來，虛竹這幾句話全成了刻毒的譏諷。他臉上已無半點血色，大踏步向廳外走去。

忽聽得一聲嬌叱，一個女子的聲音說道：「站住了！靈鷲宮是甚麼地方，容得你要來便來，要去便去嗎？」卓不凡一凜，順手便按劍柄，一按之下，卻按了個空，這才想起長劍已給虛竹奪去，只見大門外攔著一塊巨巖，二丈高，一丈寬，將大門密不透風的堵死了。這塊巨巖不知是何時無聲無息的移來，自己竟全然沒有警覺。

羣豪一見這等情景，均知已陷入了靈鷲宮的機關之中。眾人一路攻戰而前，將一干黃衫女子殺的殺，擒的擒，掃蕩得乾乾淨淨，進入大廳之後，也曾四下察看有無伏兵，但此後有人身上生死符發作，各人觸目驚心，物傷其類，再加上一連串變故接踵而來，竟沒想到身處險地，危機四伏，待得見到巨巖堵死了大門，心中均是一凜：「今日要生出靈鷲宮，只怕大大的不易了。」

忽聽得頭頂一個女子的聲音說道：「童姥姥座下四使婢，參見虛竹先生。」虛竹抬起頭來，只見大廳靠近屋頂之處，有九塊巖石凸了出來，似乎是九個小小的平台，其中四塊巖石上各有一個十八九歲的少女，正自盈盈拜倒。四女一拜，隨即縱身躍落，身在半空，手中已各持一柄長劍，飄飄而下。四女一穿淺紅，一穿月白，一穿淺碧，一穿淺黃，同時躍下，同時著地，又向虛竹躬身拜倒，說道：「使婢迎接來遲，主人恕罪。」虛竹作揖還禮，說道：「四位姊姊不必多禮。」

四個少女抬起頭來，眾人都是一驚。但見四女不但高矮穠纖一模一樣，而且相貌也沒半點分別，一般的瓜子臉蛋，眼如點漆，清秀絕俗，所不同的只是衣衫顏色。

那穿淺紅衫的女子道：「婢子四姊妹一胎孿生，童姥姥給婢子取名為梅劍，這三位妹子是蘭劍、竹劍、菊劍。適才遇到昊天、朱天諸部姊妹，得知諸般情由。現下婢子已將獨尊廳大門關上了，這一干大膽作反的奴才如何處置，便請主人發落。」

羣豪聽她自稱為四姊妹一胎孿生，這才恍然，怪不得四人相貌一模一樣，但見她四人容顏秀麗，語音清柔，各人心中均生好感，不料說到後來，那梅劍竟說甚麼「一干大膽作反的奴才」，實是無禮之極。兩條漢子搶了上來，一人手持單刀，一人拿著一對判官筆，齊聲喝道：「小妞兒，你口中不乾不淨的放……」

突然間青光連閃，蘭劍、竹劍姊妹長劍掠出，跟著嗆嗆兩聲響，兩條漢子的手腕已被截斷，手掌連著兵刃掉在地下。這一招迅捷無倫，那二人手腕已斷，口中還在說道：「……甚麼屁！哎唷！」齊聲大叫，向後躍開，只灑得滿地都是鮮血。

二女一出手便斷了二人手腕，其餘各人雖然頗有自忖武功比那兩條大漢要高得多的，卻也不敢貿然出手，何況眼見這座大廳四壁都是厚實異常的花崗巖，又不知廳中另有何等厲害機關，各人面面相覷，誰也沒有作聲。

寂靜之中，忽然人叢中又有一人「荷荷荷」的咆哮起來。眾人一聽，都知又有人身上的生死符催命來了。

羣豪相顧失色之際，一條鐵塔般的大漢縱跳而出，雙目盡赤，亂撕自己胸口衣服。許多人叫了起來：「鐵鰲島島主！鐵鰲島島主哈大霸！」那哈大霸口中呼叫，直如一頭受傷了的猛虎，他提起鐵缽般的拳頭，砰的一聲，將一張茶几擊得粉碎，隨即向菊劍衝去。

菊劍見到他可怖的神情，忘了自己劍法高強，心中害怕，一鑽頭便縮入了虛竹的懷中。哈大霸張開蒲扇般的大手，向梅劍抓來。這四個孿生姊妹心意相通，菊劍嚇得渾身發抖，梅劍早受感應，眼見哈大霸撲到，「啊」的一聲驚呼，躲到了虛竹背後。

哈大霸一抓不中，翻轉雙手，便往自己兩隻眼睛中挖去。虛竹叫道：「使不得！」衣袖揮出，拂中他的臂彎，哈大霸雙手便即垂下。虛竹道：「這位兄台體內所種的生死符發作，在下來想法子給你解去。」當即使出「天山六陽掌」中的一招「陽歌天鈞」，在哈大霸背心「靈台穴」上一拍。哈大霸幾下劇震，全身宛如虛脫。

青光閃處，兩柄長劍分別向哈大霸刺到，正是蘭劍、竹劍二姝乘機出手。虛竹道：「不可！」夾手將雙劍奪過，喃喃唸道：「糟糕，糟糕！不知他的生死符在何處？」他雖學會了生死符的破解之法，究竟見識淺陋，看不出哈大霸身上生死符的所在，這一招「陽歌天鈞」又出力太猛，哈大霸竟然受不起。

哈大霸說道：「中……中在……懸樞……氣……氣海……絲……絲竹空……」適才虛竹一招「陽歌天鈞」，已令他神智恢復。

虛竹喜道：「你自己知道，那就好了。」當即以童姥所授法門，用天山六陽掌的純陽之力，將他懸樞、氣海、絲竹空三處穴道中的寒冰生死符化去。

哈大霸站起身來，揮拳踢腿，大喜若狂，突然撲翻在地，砰砰砰的向虛竹磕頭，說道：「恩公在上，哈大霸的性命，是你老人家給的，此後恩公但有所命，哈大霸赴湯蹈火，在所不辭。」虛竹對人向來恭謹，見哈大霸行此禮，忙跪下還禮，也砰砰砰的向他磕頭，說道：「在下不敢受此重禮，你向我磕頭，我也得向你磕頭。」哈大霸大聲道：「恩公快快請起，你向我磕頭，可真折殺小人了。」為了表示感激之意，又多磕幾個頭。虛竹見他又磕頭，當下又磕頭還禮。

兩人爬在地下，磕頭不休。猛聽得幾百人齊聲叫了起來：「給我破解生死符，給我破解生死符。」身上中了生死符的羣豪蜂湧而前，將二人團團圍住。一名老者將哈大霸扶起，說道：「不用磕頭啦，大夥兒都要請恩公療毒救命。」

虛竹見哈大霸站起，這才站起身來，說道：「各位別忙，聽我一言。」霎時之間，大廳上沒半點聲息。虛竹說道：「要破解生死符，須得確知所種的部位，各位自己知不知道？」

霎時間眾人亂成一團，有的說：「我知道！」有的說：「我中在委中穴、內庭穴！」有的說：「我全身發疼，他媽的也不知中在甚麼鬼穴道！」有的說：「我身上麻癢疼痛，每個月不同，這生死符會走！」

突然有人大聲喝道：「大家不要吵，這般嚷嚷的，虛竹子先生能聽得見麼？」出聲呼喝的正是羣豪之首的烏老大，眾人便即靜了下來。

虛竹道：「在下雖蒙童姥授了破解生死符的法門……」七八個人忍不住叫了起來：「妙極，妙極！」「吾輩性命有救了！」只聽虛竹續道：「……但辨穴認病的本事卻極膚淺。不過各位也不必擔心，若是自己確知生死符部位的，在下逐一施治，助各位破解。就算不知，咱們慢慢琢磨，再請幾位精於醫道的朋友來一同參詳，總之是要治好為止。」

羣豪大聲歡呼，只震得滿廳中都是回聲。過了良久，歡呼聲才漸漸止歇。

梅劍冷冷的道：「主人應允給你們取出生死符，那是他老人家的慈悲。可是你們大膽作亂，害得童姥離宮下山，在外仙逝，你們又來攻打縹緲峯，害死了我們鈞天部的不少姊妹，這筆帳卻又如何算法？」

此言一出，羣豪面面相覷，心中不禁冷了半截，尋思梅劍所言確是實情，虛竹既是童姥的傳人，對眾人所犯下的大罪不會置之不理。有人便欲出言哀懇，但轉念一想，害死童姥、倒反靈鷲宮之罪何等深重，豈能哀求幾句，便能了事？話到口邊，又縮了回去。

烏老大道：「這位姊姊所責甚是有理，吾輩罪過甚大，甘領虛竹子先生的責罰。」他摸準了虛竹的脾氣，知他忠厚老實，絕非陰狠毒辣的童姥可比，若是由他出手懲罰，下手也必比梅蘭竹菊四劍為輕，因之向他求告。

羣豪中不少人便即會意，跟著叫了起來：「不錯，咱們罪孽深重，虛竹子先生要如何責罰，大家甘心領罪。」有些人想到生死符催命時的痛苦，竟然雙膝一曲，跪了下來。

虛竹渾沒了主意，向梅劍道：「梅劍姊姊，你瞧該當怎麼辦？」梅劍道：「這些都不是好人，害死了鈞天部這麼多姊妹，非叫他們償命不可。」

無量洞副洞主左子穆向梅劍深深一揖，說道：「姑娘，咱們身上中了生死符，實在是慘不堪言，一聽到童姥姥她老人家不在峯上，不免著急，以致做錯了事，實在悔之莫及。求你姑娘大人大量，向虛竹子先生美言幾句。」

梅劍臉一沉，說道：「那些殺過人的，快將自己的右臂砍了，這是最輕的懲戒了。」她話一出口，覺得自己發號施令，於理不合，轉頭向虛竹道：「主人，你說是不是？」虛竹覺得如此懲罰太重，卻又不願得罪梅劍，囁嚅道：「這個……這個……嗯……那個……」

人羣中忽有一人越眾而出，正是大理國王子段譽。他性喜多管閒事，評論是非，向虛竹拱了拱手，笑道：「仁兄，這些朋友們來攻打縹緲峯，小弟一直極不贊成，只不過說乾了嘴，也勸他們不聽。今日大夥兒闖下大禍，仁兄欲加罪責，倒也應當。小弟向仁兄討一個差使，由小弟來將這些朋友們責罰一番如何？」

那日羣豪要殺童姥，歃血為盟，段譽力加勸阻，虛竹是親耳聽到的，知道這位公子仁心俠膽，對他好生敬重，自己負了童姥給李秋水從千丈高峯打下來，也曾得他相救，何況自己正沒做理會處，聽他如此說，忙拱手道：「在下識見淺陋，不會處事。段公子肯出面料理，在下感激不盡。」

羣豪初聽段譽強要出頭來責罰他們，如何肯服？有些脾氣急躁的已欲破口大罵，待聽得虛竹竟一口應允，話到口邊，便都縮回去了。

段譽喜道：「如此甚好。」一轉身面對羣豪說道：「眾位所犯過錯，實在太大，在下所定的懲罰之法，卻也非輕。虛竹子先生既讓在下處理，眾位若有違抗，只怕虛竹子老兄便不肯給你們拔去身上的生死符了。嘿嘿，這第一條嘛，大家須得在童姥靈前，恭恭敬敬的磕上八個響頭，肅穆默念，懺悔前非，磕頭之時，倘若心中暗咒童姥者，罪加一等。」

虛竹喜道：「甚是，甚是！這第一條罰得很好。」

羣豪本來都怕這書呆子會提出甚麼古怪難當的罰法來，都自惴惴不安，一聽他說在童姥靈前磕頭，均想：「人死為大，在她靈前磕幾個頭，又打甚緊？何況咱們心裏暗咒老賊婆，他又怎會知道，老子一面磕頭，一面暗罵老賊婆便是。」當即齊聲答應。

段譽見自己提出的第一條眾人欣然同意，精神一振，說道：「這第二條，大家須得在鈞天部諸死難姊姊的靈前行禮。殺傷過人的，必須磕頭，默念懺悔，還得身上掛塊麻布，服喪誌哀。沒殺過人的，長揖為禮，虛竹子仁兄提早給他們治病，以資獎勵。」

羣豪之中，一大半手上沒在縹緲峯頂染過鮮血，首先答應。殺傷過鈞天部諸女之人，聽他說不過是磕頭服喪，比之梅劍要他們自斷右臂，懲罰輕了萬倍，自也不敢異議。

段譽又道：「這第三條嗎，是要大家永遠臣服靈鷲宮，不得再生異心。虛竹子先生說甚麼，大家便得聽從號令。不但對虛竹子先生要恭敬，對梅蘭竹菊四位姊姊妹妹們，也得客客氣氣，化敵為友，再也不得動刀弄槍。倘若有那一位不服，不妨上來跟虛竹子先生比上三招兩式，且看是他高明呢，還是你厲害！」

羣豪聽段譽這麼說，都歡然道：「當得，當得！」更有人道：「公子訂下的罰章，未免太便宜了咱們，不知更有甚麼吩咐？」

段譽拍了拍手，笑道：「沒有了！」轉頭向虛竹道：「小弟這三條罰章訂得可對？」

虛竹拱手連說：「多謝，多謝，對之極矣。」他向梅劍等人瞧了一眼，臉上頗有歉然之色。蘭劍道：「主人，你是靈鷲宮之主，不論說甚麼，婢子們都得聽從。你氣量寬宏，饒了這些奴才，可也不必對我們有甚麼抱歉。」虛竹一笑，道：「不敢！嗯，這個……我心中還有幾句話，不知……不知該不該說？」

烏老大道：「三十六洞、七十二島，一向是縹緲峯的下屬，尊主有何吩咐，誰也不敢違抗。段公子所定的三條罰章，實在是寬大之至。尊主另有責罰，大夥兒自然甘心領受。」

虛竹道：「我年輕識淺，只不過承童姥姥指點幾手武功，『尊主』甚麼的，真是愧不敢當。我有兩點意思，這個……這個……也不知道對不對，大膽說了出來，這個……請各位前輩琢磨琢磨。」他自幼至今一直受人指使差遣，向居人下，從來不會自己出甚麼主意，而當眾說話更是窘迫，這幾句說得吞吞吐吐，語氣神色更是謙和之極。

梅蘭竹菊四姝均想：「主人怎麼啦，對這些奴才也用得著這麼客氣？」

烏老大道：「尊主寬洪大量，赦免了大夥兒的重罪，更對咱們這般謙和，眾兄弟便肝腦塗地，也難報恩德於萬一。尊主有命，便請吩咐罷！」

虛竹道：「是，是！我若說錯了，諸位不要……不要這個見笑。我想說兩件事。第一件嘛，好像有點私心，在下……在下出身少林寺，本來……本是個小和尚，請諸位今後行走江湖之時，不要向少林派的僧俗弟子們為難。那是我向各位求一個情，不敢說甚麼命令。」

烏老大大聲道：「尊主有令：今後眾兄弟在江湖上行走，遇到少林派的大師父和俗家朋友們，須得好生相敬，千萬不可得罪了，否則嚴懲不貸。」羣豪齊聲應道：「遵命。」

虛竹見眾人答允，膽子便大了些，拱手道：「多謝，多謝！這第二件事，是請各位體念上天好生之德，我佛慈悲為懷，不可隨便傷人殺人。最好是有生之物都不要殺，螻蟻尚且惜命，最好連腥葷也不吃，不過這一節不大容易，連我自己也破戒吃葷了。因此……這個……那個殺人嘛，總之不好，還是不殺人的為妙，只不過我……我也殺過人，所以嘛……」

烏老大大聲道：「尊主有令：靈鷲宮屬下一眾兄弟，今後不得妄殺無辜，胡亂殺生，否則重重責備。」羣豪又齊聲應道：「遵命！」

虛竹連連拱手，說道：「我……我當真感激不盡，話又說回來，各位多做好事，不做壞事，那也是各位自己的功德善業，必有無量福報。」向烏老大笑道：「烏先生，你幾句話便說得清清楚楚，我可不成，你……你的生死符中在那裏？我先給你拔除了罷！」

烏老大所以干冒奇險，率眾謀叛，為來為去就是要除去體內的生死符，聽得虛竹答應為他拔除，從此去了這為患無窮的附骨之蛆，當真是不勝之喜，心中感激，雙膝一曲，便即拜倒。虛竹急忙跪倒還禮，又問：「烏先生，你肚子上松球之傷，這可痊愈了麼？你服過童姥的甚麼『斷筋腐骨丸』，咱們也得想法子解了毒性才是。」

梅劍四姊妹開動機關，移開大門上的巨巖，放了朱天、昊天、玄天九部諸女進入大廳。風波惡和包不同大呼小叫，和鄧百川、公冶乾一齊進來。他四人出門尋童姥相鬥，卻撞到八部諸女。包不同言詞不遜，風波惡好勇鬥狠，三言兩語，便和諸女動起手來。不久鄧百川、公冶乾加入相助，他四人武功雖強，但終究寡不敵眾，四人且鬥且走，身上都帶了傷，倘若大門再遲開片刻，梅蘭竹菊不出聲喝止，他四人若不遭擒，便難免喪生了。

慕容復自覺沒趣，帶同鄧百川等告辭下山。卓不凡和芙蓉仙子崔綠華卻不別而行。

虛竹見慕容復等要走，竭誠挽留。慕容復道：「在下得罪了縹緲峯，好生汗顏，承兄台不加罪責，已領盛情，何敢再行叨擾？」虛竹道：「那裏，那裏？兩位公子文武雙全，英雄了得，在下仰慕得緊，只想……只想這個……向兩位公子領教。我……我實在笨得……那個要命。」

包不同適才與諸女交鋒，寡不敵眾，身上受了好幾處劍傷，正沒好氣，聽虛竹囉裏囉唆的留客，又聽慕容復低聲說他懷中藏了王語嫣的圖像，尋思：「這小賊禿假仁假義，身為佛門子弟，卻對我家王姑娘暗起歹心，顯然是個不守清規的淫僧。」便道：「小師父留英雄是假，留美人是真，何不直言要留王姑娘在縹緲峯上？」

虛竹愕然道：「你……你說甚麼？我要留甚麼美人？」包不同道：「你心懷不軌，難道姑蘇慕容家的都是白痴麼？嘿嘿，太也可笑！」虛竹搔了搔頭，說道：「我不懂先生說些甚麼，不知甚麼事可笑。」

包不同雖然身在龍潭虎穴之中，但一激發了他的執拗脾氣，早將生死置於度外，大聲叫道：「你這小禿賊，你是少林寺的和尚，既是名門弟子，怎麼又改投邪派，勾結一眾妖魔鬼怪？我瞧著你便生氣。一個和尚，逼迫幾百名婦女做你妻妾情婦，兀自不足，卻又打起我家王姑娘的主意來！我跟你說，王姑娘是我家慕容公子的人，你癩蝦蟆莫想吃天鵝肉，乘早收了歹心的好！」怒火上衝，拍手頓足，指著虛竹的鼻子大罵。

虛竹莫名其妙，道：「我……我……我……」忽聽得呼呼兩聲，烏老大挺起綠波香露鬼頭刀，哈大霸舉起一柄大鐵椎，齊聲大喝，雙雙向包不同撲來。

慕容復知道虛竹既允為這些人解去生死符之毒，已得羣豪死力，若是混戰起來，凶險無比，眼見烏老大和哈大霸同時撲到，身形一晃，搶上前去，使出「斗轉星移」的功夫，一帶之間，鬼頭刀砍向哈大霸，而大鐵椎砸向烏老大，噹的一聲猛響，兩般兵刃激得火花四濺。慕容復反手在包不同肩頭輕輕一推，將他推出丈餘，向虛竹拱手道：「得罪，告辭了！」身形晃處，已到大廳門口。他適才見過門口的機關，倘若那巨巖再移過來擋住了大門，那便只有任人宰殺了。

虛竹忙道：「公子慢走，決不……不是這個意思……我……」慕容復雙眉一挺，轉身過來，朗聲道：「閣下是否自負天下無敵，要指點幾招麼？」虛竹連連搖手，道：「不……不敢……」慕容復道：「在下不速而至，來得冒昧，閣下真的非留下咱們不可麼？」虛竹搖頭道：「不……不是……是的……唉！」

慕容復站在門口，傲然瞧著虛竹、三十六洞、七十二島羣豪，以及梅蘭竹菊四劍、九天九部諸女。羣豪諸女為他氣勢所懾，一時竟然無人敢於上前。隔了半晌，慕容復袍袖一拂，道：「走罷！」昂然跨出大門。王語嫣、鄧百川等五人跟了出去。

烏老大憤然道：「尊主，倘若讓他活著走下縹緲峯，大夥兒還用做人嗎？請尊主下令攔截。」虛竹搖頭道：「算了。我……我真不懂，為甚麼他忽然生這麼大的氣，唉，真是不明白……」烏老大道：「那麼待屬下去擒了那位王姑娘來。」虛竹忙道：「不可，不可！」

王語嫣見段譽未出大廳，回頭道：「段公子，再見了！」

段譽一震，心口一酸，喉頭似乎塞住了，勉強說道：「是，再……再見了。我……我還是跟你一起……」眼見她背影漸漸遠去，更不回頭，耳邊只響著包不同那句話：「他說王姑娘是慕容公子的人，叫旁人趁早死了心，不可癩蝦蟆想吃天鵝肉。不錯，慕容公子臨出廳門之時，神威凜然，何等英雄氣概！他一舉手間便化解了兩個勁敵的招數，又是何等深湛的武功！以我這等手無縛鷄之力的人，到處出醜，如何在她眼下？王姑娘那時瞧著她表哥的眼神臉色，真是深情款款，既仰慕，又愛憐，我……我段譽，當真不過是一隻癩蝦蟆罷了。」

一時之間，大廳上怔住了兩人，虛竹是滿腹疑雲，搔首踟躕，段譽是悵惘別離，黯然魂消。兩人呆呆的茫然相對。

過了良久，虛竹一聲長嘆。段譽跟著一聲長嘆，說道：「仁兄，你我同病相憐，這銘心刻骨的相思，卻何以自遣？」虛竹一聽，不由得滿面通紅，以為他知道自己「夢中女郎」的艷蹟，囁嚅問道：「段……段公子，你卻又如……如何得知？」

段譽道：「不知子都之美者，無目者也。不識彼姝之美者，非人者也。愛美之心，人皆有之。仁兄，你我同是天涯淪落人，此恨綿綿無絕期！」說著又是一聲長嘆。他認定虛竹懷中私藏王語嫣的圖像，自是和自己一般，對王語嫣傾倒愛慕，適才慕容復和虛竹衝突，當然也是為著王語嫣了，又道：「仁兄武功絕頂，可是這情之一物，只講緣份，不論文才武藝，若是無緣，說甚麼也不成的。」

虛竹喃喃道：「是啊，佛說萬法緣生，一切只講緣份……不錯……那緣份……當真是可遇不可求……是啊，一別之後，茫茫人海，卻又到那裏找去？」他說的是「夢中女郎」，段譽卻認定他是說王語嫣。兩人各有一份不通世俗的獃氣，竟然越說越投機。

靈鷲宮諸女擺開筵席，虛竹和段譽便攜手入座。諸洞島羣豪是靈鷲宮下屬，自然誰也不敢上來和虛竹同席。虛竹不懂款客之道，見旁人不過來，也不出聲相邀，只和段譽講論。

段譽全心全意沉浸在對王語嫣的愛慕之中，沒口了的誇獎，說她性情如何和順溫婉，姿容如何秀麗絕俗。虛竹只道段譽在誇獎他的「夢中女郎」，不敢問他如何認得，更不敢出聲打聽這女郎的來歷，一顆心卻是怦怦亂跳，尋思：「我只道童姥一死，天下便沒人知道這位姑娘的所在，天可憐見，段公子竟然認得。但聽他之言，對這位姑娘也充滿了愛慕之情、思戀之意，我若吐露風聲，曾和她在冰窖之中有過一段因緣，段公子勢必大怒，離席而去，我便再也打聽不到了。」聽段譽沒口子誇獎這位姑娘，正合心意，便也隨聲附和，其意甚誠。

兩人各說各的情人，纏夾在一起，只因誰也不提這兩位姑娘名字，言語中的筍頭居然接得絲絲入扣。虛竹道：「段公子，佛家道萬法都是一個緣字。經云：『諸法從緣生，諸法從緣滅。我佛大沙門，常作如是說。』達摩祖師有言：『眾生無我，若樂隨緣』，如有甚麼賞心樂事，那也是『宿因所構，今方得之。緣盡還無，何喜之有？』」段譽道：「是啊！『得失隨緣，心無增減』！話雖如此說，但吾輩凡夫，怎能修得到這般『得失隨緣，心無增減』的境地？」

大理國佛法昌盛，段譽自幼誦讀佛經，兩人你引一句金剛經，我引一段法華經，自寬自慰，自傷自嘆，惺惺相惜，同病相憐。梅蘭竹菊四姝不住輪流上來勸酒。段譽喝一杯，虛竹便也喝一杯，嘮嘮叨叨的談到半夜。羣豪起立告辭，由諸女指引歇宿之所。虛竹和段譽酒意都有八九分了，仍是對飲講論不休。

那日段譽和蕭峯在無錫城外賭酒，以內功將酒水從指甲中逼出，此刻借酒澆愁，卻是真飲，迷迷糊糊的道：「仁兄，我有一位結義金蘭的兄長，姓喬名峯，此人當真是大英雄，真豪傑，武功酒量，無雙無對。仁兄若是遇見，必然也愛慕喜歡，只可惜他不在此處，否則咱三人結拜為兄弟，共盡意氣之歡，實是平生快事。」

虛竹從不喝酒，全仗內功精湛，這才連盡數斗不醉，但心中飄飄盪盪地，說話舌頭也大了，本來拘謹膽小，忽然豪氣陡生，說道：「段公子若是……那個不是……不是瞧不起我，咱二人便先結拜起來，日後尋到喬大哥，再拜一次便了。」段譽大喜，道：「妙極，妙極！兄長幾歲？」

二人敘了年紀，虛竹大了三歲。段譽叫道：「二哥，受小弟一拜！」推開椅子，跪拜下去。虛竹急忙還禮，腳下一軟，向前直摔。

段譽見他摔跌，忙伸手相扶，兩人無意間真氣一撞，都覺對方體中內力充沛，急忙自行收斂克制。這時段譽酒意已有十分，腳步踉蹌，站立不定。突然之間，兩人哈哈大笑，互相摟抱，滾跌在地。段譽道：「二哥，小弟沒醉，咱倆再來喝他一百杯！」虛竹道：「小兄自當陪三弟喝個痛快。」段譽道：「人生得意須盡歡，莫使金樽空對月，哈哈，會須立盡三百杯！」兩人越說越迷糊，終於都醉得人事不知。

三十九

解不了 名韁繫嗔貪

香灰漸漸散落，
露出地下一隻黃銅手掌，
五指宛然，掌緣指緣閃閃生光，
燦爛如金，掌背卻呈灰綠色。

虛竹次日醒轉，發覺睡在一張溫軟的床上，睜眼向帳外看去，見是處身於一間極大的房中，空蕩蕩地倒與少林寺的禪房差不多，房中陳設古雅，銅鼎陶瓶，也有些像少林寺中的銅鐘香爐。這時兀自迷迷糊糊，於眼前情景，惘然不解。

一個少女托著一隻瓷盤走到床邊，正是蘭劍，說道：「主人醒了？請漱漱口。」

虛竹宿酒未消，只覺口中苦澀，喉頭乾渴，見碗中盛著一碗黃澄澄的茶水，拿起便喝，入口甜中帶苦，卻無茶味，便骨嘟骨嘟的喝個清光。他一生中那裏嘗過甚麼參湯？也不知是甚麼苦茶，歉然一笑，說道：「多謝姊姊！我……我想起身了，請姊姊出去罷！」

蘭劍尚未答口，房門外又走進一個少女，卻是菊劍，微笑道：「咱姊妹二人服侍主人換衣。」說著從床頭椅上拿起一套淡青色的內衣內褲，塞在虛竹被中。

虛竹大窘，滿臉通紅，說道：「不，不，我……我不用姊姊們服侍。我又沒受傷生病，只不過是喝醉了，唉，這一下連酒戒也犯了。經云：『飲酒有三十六失』。以後最好不飲。三弟呢？段公子呢？他在那裏？」

蘭劍抿嘴笑道：「段公子已下山去了。臨去時命婢子稟告主人，說道待靈鷲宮中諸事定當之後，請主人赴中原相會。」

虛竹叫聲：「啊喲！」說道：「我還有事問他呢，怎地他便走了？」心中一急，從床上跳了起來，要想去追趕段譽，問他「夢中女郎」的姓名住處，突然見自身穿著一套乾乾淨淨的月白小衣，「啊」的一聲，又將被子蓋在身上，驚道：「我怎地換了衣衫？」他從少林寺中穿出來的是套粗布內衣褲，穿了半年，早已破爛污穢不堪，現下身上所服，著體輕柔，也不知是綾羅還是綢緞，但總之是貴重衣衫。

菊劍笑道：「主人昨晚醉了，咱四姊妹服侍主人洗澡更衣，主人都不知道麼？」

虛竹更是大吃一驚，一抬頭見到蘭劍、菊劍，人美似玉，笑靨勝花，不由得心中怦怦亂跳，一伸臂間，內衣從手臂間滑了上去，露出隱隱泛出淡紅的肌膚，顯然身上所積的污垢泥塵都已被洗擦得乾乾淨淨。他兀自存了一線希望，強笑道：「我真醉得胡塗了，幸好自己居然還會洗澡。」蘭劍笑道：「昨晚主人一動也不會動了，是我們四姊妹替主人洗的。」虛竹「啊」的一聲大叫，險些暈倒，重行臥倒，連呼：「糟糕，糟糕！」

蘭劍、菊劍給他嚇了一跳，齊問：「主人，甚麼事不對啦？」虛竹苦笑道：「我是個男人，在你們四位姊妹面前……那個赤身露體，豈不……豈不是糟糕之極？何況我全身老泥，又臭又髒，怎可勞動姊姊們做這等污穢之事？」蘭劍道：「咱四姊妹是主人的女奴，便為主人粉身碎骨也所應當，奴婢犯了過錯，請主人責罰。」說罷，和菊劍一齊拜伏在地。

虛竹見她二人大有畏懼之色，想起余婆、石嫂等人，也曾為自己對她們以禮相待，因而嚇得全身發抖，料想蘭劍、菊劍也是見慣了童姥的詞色，只要言辭稍和，面色略溫，立時便有殺手相繼，便道：「兩位姊……嗯，你們快起來，你們出去罷，我自己穿衣，不用你們服侍。」蘭菊二人站起身來，淚盈於眶，倒退著出去。虛竹心中奇怪，問道：「我……是我得罪了你們麼？你們為甚麼不高興，眼淚汪汪的？只怕我說錯了話，這個……」

菊劍道：「主人要我姊妹出去，不許我們服侍主人穿衣盥洗，定是討厭了我們……」話未說完，珠淚已滾滾而下。虛竹連連搖手，說道：「不，不是的。唉，我不會說話，甚麼也說不明白。我是男人，你們是女的，那個……那個不大方便……的的確確沒有他意……我佛在上，出家人不打誑語，我決不騙你們。」

蘭劍、菊劍見他指手劃腳，說得情急，其意甚誠，不由得破涕為笑，齊聲道：「主人莫怪。靈鷲宮中向無男人居住，我們更從來沒見過男子。主人是天，奴婢們是地，那裏有甚麼男女之別？」二人盈盈走近，服侍虛竹穿衣著鞋。不久梅劍與竹劍也走了進來，一個替他梳頭，一個替他洗臉。虛竹嚇得不敢作聲，臉色慘白，心中亂跳，只好任由她四姊妹擺布，再也不敢提一句不要她們服侍的話。

他料想段譽已經去遠，追趕不上，又想洞島羣豪身上生死符未除，不能就此猝然離去，用過早點後，便到廳上和羣豪相見，替兩個痛得最厲害之人拔除了生死符。

拔除生死符須以真力使動「天山六陽掌」，虛竹真力充沛，縱使連拔十餘人，也不會疲累，可是童姥在每人身上所種生死符的部位各不相同，虛竹細思拔除之法，卻頗感煩難。他於經脈、穴道之學所知極淺，又不敢隨便動手，若有差失，不免使受治者反蒙毒害。到得午間，竟只治了四人。食過午飯後，略加休息。

梅劍見他皺起眉頭，沉思拔除生死符之法，頗為勞心，便道：「主人，靈鷲宮後殿，有數百年前舊主人遺下的石壁圖像，婢子曾聽姥姥言道，這些圖像與生死符有關，主人何不前去一觀？」虛竹喜道：「甚好！」

當下梅蘭竹菊四姝引導虛竹來到花園之中，搬開一座假山，現出地道入口，梅劍高舉火把，當先領路，五人魚貫而進。一路上梅劍在隱蔽之處不住按動機括，使預伏的暗器陷阱不致發動。那地道曲曲折折，盤旋向下，有時豁然開朗，現出一個巨大的石窟，可見地道是依著山腹中天然的洞穴而開成。

竹劍道：「這些奴才攻進宮來，鈞天部的姊姊們都給擒獲，我們四姊妹眼見抵敵不住，便逃到這裏躲避，只盼到得天黑，再設法去救人。」蘭劍道：「其實那也只是我們報答姥姥的一番心意罷了。主人倘若不來，我們終究都不免喪生於這些奴才之手。」

行了二里有餘，梅劍伸手推開左側一塊巖石，讓在一旁，說道：「主人請進，裏面便是石室，婢子們不敢入內。」虛竹道：「為甚麼不敢？裏面有危險麼？」梅劍道：「不是有危險。這是本宮重地，婢子們不敢擅入。」虛竹道：「一起進來罷，那有甚麼要緊？外邊地道中這麼窄，站著很不舒服。」四姝相顧，均有驚喜之色。

梅劍道：「主人，姥姥仙去之前，曾對我姊妹們說道，倘若我四姊妹忠心服侍，並無過犯，又能用心練功，那麼到我們四十歲時，便許我們每年到這石室中一日，參研石壁上的武功。就算主人恩重，不廢姥姥當日的許諾，那也是廿二年之後的事了。」虛竹道：「再等廿二年，豈不氣悶煞人？到那時你們也老了，再學甚麼武功？一齊進去罷！」四姝大喜，當即伏地跪拜。虛竹道：「請起，請起。這裏地方狹窄，我跪下還禮，大家擠成一團了。」

四人走進石室，只見四壁巖石打磨得甚是光滑，石壁上刻滿了無數徑長尺許的圓圈，每個圈中都刻了各種各樣的圖形，有的是人像，有的是獸形，有的是殘缺不全的文字，更有些只是記號和線條，圓圈旁注著「甲一」、「甲二」、「子一」、「子二」等數字，圓圈之數若不逾千，至少也有八九百個，一時卻那裏看得周全？

竹劍道：「咱們先看甲一之圖，主人說是嗎？」虛竹點頭稱是。當下五人舉起火把，端相編號「甲一」的圓圈，虛竹一看之下，便認出圈中所繪，是天山折梅手第一招的起手式，道：「這是『天山折梅手』。」看甲二時，果真是天山折梅手的第二招，依次看下去，天山折梅手圖解完後，便是天山六陽掌的圖解，童姥在西夏皇宮中所傳的各種歌訣奧秘，盡皆注在圓圈之中。

石壁上天山六陽掌之後的武功招數，虛竹就沒學過。他按著圖中所示，運起真氣，只學得數招，身子便輕飄飄地凌虛欲起，只是似乎還在甚麼地方差了一點，以致無法離地。

正在凝神運息、萬慮俱絕之時，忽聽得「啊、啊」兩聲驚呼，虛竹一驚，回過頭來，但見蘭劍、竹劍二姝身形晃動，跟著摔倒在地。梅菊二姝手扶石壁，臉色大變，搖搖欲墮。虛竹忙將蘭竹二姝扶起，驚道：「怎麼啦？」梅劍道：「主……主人，我們功力低微，不能看這裏的……這裏的圖形……我……我們在外面伺候。」四姝扶著石壁，慢慢走出石室。

虛竹呆了一陣，跟著走出，只見四姝在甬道中盤膝而坐，正自用功，身子顫抖，臉現痛苦神色。虛竹知道她們已受頗重的內傷，當即使出天山六陽掌，在每人背心的穴道上輕拍幾下。一股陽和渾厚的力道透入各人體內，四姝臉色登時平和，不久各人額頭滲出汗珠，先後睜開眼來，叫道：「多謝主人耗費功力，為婢子治傷。」翻身拜倒，叩謝恩德。虛竹忙伸手相扶，道：「那……那是怎麼回事？怎麼好端端地會受傷昏暈？」

梅劍嘆了口氣，說道：「主人，當年姥姥要我們到四十歲之後，才能每年到這石室中來看圖一日，原來大有深意。這些圖譜上的武功太也深奧，婢子們不自量力，照著『甲一』圖中所示一練，真氣不足，立時便走入了經脈岔道。若不是主人解救，我四姊妹只怕便永遠癱瘓了。」蘭劍道：「姥姥對我們期許很切，盼望我姊妹到四十歲後，便能習練這上乘武功，可是……可是婢子們資質庸劣，便算再練二十二年，也未必敢再進這石室。」

虛竹道：「原來如此，那卻是我的不是了，我不該要你們進去。」四劍又拜伏請罪，齊道：「主人何出此言？那是主人的恩德，全怪婢子們狂妄胡為。」

菊劍道：「主人功力深厚，練這些高深武學卻是大大有益。姥姥在石室之中，往往經月不出，便是揣摩石壁上的圖譜。」梅劍又道：「三十六洞、七十二島那些奴才們逼問鈞天部的姊妹們，要知道姥姥藏寶的所在。諸位姊姊寧死不屈。我四姊妹本想將他們引進地道，發動機關，將他們盡數聚殲在地道之中，只是深恐這些奴才中有破解機關的能手，倘若進了石室，見到石壁圖解，那就遺禍無窮。早知如此，讓他們進來反倒好了。」

虛竹點頭道：「確實如此，這些圖解若讓功力不足之人見到了，那比任何毒藥利器更有禍害，幸虧他們沒有進來。」蘭劍微笑道：「主人真是好心，依我說啊，要是讓他們一個個練功而死，那才好看呢。」

虛竹道：「我練了幾招，只覺精神勃勃，內力充沛，正好去給他們拔除一些生死符。你們上去睡一睡，休息一會。」五人從地道中出來，虛竹回入大廳，拔除了三人的生死符。

此後虛竹每日替羣豪拔除生死符，一感精神疲乏，便到石室中去習練上乘武功。四姝在石室外相候，再也不敢踏進一步。虛竹每日亦抽暇指點四姝及九部諸女的武功。

如此直花了二十餘天時光，才將羣豪身上的生死符拔除乾淨，而虛竹每日精研石壁上的圖譜，武功也是大進，比之初上縹緲峯時已大不相同。

羣豪當日臣服於童姥，是為生死符所制，不得不然，此時靈鷲宮易主，虛竹以誠相待，以禮相敬，羣豪雖都是桀敖不馴的人物，卻也感恩懷德，心悅誠服，一一拜謝而去。

待得各洞主、各島主分別下山，峯上只賸下虛竹一個男子。他暗自尋思：「我自幼便是孤兒，全仗寺中師父們撫養成人，倘若從此不回少林，太也忘恩負義。我須得回到寺中，向方丈和師父領罪，才合道理。」當下向四姝及九部諸女說明原由，即日便要下山，靈鷲宮中一應事務，吩咐由九部之首的余婆、石嫂、符敏儀等人會商處理。

四姝意欲跟隨服侍，虛竹道：「我回去少林，重做和尚。和尚有婢女相隨，天下焉有是理？」說之再三，四姝總不肯信。虛竹拿起剃刀，將頭髮剃個清光，露出頂上的戒點來。四姝無奈，只得與九部諸女一齊送到山下，灑淚而別。

虛竹換上了舊僧衣，邁開大步，東去嵩山。以他的性情，路上自然不會去招惹旁人，而他這般一個衣衫襤褸的青年和尚，盜賊歹人也決不會來打他的主意。一路無話，太太平平的回到了少林寺。

他重見少林寺屋頂的黃瓦，心下不禁又是感慨，又是慚愧，一別數月，自己幹了許許多多違犯清規戒律之事，殺戒、淫戒、葷戒、酒戒，不可赦免的「波羅夷大戒」無一不犯，不知方丈和師父是否能夠見恕，許自己再入佛門。

他心下惴惴，進了山門後，便去拜見師父慧輪。慧輪見他回來，又驚又喜，問道：「方丈差你出寺下書，怎麼到今天才回來？」

虛竹俯伏在地，痛悔無已，放聲大哭，說道：「師父，弟子……弟子真是該死，下山之後，把持不定，將師父……師父平素的教誨，都……都不遵守了。」慧輪臉上變色，問道：「怎……怎麼？你沾了葷腥麼？」虛竹道：「是，還不只沾了葷腥而已。」慧輪罵道：「該死，該死！你……喝了酒麼？」虛竹道：「弟子不但喝酒，而且還喝得爛醉如泥。」慧輪嘆了一口長氣，兩行淚水從面頰上流下來，道：「我看你從小忠厚老實，怎麼一到花花世界之中，便竟墮落如此，咳，咳……」虛竹見師父傷心，更是惶恐，道：「師父在上，弟子所犯戒律，更有勝於這些的，還……還犯了……」還沒說到犯了殺戒、淫戒，突然間鐘聲噹噹響起，每兩下短聲，便略一間斷，乃是召集慧字輩諸僧的訊號。

慧輪立即起身，擦了擦眼淚，說道：「你犯戒太多，我也無法迴護於你。你……你……自行到戒律院去領罪罷！這一下連我也有大大的不是。唉，這……這……」說著匆匆奔出。

虛竹來到戒律院前，躬身稟道：「弟子虛竹，違犯佛門戒律，恭懇掌律長老賜罰。」他說了兩遍，院中走出一名中年僧人來，冷冷的道：「首座和掌律師叔有事，沒空來聽你的，你跪在這裏等著罷！」虛竹道：「是！」這一跪自中午直跪到傍晚，竟沒人過來理他。幸好虛竹內功深厚，雖不飲不食的跪了大半天，仍是渾若無事，沒絲毫疲累。

耳聽得暮鼓響起，寺中晚課之時已屆，虛竹低聲唸經懺悔過失。那中年僧人走將過來，說道：「虛竹，這幾天寺中正有大事，長老們沒空來處理你的事。我瞧你長跪唸經，還真有虔誠悔悟之意。這樣罷，你先到菜園子去挑糞澆菜，靜候吩咐。等長老們空了之後，再叫你來問明實況，按情節輕重處罰。」虛竹恭恭敬敬的道：「是，多謝慈悲。」合什行禮，這才站起身來，心想：「不將我立即逐出寺門，看來事情還有指望。」心下甚慰。

他走到菜園子中，向管菜園的僧人說道：「師兄，小僧虛竹犯了本門戒律，戒律院的師叔罰我來挑糞澆菜。」

那僧人名叫緣根，並非從少林寺出家，因此不依「玄慧虛空」字輩排行。他資質平庸，既不能領會禪義，練武也沒甚麼長進，平素最喜多管瑣碎事務。這菜園子有兩百來畝地，三四十名長工，他統率人眾，倒也威風凜凜，遇到有僧人從戒律院裏罰到菜園來做工，更是他大逞威風的時候。他一聽虛竹之言，心下甚喜，問道：「你犯了甚麼戒？」虛竹道：「犯戒甚多，一言難盡。」緣根怒道：「甚麼一言難盡。我叫你老老實實，給我說個明白。莫說你是個沒職司的小和尚，便是達摩院、羅漢堂的首座犯了戒，只要是罰到菜園子來，我一般要問個明白，誰敢不答？我瞧你啊，臉上紅紅白白，定是偷吃葷腥，是也不是？」

虛竹道：「正是。」緣根道：「哼，你瞧，我一猜便著。說不定私下還偷酒喝呢，你不用賴，要想瞞我，可沒這麼容易。」虛竹道：「正是，小僧有一日喝酒喝得爛醉如泥，人事不知。」緣根笑道：「嘖嘖嘖，真正大膽。嘿嘿，灌飽了黃湯，那便心猿意馬，這『色即是空，空即是色』八個字，定然也置之腦後了。你心中便想女娘們，是不是？不但想一次，至少也想了七次八次，你敢不敢認？」說時聲色俱厲。

虛竹嘆道：「小僧何敢在師兄面前撒謊？不但想過，而且犯過淫戒。」

緣根又驚又喜，戟指大罵：「你這小和尚忒也大膽，竟敢敗壞我少林寺的清譽。除了淫戒，還犯過甚麼？偷盜過沒有？取過別人的財物沒有？和人打過架、吵過嘴沒有？」

虛竹低頭道：「小僧殺過人，而且殺了不止一人。」

緣根大吃一驚，臉色大變，退了三步，聽虛竹說殺過人，而且所殺的不止一人，登時心驚膽戰，生怕他狂性發作動粗，自己多半不是敵手，當下定了定神，滿臉堆笑，說道：「本寺武功天下第一，既然練武，難免失手傷人，師弟的功夫，當然是非常了得的啦。」

虛竹道：「說來慚愧，小僧所學的本門功夫，已全然被廢，眼下是半點也不賸了。」

緣根大喜，連道：「那很好，那很好。好極，妙極！」聽說他本門功夫已失，只道他犯戒太多，給本寺長老廢去了武功，登時便換了一番臉色。但轉念又想：「雖說他武功已廢，但倘若尚有幾分剩餘，總是不易對付。」說道：「師弟，你到菜園來做工懺悔，那也極好。可是咱們這裏規矩，凡是犯了戒律，手上沾過血腥的僧侶，做工時須得戴上腳鐐手銬。這是列祖列宗傳下來的規矩，不知師弟肯不肯戴？倘若不肯，由我去稟告戒律院便了。」虛竹道：「規矩如此，小僧自當遵從。」

緣根心下暗喜，當下取出鋼銬鋼鐐，給他戴上。少林寺數百年來傳習武功，自難免有不肖僧人為非作歹，而這些犯戒僧人往往武功極高，不易制服，是以戒律院、懺悔堂、菜園子各地，都備得有精鋼鑄成的銬鐐。緣根見虛竹戴上銬鐐，心中大定，罵道：「賊和尚，瞧你不出小小年紀，居然如此膽大妄為，甚麼戒律都去犯上一犯。今日不重重懲罰，如何出得我心中惡氣？」折下一根樹枝，沒頭沒腦的便向虛竹頭上抽來。

虛竹收斂真氣，不敢以內力抵禦，讓他抽打，片刻之間，便給打得滿頭滿臉都是鮮血。

他只是唸佛，臉上無絲毫不愉之色。

緣根見他既不閃避，更不抗辯，心想：「這和尚果然武功盡失，我大可作踐於他。」想到虛竹大魚大肉、爛醉如泥的淫樂，自己空活了四十來歲，從未嘗過這種滋味，妒忌之心不禁油然而生，下手更加重了，直打斷了三根樹枝，這才罷手，惡狠狠的道：「你每天挑一百擔糞水澆菜，只消少了一擔，我用硬扁擔、鐵棍子打斷你的兩腿。」

虛竹苦受責打，心下反而平安，自忖：「我犯了這許多戒律，原該重責，責罰越重，我身上的罪孽便化去越多。」當下恭恭敬敬的應道：「是！」走到廊下提了糞桶，便去挑糞加水，在畦間澆菜。這澆菜是一瓢瓢的細功夫，虛竹毫不馬虎，勻勻淨淨、仔仔細細的灌澆，直到深夜一百桶澆完，這才在柴房中倒頭睡覺。

第二日天還沒亮，緣根便過來拳打腳踢，將他鬧醒，罵道：「賊和尚，懶禿！青天白日的，卻躲在這裏睡覺，快起來劈柴去。」虛竹道：「是！」也不抗辯，便去劈柴。如此一連六七日，日間劈柴，晚上澆糞，苦受折磨，全身傷痕累累，也不知已吃了幾千百鞭。

第八日早晨，虛竹正在劈柴，緣根走近身來，笑嘻嘻的道：「師兄你辛苦啦？」取過鑰匙，便給他打開了銬鐐。虛竹道：「也不辛苦。」提起斧頭又要劈柴，緣根道：「師兄不用劈了，師兄請到屋裏用飯。小僧這幾日多有得罪，當真該死，還求師兄原宥。」

虛竹聽他口氣忽然大變，頗感詫異，抬起頭來，只見他鼻青目腫，顯是曾給人狠狠的打了一頓，更是奇怪。緣根苦著臉道：「小僧有眼不識泰山，得罪了師兄，師兄倘若不原諒，我……我……便大禍臨頭了。」虛竹道：「小僧自作自受，師兄責罰得極當。」

緣根臉色一變，舉起手來，拍拍拍拍，左右開弓，在自己臉上重重打了四記巴掌，求道：「師兄，師兄，求求你行好，大人不記小人過，我……我……」說著又是拍拍連聲，痛打自己的臉頰。虛竹大奇，問道：「師兄此舉，卻是何意？」

緣根雙膝一曲，跪倒在地，拉著虛竹的衣裾，道：「師兄若不原諒，我……我一對眼珠便不保了。」虛竹道：「我當真半點也不明白。」緣根道：「只要師兄饒恕了我，不挖去我的眼珠子，小僧來生變牛變馬，報答師兄的大恩大德。」虛竹道：「師兄說那裏話來？我幾時說過要挖你的眼珠？」緣根臉如土色，道：「師兄既一定不肯相饒，小僧有眼無珠，只好自求了斷。」說著右手伸出兩指，往自己眼中插去。

虛竹伸手抓住他手腕，道：「是誰逼你自挖眼珠？」緣根滿額是汗，顫抖道：「我……我不敢說，倘若說了，他……他們立即取我性命。」虛竹道：「是方丈麼？」緣根道：「不是。」虛竹又問：「是達摩院首座？羅漢堂首座？戒律院首座？」緣根都說不是，並道：「師兄，我是不敢說的，只求求你饒恕了我。他們說，我想要保全這雙眼珠子，只有求你親口答應饒恕。」說著偷眼向旁一瞥，滿臉都是懼色。

虛竹順著他眼光瞧去，只見廊下坐著四名僧人，一色灰布僧袍，灰布僧帽，臉孔朝裏，瞧不見相貌。虛竹尋思：「難道是這四位師兄？想來他們必是寺中大有來頭之人遣來，懲罰緣根擅自作威作福，責打犯戒的僧人。」便道：「我不怪師兄，早就原諒你了。」緣根喜從天降，當即跪下，砰砰磕頭。虛竹忙跪下還禮，說道：「師兄快請起。」

緣根站起身來，恭恭敬敬的將虛竹請到飯堂之中，親自斟茶盛飯，殷勤服侍。虛竹推辭不得，眼見若不允他服侍，緣根似乎便會遭逢大禍，也就由他。

緣根低聲道：「師兄要不要喝酒？要不要吃狗肉？我去給師兄弄來。」虛竹驚道：「阿彌陀佛，罪過，罪過，這如何使得？」緣根眨一眨眼，道：「一切罪業，全由小僧獨自承當便是。我這便去設法弄來，供師兄享用。」虛竹搖手道：「不可，不可！萬萬不可。」

緣根陪笑道：「師兄若嫌在寺中取樂不夠痛快，不妨便下山去，戒律院中問將起來，小僧便說是派師兄出去採辦菜種，一力遮掩，決無後患。」虛竹聽他越說越不成話，搖頭道：「小僧誠心懺悔以往過誤，一應戒律，再也不敢違犯。師兄此言，不可再提。」

緣根道：「是。」臉上滿是懷疑神色，似乎在說：「你這酒肉和尚怎麼假惺惺起來，到底是何用意？」但不敢多言，服侍他用過素餐，請他到自己的禪房宿息。一連數日，緣根都是竭力伺候，恭敬得無以復加。

過了三日，這天虛竹食罷午飯，緣根泡了壺清茶，說道：「師兄，請用茶。」虛竹道：「小僧是待罪之身，師兄如此客氣，教小僧如何克當？」站起身來，雙手去接茶壺。

忽聽得鐘聲鏜鏜大響，連續不斷，是召集全寺僧眾的訊號。除了每年佛誕、達摩祖師誕辰等幾日之外，寺中向來極少召集全體僧眾。緣根有些奇怪，說道：「方丈鳴鐘集眾，咱們都到大雄寶殿去罷。」虛竹道：「正是。」隨同菜園中的十來名僧人，匆匆趕到大雄寶殿。

只見殿上已集了二百餘人，其餘僧眾不斷的進來。片刻之間，全寺千餘僧人都已集在殿上，各分行輩排列，人數雖多，卻靜悄悄地鴉雀無聲。

虛竹排在「虛」字輩中，見各位長輩僧眾都是神色鄭重，心下惴惴：「莫非我所犯戒律太大，是以方丈大集寺眾，要重重的懲罰？瞧這聲勢，似乎要破門將我逐出寺去，那便如何是好？」正慄慄危懼間，只聽鐘聲三響，諸僧齊宣佛號：「南無釋迦如來佛！」

方丈玄慈與玄字輩的三位高僧，陪著七位僧人，從後殿緩步而出。殿上僧眾一齊躬身行禮。玄慈與那七僧先參拜了殿上佛像，然後分賓主坐下。

虛竹抬起頭來，見那七僧年紀都已不輕，服色與本寺不同，是別處寺院來的客僧，其中一僧高鼻碧眼，頭髮鬈曲，身形甚高，是一位胡僧。坐在首位的約有七十來歲年紀，身形矮小，雙目炯炯有神，顧盼之際極具威嚴。

玄慈朗聲向本寺僧眾說道：「這位是五台山清涼寺方丈神山上人，大家參見了。」眾僧聽了，心中都是一凜。眾僧大都知道神山上人在武林中威名極盛，與玄慈大師並稱「降龍」「伏虎」兩羅漢，以武功而論，據說神山上人還在玄慈方丈之上。只是清涼寺規模較小，在武林中的地位更遠遠不及少林，聲望卻是不如玄慈了，均想：「聽說神山上人自視極高，曾說僧人而過問武林中俗務，不免落了下乘，向來不願跟本寺打甚麼交道，今日親來，不知是為了甚麼大事。」當下各人又都躬身向神山上人行禮。

玄慈伸手向著其餘六僧，逐一引見，說道：「這位是開封府大相國寺觀心大師，這位是江南普渡寺的道清大師，這位是廬山東林寺覺賢大師，這位是長安淨影寺融智大師，這位是五台山清涼寺的神音大師，是神山上人的師弟。」觀心大師等四僧都是來自名山古剎，只是大相國寺、普渡寺等向來重佛法而輕武功，這四僧雖然武林中大大有名，在其本寺的位份卻並不高。少林寺眾僧躬身行禮，觀心大師等起身還禮。

玄慈方丈伸手向著那胡僧道：「這一位大師來自我佛天竺上國，法名哲羅星。」眾僧又都行禮。那哲羅星還過禮後，說道：「少林僧好大，這麼多的老……老和尚、中和尚、小和尚。」說的華語音調不正，甚麼「中和尚、小和尚」，也有些不倫不類。

玄慈說道：「七位大師都是佛門的有道大德。今日同時降臨，實是本寺大大的光寵，故此召集大家出來見見。甚盼七位大師開壇說法，宏揚佛義，合寺僧眾，同受教益。」

神山上人道：「不敢當！」他身形矮小，不料話聲竟然奇響，眾僧不由得都是一驚，但他既不是放大了嗓門叫喊，亦非運使內力，故意要震人心魄，乃是自自然然，天生的說話高亢。他接著說道：「少林莊嚴寶刹，小僧心儀已久，六十年前便來投拜求戒，卻被拒之於山門之外。六十年後重來，垣瓦依舊，人事已非，可嘆啊可嘆。」

眾僧聽了，心中都是一震，他說話頗有敵意，難道竟是前來尋仇生事不成？

玄慈說道：「原來師兄昔年曾來少林寺出家。天下寺院都是一家，師兄今日主持清涼，凡我佛門子弟，無不崇仰。當年少林寺未敢接納，得罪了師兄，小僧恭謹謝過。但師兄因此另創天地，弘法普渡，有大功德於佛門。當年之事，也未始不是日後的因緣呢。」說著雙手合什，深深行了一禮。

神山上人合什還禮，說道：「小僧當年來到寶刹求戒，固然是仰慕少林寺數百年執武林牛耳，武學淵深，更要緊的是，天下傳言少林寺戒律精嚴，處事平正。」突然雙目一翻，精光四射，仰頭瞧著佛祖的金像，冷冷的道：「豈知世上儘有名不副實之事。早知如此，小僧當年也不會有少林之行了。」

少林寺千餘僧眾一齊變色，只是少林寺戒律素嚴，雖然人人憤怒，竟無半點聲息。

玄慈方丈道：「師兄何出此言？敝寺上下，若有行為乖謬之處，還請師兄明言。有罪當罰，有過須改。師兄一句話抹煞少林寺數百年清譽，未免太過。」神山上人道：「請問方丈師兄，佛門寺院，可是官府、盜寨？」玄慈道：「小僧不解師兄言中含意，還請賜示。」神山道：「官府逮人監禁，盜寨則擄人勒贖，事屬尋常。可是少林寺一非官府，二非盜寨，何以擅自扣押外人，不許離去？請問師兄，少林寺幹下這等殘兇霸道的行徑，還能稱得上『佛門善地』四字麼？」

玄慈向那天竺胡僧哲羅星瞧了一眼，心下隱約已明七僧齊至少林的原由，說道：「上人指摘敝寺『強兇霸道』，這四字未免言重了。」

神山眼望如來佛像，說道：「我佛在上，『妄語』乃是佛門重戒！」轉頭向玄慈方丈道：「請問方丈，貴寺可是扣押了一位天竺高僧？這位哲羅星師兄的師弟，波羅星大師，可是給少林派拘禁在寺，數年不得離去嗎？」說話時神色嚴峻，語氣更是咄咄逼人。

玄慈轉頭向戒律院首座玄寂大師道：「玄寂師弟，請你向七位高僧述說其中原由。」玄寂應道：「是。」向前走上兩步。他執掌戒律，向來鐵面無私，合寺僧眾見了他無不畏懼三分。虛竹更加不敢向他望上一眼。

只聽玄寂大師朗聲道：「七年之前，天竺高僧波羅星師兄光降敝寺，合寺僧眾自方丈師兄以下，皆大歡喜，恭敬接待。波羅星師兄言道，數百年來，天竺國外道盛行，佛法衰微，佛經大半散失，因此他師兄哲羅星大師派他到中華來求經。敝寺方丈師兄言道：敝邦佛經原是從天竺國求來，現下上國轉來東土取經，那是莫大的因緣，我們得以上報佛恩，少林寺深感榮幸。方丈師兄當即親自陪同波羅星師兄前赴藏經樓，說道本寺藏經甚是齊備，源自天竺的經律論三藏譯文，以及東土支那高僧大德的撰述，不下七千餘卷，梵文原本亦復不少。若有複本，波羅星師兄儘可取去一部，倘若只有孤本的，本寺派出三十名僧人幫同鈔錄副本。方丈師兄又道，此去天竺路途遙遠，經卷繁多，途中恐有失散。波羅星師兄取經回國之時，敝寺當派出十名僧眾，隨同護送，務令全部經典平安返抵佛國。」

普渡寺道清大師合什道：「善哉，善哉！方丈師兄此舉真是莫大的功德，可與當年鳩摩羅什大師、玄奘大師先後輝映。」

玄慈欠身道：「敝寺此舉是應有之義，師兄讚嘆，愧不敢當。」

玄寂續道：「這位波羅星師兄便在藏經樓翻閱經卷。本寺玄慚師兄奉方丈師兄之命，督率僧眾幫同鈔經，不敢稍有怠懈。豈知四個月之後，玄慚師兄竟然發覺，這位波羅星師兄每晚深夜，悄悄潛入藏經樓秘閣，偷閱本寺所藏的武功秘笈。」

觀心、道清、覺賢、融智四僧不約而同的都驚噫一聲。

玄寂續道：「玄慚師兄稟告方丈師兄。方丈師兄便向波羅星師兄勸諭，說道這些武功秘笈是本寺歷代高僧所撰，既非天竺傳來，亦與佛法全無干係，本寺數百年來規矩，不能洩示於外人。波羅星師兄既已看了一部分，那也罷了，此後請他不可再去秘閣。波羅星師兄一口答允，又連聲致歉，說道不知少林寺的規矩，此後決不再去偷看武功秘笈。那知道過得幾個月，波羅星師兄假裝生病，卻偷偷挖掘地道，又去秘閣偷閱。待得玄慚師兄發覺，已是在數年之後，波羅星師兄已偷閱了不少本寺的武學珍典，玄慚師兄出手阻止，交手之下，更察覺波羅星師兄不但偷閱本寺武功秘笈，更已學了本寺七十二項絕技中的三項武功。」

觀心等四僧都是「哦」的一聲，同時瞧向哲羅星，眼色中都露出責備之意。

玄寂向神山瞧了一眼，說道：「方丈師兄當下召集玄字輩的諸位師兄弟會商，大家都說，我少林派武功雖然平平無奇，但列祖列宗的規矩，非本派弟子不傳。武林中千百年的規矩，偷學別派武功，實是大忌。何況我中土武功傳到了天竺，說不定後患無窮。這位波羅星師兄的所作所為，決非佛門弟子的清淨梵行，說不定他並非釋家比丘，卻是外道邪徒，此舉不但於我少林派不利，於中土武林不利，而且也於天竺佛門不利。當下眾位師兄弟提出諸般主張。方丈師兄言道：我佛慈悲為懷，這位波羅星師兄的真正來歷，咱們無法查知，就算是外道邪徒，也不便太過嚴厲對付，還是請他長自駐錫本寺，受佛法熏陶，一來是盼望他終於能夠開悟證道，二來也免得種種後患。幾年來敝寺對這位波羅星師兄好好供養，除了請他不必離寺之外，不敢絲毫失了恭敬之意。」

觀心等四僧微微點頭。神山卻道：「這位玄寂師兄的話，只是少林寺的一面之詞，真相到底如何，我們誰也不知。但少林寺將這位天竺高僧扣押在寺，七年不放，總是實情。老衲聽這位哲羅星師兄言道，他在天竺數年不得師弟音訊，放心不下，派了兩名弟子前來少林寺探問，少林寺卻不許他們和波羅星師兄相見，此事可是有的？」

玄慈點頭道：「不錯。波羅星師兄既已偷學了敝寺的武功，敝寺勢不能任由他將武功轉告旁人。」

神山哈哈一笑，聲震屋瓦，連殿上的大鐘也嗡嗡作聲，良久不絕。

玄慈見他神色傲慢，卻也不怒，說道：「師兄，老衲有一事不明，敬請師兄指教。倘若有外人來到五台山清涼寺，偷閱了貴寺的『伏虎拳拳譜』、『五十一招伏魔劍』的劍經，以及『心意氣混元功』和『普門杖法』的秘奧，師兄如何處置？」

神山上人微笑道：「武功高下，全憑各人修為，拳經劍譜之類，實屬次要。要是有那一位英雄好漢能來到清涼寺中，盜去了敝寺的拳經劍譜，老衲除了自認無能，更有甚麼話說？難道人家瞧一瞧你的武學法門，還能要人家性命麼？還能將人家關上一世嗎？嘿嘿，那也太過豈有此理了。」

玄慈也是微微一笑，說道：「倘若這些武功典籍平平無奇，公之於世又有何礙？但貴派的拳經劍譜內容精微，武林中素所欽仰，要是給旁人盜去傳之於外，輾轉落入狂妄自大、心胸狹窄之輩手中，那未免貽患無窮，決非武林之福。」這幾句話仍是語意平和，但「狂妄自大，心胸狹窄」八字評語，顯然是指神山上人而言。各人都聽了出來，玄慈簡直是明斥神山居心叵測，所以來索波羅星，主旨在於自己想看看少林派的武功秘笈。

神山一聽，登時臉上變色，玄慈這幾句話，正是說中了他的心事。

當年神山上人到少林寺求師，還只一十七歲。少林寺方丈靈門禪師和他接談之下，便覺他鋒芒太露，我慢貢高之氣極盛，器小易盈，不是傳法之人，若在寺中做個尋常僧侶，他又必不能甘居人下，日後定生事端，是以婉言相拒。神山這才投到清涼寺中，只三十歲時便技蓋全寺，做了清涼寺的方丈。神山上人天資穎悟，識見卓超，可算得是武林中的奇才，只是清涼寺的武學淵源遠遜於少林，寺中所藏的拳經劍譜、內功秘要等等，不但為數有限，而且大部分粗疏簡陋，不是第一流功夫。四十多年來他內功日深，早已遠遠超過清涼寺上代所傳的武學典籍中所載，但拳劍功夫，終究有所不足，每當想起少林派的七十二項絕技，總不自禁又是艷羨，又是惱恨。

這一日事有湊巧，他師弟神音引了一名天竺胡僧來到清涼寺，那胡僧便是哲羅星。

哲羅星倒確是佛門弟子，在天竺算得是武學中的一流高手，與人動手，受了挫折，想起素聞東土少林寺有七十二項絕技，便心生一計，派遣記心奇佳的師弟波羅星來到少林，以求經為名，企圖盜取武功絕技。不料波羅星行徑為人揭破，被少林寺扣留不放。哲羅星派遣弟子前來少林探問，也不得與波羅星相見，於是哲羅星親自東來，只盼能接回師弟，少林絕技既然盜不成，也只有罷手了。

他來到東土後，逕向少林寺進發，途中遇到一個老僧，手持精鋼禪杖，不住向他打量。哲羅星不明東土武林情狀，只道凡是會武功的僧人便是少林僧，一見便心中有氣，便喝令老僧讓道，言詞極是無禮。那老僧反唇相稽，三言兩語，便即鬥了起來。鬥了一個多時辰，兀自不分高下，兩人內功各有所長，兵刃上也是互相剋制，誰也勝不了誰。

又鬥良久，天已昏黑，那老僧喝令罷鬥，說道：「兀那番僧，你武功甚高，只可惜脾氣太也暴躁，忒少涵養。」哲羅星道：「你我半斤七兩，你的脾氣難道好了？」他的華語學得不甚到家，本想說「半斤八兩」，卻說成了「半斤七兩」。那老僧甚奇，問道：「甚麼叫做『半斤七兩』？」哲羅星臉上一紅，道：「啊，我說錯了，是八斤半兩。」

那老僧哈哈大笑，道：「我教你罷，是半斤八兩。這樣尋常的話也說不上，我們的中國話，你還得好好學幾年再說不遲。」哲羅星道：「知之為知之，不知為不知，是知也。」那老僧笑道：「嘿嘿，書袋你倒會掉，卻不知半斤乃是八兩。」哲羅星、波羅星師兄弟一意到中土盜取武功秘訣，讀了不少中國書，所知的華語都是來自書本子的，於「半斤八兩」這些俗語反而一知半解，記不清楚。

兩僧打了半天，都已有惺惺相惜之意，言笑之間，互通姓名。那老僧便是清涼寺方丈神山的師弟神音。哲羅星得知他不是少林寺的，更加全無嫌隙。神音問起他東來的原由。哲羅星便說師弟來到中土，往少林寺掛單，不知何故，竟為少林寺扣留不放。神音一來好事，二來對少林寺的威名遠揚本就心中不服，三來要在這位新交的朋友之前逞逞威風，便道：「我師兄神山武功天下無敵，從來就沒將少林寺瞧在眼裏。我帶你去見我師兄，定有法子救你師弟出來。」當下神音將哲羅星帶到清涼寺去，會見了神山。

神山心想少林寺方丈玄慈為人寬和，好端端地為甚麼扣留波羅星，其中定有重大緣由，當下善加款待，慢慢套問，不到半個月，便將哲羅星心中隱藏的言語套了出來，只不過他咬定說想取佛經，用以在天竺弘揚佛法。

神山尋思：「波羅星去少林寺，志在盜經，如在剛盜到手時便被發覺，少林寺也不過將原經奪回，不致再加難為。現下將他扣留不放，定是他不但盜到了手，而且已記熟於心。再說，這番僧所盜的若是經論佛典，少林寺非但不會干預，反而會慎擇善木，欣然相贈。所以將他監留於寺，七年不放，定然他所盜的不是佛經，而是武學秘笈。」一想到「少林寺的武學秘笈」，不由得心癢難搔。數日籌思，打定了主意：「我去代他出頭，將波羅星索來。少林寺中高手雖多，但天下之事，抬不過一個理去。少林派是武林領袖，又是佛門弟子，難道真能逞強壓人麼？只要波羅星到手，不愁他不吐露少林寺的武學秘要。」

當下派遣弟子持了自己名帖，邀請開封大相國寺觀心大師、江南普渡寺道清大師、廬山東林寺覺賢大師、長安淨影寺融智大師，隨同神音和哲羅星，一同到少林寺來。邀請這四位武林中大有名望的高僧到場，是要少林寺礙於佛門與武林中的清議，非講理放人不可。

這時神山聽得玄慈語帶譏刺，勃然說道：「哲羅星師兄萬里東來，難道方丈連他師兄弟相會一面，也是不許麼？」

玄慈心想：「倘若堅決不許波羅星出見，反而顯得少林理屈了，普渡、東林諸寺高僧也必不服。」便道：「有請波羅星師兄！」

執事僧傳下話去，過不多時，四名老僧陪同波羅星走上殿來。那波羅星身形矮小，面容黝黑，他見到師兄，悲喜交集，湧身而前，抱住哲羅星，淚水潸潸而下。兩人咭咭呱呱的說得又響又快，不知是天竺那一處地方的方言土語，旁人也無法聽懂，料想是波羅星述說盜經遭擒，被少林扣押不放的情由。

哲羅星和師弟說了良久，大聲用華語道：「少林寺方丈說假話，波羅星沒有盜武功書，只偷看佛家書。佛家書，本來是我天竺來的，看看，又不犯戒！達摩祖師，是我天竺人，他教你們武功，你們反而關住了天竺比丘，這是忘恩負……負……那個，總之是不好！」

他的華語雖不流暢，理由倒十分充分，少林僧眾一時無言可駁，他抵死不認偷盜武學經籍，此時並無贓物在身，實難逼他招認。

玄慈道：「出家人不打誑語。波羅星師兄，你若說謊，不怕墮阿鼻地獄麼？」波羅星道：「我決不說謊！」玄慈道：「我少林派的大金剛拳經，你偷看過沒有？」波羅星道：「沒有，我只借看一部金剛經。」玄慈道：「我少林派的般若掌法，你偷看過沒有？」波羅星道：「沒有，我只借看過一部小品般若經。」玄慈道：「那麼我少林派的摩訶指訣，難道你也沒偷看麼？那日我玄慚師弟在藏經樓畔遇到你之時，你不是正偷了這部指法要訣，從藏經樓的秘閣中溜出來麼？」

波羅星道：「小僧只在貴寺藏經樓借閱過一部『摩訶僧祇律』。貴國晉朝隆安三年，高僧法顯來我天竺取經，得經書寶典多部，『摩訶僧祇律』即其一也。小僧借閱此書，不知犯了貴寺何等戒律？」他聰明機變，學問淵博，否則他師兄也不會派他來擔任盜經的重任了，此刻侃侃道來，竟將盜閱武術秘笈之事推得乾乾淨淨，反而顯得少林寺全然理虧。

玄慈眉頭一皺，口宣佛號：「阿彌陀佛！」一時倒難以和他辯駁。

突然身旁風聲微動，黃影閃處，一人呼的一拳向波羅星後心擊去，這一拳迅速沉猛，凌厲之極。拳風所趨，正對準了波羅星後心的至陽穴要害。

這一招來得太過突然，似乎已難解救。波羅星立即雙手反轉，左掌貼於神道穴，右掌貼於筋縮穴，掌心向外，掌力疾吐，那神道穴是在至陽穴之上，筋縮穴在至陽穴之下，雙掌掌力交織成一片屏障，剛好將至陽要穴護住，手法巧妙之極。

大雄寶殿上眾高手見他這一招配合得絲絲入扣，倒似發招者故意湊合上去，要他一顯身手一般，又似是同門師兄弟拆招，試演上乘掌法，忍不住都喝一聲：「好掌法！」

波羅星雙掌之力將那人來拳擋過，那人跟著變拳為掌，斬向波羅星的後頸。這時眾人已看清偷襲之人是少林寺中一名中年僧人。這和尚變招奇速，等波羅星回頭轉身，右掌跟著斬下。波羅星左指揮出，削向他掌緣。那僧人若不收招，剛好將小指旁的後谿穴送到他的指尖上去，其時波羅星全身之力聚於一指，立時便能廢了那僧人的手掌。這一指看似平平無奇，但部位之準，力道之凝，的是非同凡俗。又有人叫道：「好指法！」

那僧人立即收掌，雙拳連環，瞬息間連出七拳。這七拳分擊波羅星的額、顎、頸、肩、臂、胸、背七個部位，快得難以形容。波羅星無法閃避，也是連出七拳，但聽得砰砰砰砰砰砰砰連響七下，每一拳都和那僧人的七拳相撞。他在這電光石火般的剎那之間，居然每一拳都剛好撞在敵人的來拳之上，要不是事先練熟，憑你武功再高，那也是決不可能之事。

七拳一擊出，波羅星驀地想起一事，「啊」的一聲驚呼，向後躍開。那中年僧人卻也不再進擊，緩緩退開三步，合什向玄慈與神山行禮，說道：「小僧無禮，恕罪則個。」

玄慈笑吟吟的合什還禮。神山臉有怒色，哼了一聲。玄慈向觀心、道清、覺賢、融智四僧說道：「還請四位師兄主持公道。」一時大殿之中，肅靜無聲。

自從神山上人提到少林寺扣押天竺僧波羅星之事，虛竹便知眼前的事與己無涉，已放了一大半心；待見一位師叔祖出手襲擊而波羅星一一化解，兩人拆了招之後分開，但覺攻守雙方所使招數，也並不如何了不起，卻不知何以本寺方丈等人頗有得色，對方卻有理屈慚愧之意，他只覺得波羅星在這三招上實在半點也沒有吃虧。

觀心大師咳嗽一聲，說道：「三位意下如何？」道清大師道：「適才波羅星師兄所使的三招，第一招似乎是『般若掌法』中的『天衣無縫』；第二招似乎是『摩訶指』的『以逸待勞』；第三招似乎是『大金剛拳』中的『七星聚會』。」

神山上人接口道：「哈哈，中土佛門果然受惠於天竺佛國不淺。當年達摩祖師挾天竺武技東來，傳於少林，天竺武技流傳至今，少林高僧的出手，居然和天竺高僧的天竺武功仍然若合符節，實乃可喜可賀。『般若』、『摩訶』是梵語，『金剛』是梵神，東西為一，萬法同源，可說是武學中的無分別境界了，哈哈，哈哈。」

少林羣僧一聽之下，均有怒色。適才波羅星矢口不認偷看過少林寺的武功秘錄，倒也難以指證其非。那中年少林僧法名玄生，是玄慈的師弟，武功既高，性情亦復剛猛，突然間出其不意的向波羅星襲擊。他事先盤算已定，所使招數以及襲向的部位，逼得波羅星不得不以般若掌、摩訶指、大金剛拳中的三招來拆解。倘若波羅星從未學過這三門功夫，當然另有本門功夫拆解，但新學乍練，這些時日心中所想，手上所習，定然都是少林派功夫，倉卒之際不及細想，定會順手以這三招最方便的招數應付。不料神山強辭奪理，反說這是天竺武技。但少林派的武功源自達摩祖師。達摩是天竺僧人，梁朝時自天竺東來與梁武帝講論佛法，話不投機，於是駐錫少林，傳下禪宗心法與絕世武功，那也是天下皆知之事。神山上人機變絕倫，一口咬定少林派的武功般若掌、摩訶指，與大金剛拳係從天竺傳來，那麼波羅星會使這三種武功便毫不希奇，決不能因此而證明他曾偷看過少林寺的武功秘錄。

玄慈緩緩說道：「本寺佛法與武功都是傳自達摩祖師，那是一點不假。來於天竺，還於天竺，原也合情合理。波羅星師兄只須明言相求，本寺原可將達摩祖師所遺下的武經恭錄以贈。但這般若掌創於本寺第八代方丈元元大師，摩訶指係一位在本寺掛單四十年的七指頭陀所創。那大金剛拳法，則是本寺第十一代通字輩的六位高僧，窮三十六年之功，共同鑽研而成。此三門全係中土武功，與天竺以意御勁、以勁發力的功夫截然不同。眾位師兄都是武學高人，其中差別一見而知，原不必老衲多所饒舌。」

觀心大師、融智大師均覺玄慈之言不錯，齊聲向神山上人道：「師兄你意下如何？」

神山上人微微一笑，說道：「少林方丈所言，當然高明，不過未免有一點故意分別中華與天竺的門戶之見。其實我佛眼中，眾生無別，中華、天竺，皆是虛幻假名。日前哲羅星師兄與小僧講論天竺中土武功異同之時，也曾提到般若掌、摩訶指和大金剛拳的招數。他說那一招『天衣無縫』，梵文叫做『阿伐豈耶』，翻成華語，是『莫可名狀』之意，這一招右掌力微而實，左掌力沉而虛，虛實交互為用，敵人不察，極易上當。方丈師兄，哲羅星師兄這句話，不知對也不對？」

玄慈臉上黃氣一閃而過，說道：「師兄眼光敏銳，佩服，佩服。」

神山聰明穎悟，武學上識見又高，只見到波羅星和玄生對了那一掌，便瞧出了「天衣無縫」這招的精義所在，假言聞之於哲羅星，總之是要證明此乃天竺武學。他見波羅星與玄生對拆的三招變化奇巧，對少林武功又增幾分嚮慕之情，心下只想：「少林寺這些和尚都是飯桶，上輩傳下來這麼高明的武學，只怕領悟到的還不到三成。只要能讓我好好的鑽研，再加變化，數年之內，便可壓得少林派從此抬不起頭來。」

玄慈自然知道，神山這番話，是適才見了波羅星的招數而發，甚麼哲羅星早就跟他說過云云，全是欺人之談，但他於一瞥之間便看破了這一招高深掌法中的秘奧，此人天份之高，眼力之利，確也是世所罕見。他微一沉吟，便道：「玄生師弟，煩你到藏經樓去，將記載這三門武功的經籍，取來讓幾位師兄一觀。」

玄生道：「是！」轉身出殿，過不多時，便即取到，交給玄慈。大雄寶殿和藏經樓相距幾達三里，玄生在片刻間便將經書取到，身手實是敏捷之極。外人不知內情，也不以為異，少林寺僧眾卻無不暗自讚嘆。

那三部經書紙質黃中發黑，顯是年代久遠。玄慈將經書放在方桌之上，說道：「眾位師兄請看，三部經書中各自敘明創功的經歷。眾位師兄便不信老衲的話，難道少林寺上代方丈大師這等高僧碩德，也會妄語欺人？又難道早料到有今日之事，在數百年前便先行寫就了，以便此刻來強辭奪理？」

神山裝作沒聽出他言外之意，將「般若掌法」取了過來，一頁頁的翻閱下去。觀心大師便取閱「摩訶指秘要」，道清大師取閱「大金剛拳神功」。觀心、道清二人只隨意看了看序文、跋記，便交給覺賢、融智二位。這四位高僧均覺一來這是少林派的武功秘本，自己是別派高手名宿，身分有關，不便窺探人家的隱秘；二來玄慈大師是一代高僧，既然如此說，決無虛假，若再詳加審閱，不免有見疑之意，禮貌上頗為不敬。

神山上人卻是認真之極，一頁頁的慢慢翻閱，顯是在專心找尋其中的破綻疑竇，要拿來反駁玄慈。一時大殿上除了眾人輕聲呼吸之外，便是書頁的翻動之聲。神山上人翻完「般若掌法」，接看「摩訶指秘要」，再看「大金剛拳神功」，都是一頁頁的慢慢閱讀。

少林羣僧注視神山上人的臉色，想知道他是否能在這三本古籍之中找到甚麼根據，作為強辯之資，但見他神色木然，既無喜悅之意，亦無失望之情。眼見他一頁頁的慢慢翻完，合上了最後一本「大金剛拳神功」，雙手捧著，還給了玄慈方丈，閉眼冥想，一言不發。玄慈見他這等模樣，倒是莫測高深。

過了好一會，神山上人張開眼來，向哲羅星道：「師兄，那日你將般若掌的要訣唸給我聽，我記得梵語是：因苦乃羅斯，不爾甘兒星，柯羅波基斯坦，兵那斯尼，伐爾不坦羅……翻成華語是：『如或長夜不安，心念紛飛，如何懾伏，乃練般若掌內功第一要義。』是這句話麼？」哲羅星一怔，不明白他是甚麼意思，隨口答道：「是啊，師兄翻得甚是精當。」

少林眾高僧面面相覷，無不失色，輩份較低之眾僧卻都側耳傾聽。

神山又嘰哩咕嚕的說了一大篇梵語，說道：「這段梵文譯成華語，想必如此：卻將紛飛之心，以究紛飛之處，究之無處，則紛飛之念何存？返究究心，則能究之心安在？能照之智本空，所緣之境亦寂，寂而非寂者，蓋無能寂之人也，照而非照者，蓋無所照之境也。境智俱寂，心慮安然。外不尋塵，內不住定，二途俱泯，一性怡然，此般若掌內功之要也。」

哲羅星這時已猜到了他的用意，欣然道：「正是，正是！那日小僧與師兄在五台山清涼寺談佛法，論武功，所說我天竺佛門般若掌的內功要訣，確是如此。」

神山上人道：「那日師兄所說的大金剛拳要旨和摩訶指秘訣，小僧倒也還記得。」說著又滔滔不絕的說一段梵語，背一段武經的經文。

玄慈及少林眾高僧聽神山所背誦的雖非一字不錯，卻也大致無誤，正是那三部古籍中所紀錄的要訣，不由得都臉色大變。想不到此人居然有此奇才，適才默默翻閱一過，竟將三部武學要籍暗記在心，而且又精通梵語，先將經訣譯成梵語，再依華語背誦。道清、融智、玄慈等均通梵文，聽來華梵語義甚合，倒似真的先有梵文，再有華文譯本一般。這麼一來，波羅星偷閱經書的罪名固然洗刷得乾乾淨淨，而元元大師、七指頭陀等少林上輩高僧，反成了抄襲篡竊、欺世盜名之徒。這件事若要據理而爭，那神山伶牙利齒，未必辯他得過。玄慈氣惱之極，一時卻也想不出對付之策。

玄生忽又越眾而出，向哲羅星道：「大師，你說這般若掌、摩訶指、大金剛拳，都是本寺傳自天竺，大師自然精熟無比。此事真假極易明白。小僧要領教大師這三門武功的高招，小僧所使招數，決不出這三門武功之外。大師下手指點時，也請以這三門武功為限。」說著身形一晃，已站到了哲羅星的身前。

玄慈暗叫：「慚愧！這法子甚是簡捷，只須那胡僧一出手，真偽便即立判，怎麼我竟然念不及此？」神山上人也是心中一凜：「這一著倒也厲害，哲羅星自然不會甚麼般若掌、摩訶指、大金剛拳，卻教他如何應付？」

哲羅星神色尷尬，說道：「天竺武功，著名的約有三百六十門，小僧雖然都約略知其大要，卻不能每一門皆精。據聞少林寺武功有七十二門絕技，請問師兄，是不是七十二門絕技件件精通？倘若小僧隨便請師兄施展七十二門絕技中的三項，師兄是不是都能施展得出？」

這番話一說，倒令玄生怔住了。少林寺絕技，每位高僧所會者最多不過五六門，倘若有人任意指定三門，要那一位高僧施展，那確是無人能夠辦到。玄生於武學所知算得甚博，但七十二門絕技中所會者亦不過六門而已。哲羅星的反駁甚是有理，確也難以應付。

突然外面一個清朗的聲音遠遠傳來，說道：「天竺大德、中土高僧，相聚少林寺講論武功，實乃盛事。小僧能否有緣做個不速之客，在旁恭聆雙方高見麼？」一字一句，清清楚楚的送入了各人耳中。聲音來自山門之外，入耳如此清晰，卻又中正平和，並不震人耳鼓，說話者內功之高之純，可想而知；而他身在遠處，卻又如何得知殿中情景？

玄慈微微一怔，便運內力說道：「既是佛門同道，便請光臨。」又道：「玄鳴、玄石兩位師弟，請代我迎接嘉賓。」玄鳴、玄石二人躬身道：「是！」剛轉過身來，待要出殿，門外那人已道：「迎接是不敢當。今日得會高賢，實是不勝之喜。」

他每說一句，聲音便近了數丈，剛說完「之喜」兩個字，大殿門口已出現了一位寶相莊嚴的中年僧人，雙手合什，面露微笑，說道：「吐蕃國山僧鳩摩智，參見少林寺方丈。」

羣僧見到他如此身手，已是驚異之極，待聽他自己報名，許多人都「哦」的一聲，說道：「原來是吐蕃國師大輪明王到了！」

玄慈站起身來，搶上兩步，合什躬身，說道：「國師遠來東土，實乃有緣。敝寺今日正有一事難以分剖，便請國師主持公道，代為分辨是非。」說著便替神山、哲羅星師兄弟、觀心等諸大師逐一引見。

眾僧相見罷，玄慈在正中設了一個座位，請鳩摩智就座。鳩摩智略一謙遜，便即坐了，這一來，他是坐在神山的上首。旁人倒也沒甚麼，神山卻暗自不忿：「你這番僧裝神弄鬼，未必便有甚麼真實本領，待會倒要試你一試。」

鳩摩智道：「方丈要小僧主持公道，分辨是非，那是萬萬不敢。只是小僧適才在山門外聽到玄生大師和哲羅星大師講論武功，頗覺兩位均有不是之處。」

羣僧都是一凜，均想：「此人口氣好大。」玄生道：「敬請國師指點開示。」

鳩摩智微微一笑，說道：「哲羅星師兄適才質詢大師，言下之意似乎是說，少林派有七十二門絕技，未必有人每一門都能精通，此言錯矣。大師以為摩訶指、般若掌、大金剛拳是少林派秘傳，除了貴派嫡傳弟子之外，旁人便不會知曉，否則定是從貴派偷學而得，這句話卻也不對。」他這番話連責二人之非，羣僧只聽得面面相覷，不知他其意何指。

玄生朗聲道：「據國師所言，有人以一身而能兼通敝派七十二門絕技？」鳩摩智點頭道：「不錯！」玄生道：「敢問國師，這位大英雄是誰？」鳩摩智道：「殊不敢當。」玄生變色道：「便是國師？」鳩摩智點頭合什，神情肅穆，道：「正是。」

這兩字一出口，羣僧盡皆變色，均想：「此人大言炎炎，一至於此，莫非是瘋了？」

少林七十二門絕技有的專練下盤，有的專練輕功，有的以拳掌見長，有的以暗器取勝，或刀或棒，每一門各有各的特長，使劍者不能使禪杖，擅大力神拳者不能收發暗器。雖有人同精五六門絕技，那也是以互相並不牴觸為限。玄生與波羅星都練了般若掌、摩訶指、大金剛拳三門功夫，那均是手上的功夫。故老相傳，上代高僧之中曾有人兼通一十三門絕技，號稱「十三絕神僧」，少林寺建寺數百年，只此一人而已。少林諸高僧固所深知，神山、道清等也皆洞曉。要說一身兼擅七十二絕技，自是欺人之談。

少林七十二門絕技之中，更有十三四門異常難練，縱是天資極高之人，畢生苦修一門，也未必一定能夠練成。此時少林全寺僧眾千餘人，以千餘僧眾所會者合併，七十二絕技也數不周全。眼看鳩摩智不過四十來歲年紀，就說每年能成一項絕技，一出娘胎算起，那也得七十二年功夫，這七十二項絕技每一項都是艱深繁複之極，難道他竟能在一年之中練成數種？

玄生心中暗暗冷笑，臉上仍不脫恭謹之色，說道：「國師並非我少林派中人，然則摩訶指、般若掌、大金剛拳等幾項功夫，卻也精通麼？」

鳩摩智微笑道：「不敢，還請玄生大師指教。」身形略側，左掌突然平舉，右拳呼的一聲直擊而出，如來佛座前一口燒香的銅鼎受到拳勁，鐺的一聲，跳了起來，正是大金剛拳法中的一招「洛鐘東應」。拳不著鼎而銅鼎發聲，還不算如何艱難，這一拳明明是向前擊出，銅鼎卻向上跳，可見拳力之巧，實已深得「大金剛拳」的秘要。

鳩摩智不等銅鼎落下，左手反拍出一掌，姿式正是般若掌中的一招「懾伏外道」，銅鼎在空中轉了半個圈子，拍的一聲，有甚麼東西落下來，只是鼎中有許多香灰跟著散開，煙霧瀰漫，一時看不清是甚麼物件。其時「洛鐘東應」這一招餘力已盡，銅鼎急速落下，鳩摩智伸出大姆指向前一捺，一股凌厲的指力射將過去，銅鼎突然向左移開了半尺。鳩摩智連捺三下，銅鼎移開了一尺又半，這才落地。

少林眾高僧心下嘆服，知他這三捺看似平凡無奇，其中所蘊蓄的功力實已到了超凡入聖的境地，正是摩訶指的正宗招數，叫做「三入地獄」。那是說修習這三捺時用功之苦，每捺一下，便如入了一次地獄一般。

香灰漸漸散落，露出地下一塊手掌大的物事來，眾僧一看，不禁都驚叫一聲，那物事是一隻黃銅手掌，五指宛然，掌緣指緣閃閃生光，燦爛如金，掌背卻呈灰綠色。

鳩摩智袍袖一拂，笑道：「這『袈裟伏魔功』練得不精之處，還請方丈師兄指點。」一句話方罷，他身前七尺外的那口銅鼎竟如活了一般，忽然連打幾個轉，轉定之後，本來向內的一側轉而向外，但見鼎身正中剜去了一隻手掌之形，割口處也是黃光燦然。輩份較低的羣僧這才明白，鳩摩智適才使到般若掌中「懾伏外道」那一招之時，掌力有如寶刀利刃，竟在鼎上割下了手掌般的一塊。

玄生見他這三下出手，無不遠勝於己，霎時間心喪若死：「只怕這位神僧所言不錯，我少林派七十二門絕技確是傳自天竺，他從原地習得秘奧，以致比我中土高明得多。」當即合什躬身，說道：「國師神技，令小僧大開眼界，佩服，佩服！」

鳩摩智最後所使的「袈裟伏魔功」，玄慈方丈畢生在這門武功上花的時日著實不少，以致頗誤禪學進修，有時著實後悔，覺得為了一拂之純，窮年累月的練將下去，實甚無謂。但想到自己這門袖功足可獨步天下，也覺自慰，此刻一見鳩摩智隨意拂袖，瀟灑自在，而口中談笑，袍袖已動，竟不怕發聲而洩了真氣，更非自己所能，不由得百感交集。

霎時之間，大殿上寂靜無聲，人人均為鳩摩智的絕世神功所鎮懾。

過了良久，玄慈長嘆一聲，說道：「老衲今日始知天外有天，人上有人。老衲數十年苦學，在國師眼中，實是不足一哂。波羅星師兄，少林寺淺水難養蛟龍，福薄之地，不足以留佳客，你請自便罷！」

玄慈此言一出，哲羅星與波羅星二人喜動顏色。神山上人卻是又喜又愁，喜的是波羅星果然精熟少林派絕技，而玄慈方丈准他離寺；愁的是此事自己實在無甚功績，全是鳩摩智一力促成，此人武功高極，既已控制全局，自己再要想從波羅星手中轉得少林絕技，只怕難之又難，何況波羅星所盜到的少林武功秘笈，不過寥寥數項，又如何能與鳩摩智所學相比？世上既有鳩摩智其人，則自己一切圖謀，不論成敗，都已殊不足道。

鳩摩智不動聲色，只合什說道：「善哉，善哉！方丈師兄何必太謙？」

少林合寺僧眾卻個個垂頭喪氣，都明白方丈被逼到要說這番話，乃是自認少林派武功技不如人。少林派數百年來享譽天下，執中原武學之牛耳。這麼一來，不但少林寺一敗塗地，亦使中土武人在番人之前大大的丟了臉面。觀心、道清、覺賢、融智、神音諸僧也均覺面目無光，事情竟演變到這步田地，實非他們初上少林寺時所能逆料。

玄慈實已熟思再三。他想少林寺所以要扣留波羅星，全是為了不令本寺武功絕技洩之於外，但眼見鳩摩智如此神功，雖然未必當真能盡本寺七十二門絕技，總之為數不少，則再扣留波羅星又有何益？波羅星所記憶的本寺絕技，不過三門，比諸鳩摩智所知，實不可同日而語。這位大輪明王武功深不可測，本寺諸僧無一能是他敵手，若說寺中諸高手一擁而上，倚多為勝，那變成了下三濫的無賴匪類，豈是少林派所能為？這波羅星今日一下山，不出一月，江湖上少不免傳得沸沸揚揚，天下皆知，少林寺再不能領袖武林，自己也無顏為少林寺的方丈。這一切他全了然於胸，但形格勢禁，若非如斯，又焉有第二條路好走？

殿上諸般事故，虛竹一一都瞧在眼裏，待聽方丈說了那幾句話後，本寺前輩僧眾個個神色慘然。他斜眼望看師父慧輪時，但見他淚水滾滾而下，實是傷心已極，更有幾位師叔連連搥胸，痛哭失聲。他雖不明其中關節，但也知鳩摩智適才顯露的武功，本寺無人能敵，方丈無可奈何，只有讓他將波羅星帶走。

可是他心中卻有一事大惑不解。眼見鳩摩智使出大金剛拳拳法、般若掌掌法、摩訶指指法，招數是對是錯，他沒有學過這幾門功夫，自是無法知曉，但運用這拳法、掌法、指法的內功，他卻瞧得清清楚楚，那顯然是「小無相功」。

這小無相功他得自無崖子，後來天山童姥在傳他天山折梅手的歌訣之時，發覺他身有此功，曾大為惱怒傷心，因此功她師父只傳李秋水一人，虛竹既從無崖子身上傳得，則無崖子和李秋水之間的干係，自是不問可知了。天山童姥息怒之後，曾對他說過「小無相功」的運用之法，但童姥所知也屬有限，直到後來他在靈鷲宮地下石室的壁上圓圈之中，才體會到不少「小無相功」的秘奧。

「小無相功」是道家之學，講究清靜無為，神遊太虛，較之佛家武功中的「無色無相」之學，名雖略同，實質大異。虛竹一聽到鳩摩智在山門外以中氣傳送言語，心中便已一凜，知他的「小無相功」修為甚深，此後見他使動拳法、掌法、指法、袖法，招數雖變幻多端，卻全是以小無相功催動。玄生師叔祖以及波羅星所使的「天衣無縫」等招，卻從內至外全是佛門功夫，而且般若掌有般若掌的內功，摩訶指有摩訶指的內功，大金剛拳有大金剛拳的內功，涇渭分明，截不相混。

他聽鳩摩智自稱精通本派七十二門絕技，然而施展之時，明明不過是以一門小無相功，使動般若掌、摩訶指、大金剛拳等招數，只因小無相功威力強勁，一使出便鎮懾當場，在不會這門內功之人眼中，便以為他真的精通少林派各門絕技。這雖非魚目混珠，小無相功的威力也決不在任何少林絕技之下，但終究是指鹿為馬，混淆是非。虛竹覺得奇怪的是，此事明顯已極，少林寺自方丈以下，千餘僧眾竟無一人直斥其非。

他可不知這小無相功博大精深，又是道家的武學，大殿上卻無一個不是佛門弟子，武功再高，也不會去修習道家內功，何況「小無相功」以「無相」兩字為要旨，不著形相，無跡可尋，若非本人也是此道高手，決計看不出來。玄慈、玄生等自也察覺鳩摩智的內功與少林內功頗有不同，但想天竺與中土所傳略有差異，自屬常情。地隔萬里，時隔數百年，少林絕技又多經歷代高僧興革變化，兩者倘若仍是全然一模一樣，反而不合道理了，是以絲毫不起疑心。

虛竹初時只道眾位前輩師長別有深意，他是第三輩的小和尚，如何敢妄自出頭？但眼見形勢急轉直下，眾師長盡皆悲怒沮喪，無可奈何，本寺顯然面臨重大劫難，便欲挺身而出，指明鳩摩智所施展的不是少林派絕技。但二十餘年來，他在寺中從未當眾說過一句話，在大殿中一片森嚴肅穆的氣象之下，話到口邊，不禁又縮了回去。

只聽鳩摩智道：「方丈既如此說，那是自認貴派七十二門絕技，實在並非貴派自創，這個『絕』字，須得改一改了。」

玄慈默然不語，心中如受刀剜。

玄字班中一個身形高大的老僧厲聲說道：「國師已佔上風，本寺方丈亦許天竺番僧自行離去，何以仍如此咄咄逼人，不留絲毫餘地？」

鳩摩智微笑道：「小僧不過想請方丈應承一句，以便遍告天下武林同道。以小僧之見，少林寺不妨從此散了，諸位高僧分投清涼、普渡諸處寺院託庇安身，各奔前程，豈非勝在浪得虛名的少林寺中苟且偷安？」

他此言一出，少林羣僧涵養再好，也都忍耐不住，紛紛大聲呵斥。羣僧這時方始明白，這鳩摩智上得少室山來，竟是要以一人之力將少林寺挑了，不但他自己名垂千古，也使得中原武林從此少了一座重鎮，於他吐蕃國大有好處。

只聽他朗聲說道：「小僧孤身來到中土，本意想見識一下少林寺的風範，且看這號稱中原武林泰山北斗之地，是怎樣一副莊嚴宏偉的氣象。但聽了諸位高僧的言語，看了各位高僧的舉止，嘿嘿嘿，似乎還及不上僻處南疆的大理國天龍寺。唉！這可令小僧大大失望了。」

玄字班中有人說道：「大理天龍寺枯榮大師和本因方丈佛法淵深，凡我釋氏弟子，無不仰慕。出家人早無競勝爭強之念，國師說我少林不及天龍，豈足介意？」那人一面說，一面緩步而出，乃是個滿面紅光的老僧。他右手食指與中指輕輕搭住，臉露微笑，神色溫和。

鳩摩智也即臉露笑容，說道：「久慕玄渡大師的『拈花指』絕技練得出神入化，今日得見，幸何如之。」說著右手食中兩指也是輕輕搭住，作拈花之狀。二僧左手同時緩緩伸起，向著對方彈了三彈。

只聽得波波波三響，指力相撞。玄渡大師身子一晃，突然間胸口射出三支血箭，激噴數尺，兩股指力較量之下，玄渡不敵，給鳩摩智三股指力都中在胸口，便如是利刃所傷一般。

這玄渡大師為人慈和，極得寺中小輩僧侶愛戴。虛竹十六歲那年，曾奉派替玄渡掃地烹茶，服侍了他八個月。玄渡待他十分親切，還指點了他一些羅漢拳的拳法。此後玄渡閉關參禪，虛竹極少再能見面，但往日情誼，長在心頭。這時見他突為指力所傷，知道救援稍遲，立有性命之憂，他曾得聾啞老人蘇星河授以療傷之法，後來又學了破解生死符的秘訣，熟習救傷扶死之道，眼見玄渡胸口鮮血噴出，不暇細想，身子一晃之間，已搶到玄渡對面，虛托一掌。

其時相去只一瞬之間，三股血水未及落地，在他掌力一逼之下，竟又迅速回入了玄渡胸中。虛竹左手如彈琵琶，一陣輪指虛點，頃刻間封了玄渡傷口上下左右的十一處穴道，鮮血不再湧出，再將一粒靈鷲宮的治傷靈藥九轉熊蛇丸餵入他口中。

當日虛竹得段延慶指點，破解無崖子所布下的珍瓏棋局之時，鳩摩智曾見過他一面，此刻突然見他越眾而出，以輪指虛點，封閉玄渡的穴道，手法之妙，功力之強，竟是自己生平所未見，不由得大吃一驚。

慧方等六僧那日見虛竹一掌擊死玄難，又見他做了外道別派的掌門人，種種怪異之處，無法索解，當即負了玄難屍身，回到少林寺中。玄慈方丈與眾高僧詳加查詢，得悉玄難是死於丁春秋「三笑逍遙散」的劇毒，久候虛竹不歸，派了十多名僧人出外找尋，也始終未見他的蹤影。

虛竹回寺之日，適逢少林寺又遇重大變故，丐幫幫主莊聚賢竟然遣人下帖，要少林奉他為中原武林盟主。玄慈連日與玄字輩、慧字輩羣僧籌商對策，實不知那名不見經傳的莊聚賢是何等樣人物。丐幫是江湖上第一大幫會，實力既強，向來又以俠義自任，與少林派互相扶持，主持江湖上正氣、武林中公道，突然要強居於少林派之上，倒令眾高僧不知如何應付才是。虛竹的師父慧輪見方丈和一眾師伯、師叔有要務在身，便不敢稟告虛竹回寺、連犯戒律之事。是以他在園中挑糞澆菜，眾高僧也均不知，這時突然見他顯示高妙手法，倒送鮮血回入玄渡體內，自是人人驚異。

虛竹說道：「太師伯，你且不要運氣，以免傷口出血。」撕下自己僧袍，裹好了他胸口傷處。玄渡苦笑道：「大輪明王……的……拈花指功……如此……如此了得！老衲拜……拜服。」虛竹道：「太師伯，他使的不是拈花指，也不是佛門武功。」

羣僧一聽，都暗暗不以為然，鳩摩智的指法固然和玄渡一模一樣，連兩人溫顏微笑的神情也是毫無二致，卻不是少林七十二絕技之一的「拈花指」是甚麼？羣僧都知鳩摩智是吐蕃國的護國法師，敕封大輪明王，每隔五年，便在大雪山大輪寺開壇，講經說法，四方高僧居士雲集聆聽，執經問難，無不讚嘆。他是佛門中天下知名的高僧，所使的如何會不是佛門武功？

鳩摩智心中卻又是一驚：「這小和尚怎知我使的不是拈花指？不是佛門武功？」一轉念間，便即恍然：「是了！那拈花指本是一門十分王道和平的功夫，只點人穴道，制敵而不傷人，我急切求勝，指力太過凌厲，竟在那老僧胸口戳了三個小孔，便不是迦葉尊者拈花微笑的本意了，這小和尚想必由此而知。」

他天生睿智，自少年時起便迭逢奇緣，生平從未敗於人手，一離吐蕃，在大理國天龍寺中連勝枯榮、本因、本相等高手，此番來到少林，原是想憑一身武功，單槍匹馬的鬥倒這座千年古剎，眼見虛竹只不過二十來歲，雖然適才「輪指封穴」之技頗為玄妙，料想武功再高也高不到那裏去，當下便微笑道：「小師父竟說我這拈花指不是佛門武學，卻令少林絕技置身何地？」

虛竹不善言辯，只道：「我玄渡太師伯的拈花指，自然是佛門武學，你……你大師所使這個……卻不是……」一面說，一面提起左手，學著玄渡的手法，也彈了三彈，指力中使上了小無相功。他對人恭謹，這三彈不敢正對鳩摩智，只是向無人處彈去，只聽得鏜、鏜、鏜三響，大殿上一口銅鐘發出巨聲。虛竹這三下指力都彈在鐘上，便如以鐘槌用力撞擊一般。

鳩摩智叫道：「好功夫！你試我一招般若掌！」說著雙掌一立，似是行禮，雙掌卻不合攏，呼的一聲，一股掌力從雙掌間疾吐而出，奔向虛竹，正是般若掌的「峽谷天風」。

虛竹見他掌勢兇猛，非擋不可，當即以一招「天山六陽掌」將他掌力化去。

鳩摩智感到他這一掌之中隱含吸力，剛好剋制自己這一招的掌力，宛然便是小無相功的底子，心中一凜，笑道：「小師父，你這是佛門功夫麼？我今日來到寶剎，是要領教少林派的神技，你怎麼反以旁門功夫賜招？少林武功在大宋國向稱數一數二，難道徒具虛名，不足以與異邦的武功相抗麼？」他一試出虛竹的內功特異，自己沒有制勝把握，便以言語擠兌，要他只用少林派的功夫。

虛竹怎明白他的用意，直言相告：「小僧資質愚魯，於本派武功只學了一套羅漢拳，一套韋陀掌，那是本派紮根基的入門功夫，如何能與國師過招？」鳩摩智哈哈一笑，道：「既然如此，你倒也有自知之明，不是我的對手，那便退下罷！」虛竹道：「是！小僧告退。」合什行禮，退入虛字輩羣僧的班次。

玄慈方丈卻精明之極，雖不明白虛竹武功的由來，但看他適才所演的幾招，招數精奇，內功深厚，足可與鳩摩智相匹敵，少林寺今日面臨存亡榮辱的大關頭，不如便遣他出去抵擋一陣，縱然落敗，也總是一個轉機，勝於一籌莫展，當即說道：「國師自稱精通少林派七十二門絕技，高明淵博，令人佩服之至。少林派的入門粗淺功夫，自是更加不放在國師眼裏了。虛竹，本寺僧眾現今以『玄、慧、虛、空』排行，你是本派的第三代弟子，本來決無資格跟吐蕃國第一高手國師過招動手，但國師萬里遠來，良機難逢，你便以羅漢拳和韋陀掌的功夫，請國師指點幾招。」他將話說在頭裏，虛竹只不過是少林寺中第三代「虛」字輩的小僧，敗在鳩摩智手下，於少林寺威名並無所損，但只要僥倖勉強支持得一炷香、兩炷香的時刻，自己乘勢喝止雙方，鳩摩智便無顏再糾纏下去了。

虛竹聽得方丈有令，自是不敢有違，躬身應道：「是。」走上幾步，合什說道：「國師手下留情！」心想對方是前輩高人，決不會先行出招，當即雙掌一直拜了下去，正是韋陀掌的起手式「靈山禮佛」。他在少林寺中半天唸經，半天練武，十多年來，已將這套羅漢拳和韋陀掌練得純熟無比。這招「靈山禮佛」本來不過是禮敬敵手的姿式，意示佛門弟子禮讓為先，決非好勇鬥狠之徒。但他此刻身上既具逍遙派三大高手深厚內力，復得童姥盡心點撥，而靈鷲宮地下石窖中數月面壁揣摩，更是得益良多，雙掌一拜下，身上僧衣便即微微鼓起，真氣流轉，護住了全身。

四十

卻試問 幾時把痴心斷

突然人叢中搶出四名僧人，青光閃閃，四柄長劍同時刺向鳩摩智咽喉。

四僧一齊躍出，一齊出手，四柄長劍指的是同一方位。

鳩摩智明知跟這小僧動手，勝之不武，不勝為笑，但情勢如此，已不由得自己避戰，當即揮掌擊出，掌風中隱含必必卜卜的輕微響聲，姿式手法，正是般若掌的上乘功夫。

韋陀掌是少林派的紮根基武功，少林弟子拜師入門，第一套學「羅漢拳」，第二套學的便是「韋陀掌」。般若掌卻是最精奧的掌法，自韋陀掌學到般若掌，循序而進，通常要花三四十年功夫。般若掌既是少林七十二絕技之一，練將下去，永無窮盡，掌力越練越強，招數愈練愈純，那是學無止境。自少林創派以來，以韋陀掌和般若掌過招，實是從所未有。兩者深淺精粗，正是少林武功的兩個極端，會般若掌的前輩僧人，決不致和只會韋陀掌的本門弟子動手，就算是師徒之間餵招學藝，師父既然使到般若掌，做弟子的至少也要以達摩掌、伏虎掌、如來千手法等等掌法應接。

虛竹眼見對方掌到，斜身略避，雙掌推出，仍是韋陀掌中一招，叫做「山門護法」，招式平平，所含力道卻甚是雄渾。

鳩摩智身形流轉，袖裏乾坤，無相劫指點向對方。虛竹斜身閃避，鳩摩智早料到他閃避的方位，大金剛拳一拳早出，砰的一聲，正中他肩頭。虛竹踉踉蹌蹌的退了兩步。鳩摩智哈哈一笑，說道：「小師父服了麼？」料想這一掌開碑裂石，已將他肩骨擊成碎片。那知虛竹有「北冥真氣」護體，只感到肩頭一陣疼痛，便即猱身復上，雙掌自左向右劃下，這一招叫做「恆河入海」，雙掌帶著浩浩真氣，當真便如洪水滔滔、東流赴海一般。

鳩摩智見他吃了自己一拳恍若不覺，兩掌擊到，力道又如此沉厚，不由得暗自驚異，出掌擋過，身隨掌起，雙腿連環，霎時之間連踢六腿，盡數中在虛竹心口，正是少林七十二絕技之一的「如影隨形腿」，一腿既出，第二腿如影隨形，緊跟而至，第二腿隨即自影而變為形，而第三腿復如影子，跟隨踢到，直踢到第六腿，虛竹才來得及仰身飄開。

鳩摩智不容他喘息，連出兩指，嗤嗤有聲，卻是「多羅指法」。虛竹坐馬拉弓，還擊一拳，已是「羅漢拳」中的一招「黑虎偷心」。這一招拳法粗淺之極，但附以小無相功後，竟將兩下穿金破石的多羅指指力消於中途。

鳩摩智有心炫耀，多羅指使罷，立時變招，單臂削出，雖是空手，所使的卻是「燃木刀法」。這路刀法練成之後，在一根乾木旁快劈九九八十一刀，刀刃不能損傷木材絲毫，刀上發出的熱力，卻要將木材點燃生火，當年蕭峯的師父玄苦大師即擅此技，自他圓寂之後，寺中已無人能會。「燃木刀法」是單刀刀法，與鳩摩智當日在天龍寺所使「火燄刀法」的凌虛掌力全然不同，他此刻是以手掌作戒刀，狠砍狠斫，全是少林派武功的路子。他一刀劈落，波的一響，虛竹右臂中招。虛竹叫道：「好快！」右拳打出，拳到中途，右臂又中一刀。鳩摩智真力貫於掌緣，這一斬已不遜鋼刀，一樣的能割首斷臂，但虛竹右臂連中兩刀，竟渾若無事，反震得他掌緣隱隱生疼。

鳩摩智駭異之下，心念電轉，尋思：「這小和尚便練就了金鐘罩、鐵布衫功夫，也經不起我這幾下重手，卻是何故？啊，是了，此人僧衣之內定是穿了甚麼護身寶甲。」一想到此節，出招便只攻擊虛竹面門，「大智無定指」、「去煩惱指」、「寂滅抓」、「因陀羅抓」，接連使出六七門少林神功，對準虛竹的眼目咽喉招呼。

鳩摩智這麼一輪快速之極的搶攻，虛竹手忙足亂，無從招架，惟有倒退，這時連「韋陀掌」也使不上了，一拳一拳的打出，全是那一招「黑虎偷心」，每發一拳，都將鳩摩智逼退半尺，就是這麼半尺之差，鳩摩智種種神妙的招數，便都不能及身。

頃刻之間，鳩摩智又連使十六門少林絕技，少林羣僧只看得目眩神馳，均想：「此人自稱一身兼通本派七十二絕技，果非大言虛語。」但虛竹用以應付的，卻只一門「羅漢掌」，而且在對方迅若閃電的急攻之下，心中手上全無變招的餘裕，打出一招「黑虎偷心」，又是一招「黑虎偷心」，來來去去，便只依樣葫蘆的一招「黑虎偷心」，拳法之笨拙，縱然是市井武師，也不免為之失笑。但這招「黑虎偷心」中所含的勁力，卻竟不斷增強，兩人相去漸遠，鳩摩智手指手爪和虛竹的面門相距已逾一尺。

鳩摩智早已發覺，虛竹拳力中隱隱也有小無相功，而且還遠在自己之上，只是似乎不大會使，未能發揮威力而已。眼見虛竹又是一招「黑虎偷心」打到，突然間手掌一沉，雙手陡探，已抓住虛竹拳頭，正是少林絕技「龍爪功」中的一招，左手拿著虛竹的小指，右手拿住他拇指，運力向上急拗，準擬這一下立時便拗斷他兩根手指。

虛竹兩指被拗，不能再使「黑虎偷心」，手指劇痛之際，自然而然的使出「天山折梅手」來，右腕轉個小圈，翻將過來，拿住了鳩摩智的左腕。

鳩摩智一抓得手，正欣喜間，萬料不到對方手上突然會生出一股怪異力道，反拿己腕。他所知武學甚為淵博，但這「天山折梅手」卻全然不知來歷，心中一凜，只覺左腕已如套在一隻鐵箍之中，再也無法掙脫。總算虛竹驚惶中只求自解，不暇反攻，因此牢牢抓住鳩摩智的手腕，志在不讓他再拗自己手指，忘了抓他脈門。便這麼偏了三分，鳩摩智內力已生，微微一收，隨即激迸而出，只盼震裂虛竹的虎口。

虛竹手上一麻，生怕對方脫手之後，又使厲害手法，忙又運勁，體內北冥真氣如潮水般湧出。他和段譽所練的武功出於同源，但沒如段譽那般練過吸人內力的法門，因此雖抓住了鳩摩智手腕，卻沒能吸他內力。饒是如此，鳩摩智三次運勁未能掙脫，不由得心下大駭，右手成掌，斜劈虛竹項頸。他情急之下，沒想到再使少林派武功，這一劈已是他吐蕃的本門武學。虛竹左手忙以一招天山六陽掌化解。鳩摩智次掌又至，虛竹的六陽掌綿綿使出，將對方勢若狂飆的攻擊一一化解。

其時兩人近身肉搏，呼吸可聞，出掌時都是曲臂迴肘，每發一掌都只七八寸距離。但相距雖近，掌力卻仍是強勁之極。鳩摩智掌聲呼呼，羣僧均覺這掌力刮面如刀，寒意侵體，便似到了高山絕頂，狂風四面吹襲。少林寺輩份較低的僧侶漸漸抵受不住，一個個縮身向後，貼牆而立。玄字輩高僧自不怕掌力侵襲，但也各運內力抗拒。

虛竹為了要替三十六洞、七十二島的羣豪解除生死符，在這天山六陽掌上用功甚勤，種種精微變化全已了然於胸，而靈鷲宮地底石壁上的圖譜，更令他大悟其中奧妙。不過他從未用之與人過招對拆，少了習練，一上來便與一位當今數一數二的高手生死相搏，掌法雖高，內力雖強，使得出來的卻不過二三成而已。

鳩摩智掌力越來越凌厲，虛竹心無二用，但求自保，每一招都是守勢。他決不是想拿住鳩摩智，只是眼見對方武功勝己十倍，單掌攻擊已這般厲害，倘若任他雙掌齊施，自己非命喪當場不可，因此死命拿住他左腕，要令他左掌無法出招。虛竹這個念頭雖笨，竟也大有用處。鳩摩智左手被抓，雙掌連環變化、交互為用的諸般妙著便使不出來。虛竹本來掌法不甚純熟，使單掌較使雙掌為便。一個打了個對折，十成掌法只剩五成，一個卻將二三成的功夫提升到了四五成。一炷香時刻過去，兩人已交拆數百招，仍是僵持之局。

玄慈、玄渡、神山、觀心、哲羅星等諸高僧都已看出，鳩摩智左腕受制，掙扎不脫，但虛竹的左掌卻全然處於下風，只有招架之功，無絲毫還手之力，兩人都是右優左劣。這般打法，眾高僧雖見多識廣，卻是生平從所未見。其中少林眾僧更多了一份驚異，一份憂心，虛竹自幼在本寺長大，下山半年，卻不知從何處學了這一身驚人技藝回來，又見他抓住敵人，並不能制敵，但鳩摩智每一掌中都含著摧筋斷骨、震破內家真氣的大威力，只要給擊中了一下，非氣絕身亡不可。

此刻少林眾僧中，不論那一個出手相助，只須輕輕一指，都能取了鳩摩智的性命，但這番相鬥，並非志在殺了對方，而是為了維護少林一派的聲譽，若有人上前殺了鳩摩智，只有大損少林派令譽。羣僧個個提心吊膽，手心中揑一把汗，瞧著二人激鬥。

又拆百餘招，虛竹驚恐之心漸去，於天山六陽掌的精妙處領悟越來越多，十招中於九招守禦之餘，已能還擊一招。他既還擊一招，鳩摩智便須出招抵禦，攻勢不免略有頓挫。其間相差雖然甚微，消長之勢，卻是漸漸對虛竹有利。又過了一頓飯時分，虛竹已能在十招中反攻兩三招。少林羣僧見他漸脫困境，無不暗暗歡喜。

神山上人自從鳩摩智一現身，心情便甚矛盾，既盼鳩摩智殺滅少林派的威風，又不願異邦僧人到中土來橫行無忌，自己卻無力將之制服；待見鳩摩智與虛竹相持不決，只盼兩人兩敗俱傷，同歸於盡。自己即使無法從波羅星手中再取其他少林絕技，但般若掌、摩訶指、大金剛拳三門絕技的秘訣，總已記在心中，回寺後詳加參研，憑著一己的聰明智慧，當可將這三門武功大加變通，要旨雖同，招式外形卻可大異，那時便成為清涼寺的三門絕技，而自己便是創建這三門絕技的鼻祖了。

波羅星卻又是另一番心情。他這些時日中研習般若掌、摩訶指、大金剛拳三門武功，但覺其中奧妙無窮。今日師兄哲羅星來接他出寺，自忖心中所得記憶者，還不到少林武功的半成，回歸故鄉雖然歡喜，但眼見寺中寶藏如此豐富，一出少林山門，從此再無緣得窺，卻也是不勝遺憾。其後見到虛竹與鳩摩智相鬥，兩人內力之強，招數之奇，自己連半點邊兒也摸不到。他卻不知虛竹所使的並非少林武功，只覺少林寺中一個青年僧人已如此了得，自己萬里奔波，好容易有緣出入藏經閣，卻只記得幾部武學經書回去，雖不是如入寶山空手而回，但所得者決非真正貴重之物，只怕此後一生之中，不免日日夜夜，悔恨無盡。

武學之道，便和琴棋書畫，以及佛學、易理等等繁難奧妙的功夫學問無異，愈是鑽研，愈是興味盎然，只要得悉世上另有比自己所學更高一層的功夫學問，千方百計的也要觀摩一番。波羅星是天竺高僧中大有才智之士，初到少林寺時，一意在盜取武經，回去光大天竺武學，但見到少林寺的武學竟如此浩如煙海，不由得戀戀不捨，不肯遽此離去了。

這時虛竹已能佔到四成攻勢，雖然兀自遮攔多，進攻少，但內力生發，逍遙派武學的諸般狠辣招數自然而然的使了出來。旁觀者不禁膽戰心驚，均想：「我若中了這一招，不免死得慘酷無比。」少林派僧俗弟子，數百年來並無一個女子，歷代創建全是走剛陽路子，因係佛門武功，出手的用意均是制敵而非殺人，與童姥、李秋水的招數截然相反。玄慈等少林高僧見虛竹所使招數漸趨陰險刻毒，不由得都皺起了眉頭。

鳩摩智連運三次強勁，要掙脫虛竹的右手，以便施用「火燄刀」絕技，但己力加強，對方的指力亦相應而增，情急之下，殺意陡盛，左手呼呼呼連拍三掌，虛竹揮手化解。鳩摩智縮手彎腰，從布襪中取出一柄匕首，陡向虛竹肩頭刺去。

虛竹所學全是空手拆招，突然間白光閃處，匕首刺到，不知如何招架才是，搶著便去抓鳩摩智的右腕，這一抓是「天山折梅手」的擒拿手法，既快且準，三根手指一搭上他手腕，大拇指和小指跟著便即收攏。便在這時，鳩摩智掌心勁力一吐，匕首脫手而出，虛竹雙手都牢牢抓著對方的手腕，噗的一聲，匕首插入了他肩頭，直沒至柄。

旁觀羣僧齊聲驚呼。觀心等都不自禁的搖頭，均想：「以鳩摩智如此身分，鬥不過少林寺一個青年僧人，已然聲名掃地，再使兵刃偷襲，簡直不成體統。」

突然人叢中搶出四名僧人，青光閃閃，四柄長劍同時刺向鳩摩智咽喉。四僧一齊躍出，一齊出手，四柄長劍指的是同一方位，劍法奇快，狠辣無倫。鳩摩智雙足運力，要待向後躍避，一拉之下，虛竹竟紋絲不動，但覺喉頭一痛，四劍的劍尖已刺上了肌膚。只聽四僧齊聲喝道：「不要臉的東西，快納命罷！」聲音嬌嫩，竟似是少女的口音。

虛竹轉頭看時，這四僧居然是梅蘭竹菊四劍，只是頭戴僧帽，掩住了頭上青絲，身上穿的卻是少林寺僧衣。他驚詫無比，叫道：「休傷他性命！」四劍齊聲答應：「是！」劍尖卻仍然不離鳩摩智的咽喉。

鳩摩智哈哈一笑，說道：「少林寺不但倚多為勝，而且暗藏春色，數百年令譽，原來如此，我今日可領教了！」

虛竹心下惶恐，不知如何是好，當即鬆手放開了鳩摩智手腕。菊劍替他拔下肩頭匕首，鮮血立湧。菊劍忙摔下長劍，從懷中取出手帕，替他裹好傷口。梅蘭竹三姝的長劍仍指在鳩摩智喉頭。虛竹問道：「你……你們，是怎麼來的？」

鳩摩智右掌一劃，「火燄山」的神功使出，噹噹噹三聲，三柄長劍從中斷絕。三姝大吃一驚，向後飄躍丈許，看手中時，長劍都只剩下了半截。鳩摩智仰天長笑，向玄慈道：「方丈大師，卻如何說？」

玄慈面色鐵青，說道：「這中間的緣由，老衲委實不知，即當查明，按本寺戒律處置。國師和眾位師兄遠來辛苦，便請往客舍奉齋。」

鳩摩智道：「如此有擾了。」說著合什行禮，玄慈還了一禮。

鳩摩智合著雙手向旁一分，暗運「火燄刀」神功，噗噗噗噗四響，梅蘭竹菊四姝齊聲驚呼，頭上僧帽無風自落，露出烏雲也似的滿頭秀髮，數百莖斷髮跟著僧帽飄了下來。

鳩摩智顯這一手功夫，不但炫耀己能，斷髮而不傷人，表示手下留情，同時明明白白的顯示於眾，四姝乃是女子，要少林僧無可抵賴。

玄慈面色更是不豫，說道：「眾位師兄，請！」

神山、觀心、道清、融智等諸高僧陡見少林寺中竟會有僧裝女子出現，無不大感驚訝，別說少林寺是素享清譽的名山古剎，就是尋常一座小小的廟宇，也決不容許有這等大違戒律的行徑，聽到玄慈方丈一個「請」字，都站了起來。知客僧分別迎入客舍，供奉齋飯。

一眾外客剛轉過身子，還沒走出大殿，梅劍便道：「主人，咱姊妹私自下山，前來服侍你，你可別責怪。」蘭劍道：「那緣根和尚對主人無禮，咱姊妹狠狠的打了他幾頓，他才知道好歹，唉，沒料想這西域和尚又傷了主人。」

虛竹「哦」了一聲，這才恍然，緣根所以前倨後恭，原來是受她四姊妹的脅迫，如此說來，她四人喬裝為僧，潛身寺中，已有多日，不由得跺腳道：「胡鬧，胡鬧！」隨即在如來佛像前跪倒，說道：「弟子前生罪業深重，今生又未能恪守清規戒律，以致為本寺惹下無窮禍患，恭請方丈重重責罰。」

菊劍道：「主人，你也別做甚麼勞什子的和尚啦，大夥兒不如回縹緲峯去罷，在這兒青菜豆腐，沒半點油水，又得受人管束，有甚麼好！」竹劍指著玄慈道：「老和尚，你言語中對我們主人若有得罪，我四姊妹對你可也不客氣啦，你還是多加小心為妙。」

虛竹連連喝止，說道：「你們不得無禮，怎麼到寺裏胡鬧？唉，快快住嘴。」

四姊妹卻你一言我一語，咭咭呱呱的，竟將玄慈等高僧視若無物。少林羣僧相顧駭然，眼見四姊妹相貌一模一樣，明媚秀美，嬌憨活潑，一派無法無天，實不知是甚麼來頭。

原來四妹是大雪山下的貧家女兒，其母已生下七個兒女，再加上一胎四女，實在無力養育，生下後便棄在雪地之中。適逢童姥在雪山採藥，聽到啼哭，見是相貌相同的四個女嬰，覺得有趣，便攜回靈鷲宮撫養長大，授以武功。四妹從未下過縹緲峯一步，又怎懂得人情世故、大小輩份？她們生平只聽童姥一人吩咐。待虛竹接為靈鷲宮主人，她們也就死心塌地的侍奉。只是虛竹溫和謙遜，遠不如童姥御下有威，她們對之就不怎麼懼怕，只知對主人忠心耿耿，渾不知這些胡鬧妄為有甚麼不該。

玄慈說道：「除玄字輩眾位師兄弟外，餘僧各歸僧房。慧輪留下。」眾僧齊聲答應，按著輩份魚貫而出。片刻之間，大雄寶殿上只留著三十餘名玄字輩的老僧，虛竹的師父慧輪，以及虛竹和靈鷲宮四女。

慧輪也在佛像前跪倒，說道：「弟子教誨無方，座下出了這等孽徒，請方丈重罰。」

竹劍噗哧一笑，說道：「憑你這點兒微末功夫，也配做我主人的師父？前天晚上松樹林中，連絆你八交的那個蒙面人，便是我二姊了。我說呢，你的功夫實在稀鬆平常。」虛竹暗暗叫苦：「糟糕，糟糕！她們連我師父也戲弄了。」又聽蘭劍笑道：「我聽緣根說，你是咱們主人的師父，便來考較考較你。三妹今日倘若不說，只怕你永遠不知道前晚怎麼會連摔八個觔斗，哈哈，嘻嘻，有趣，有趣！」

玄慈道：「玄慚、玄愧、玄念、玄淨四位師弟，請四位女施主不可妄言妄動。」

四名老僧躬身道：「是！」轉身向四女道：「方丈法旨，請四位不可妄言妄動。」

梅劍笑道：「我們偏偏要妄言妄動，你管得著麼？」四僧齊聲道：「如此得罪了！」僧袍一揚，雙手隔著衣袖分拿四女的手腕。玄慚使的是「龍爪功」，玄愧使的是「虎爪手」，玄念使的是「鷹爪功」，玄淨使的則是「少林擒拿十八打」，招數不同，卻均是少林派的精妙武功。四女中除了菊劍外，三女的長劍都已被鳩摩智削斷。菊劍長劍抖動，護住了三個姊妹。梅蘭竹三女各使斷劍，從菊劍的劍光下攻將過來。

虛竹叫道：「拋劍，拋劍！不可動手！」

四姝聽得主人呼喝，都是一怔，手中兵刃便沒敢全力施為。四女的武功本來遠不及四位玄字輩高僧，一失先機，立時便分給四僧拿住。梅劍用力一掙，沒能掙脫，嗔道：「咱們聽主人的話，才對你們客氣，哎喲，痛死了，你揑得這麼重幹甚麼？」蘭劍叫道：「小賊禿，快放開我。」一抓住她手腕的玄愧大師鬚眉皆白，已七十來歲年紀，她卻呼之為「小賊禿」。竹劍道：「你再不放手，我可要罵你老婆了。」菊劍道：「我吐他口水。」一口唾液，向玄淨噴去。玄淨側頭讓過，手指加勁，菊劍只痛得「哎唷，哎唷」大叫。大雄寶殿本是莊嚴佛地，霎時間成了小兒女的鶯啼燕叱之場。

玄慈道：「四位女施主安靜毋躁，若再出聲，四位師弟便點了她們的啞穴。」四姝一聽要點啞穴，都覺不是玩的，嘟起了嘴不敢作聲。玄慚等四位大師便也放開了她們手腕，站在一旁監視。

玄慈道：「虛竹，你將經過情由，從頭說來，休得稍有隱瞞。」

虛竹道：「是。弟子誠心稟告。」當下將如何奉方丈之命下山投帖，如何遇到玄難、慧方等眾僧，如何誤打誤撞的解開珍瓏棋局而成為逍遙派掌門人，玄難如何死於丁春秋的劇毒之下，如何為阿紫作弄而破戒開葷，直說到如何遇到天山童姥，如何深入西夏皇宮的冰窖，而致成為靈鷲宮的主人。這段經歷過程繁複，他口齒笨拙，結結巴巴的說來，著實花了老大時光，雖然拖泥帶水，不大清楚明白，但事事交代，毫無避漏，在冰窖內與夢中女郎犯了淫戒一事，也吞吞吐吐的說了。

眾高僧越聽越感驚訝，這個小弟子遇合之奇之巧，武林中實是前所未聞。眾僧適才見到了他劇鬥鳩摩智的身手，對他所述均無懷疑，都想：「若不是他一身而集逍遙派三大高手的神功，又在靈鷲宮石壁上領悟了上乘武技，如何能敵得住吐蕃國師的絕世神通？」

虛竹說罷，向著佛像五體投地，稽首禮拜，說道：「弟子無明障重，塵垢不除，一遇外魔，便即把持不定，連犯葷戒、酒戒、殺戒、淫戒，背棄本門，學練旁門外道的武功，又招致四位姑娘入寺，敗壞本寺清譽，罪大惡極，罰不勝罰，只求我佛慈悲，方丈慈悲。」他越想越難過，不由得痛哭失聲。

梅劍和菊劍同時哼的一聲，要想說話，勸他不必再做甚麼和尚了。玄慚、玄淨二僧立即伸手，隔衣袖扣住了二女脈門。二女無可奈何，話到口邊復又縮回，向兩個老僧狠狠白了一眼，心中暗罵：「死和尚，臭賊禿！」

玄慈沉吟良久，說道：「眾位師兄、師弟，虛竹此番遭遇，委實大異尋常，事關本寺千年的清譽，本座一人也不便擅自作主，要請眾位共同斟酌。」

玄生大聲道：「啟稟方丈，虛竹過失雖大，功勞也是不小。若不是他在危急之際出手鎮住那個番僧，本寺在武林中那裏還有立足餘地？那番僧叫咱們各自散了，去託庇於清涼、普渡諸寺，這等奇恥大辱，全仗虛竹一人挽救。依小僧之見，命他懺悔前非，以消罪業，然後在達摩院中精研武技，此後不得出寺，不得過問外務，也就是了。」進達摩院研技，是少林僧一項尊崇之極的職司，若不是武功到了極高境界，決計無此資格。玄字輩三十餘高僧中，得進達摩院的也只八人而已，玄生自己便尚未得進。他倡議虛竹進達摩院，非但不是懲罰，反而是大大的獎賞了。

戒律院首座玄寂說道：「依他武功造詣，這達摩院原也去得。但他所學者乃旁門武功，少林達摩院中，可否容得這旁門高手？玄生師弟，可曾細思過此節沒有？」

此言一出，羣僧便均覺玄生之議頗為不妥。玄生道：「以師兄之見，那便如何？」

玄寂道：「唔，這個嘛，我實在也打不定主意。虛竹有功有過，有功當獎，有過當罰。這四個姑娘來到本寺，喬裝為僧，並非出於虛竹授意，咱們坦誠向鳩摩智、神山諸位說明真相，也就是了。他們信也罷，不信也罷，咱們無愧於心，也不必理會旁人妄自猜測，那倒不在話下。但虛竹背棄本門，另學旁門武功，少林寺中，只怕再也容不了他。」他這麼說，竟是要驅逐虛竹出寺。「破門出教」是佛教最重要的懲罰。羣僧一聽，都是相顧駭然。

玄寂又道：「虛竹仗著武功，連犯諸般戒律，本當廢去他的武功，這才逐出山門。但他原練的武功早已為人化去。他目下身上所負功夫並非學自本門，咱們自也無權廢去。」

虛竹垂淚求道：「方丈，眾位太師伯、太師叔，請瞧在我佛面上，慈悲開恩，讓弟子有一條改過自新之路。不論何種責罰，弟子都甘心領受，就是別把弟子趕出寺去。」

眾老僧你瞧瞧我，我瞧瞧你，都拿不定主意，耳聽虛竹如此說法，確是悔悟之意甚誠。所謂「放下屠刀，立地成佛」，所謂「苦海無邊，回頭是岸」，佛門廣大，普渡眾生，於窮兇極惡、執迷不悟之人，尚且要千方百計的點化於他，何況於這個迷途知返、自幼出家的本寺弟子，豈可絕了他向善之路？少林寺屬於禪宗，向來講究「頓悟」，呵佛罵祖尚自不忌，本不如律宗等宗斤斤於嚴守戒律。今日若無外人在場，眾僧眼見他真心懺悔，決不致將他破門逐出。但眼前之事，不但牽涉鳩摩智、哲羅星等番邦胡僧，而中土的清涼、普渡等諸大寺也各有高僧在座，若對虛竹責罰不嚴，天下勢必都道少林派護短，但重門戶，不論是非，只講武功，不管戒律。這等說法流傳出外，卻也是將少林寺的清譽毀了。

便在此時，一位老僧在兩名弟子攙扶之下，從後殿緩步走了出來，正是玄渡。他被鳩摩智指力所傷，回入僧房休息，關心大殿上雙方爭鬥的結局，派遣弟子不斷回報，待聽得鳩摩智已暫時退開，羣僧質訊虛竹，大有見罰之意，當即扶傷又到大雄寶殿，說道：「方丈，我這條老命，是虛竹所救的。我有一句話，不知該不該說。」

玄渡年紀較長，品德素為合寺所敬。玄慈方丈忙道：「師兄請坐，慢慢的說，別牽動了傷處。」

玄渡道：「救我一命不算甚麼。可是眼前有六件大事，尚未辦妥，若留虛竹在寺，大有助益，倘若將他逐了出去，那……那……那可難了。」

玄寂道：「師兄所說六件大事，第一件是指鳩摩智未退；第二件，當是指波羅星偷盜本寺武經；那第三件，是丐幫新任幫主莊聚賢欲為武林盟主。其餘三件，師兄何指？」

玄渡長嘆一聲，道：「玄悲、玄苦、玄痛、玄難四位師弟的性命。」他一提到四僧，眾僧一齊合什唸佛：「阿彌陀佛！」

眾僧認定玄苦死於喬峯之手，玄痛、玄難為丁春秋所害，這兩個對頭太強，大仇迄未得報，而殺害玄悲大師的兇手究竟是誰也還不知。大家只知玄悲是胸口中了「韋陀杵」而死，

「韋陀杵」乃少林七十二門絕技之一，正是玄悲苦練了四十年的功夫。以前均以為是姑蘇慕容氏「以彼之道，還施彼身」而下毒手，後來慧方、慧鏡等述說與鄧百川、公冶乾等人結交的經過，均覺慕容氏顯然無意與武林中人為敵，而慕容氏門下諸人也均非奸險之輩。適才又看到鳩摩智的身手，他既能使諸般少林絕技，則這一招「韋陀杵」是他所擊固有可能，就算另有旁人，也不為奇。四位高僧分別死在三個對頭手下，因此玄渡說是三件大事。

玄慈說道：「老衲職為本寺方丈，於此六件大事，無一件能善為料理，實是汗顏無地。可是虛竹身上功夫，全是逍遙派的武學，難道……難道少林寺的大事……」

他說到這裏，言語已難以為繼，但羣僧都明白他的意思：虛竹武功雖高，卻全是別派旁門功夫，即使他能出手將這六件大事都料理了，有識之士也均知道少林派是因人成事，非依靠逍遙派武功不可，不免為少林派門戶之羞；就算大家掩飾得好，旁人不知，但這些有道高僧，豈能作自欺欺人的行徑？

一時之間，眾高僧都默不作聲。隔了半晌，玄渡道：「以方丈之見，卻是如何？」

玄慈道：「阿彌陀佛！我輩接承列祖列宗的衣缽，今日遭逢極大難關，以老衲之見，當依正道行事，寧為玉碎，不作瓦全。倘若大夥盡心竭力，得保少林令譽，那是我佛慈悲，列祖列宗的遺蔭；設若魔盛道衰，老衲與眾位師兄弟以命護教，以身殉寺，卻也問心無愧，不違我佛教的正理。少林寺千年來造福天下不淺，善緣深厚，就算一時受挫，也決不致一敗塗地，永無興復之日。」這番話說得平平和和，卻是正氣凜然。

羣僧一齊躬身說道：「方丈高見，願遵法旨。」

玄慈向玄寂道：「師弟，請你執行本寺戒律。」玄寂道：「是！」轉頭向知客僧侶道：「有請吐蕃國師與眾位高僧。」知客僧侶躬身答應，分頭去請。

玄渡、玄生等暗暗嘆息，雖有維護虛竹之意，但方丈所言，乃是以大義為重，不能以一時的權宜利害，毀了本寺戒律清譽。各人都已十分明白，倘若赦免虛竹的罪過，那是雖勝亦敗，但如秉公執法，則雖敗猶榮。方丈已說到了「以命護教，以身殉寺」的話，那是破釜沉舟，不存任何僥倖之想，虛竹如何受罰，反而不是怎麼重要之事了。

虛竹也知此事已難挽回，哭泣求告，都是枉然，心想：「人人都以本寺清譽為重，我是自作自受，決不可在外人之前露出畏縮乞憐之態，教人小覷了少林寺的和尚。」

過不多時，鳩摩智、神山、哲羅星等一干人來到大殿。鐘聲響起，慧字輩、虛字輩、空字輩羣僧又列隊而入，站立兩廂。

玄慈合什說道：「吐蕃國國師、列位師兄請了。少林寺虛字輩弟子虛竹，身犯殺戒、淫戒、葷戒、酒戒四大戒律，私學旁門別派武功，擅自出任旁門掌門人，少林寺戒律院首座玄寂，便即依律懲處，不得寬貸。」

鳩摩智和神山等一聽之下，倒也大出意料之外，眼見梅蘭竹菊四女喬裝為僧，只道虛竹膽大妄為，私自在寺中窩藏少女，所犯者不過淫戒而已，豈知方丈所宣布的罪狀尚過於此。

普渡寺道清大師中年出家，於人情世故十分通達，兼之性情慈祥，素喜與人為善，說道：「方丈師兄，這四位姑娘眉鎖腰直、頸細背挺，顯是守身如玉的處女，適才向國師出手，使的又是童貞功劍功，咱們學武之人一見便知。虛竹小師兄行為不檢，容或有之，『淫戒』二字，卻是言重了。」

玄慈道：「多謝師兄點明。虛竹所犯淫戒，非指此四女而言。虛竹投入別派，作了天山縹緲峯靈鷲宮的主人，此四女是靈鷲宮舊主的侍婢，私入本寺，意在奉侍新主，虛竹並不得知。少林寺疏於防範，好生慚愧，倒不以此見罪於他。」

童姥武功雖高，但從不履足中土，只是和邊疆海外諸洞、諸島的旁門異士打交道，因此「靈鷲宮」之名，羣僧都是首次聽到。只有鳩摩智在吐蕃國曾聽人說過，卻也不明底細。道清大師道：「既然如此，外人不便多所置喙了。」鳩摩智、哲羅星和神山上人等對少林寺本來不懷善意，但見玄慈一秉至公，毫不護短，虛竹所犯戒律外人本來不知，他卻當眾宣示，心下也不禁欽佩。

玄寂走上一步，朗聲問道：「虛竹，方丈所指罪業，你都承認麼？有何辯解？」虛竹道：「弟子承認，罪重孽大，無可辯解，甘領太師叔責罰。」

羣僧心下悚然，眼望玄寂，聽他宣布如何處罰。

玄寂朗聲說道：「虛竹擅犯殺、淫、葷、酒四大戒律，罰當眾重打一百棍。虛竹，你心服麼？」虛竹聽說只罰打他一百棍子，衡之自己所犯四大戒律，實在一點也不算重，忙道：「多謝太師叔慈悲，虛竹心服。」玄寂又道：「你未得掌門方丈和受業師父許可，擅學旁門武藝，罰你廢去全身少林派武功，自今而後，不得再為少林派弟子。你心服麼？」

虛竹心中一酸，情知此事已無可挽救，道：「弟子該死，太師叔罰得甚是公平。」

別派羣僧適才見他和鳩摩智激鬥，以「韋陀掌」和「羅漢拳」少林武功大顯神威，誰都不知虛竹的真正武功，其實已不是少林一派。鳩摩智自稱一身兼七十二門絕技，實則所通者不過表面招式而已，真正的少林派內功他所知極少。虛竹和他相鬥時所使的小無相功，他自然是懂的，但北冥真氣、天山六陽掌、天山折梅手等高深武功，他卻也以為是少林派功夫，聽得玄寂說要廢去他的少林派武功，不由得大喜，心想：「你們自毀長城，去了我的心腹之患，那是再好也沒有了。」覺賢、道清等高僧心中卻連呼：「可惜，可惜！」

玄寂又道：「你既為逍遙派掌門人，為縹緲峯靈鷲宮的主人，便當出教還俗，不能再作佛門弟子，從今而後，你不再是少林寺僧侶了。如此處置，你心服麼？」

虛竹無爹無娘，童嬰入寺，自幼在少林寺長大，於佛法要旨雖然領悟不多，但少林寺是他在這世上唯一的安身立命之地，一旦被逐出寺，不由得悲從中來，淚如雨下，伏地而哭，哽咽道：「少林寺自方丈大師以次，諸位太師伯、太師叔，諸位師伯、師叔以及恩師，人人對弟子恩義深重，弟子不肖，有負眾位教誨。」

道清大師忍不住又來說情，說道：「方丈師兄，玄寂師兄，依老衲看來，這位小佛兄迷途知返，大有悔改之意，何不給他一條自新之路？」

玄慈道：「師兄指點得是。但佛門廣大，何處不可容身？虛竹，咱們罰你破門出寺，卻非對你心存惡念，斷你皈依我佛之路。天下莊嚴寶剎，何止千千萬萬。倘若你有皈依三寶之念，還俗後仍可再求剃度。盼你另投名寺，拜高僧為師，發宏誓願，清淨身心，早證正覺。就算不再出家為僧，在家的居士只須勤修六度萬行，一般也可證道，為大菩薩成佛。」說到後來，言語慈和懇切，甚有殷勤勸誡之意。

虛竹更是悲切，行禮道：「方丈太師伯教誨，弟子不敢忘記。」

玄寂又道：「慧輪聽者。」慧輪走上幾步，合什跪下。玄寂道：「慧輪，你身為虛竹的業師，平日惰於教誨，三毒六根之害，未能詳予指點，致成今日之禍。罰你受杖三十棍，入戒律院面壁懺悔三年。你可心服麼？」慧輪顫聲道：「弟子……弟子心服。」

虛竹說道：「太師伯，弟子願代師父領受三十杖責。」

玄寂點了點頭，道：「既是如此，虛竹共受杖責一百三十棍。掌刑弟子，取棍侍候。此刻虛竹尚為少林僧人，加刑不得輕縱。出寺之後，虛竹即為別派掌門，與本寺再無瓜葛，本派上下，須加禮敬。」

四名掌刑弟子領命而出，不久回入大殿，手中各執一條檀木棍。

玄寂正要傳令用刑，突然一名僧人匆匆入殿，手中持了一大疊名帖，雙手高舉，交給玄慈，說道：「啟稟方丈，河朔羣雄拜山。」

玄慈一看名帖，共有三十餘張，列名的都是北方一帶成名的英雄豪傑，突於此刻同時趕到，卻不知為了何事。只聽得寺外話聲不絕，羣豪已到門口。玄慈說道：「玄生師弟，請出門迎接。」又道：「列位師兄，嘉賓光臨，本派清理門戶之事，只好暫緩一步，以免待慢了遠客。」當即站起身來，走到大殿簷下。

過不多時，便見數十位豪傑在玄生及知客僧陪同下，來到大殿之前。

玄慈、玄寂、玄生等雖是勤修佛法的高僧，但究是武學好手，遇到武林中的同道，都有惺惺相惜的親近之意，這時突見這許多成名的英豪到來，雖然正當清理門戶之際，心頭十分沉重，也不禁精神為之一振。少林羣僧在外行道，結交方外朋友甚多，所來的英豪之中，頗有不少是玄字輩、慧字輩僧侶的至交，各人執手相見，歡然道故，迎入殿中，與鳩摩智、哲羅星等人引見。神山、觀心等威名素著，羣豪若非舊識，也是仰慕已久。

玄慈正欲問起來意，知客僧又進來稟報，說道山東、淮南有數十位武林人物前來拜山。

玄慚出去迎進殿來。一條黑漢子大聲說道：「丐幫莊幫主邀咱們來瞧熱鬧，他自己還沒到麼？」一個陰聲細氣的聲音說道：「老兄你急甚麼？既然來了，要瞧熱鬧，還少得了你一份麼？當然咱們小腳色先上場，正角兒慢慢再出台。」

玄慈朗聲說道：「諸位不約而同的降臨敝寺，少林寺至感榮幸。只是招待不周，還請原諒則個。」羣豪都道：「好說，好說，方丈不必客氣。」

這時和少林僧交好的豪客，早已說知來寺原委，各人都接到丐幫幫主莊聚賢的英雄帖，說道少林寺和丐幫向來並峙中原，現莊聚賢新任丐幫幫主，意欲立一位中原的武林盟主，並定下若干規章，以便同道一齊遵守，定六月十五親赴少林寺，與玄慈方丈商酌。各人出示英雄帖，帖上言語雖頗謙遜，但擺明了是說，武林盟主捨我其誰？莊聚賢要來少林寺，顯然是要憑武功擊敗少林羣僧，壓下少林派數百年享譽武林的威風。

帖中並未邀請羣雄到少林寺，但武林人物個個喜動不喜靜，對於丐幫與少林派互爭雄長的大事，那一個不想親自目睹，躬與其盛？是以不約而同的紛紛到來。這時殿中眾人說得最多的便是一句話：「那莊聚賢是誰？」人人都問這句話，卻沒一人能答。

玄慈方丈和師兄弟會商數日，都猜測這莊聚賢多半便是喬峯的化名，以他的武功機謀，要殺了丐幫中與他為敵的長老，奪回幫主之位，自不為難，否則丐幫與少林寺素來交好，怎地忽有此舉？喬峯大戰聚賢莊，天下皆知，他化名為莊聚賢，其實已是點明了自己來歷。

過不多時，兩湖、江南各地的英雄到了，川陝的英雄到了，兩廣的英雄也到了。羣雄南北相隔千里，卻都於一日之中絡繹到來，顯然丐幫準備已久，早在一兩個月前便已發出英雄帖。玄慈和諸僧口中不言，心下卻既感憤怒，又是擔憂，僅在數日之前，自稱丐幫幫主的莊聚賢才有書信到來，說到要選武林盟主之事，並說日內將親來拜山，恭聆玄慈方丈教益，信中既未說明拜山日期，更未提到邀請天下英雄。那知突然之間，羣賢畢集，少林寺竟被鬧了個手忙腳亂。丐幫發動已久，少林派雖在江湖上廣通聲氣，居然事先絕無所聞，尚未比試，已然先落下風。丐幫此舉，更是勝券已握的模樣，所以不言明邀請羣雄，只不過不便代少林寺作主人，但大撒英雄帖，實是不邀而邀。羣僧又想：「丐幫不邀咱們赴他總舵，面子上是對咱們禮敬，他幫主親自移步，實則是要令少林派事先全無預備，攻咱們一個措手不及。」

玄生向他好友河北神彈子諸葛中發話：「好啊，諸葛老兒，你得到訊息，也不捎個信來給我，咱們三十年的交情，就此一筆勾銷。」諸葛中老臉脹得通紅，連連解釋：「我……我是三天前才接帖子，一碗飯也沒得及吃完，連日連夜的趕來，途中累死了兩匹好馬，唯恐錯過了日子，不能給你這臭賊禿助一臂之力。怎……怎麼反怪起我來？」玄生哼了一聲，道：「你倒是一片好心了！」諸葛中道：「怎麼不是好心？你少林派武功再高，老哥哥來吶喊助威，總不見得是壞心啊！你們方丈本來派出英雄帖，約我九月初九來少林寺，會一會姑蘇慕容氏，現下哥哥早來了幾個月，可沒對你不起。」

玄生這才釋然，一問其他英豪，路遠的接帖早，路近的接帖遲，但個個是馬不停蹄的趲路，方能及時趕到。倒不是這許多朋友沒一個事先向少林寺送信，而是丐幫策劃周詳，算準了各人到達少林寺的日程，令他們無法早一日趕到少林寺。羣僧想到此節，都覺得丐幫謀定而後動，幫主和幫眾未到，已然先聲奪人，只怕尚有不少厲害後著。

這一日正是六月十五，天氣炎熱。少林羣僧先是應付神山上人和哲羅星等一眾高僧，跟著與鳩摩智相鬥，盤問虛竹，已耗費了不少精神，突然間四面八方各路英雄豪傑紛紛趕到，寺中僧人雖多，但事出倉卒，也不免手忙腳亂。幸好知客院首座玄淨大師是位經理長才，而寺產素豐，物料厚積，羣僧在玄淨分派之下，接待羣豪，卻也禮數不缺。

玄慈等迎接賓客，無暇屏人商議，只有各自心中嘀咕。忽聽知客僧報道：「大理國鎮南王段殿下駕到。」

為了少林寺玄悲大師身中「韋陀杵」而死之事，段正淳曾奉皇兄之命，前來拜會玄慈方丈。大理段氏是少林寺之友，此刻到來，實是得一強助，玄慈心下一喜，說道：「大理段王爺還在中原嗎？」率眾迎了出去。玄慈與段正淳以及他的隨從范驊、華赫艮、巴天石、朱丹臣等已是二度重會，寒喧得幾句，便即迎入殿中，與羣雄引見。

第一個引見的便是吐蕃國國師鳩摩智。段正淳立時變色，抱拳道：「犬子段譽得蒙明王垂青，攜之東來，聽犬子言道，一路上多聆教誨，大有進益，段某感激不盡，這裏謝過。」

鳩摩智微笑道：「不敢！段公子怎麼不隨殿下前來？」段正淳道：「犬子不知去了何處？說不定又落入了奸人惡僧之手，正要向國師請教。」鳩摩智連連搖頭，說道：「段公子的下落，小僧倒也知道。唉！可惜啊可惜！」

段正淳心中怦的一跳，只道段譽遭了甚麼不測，忙問：「國師此言何意？」他雖多經變故，但牽掛愛子安危，不由得聲音也顫了。

數月前他父子歡聚，其後段譽去參與聾啞先生棋會，不料歸途中自行離去，事隔數月，段正淳不得絲毫音訊，生怕他遭了段延慶、鳩摩智或丁春秋等人的毒手，一直好生掛念。這日聽到訊息，丐幫新任幫主莊聚賢要和少林派爭奪武林盟主，當即匆匆趕來，主旨便在尋訪兒子。他段氏是武林世家，於丐幫、少林爭奪中原盟主一事自也關心。

鳩摩智道：「小僧在天龍寶剎，得見枯榮大師、本因方丈以及令兄，個個神定氣閒，莊嚴安詳，真乃有道之士。鎮南王威名震於天下，卻何以舐犢情深，大有兒女之態？」

段正淳定了定心神，尋思：「譽兒若已身遭不測，驚慌也已無益，徒然教這番僧小覷了。」便道：「愛惜兒女，人之常情。世人若不生兒育女，呵之護之，舉世便即無人。吾輩凡夫俗子，如何能與國師這等四大皆空、慈悲有德的高僧相比？」

鳩摩智微微一笑，說道：「小僧初見令郎，見他頭角崢嶸，知他必將光大段門，為大理國日後的有道明君，實為天南百萬蒼生之福。」段正淳道：「不敢！」心想：「這賊禿好不可惡，故意這般說話不著邊際，令我心急如焚。」

鳩摩智長嘆一聲，道：「唉，真是可惜，這位段君福澤卻是不厚。」他見段正淳又是臉上變色，這才微微一笑，說道：「他來到中原，見到一位美貌姑娘，從此追隨於石榴裙邊，甚麼雄心壯志，一古腦兒的消磨殆盡。那位姑娘到東，他便隨到東；那姑娘到西，他便跟到西。任誰看來，都道他是一個遊手好閒、不務正業的輕薄子弟，那不是可惜之至麼？」

只聽得嘻嘻一聲，一人笑了出來，卻是女子的聲音。眾人向聲音來處瞧去，卻是個面目猥瑣的中年漢子。此人便是阮星竹，這幾個月來，她一直伴著段正淳。段正淳來少林寺，她也跟著來了。知道少林寺規矩不許女子入寺，便改裝成個男子。她是阿朱之母，天生有幾分喬裝改扮的能耐，此刻扮成男子，形容舉止，無一不像，決不似靈鷲宮四姝那般一下子便給人瞧破，只是她聲音嬌嫩，卻不及阿朱那般學男人說話也是唯妙唯肖。她見眾人目光向自己射來，便即粗聲粗氣的道：「段家小皇子家學淵源，將門虎子，了不起，了不起。」

段正淳到處留情之名，播於江湖，羣雄聽她說段譽苦戀王語嫣乃是「家學淵源，將門虎子」，都不禁相顧莞爾。

段正淳也哈哈一笑，向鳩摩智道：「這不肖孩子……」鳩摩智道：「並非不肖，肖得很啊，肖得緊！」段正淳知他是譏諷自己風流放蕩，也不以為忤，續道：「不知他此刻到了何方，國師若知他的下落，便請示知。」鳩摩智搖頭道：「段公子勘不破情關，整日價憔悴相思。小僧見到他之時，已是形銷骨立，面黃肌瘦，此刻是死是活，那也難說得很。」

忽然一個青年僧人走上前來，向段正淳恭恭敬敬的行禮，說道：「王爺不必憂心，我那三弟精神煥發，身子極好。」段正淳還了一禮，心下甚奇，見他形貌打扮，是少林寺中的一個小輩僧人，卻不知如何稱段譽為「三弟」，問道：「小師父最近見過我那孩兒麼？」那青年僧人便是虛竹，說道：「是，那日我跟三弟在靈鷲宮喝得大醉……」

突然段譽的聲音在殿外響起：「爹爹，孩兒在此，你老人家身子安好！」聲音甫歇，一人閃進殿來，撲在段正淳的懷裏，正是段譽。他內功深厚，耳音奇佳，剛進寺門便聽得父親與虛竹的對答，當下迫不及待，展開「凌波微步」，搶了進來。

父子相見，都說不出的歡喜。段正淳看兒子時，見他雖然頗有風霜之色，但神采奕奕，決非如鳩摩智所說的甚麼「形銷骨立，面黃肌瘦」。

段譽回過頭來，向虛竹道：「二哥，你又做和尚了？」

虛竹在佛像前已跪了半天，誠心懺悔已往之非，但一見段譽，立時便想起「夢中姑娘」來，不由得面紅耳赤，神色甚是忸怩，又怎敢開口打聽？

鳩摩智心想，此刻王語嫣必在左近，否則少林寺中便有天大的事端，也決難引得段譽這痴情公子來到少室山上，而王語嫣對她表哥一往情深，也決計不會和慕容復分手，當即提氣朗聲說道：「慕容公子，既已上得少室山來，怎地還不進寺禮佛？」

「姑蘇慕容」好大的聲名，羣雄都是一怔，心想：「原來姑蘇慕容公子也到了。是跟這番僧事先約好了，一起來跟少林寺為難的嗎？」

但寺門外聲息全無，過了半晌，遠處山間的回音傳來：「慕容公子……少室山來……進寺禮佛？」

鳩摩智尋思：「這番可猜錯了，原來慕容復沒到少室山，否則聽到了我的話，決無不答之理！」當下仰天打個哈哈，正想說幾句話遮掩，忽聽得門外一個陰惻惻的聲音說道：「慕容公子和丁老怪惡鬥方酣，待殺了丁老怪，再來少林寺敬禮如來。」

段正淳、段譽父子一聽，登時臉上變色，這聲音正是「惡貫滿盈」段延慶。

便在此時，身穿青袍、手拄雙鐵杖的段延慶已走進殿來，他身後跟著「無惡不作」葉二娘，「兇神惡煞」南海鱷神，「窮兇極惡」雲中鶴。四大惡人，一時齊到。

玄慈方丈對客人不論善惡，一般的相待以禮。少林寺規矩雖不接待女客，但玄慈方丈見到葉二娘後只是一怔，便不理會。羣僧均想：「今日敵人眾多，相較之下，甚麼不接待女客的規矩只是小事一樁，不必為此多起糾紛。」

南海鱷神一見到段譽，登時滿臉通紅，轉身欲走。段譽笑道：「乖徒兒，近來可好？」南海鱷神聽他叫出「乖徒兒」三字，那是逃不脫的了，惡狠狠的道：「他媽的臭師父，你還沒死麼？」殿上羣雄多數不明內情，眼見此人神態兇惡，溫文儒雅的段譽居然呼之為徒，已是一奇，而他口稱段譽為師，言辭卻無禮之極，更是大奇。

葉二娘微笑道：「丁春秋大顯神通，已將慕容公子打得全無招架之功。大夥兒可要去瞧瞧熱鬧麼？」

段譽叫聲：「啊喲！」首先搶出殿去。

那一日慕容復、鄧百川、公冶乾、包不同、風波惡、王語嫣六人下得縹緲峯來。慕容復等均覺沒來由的混入了靈鷲宮一場內爭，所謀固然不成，臉上也沒甚麼光采，好生沒趣。只有王語嫣卻言笑晏晏，但教能伴在表哥身畔，便是人間至樂。

六人東返中原。這日下午穿過一座黑壓壓的大森林，風波惡突然叫道：「有血腥氣。」拔出單刀，循著氣息急奔過去，心想：「有血腥氣處，多半便有架打。」越奔血腥氣越濃，驀地裏眼前橫七豎八的躺著十幾具屍首，兵刃四散，鮮血未乾，這些人顯是死去並無多時，但一場大架總是已經打完了。風波惡頓足道：「糟糕，來遲了一步。」

慕容復等跟著趕到，見眾屍首衣衫襤褸，背負布袋，都是丐幫中人。公冶乾道：「有的是四袋弟子，有的是五袋弟子，不知怎地遭了毒手？」鄧百川道：「咱們把屍首埋了罷。」公冶乾道：「正是。公子爺、王姑娘，你們到那邊歇歇。我們四個來收拾。」拾起地下一根鐵棍，便即掘土。

忽然屍首堆中有呻吟聲發出。王語嫣大驚，抓住了慕容復左手。

風波惡搶將過去，叫道：「老兄，你這還沒死透嗎？」屍首堆中一人緩緩坐起，說道：「還沒死透，不過……那也差不多……差不多啦。」這人是個五十來歲的老丐，頭髮花白，臉上和胸口全是血漬，神情甚是可怖。風波惡忙從懷中取出一枚傷藥，餵在他口中。

那老丐嚥下傷藥，說道：「不……不中用啦。我肚子上中了兩刀，活……活不成了。」風波惡道：「是誰害了你們的？」那老丐搖了搖頭，說道：「說來慚愧，是……是我們丐幫內鬨……」風波惡、包不同等都「啊」的一聲。那老丐道：「這事……這事本來不便跟外人說，但……但是鬧到這步田地，也已隱瞞不了。不知各位尊姓大名，多……多謝救援，唉，丐幫弟子自相殘殺，反不及素不相識的武林同道。適才……適才聽得幾位說要掩埋我們的屍體，仁俠為懷，老兒感激之極……」包不同道：「非也，非也。你還沒死，不算死屍，我們不會埋你，那就不用感激。」那老丐道：「丐幫自己兄弟殺了我們，連……屍首也不掩埋，那……那還算是甚麼好兄弟？簡直禽獸也不如……」包不同欲待辯說，禽獸不會掩埋屍體，見慕容復使眼色制止，便住口不說了。

那老丐道：「老兄請各位帶一個訊息給敝幫……敝幫吳長老，說新幫主莊聚賢這小子只是個傀儡，全……全是聽全冠清這……這……這奸賊的話。我們不服這姓莊的做幫主，全冠清派……派人來殺……我們。他們這就要去對付吳長老，請他老人家千……千萬小心。」

慕容復點了點頭，心道：「原來如此。」說道：「老兄放心好了，這訊息我們必當設法帶到，但不知貴幫吳長老此刻在那裏？」

那老丐雙目無神，茫然瞧著遠處，緩緩搖頭，說道：「我……我也不知道。」

慕容復道：「那也不妨。我們只須將這訊息在江湖上廣為傳布，自會傳入吳長老耳中，說不定全冠清他們聽到之後，反而不敢向吳長老下手了。」那老丐連連點頭，道：「正是，正是。多謝！」慕容復問道：「貴幫那新幫主莊聚賢，卻是甚麼來頭？我們孤陋寡聞，今日第一次聽到他的名字。」那老丐氣憤憤的道：「這鐵頭小子……」

慕容復等都是一驚，齊聲道：「便是那鐵頭怪人？」

那老丐道：「我剛從西夏回來，也沒見過這小子，只聽幫中兄弟們說，這小子本來……本來頭上鑲著個鐵套子，後來全冠清給他設法除去了，一張臉……唉，弄得比鬼怪還難看。那也不用說了。這小子武功很厲害，幾個月前丐幫君山大會，大夥兒推選幫主，爭持不決，終於說好憑武功而定，這鐵頭小子打死了幫中十一名高手，使……便當上了……幫主，許多兄弟不服，全冠清這奸賊……全冠清這奸賊……」越說聲音越低，似乎便要斷氣。

鄧百川道：「老兄，待兄弟瞧瞧你傷口，咱們想法子治好傷再說。」那老丐道：「肚子穿了，腸子也流出來啦……多謝，不過……」說著伸手要到懷中去掏摸甚麼東西，卻是力不從心，道：「勞……勞駕……」公冶乾猜到他心意，問道：「尊駕要取甚麼物事？」那老丐點點頭。公冶乾便將他懷中物事都掏了出來，攤在雙手手掌之中，甚麼火刀、火摺、暗器、藥物、乾糧、碎銀之類，著實不少，都沾滿了鮮血。

那老丐道：「我……我不成了。這一張……一張榜文，甚是要緊，懇請恩公念在江湖一脈，交到……交到丐幫隨便那一位長老手中……就是不能交給那鐵頭小子和……和全冠清那奸賊。小老兒在九泉之下，也是感激不盡。」說著伸出不住顫抖的右手，從公冶乾掌中抓起了一張摺疊著的黃紙。

慕容復道：「閣下放心，你傷勢倘若當真難愈，這張東西，我們擔保交到貴幫長老手中便是。」說著將黃紙接了過去。

那老丐低聲道：「在下姓易，名叫易大彪。相煩……相煩足下傳言，我自西夏國來，這是……西夏國國王招婿的榜文。此事……此事非同小可，有關大宋的安危氣運。可是我剛回中原，便遇上幫中這等奸謀，只盼見到吳長老才跟他……跟他說，那知……那知卻再也見他不著了。只盼足下瞧在天下千萬蒼生……蒼生……蒼生……」連說了三個「蒼生」，一口氣始終接不上來。他越焦急，越說不出話，猛地裏噴出一大口鮮血，眼睛一翻，突然見到慕容復俊雅的形相，想起一個人來，問道：「閣下……閣下是誰？是姑蘇……姑蘇……」

慕容復道：「不錯，在下姑蘇慕容復。」

那老丐驚道：「你……你是本幫的大仇人……」伸手抓住慕容復手中黃紙，用力回奪。

慕容復任由他搶了回去，心想：「丐幫一直疑心我害死他們副幫主馬大元，近來雖謠言稍戢，但此人仍然認定我是他們的大仇人。他是臨死之人，也不必跟他計較。」

只見那老丐雙手用力，想扯破黃紙，驀地裏雙足一挺，鮮血狂噴，便已斃命。

風波惡扳開那老丐手指，取過黃紙，見紙上用朱筆寫著彎彎曲曲的許多外國文字，文末還蓋著一個大章。公冶乾頗識諸國文字，從頭至尾看了一遍，說道：「果然是西夏國王招駙馬的榜文。文中言道：西夏國文儀公主年將及笄，國王要徵選一位文武雙全、俊雅英偉的未婚男子為駙馬，定于今年八月中秋起選拔。不論何國人士，自信為天下一等一人才者，於該日之前投文晉謁，國王皆予優容接見。即令不中駙馬之選，亦當量才錄用，授以官爵，更次一等者賞以金銀……」

公冶乾還未說完，風波惡已哈哈大笑起來，說道：「這位丐幫仁兄當真好笑，他巴巴的從西夏國取了這榜文來，難道要他幫中那一個長老去應聘，做西夏國的駙馬爺麼？」

包不同道：「非也，非也！四弟有所不知，丐幫中那幾個長老固然既老且醜，但幫中少年弟子，自也有不少文武雙全、英俊聰明之輩。要是那一個丐幫弟子當上了西夏國的駙馬，丐幫那還不飛黃騰達麼？」

鄧百川皺眉道：「素聞丐幫好漢不求功名富貴，何以這易大彪卻如此利欲薰心？」公冶乾道：「大哥，這人說道：『此事非同小可，有關大宋的安危氣運。』又說瞧在天下蒼生甚麼的，他未必是為了求丐幫的功名富貴。」包不同搖頭道：「非也，非也！」

公冶乾道：「三弟又有甚麼高見？」包不同道：「二哥，你問我『又』有甚麼高見，這個『又』字，乃是說我已經表露過高見了。但我並沒說過甚麼高見，可知你實在不信我會有甚麼高見。你問我又有甚麼高見，真正含意，不過是說：『包老三又有甚麼胡說八道了？』是也不是？」風波惡雖愛和人打架，自己兄弟究竟是不打的。包不同愛和人爭辯，卻不問親疏尊卑，一言不合，便爭個沒了沒完。公冶乾自是深知他的脾氣，微微一笑，說道：「三弟已往說過不少高見，我這個『又』字，是真的盼望你再抒高見。」

包不同搖頭道：「非也，非也！我瞧你說話之時嘴角含笑，其意不誠……」他還待再說，鄧百川打斷了他的話頭，道：「三弟，這易大彪拿了這張西夏國招駙馬的榜文回來，如此鄭重拜託，請我們交到丐幫長老手中，以你之見，他有甚麼用意？」包不同道：「這個，我又不是易大彪，怎知他有甚麼用意？」

慕容復眼光轉向公冶乾，徵詢他的意見。

公冶乾微笑道：「我的想法，和三弟大大不同。」他明知不論自己說甚麼話，包不同一定反對，不如將話說在頭裏。包不同道：「非也，非也！這一次你可猜錯了，我的想法恰巧和你一模一樣，全然沒有差別。」公冶乾笑道：「這可妙之極矣！」

慕容復道：「二哥，到底你以為如何？」公冶乾道：「當今之世，大遼、大宋、吐蕃、西夏、大理五國並峙，除了大理一國僻處南疆，與世無爭之外，其餘四國，都有混一宇內、併吞天下之志……」

包不同道：「二哥，這就是你的不是了。我大燕雖無疆土，但公子爺時時刻刻以興復為念，焉知我大燕日後不能重振祖宗雄風，中興復國？」

慕容復、鄧百川、公冶乾、風波惡一齊肅立，容色莊重，齊聲道：「復國之志，無時或忘！」五人或拔腰刀，或提長劍，將兵刃舉在胸前。

慕容復的祖宗慕容氏，乃是鮮卑族人。當年五胡亂華之世，鮮卑慕容氏入侵中原，大振威風，曾建立前燕、後燕、南燕、西燕等好幾個朝代。其後慕容氏為北魏所滅，子孫散居各地，但祖傳孫、父傳子，世世代代，始終存著這中興復國的念頭。中經隋唐各朝，慕容氏日漸衰微，「重建大燕」的雄圖壯志雖仍承襲不替，卻眼看越來越渺茫了。

到得五代末年，慕容氏中出了一位武學奇才慕容龍城，創出「斗轉星移」的高妙武功，當世無敵，名揚天下。他不忘祖宗遺訓，糾合好漢，意圖復國，但天下分久必合，趙匡胤建立大宋，四海清平，人心思治，慕容龍城武功雖強，終於無所建樹，鬱鬱而終。

數代後傳到慕容復手中，慕容龍城的武功和雄心，也盡數移在慕容復身上。大燕圖謀復國，在宋朝便是大逆不道，作亂造反，是以慕容氏雖暗中糾集人眾，聚財聚糧，卻半點不露風聲。武林中說起「姑蘇慕容」，只覺這一家人武功極高，而行蹤詭秘，似是妖邪一路。慕容氏心懷大志，與一般江湖人物所作所為大大不同，在尋常武人看來，自是極不順眼，再加上「以彼之道，還施彼身」的名頭流傳，漸漸的竟致眾惡所歸。

其時曠野之中，四顧無人，包不同提到了中興燕國的大志，各人情不自禁，拔劍而起，慷慨激昂的道出了胸中意向。

王語嫣卻緩緩的轉過了身去，慢慢走開，遠離眾人。她母親向來反對慕容氏作亂造反的圖謀，認為稱王稱帝，只是慕容氏數百年來的痴心妄想，復國無望，滅族有份。是以她母親一直不許慕容復上門，自行隱居在菱湖深處，不願與慕容家有糾葛來往。

公冶乾向王語嫣的背影瞧了一眼，說道：「遼宋兩國連年交兵，大遼雖佔上風，但要滅卻宋國，卻也萬萬不能。西夏、吐蕃雄踞西陲，這兩國各擁精兵數十萬，不論是西夏還是吐蕃，助遼則大宋岌岌可危，助宋則大遼禍亡無日。」

風波惡大聲道：「二哥此言有理。丐幫對宋朝向來忠心耿耿，這易大彪取榜文回去，似是盼望大宋有甚麼少年英雄，去應西夏駙馬之徵。倘若宋夏聯姻，那就天下無敵了。」

公冶乾點了點頭，道：「當真天下無敵，那也未必盡然，不過大宋財糧豐足，西夏兵馬精強，這兩國一聯兵，大遼、吐蕃皆非其敵，小小的大理自是更加不在話下。據我推測，宋夏聯兵之後，第一步是併吞大理，第二步才進兵遼國。」鄧百川道：「易大彪的如意算盤，只怕當真如此，但宋夏聯婚，未必能如此順利。遼國、吐蕃、大理各國得知訊息，必定設法破壞。」公冶乾道：「不但設法破壞，而且各國均想娶了這位西夏公主。」

鄧百川道：「不知這位西夏公主是美是醜，是性情和順，還是驕縱橫蠻。」包不同哈哈一笑，說道：「大哥何以如此掛懷，難道你想去西夏應徵，弄個駙馬爺來做做嗎？」

鄧百川笑道：「倘若你鄧大哥年輕二十歲，武功高上十倍，人品俊上百倍，我即刻便飛往西夏去了。」隨即正色道：「我大燕復國，圖謀了數百年，始終是鏡花水月，難以成功。歸根結底，畢竟是在於少了個有力的強援。倘若西夏是我大燕慕容氏的姻親，慕容氏在中原一舉義旗，西夏援兵即發，大事還有不成麼？」

公冶乾道：「正是。當年春秋之季，秦晉兩國世為婚姻，晉公子重耳失國，出亡於外，秦穆公發兵納之於晉，卒成晉文公一代霸業。」

包不同本來事事要強詞奪理的辯駁一番，但此刻聽了鄧百川和公冶乾的話，居然連連點頭，說道：「不錯！只要此事有助於我大燕中興復國，那就不管那西夏公主是美是醜，是好是壞，只要她肯嫁我包老三，就算她是一口老母豬，包老三硬起頭皮，這也娶了。」

眾人哈哈一笑，眼光都望到了慕容復臉上。

慕容復心中雪亮，四人是要自己上西夏去，應駙馬之選。說到年貌人品，文才武功，當世恐怕也真沒那一個青年男子能勝過自己。自己去西夏求親，這七八成把握自是有的。但若西夏國國王講究家世門第，自己雖是大燕的王孫貴族，畢竟衰敗已久，在大宋只不過是一介布衣，如果大宋、大理、大遼、吐蕃四國各派親王公侯前去求親，自己這沒半點爵祿的白丁卻萬萬比不上人家了。他思念及此，向那張榜文望了一眼。

公冶乾跟隨他日久，很能猜測他的心意，說道：「榜文上說得明明白白，應選者不論爵位門第，但論人品本事。既成駙馬，爵位門第隨之而至，但人品本事，卻非帝王的一紙聖旨所能頒賜。公子爺，慕容氏數百年來的雄心，要……要著落在你身上了……」他說到後來，心神激盪，聲音也發顫了。

包不同道：「公子爺做晉文公，咱四兄弟便是狐毛、狐偃、介子推……」忽然想到介子推後來為晉文公放火燒死，此事大大不祥，便即一笑住口。

慕容復臉色蒼白，手指微微發抖，他也知道這是千載難逢的良機，自來公主徵婚，總是由國君命大臣為媒，選擇功臣世家的子弟，封為駙馬，決無如此張榜布告天下的公開擇婿。他不由自主向王語嫣的背影望去，只見她站在一株柳樹下，右手拉著一根垂下來的柳條，眼望河水，衣衫單薄，楚楚可憐。

慕容復自然深知表妹自幼便對自己鍾情，雖然舅母與自己父母不睦，多方阻她與自己相見，但她一個身無武功的嬌弱少女，竟毅然出走，流浪江湖，前來尋找自己，這番情意，實是世上少有。慕容復四方奔走，一心以中興復國為念，連武功的修為也不能專心，於兒女之情更是看得極淡。但表妹對自己如此深情款款，豈能無動於中？這時突然間要捨她而去，另行去向一個從未見過面的公主求婚，他雖覺理所當然，卻是於心不忍。

公冶乾輕輕咳嗽一聲，說道：「公子，自古成大事者不拘小節，大英雄大豪傑須當勘破這『情』字一關。」

包不同道：「大燕若得復國，公子成了中興之主，三宮六院，何足道哉？西夏公主是正宮娘娘，這位王家表姑娘，封她個西宮娘娘便是。公子心中要偏向她些，寵愛她些，又有誰管得著了？」他平時說話專門與人頂撞，這時臨到商量大事，竟說得頭頭是道。

慕容復點了點頭，心想父親生前不斷叮囑自己，除了中興大燕，天下更無別般大事，若是為了興復大業，父兄可弒，子弟可殺，至親好友更可割捨，至於男女情愛，越加不必放在心上。王語嫣雖對自己一往情深，自己卻素來當她小妹妹一般，並無特別鍾情之處，雖然在他心中，早就認定他日自必娶表妹為妻，但平時卻極少想到此節，只因那是順理成章之事，不必多想。只要大事可成，正如包不同所云，將來表妹為妃為嬪，自己多加寵愛便是。他微一沉吟，便不再以王語嫣為意，說道：「各位言之有理，這確是復興大燕的一個良機，只不過大丈夫言而有信，這張榜文，咱們卻要送到丐幫手中。」

鄧百川道：「不錯，別說丐幫之中未必有那一號人物能比得上公子，就算真有勁敵，咱們也不能私藏榜文，做這等卑鄙無恥之事。」風波惡道：「這個當然。大哥、二哥保公子爺到西夏求親，三哥和我便送這榜文去丐幫。到八月中秋，時候還長著呢，丐幫要挑人，儘來得及，也不能說咱們佔了便宜。」

慕容復道：「咱們行事須當光明磊落，索性由我親自將榜文交到丐幫長老手中，然後再去西夏。」鄧百川鼓掌道：「公子爺此言極是。咱們決不能讓人在背後說一句閒話。」公冶乾、包不同、風波惡三人一齊點頭稱是，當下將丐幫眾人的屍體安葬了。

慕容復招呼王語嫣過來，道：「表妹，這些丐幫弟子為人所殺，其中牽涉到一件大事，我須得親赴丐幫總舵。我想先送你回曼陀山莊。」王語嫣吃了一驚，忙道：「我……我不回家去，媽見了我，非殺了我不可。」慕容復笑道：「姑母雖然性子暴躁，她跟前只你一個女兒，怎捨得殺你？最多不過責備幾句，也就是了。」王語嫣道：「不……不，我不回家去，我跟你一起去丐幫。」

慕容復既已決意去西夏求親，心中對她頗感過意不去，尋思：「暫且順她之意，將來再說。」便道：「這樣罷！你一個女孩子家，跟著咱們在江湖上拋頭露面，很是不妥，丐幫總舵嘛，你就別去啦。你既不願去曼陀山莊，那就到燕子塢我家裏去暫住，我事情一了，便來看你如何？」

王語嫣臉上一紅，芳心竊喜，她一生願望，便是嫁了表哥，在燕子塢居住，此刻聽慕容復說要她去燕子塢住，雖非正式求親，但事情顯然是明明白白了。她不置可否，慢慢低下頭來，眼睛中流露出異樣的光彩。

鄧百川和公冶乾對望了一下，覺得欺騙了這個天真爛漫的姑娘，心中頗感內疚。忽聽得拍的一聲，風波惡重重打了自己一個耳光。王語嫣抬起頭來，奇道：「風四哥，怎麼了？」風波惡道：「一……一隻蚊子叮了我一口。」

當下六人取道向東。走不到兩天，段譽便賊忒嘻嘻的自後追到，說道：「啊喲，可也真巧，慕容公子，鄧大爺，公冶二爺，包三爺、風四爺，王姑娘，又撞到了你們。大夥兒正要東歸，這就一塊兒走罷，道上也熱鬧些。」

包不同對他雖感厭憎，但他曾先後救過風波惡、慕容復、王語嫣的性命，卻也不便公然驅逐，不許同行，一路上少不免冷嘲熱諷，而段譽或聽而不聞，置之不理，或安之若素，顧而言他。

一行人途中得到訊息，丐幫與少林派爭奪武林盟主。慕容復和鄧百川等人悄悄商議，倘若丐幫與少林派鬥了個兩敗俱傷，慕容氏漁翁得利，說不定能奪得武林盟主的名號，以此號令江湖豪傑，那是揭竿而起的一個大好機緣，決計不能放過，當即趕赴少林寺而來。不料甫到少室山下，便和星宿老怪丁春秋相遇。

這數月中，丁春秋大開門戶，廣收徒眾，不論黑道綠林、旁門妖邪，只要是投拜門下，聽他號令，那便來者不拒，短短數月之間，中原江湖匪人如蟻附羶，奔競者相接於道路。

慕容復在蘇星河棋會中險為丁春秋所害，第二次客店大戰，僥倖脫身，此刻又再相逢，眼見對方徒眾雲集，心下暗暗忌憚。風波惡卻是個天不怕、地不怕的人物，三言兩語，便即衝入敵陣，和星宿派的門徒鬥將起來。段譽要伴同王語嫣避開。但王語嫣關懷表哥，不肯離去。星宿派徒眾潮水般的一衝，登時便將慕容復等一干人淹沒其中。

段譽展開凌波微步，避開星宿派門人，接著便聽到父親的聲音，入寺相見，待聽葉二娘說慕容復已被打得無招架之功，心想：「我快去背負王姑娘脫險。」飛步奔出。

金庸作品集 24

天龍八部

4 天山童姥

The Semi-gods and the Semi-devils, Vol. 4

作者／金庸

副總編輯／鄭祥琳
特約編輯／李麗玲、沈維君
封面與內頁設計／林秦華
內頁插畫／王司馬
排版／連紫吟、曹任華
行銷企劃／廖宏霖

發行人／王榮文
出版發行／遠流出版事業股份有限公司
地址／臺北市中山北路一段 11 號 13 樓
電話／（02）2571-0297 傳真／（02）2571-0197 郵撥／0189456-1
著作權顧問／蕭雄淋律師

1987 年 2 月 1 日 初版一刷
2023 年 11 月 1 日 五版一刷
平裝版 每冊 380 元（本作品全五冊，共 1900 元）

ISBN 978-626-361-318-8（套：平裝）
ISBN 978-626-361-316-4（第 4 冊：平裝）
Printed in Taiwan

YLib 遠流博識網 http://www.ylib.com E-mail: ylib@ylib.com
金庸茶館粉絲團 https://www.facebook.com/jinyongteahouse

封面圖片／明朝繪畫「天龍八部羅叉女衆」。克利夫蘭藝術博物館藏。

天龍八部 . 4, 天山童姥 = The Semi-gods and the Semi-devils. vol.4 ／金庸著 . – 五版 . -- 臺北市：遠流 , 2023.11
面； 公分 --（金庸作品集；24）
ISBN 978-626-361-316-4（平裝）

857.9 112016228